ハヤカワ文庫SF
〈SF2317〉

伝説の艦隊2
〈ウォリアー〉

ニック・ウェブ
置田房子訳

早川書房
8625

WARRIOR

Book Two of the Legacy Fleet Series

by

Nick Webb

Translated by

Fusako Okita

First published 2021 in Japan by

HAYAKAWA PUBLISHING, INC.

This book is published in Japan by

arrangement with

INTERCONTINENTAL LITERARY AGENCY LTD.

through JAPAN UNI AGENCY, INC., TOKYO.

JとLとCに

伝説の艦隊2

〈ウォリアー〉

登場人物

統合防衛軍航宙母艦〈ウォリアー〉乗員

ティム・グレンジャー……………………艦長。大佐
シェルビー・プロクター…………………副長。中佐
ディアス……………………………………戦術士。大尉
ダイアモンド………………………………戦術士。少尉
プリンス……………………………………航法士。少尉
プルーハ……………………………………通信士。少尉
レイナ・スコット…………………………機関長。中佐
ワイアット…………………………………医務長
ハンラハン…………………………………宙兵隊分遣隊の指揮官。大佐
ピアース……………………………………戦闘艇部隊の部隊長。中佐
〝肝っ玉《ボールジー》〟・フォルツ…………………戦闘艇パイロット。大尉
〝宇宙の覇者《スペースチャンプ》〟・ヤマト………………フォルツの分隊員。大尉
〝消耗品《フォダー》〟
ピューピュー
　}……………………………フォルツの分隊員の兄弟

ウルフラム…………………………………惑星ニュー・ダブリン長官
アズビル……………………………………同防衛艦隊司令官。少将
ジンガノ……………………………………統合防衛軍中央軍司令官。元帥
ノートン……………………………………同統合参謀本部議長。陸軍大将
エイブリー…………………………………地球連合大統領
スパークス…………………………………エイブリーの側近。下院議員
エイモン・アイザクスン…………………地球連合副大統領
コナー・ダベンポート……………………アイザクスンの付き人
マラーホフ…………………………………ロシア連邦大統領
ユーリイ・ボロディン……………………同連邦大使
ヴィシュゲイン・カーサ…………………異星種族ドルマシ艦隊指揮官

1

エール星区　惑星ニュー・ダブリン
惑星司令センター

ウルフラム長官はおろおろと両手をもみしぼった。すでに湿って光る額《ひたい》に大粒の汗が噴き出ているが、拭《ぬぐ》う気にもなれない。パワーはすべて、空調《エアコン》のような贅沢品《ぜいたくひん》ではなく、惑星防御用シールドや軌道上のプラズマ粒子ビーム砲など、もっと役に立つものにまわされている。

やつらが来る。

それも、すぐに──戦術表示画面で、入り乱れる大きな光点の群れを見ていて気づいた。点のひとつひとつが大群《スウオーム》の巨大な航宙母艦を表わし、何千もの戦闘艇を積んだ各艦が、急速に内惑星の防衛施設に近づいてくる。

「中央軍から、まだ返事はないのかね？」ウルフラム長官は大きな声で、部下の士官たちと一緒に戦術ステーションを囲んでいるアズビル少将にたずねた。

　少将は眉を寄せたまま、こわばった笑みを長官に向けた。いらだっているらしい。

「ありません」と、少将。「われわれは一時間前に、超空間救難信号を送ったばかりですから。しかし、いつ返信が入ってきてもおかしくないと思います」そう言うと、アズビル少将はニュー・ダブリン惑星防衛艦隊の調整作業に戻った。

　ウルフラムはうなずいて、近くの戦術表示画面に向きなおった。十隻の敵艦。十隻だ。二カ月以上前に地球を攻撃した異星人艦隊も、十隻だった。第一陣は六隻、すぐ続いて四隻。あの戦闘で、スウォームは地球が反撃のしかたを心得ていることを知り、以後はより小規模の攻撃部隊しか送りこんでこなくなった。こちらに二隻、あちらに三隻という形で、小さな居住地のある辺縁部の惑星群ばかりをねらう。激烈な徹底攻撃ですばやく勝利をおさめ、宇宙のかなたへ姿を消して、どこか知らないが自分たちの生まれた星系へ戻ってゆく。

　だが、ここニュー・ダブリンは辺縁宙域ではない。十隻の航宙母艦は殺戮《さつりく》のために来るとしか思えない——これが最終的な結論だ。

ウルフラムはもういちど両手をもみしぼり、いちばん近い惑星との中間点あたりにある前哨の防衛基地を見つめた——太陽をめぐるいくつかの小惑星に、ひとにぎりの自動レーザー砲塔が設置されている。その前哨基地が戦術表示画面から消え失せ、大きな光点の群れはニュー・ダブリンに近づいてきた。

もう、あと一時間もしないうちに着く。

望みはない。中央軍がいま超空間救難信号を受信して応答しようとしているとしたら、救援隊を派遣する時間などない。

ニュー・ダブリンは、もう終わりだ。一時間で滅びる。十隻のスウォーム艦が襲来すれば、ニュー・ダブリン上の都市や町は、どれも無事ではすまない。惑星防衛艦隊は、スウォームの圧倒的な火力に太刀打ちできない。

ウルフラムは何度も不思議に思った——スウォームは、なぜＱジャンプで星系内にいっきに侵入するのではなく、伝統的な慣性スラスターで惑星に接近するのだろう？　Ｑジャンプで接近すれば、ターゲットである惑星が兵を集めて防衛軍を組織する時間を大きく減らせるのに。だが、ニュー・ダブリン軍司令官のアズビル少将によれば、これはスウォームの技術的な欠陥によるものではないそうだ。

スウォームは犠牲者に大きな恐怖を植えつける目的で、時間をかけて接近する――ウルフラムは、そう確信していた。接近する姿を、何時間も犠牲者に見せつける。まもなく自分たちが最期を迎えることに気づかせ、なすすべもなく苦しませる。住民を狂乱状態で走りまわらせ、混乱と苦痛をあおり、最終的に目的の位置に到着すると、最大限の騒乱と破壊を引き起こせるからだ。

スウォームは、なぜこんなことをするのか？　なぜ、わざわざそんなことを？　答えは誰も知らない。わたしの知るかぎり、スウォームについては誰も、何も知らない。

こちらが何も知らない相手と、どうやって戦う？

ふいに戦術スクリーンに新たな光点がひとつ現われ、ウルフラムの顔から血の気《け》が引いた。ニュー・ダブリンから十万キロしか離れていない宙域だ。ちくしょう。敵は戦術を変えたのかもしれない。自分たちの艦隊の本体が到着する前に、こちらを弱めておくために、戦闘艦を一隻、先行させたのだろうか？

新しい点は急降下して、惑星ニュー・ダブリンの低軌道に入った。恐ろしい速さだ。巨大な艦だ。発散されるエネルギーの表示から、武器をチャージ中で、戦闘準備をしていることがわかる。ウルフラムの胃が痛んだ。最期のときは、思ったより早く訪れそうだ。

脇のほうで歓声が聞こえ、急いでそちらを見ると、声を発した士官が自分のステーションで興奮して跳びあがっていた。通信士だ。

「少将！　あれは〈ウォリアー〉です！　グレンジャー艦長が指揮しています！」たちまちアズビル少将の顔から、とほうに暮れた険しい表情が消え、ウルフラム長官が長いあいだ見ていなかった色が浮かんだ。

　希望の表情だ。

「すばらしい」ウルフラムはつぶやいた。「攻撃部隊を編成し、もうここに到着したのか？　しかし、ほかの艦はどこにいる？」

　アズビル少将は肩をすくめた。

「グレンジャーに通信をつなげ」

　数秒たつと、通信士がうなずいて言った。

「接続しました、少将。映像も出ます」

「こちらはニュー・ダブリン惑星司令センターのアズビル少将だ。きみか、グレンジャー？」壁の半分を占めるスクリーンに、全員が顔を向けた。

　ふいにスクリーンに映像が入り、年老いた男の映像が現われた。顔はしわだらけで、目の下が黒くたるんでいる。しわや傷跡、何カ月にもわたる戦いの跡をとどめた顔が、笑みを浮かべていた。

「会えてよかった、アズビル少将。援助が必要だろうな？」

アズビルは、うつろな笑い声を上げて答えた。

「ああ、そうとも言える」

グレンジャーの笑みは大きくなった。

「よし、さあ、忙しくなるぞ。こちらのクルーを一人、そちらへ送って、〈ウォリアー〉の作戦行動との調整や統合を担当させたい。すでに、惑星防衛艦隊を集結させているのだろう？　その艦隊が必要になる」

アズビルはためらった。

「グレンジャー艦長、きみの部隊はどこだ？　すぐあとから現われるのか？」

グレンジャーは首を振った。奇妙なことに、グレンジャーの笑みはますます大きくなった。ウルフラム長官は胃がよじれそうな気がした――艦隊を連れてきていないのか？

「今日は、スウォームのおかげで大忙しだ」と、グレンジャー。「三つの宙域で襲来があった。わたしは自分の艦隊をヨハネスブルグ星区へ派遣し、四隻のスウォーム艦に対処させた。中央軍のジンガノ元帥は、太陽系に本拠を置く攻撃部隊をひきいて、みずからケンタウリ星系におけるスウォームの急襲に対処している」

アズビル少将は背筋を伸ばした。

「きみが、その派遣部隊だというのか、艦長《サー》？　ほかには誰も来ないのか？」

上官である少将が、一艦長を〝サー〟と敬称で呼ぶ――ウルフラム長官にとっては奇妙な光景だ。グレンジャーの評判や神話は、そんなに強力なのか？　この男は過去二カ月で、大いなる伝説になった。とても防ぎきれない来襲に次ぐ来襲を、撃退できた人物なのだ。スウォームに対抗するこつを知っているらしい。

死んだはずなのに無事に戻ってきたという不可解な帰還は、言うまでもない。〈コンスティテューション〉は消えた――いくつもの衛星カメラが、その様子を全地球に放送していた。艦が特異点に突入して消え、三隻のスウォーム航宙母艦を道連れにしたと思ったら、次の瞬間、〈コンスティテューション〉だけがまた現われ、大気圏に突入した。

「そのとおりだ、少将。〈ウォリアー〉だけが派遣部隊だ」と、グレンジャー。

忙しくざわめいていた司令センターに沈黙が降りた。ウルフラムの後ろにいる士官が、神経質に咳をした。一隻だけの派遣部隊だと？――ウルフラムは思った。十隻のスウォーム航宙母艦に、一隻で立ち向かうというのか？　この男は狂っている。

アズビル少将は動揺をあらわにしはじめた。

「グレンジャー、それは冗談なのか？　きみのあとから艦隊が来るのだろう？　そうだと言ってくれ。中央軍から最新情報を得ていないのなら、知らせておくが、ニュー・ダブリンには十隻のスウォーム航宙母艦が迫っている。十隻だぞ」

　グレンジャーはスクリーンに向かって、わずかに身を乗り出した。

「これは冗談ではない、アズビル少将。たしかに敵は十隻の航宙母艦だ。だが、こっちにはきみの惑星防衛艦隊があるし、恒星間航宙艦《ISS》〈ウォリアー〉と……わたしがついている」ウルフラム長官はもう少しで見落とすところだったが、スクリーン上のグレンジャーは、こちらに向かってウィンクした。なるほど、目を引かれる男だ。度胸もある。グレンジャーは付け加えた。「勝算は五分五分と言っていい」

2

エール星区　惑星ニュー・ダブリン
恒星間航宙艦《ISS》〈ウォリアー〉　ブリッジ

グレンジャー艦長は当直の通信士に向かってうなずき、接続を切らせると、椅子をまわして女性副長のプロクター中佐のほうを向いた。

「用意はいいか、中佐？」

プロクターはうなずいて立ちあがった。

「すぐに降下します」

プロクターを手放すのは、いつもつらい——プロクターなしで戦うのは、なぐり合いのあいだ、利き手を背中で縛っておくようなものだ。だが、地上の司令センターとの調整は、プロクターにしかできない一面がある。プロクターは仕事のしかたを知っている

——すばやく、効果的にこなすこつを。それに、おれを別にすれば、大群《スウォーム》との戦闘経験がいちばん豊富だ。惑星側の防衛軍の反応を指示するさい、このうえなく貴重な力になるだろう。

　グレンジャー艦長は椅子をまわして自分のステーションに向かった。

「タウ・ケティと同じようにやればいい」と、グレンジャー。「スウォームは何に撃たれたかもわからないうちに、やっつけられる」

　プロクターはドアの前で足を止めた。

「艦長、今回はタウ・ケティとは違います。あそこで戦った敵艦は四隻でした。今回、向かってくるのは十隻です」

「だが、ニュー・ダブリンの防衛軍はタウ・ケティよりずっと強力だ」

「はい」と、プロクター。

　グレンジャーはチラリと戦術ステーションを振り返り、戦術士ディアス大尉に、味方するよう目くばせした。

「心配いりませんよ、中佐。ろくでなしどもは、何に撃たれたかもわからないでしょう。われわれは、明日には〈バトルアックス作戦〉の計画に戻っていますよ」

　プロクターはほんの少し長くドアのそばにとどまっていたが、ブリッジを出ていった。

プロクターが何を言いたかったか、グレンジャーにはわかる――〝あまりいい気にならないほうがいいですよ、艦長〟。この数週間、何度かプロクターに注意された。おれが自信過剰に……向こう見ずになりかけていると。

実際、自分でもそう感じる。自信に満ちあふれている。おれにはわかる――あのろくでなしどもを粉砕できるとわかっているのだ。炎を上げて大気圏を落下する〈コンスティテューション〉のなかで、プロクターにかつがれて機関室へ運ばれる途中で目覚めてから、ずっと。体内から癌《がん》が消えて以来、ずっと。あの失われた三日間以来、ずっとだ。見かたを変えれば、三日ではなく十五秒だが。わけはわからないが、あの奇跡的な状況と、ほぼプロクターとおれだけで地球を救ったという事実のおかげで、自分たちは大丈夫だとわかった。われわれは生き延びる。そればかりか、説得力のある勝ちかたをして、スウォームは二度とわれわれを襲撃しなくなる……あるいは、一掃されて、われわれは大量虐殺に等しい勝利をおさめる。おれとしては、異議はない。漠然とした感じだが、頭の奥の声が、大丈夫だと言ってくれる。それで自信がつき、これ見よがしにふるまうようになった。

おれは、この自信を抑えない。それどころか、ひけらかしている。クルーをはじめ統合防衛軍の人々は、それをすべて受け入れている。人々には、自信に満ちた指揮が必要だ。みな、切にそれを望んでいる。異星人による地球侵略の余波で、おれはほとんど伝説的な地位を手に入れ……磨きをかけてきた。〝地球を救った英雄〟という地位だ。伝説の一部のようにふるまうと、人々は同じく伝説的な仕事ぶりで応じてくれる。おれはまわりの人々のために、この役割を演じている。英雄がほしいのか？　それなら、一人、与えてやろう――それでスウォームが滅び、人類が救われるのなら、けっこうなことだ。

「航法士、報告しろ」

　プリンス少尉の顔はまだ皮膚が薄く、赤い。スウォームとの戦闘でひどい火傷を負い、顔の包帯がとれたのは、ごく最近だ。少尉は頭を傾けて答えた。

「スウォーム艦は低軌道に入ると思われます。われわれは敵が到着する前に、地平線の周縁を大きくまわることになります」

「完璧だ」グレンジャーは視線を横に向けた。「戦術士、報告しろ」

「電磁投射砲は、すべて発射準備が整っています」

「この前のメンテナンスで新しく設置した砲には、もう不都合はないか？」

　統合防衛軍は〈ウォリアー〉に百門以上の電磁投射砲を加え、本来の装備数の倍以上に増やした。クルーも新たに五百人以上が加わったが、火力を増す価値は充分にある。

「パワー・コンジットの表示は、どれも正常だ。レイナが完全にコントロールしているようだな」

　そのとき、通信システムから女の声が出た。

「艦長、あたしのベイビーは準備ができています。優しく扱ってやってくださいよ。でないと、明日、あたしは怒りっぽくなりますからね」

　噂をすれば、なんとやら――だ。グレンジャーは咳払いして顔を上げた。

「ありがとう、スコット中佐。きみのベイビーは、わたしのベイビーだ」

「ええっ？」レイナ・スコット機関長の声に、笑いが混《ま》じった。「あたしは、もう結婚していますよ」

「艦とは結婚できないよ、レイナ。グレンジャーより、以上」微笑してピシャリと通信ボタンを叩き、新しい通信士に目を走らせた。士官学校《アカデミー》を出たばかりの若者で、クラスのトップだったプルーハ少尉だ。「プロクター中佐は、もう地上に着いたか？」

　プルーハはコンソールを確認して、うなずいた。

「ほんの少し前に着きました」

「よし。プロクター中佐ときみがシステムを接続したら、計画を実行する」

　グレンジャーは状況表示をチェックし、全クルーが戦闘準備を整えていることを確認した。あと一人、幹部士官が報告を入れてくれれば……。

　まるで合図を受けたかのように、通信システムから貴族的なイギリス英語が聞こえてきた。

「グレンジャー艦長、機動戦闘艇パイロットは全員、準備ができました」

「四百人全部か？」と、グレンジャー。「それだけの人数を収容できただけでも驚きだがな、ピアース中佐」

「やけになれば、天才的な考えが浮かぶものです」と、ピアース。落ち着いた口調に、かすかな震えが混じった。わずかな間《ま》を置いて、戦闘艇部隊長はたずねた。「今回は、全戦闘艇を出撃させますか？」

　ピアースは、グレンジャーがともに勤務した最高の機動戦闘艇部隊長だが、まだ父親の死から立ちなおっていない。父親は惑星ブリタニアの防衛艦隊旗艦の艦長だったが、来襲するスウォーム艦隊の最初の餌食になった。それとも、ピアースがとらわれているのは、父親の死だけではないのだろうか？　部下のパイロットを失うことに耐えられないのか？　グレンジャーは艦長として、部下を失うつらさをよく知っている——戦闘のたびに、少しずつクルーを失ってきた。航宙学校《フライト・アカデミー》からやってくるパイロットの数より、失われるパイロットのほうが多い。ピアースの懸念はうなずける。

　だが、躊躇《ちゅうちょ》している暇はない。

「全戦闘艇だ、中佐。何か問題があるか？」

短い沈黙ののち、ピアースが答えた。

「問題はありません。全戦闘艇部隊、出撃準備ができています」

「よろしい。グレンジャーより、以上」通信を切った。

グレンジャーは椅子の肘かけをにぎり、高まる緊張を抑えた。クルーのために自信に満ちた英雄を演じても、自分をごまかすことはできない。迫りくる戦闘は、容易な仕事ではない。命がけの戦いになる。おれが自信を失わないかぎり、クルーは負けない。だが、クルーは失われる。数多くのクルーが。そして、ニュー・ダブリンにも多くの死傷者が出る。避けようがない。戦争は地獄だ。現代の宇宙戦は苛烈で、とほうもなく野蛮だ。

「艦長！　惑星の周縁に近づいています。スウォーム艦隊が、映像で確認できます」

「プロクター副長に充分、時間があればいいが」グレンジャーは声を殺してつぶやいた。

戦術士のディアス大尉が自分のスクリーンを見つめてあっけにとられ、グレンジャーに向けて大きく手を振った。

「艦長！　十三隻のスウォーム主力艦を探知しました」

十三隻だと？　ちくしょう。

3

エール星区　惑星ニュー・ダブリン
惑星司令センター

シェルビー・プロクター中佐はシャトルが着陸するのを待ちかねて、地上へ伸びた傾斜路を全速力で駆けおり、迎えによこされた中佐のそばを勢いよく通り過ぎると、急いで司令センターへ向かった。グレンジャー艦長の指示だ――早急に、誰が責任者か……誰が監督するのかを、地上の連中にわからせてやれ。もっとも、プロクターは司令センターの位置を知らなかった。

「プロクター中佐！」追ってきた背の低い男が声をかけた。軍服がきつそうで、まるで体重が二十五キロも増えたのに、無駄に我《が》を張って昔の服にしがみついているかのようだ。

「追いついてください、中佐」プロクターは足取りをゆるめず、振り返りもせずに答えた。司令センターへの道を知らない以上、迎えの中佐に追いついてもらわなければならないが、足を止めて待つ気はない。

　中佐はむっとして小走りになり、プロクターと並んだ。

「プロクター中佐、なぜ中央軍は〈ウォリアー〉しか送らなかったのですか？」

　プロクターは横目で相手を見て、片方の眉を上げた。

「中佐、中央軍は、本当は全攻撃部隊を送りたかったのです。しかし、グレンジャー艦長が、やめるように説得しました」

　あんぐりと、たっぷり三センチは口を開《あ》けた中佐の顔を見て、プロクターは笑いだしそうになったが、そのまま走りつづけた。前方で通路が左右に分かれ、プロクターは迎えの中佐の指示を待つため、やむをえず速度を落とした。

「しかし……なぜです？」と、中佐。

　プロクターは司令センターの方向を示す標識を見て、足を速めた。もう、中佐の手助けはいらない。

「理由は、ふたつあります。どちらも、艦長はすでに少将に伝えました。攻撃部隊がヨハネスブルグ星区で必要になると思ったのと、〈ウォリアー〉とニュー・ダブリン艦隊が力を合わせれば、敵に対抗するには充分以上だと考えたからです」

「でも……しかし、それは……それは無茶です！」中佐は混乱しているらしい。肉の厚い顔が赤みを増しているが、走っているからか、プロクターの言葉を信じられないせいかは、わからない。

「無茶？　たぶん、そうです。いまにわかるでしょうが、グレンジャー艦長の戦術は、最近、少し……型破りです。でも、艦長の戦術は効果的です。実際、かなりの確率で勝利をおさめてきました」

「それで、あなたは、この戦いの勝算をどのくらいだと見ますか？」二人はいくつかドアを通り過ぎ、司令センターのドアへ向かった。タイミングよくドアが開いて、二人を迎え入れた。

「ああ、二十五パーセントでしょうか？　三十パーセント？　難しいですね」と、プロクター。

もちろん冗談だ。中佐の赤い顔に広がった恐怖の表情は、ひどくこっけいだった。本当は、勝算はもっと高い。グレンジャーが言ったとおり、五分五分だ。だが、グレンジャーにはこの数カ月、信じられないほどの幸運が続いた。ひょっとしたら、ここでの戦いは、これまでの功績とバランスがとれるように、不運がやってくるかもしれない。

アズビル少将はプロクターに、そっけなく会釈した。

「どうも、プロクター中佐」司令官にふさわしい自信ありげな態度だが、いくつか微妙なストレスの徴候が見られる。アズビルは目を細めた。視線が、プロクターとその背後の壁にある状況スクリーンのあいだを揺れ動いている。どうしたらいいのかわからないことは自分でもわかっているが、それをほかの者に知られたくないのだ。きわどい交渉になりそうだと、プロクターは思った。戦闘をうまく進めたければ、作戦指揮の権限を手にする必要があるが、この少将は、かたくなに権限を手放さないタイプかもしれない。

「アズビル少将、この場に同席できて光栄です。グレンジャー艦長は少将を非常に尊敬しております。艦長の依頼ですが、少将の艦隊と〈ウォリアー〉をうまく連携させて活動させる作業を、わたしが行なえるようにさせていただきたいとのことです。わたしが直接ここでお手伝いすれば、大群《スウォーム》との交戦から得たわれわれの経験が最大限に生かされるでしょう」

これはプロクターが本当に言いたかったことを頭のなかで言い換えたものだった——

「グレンジャー艦長の依頼は、少将の艦隊をわたしが引き継げというものでした。艦長の言葉によれば、〝少将がわれわれの勝利を無駄にして、皆殺しにされたりしないように〟とのことです」

プロクターは、アズビル少将の全身を見まわした。ごく普通のキャリアの統合防衛軍士官だ。おそらく、マイアミの本部で十年間、官僚主義の奥深くに埋《う》もれて暮らしてきたのだろう。戦術に熟練する機会など、いちどもなかったに違いない。

「中佐、いったいグレンジャーは、なんの遊びをしているのかね？　あの敵艦隊と戦って勝てる見こみなどないし、グレンジャーにもわかっているはずだ。すでに現われた十隻の敵艦のほかに、新たにＱジャンプして加わろうとしている三隻を探知した。それなのに、中央軍が援軍として送ってきたのは、たった一隻か？」アズビルは興奮して、両腕を振りまわした。

　もちろん、アズビルの言うとおり、これは異常だ。本来なら、襲来するスウォームと同じ規模の艦隊をひきいて現われるべきだ。だが、艦をまわしている余裕がない。〈バトルアックス作戦〉の成否が、その点にかかっている。グレンジャーが正しければ、この作戦が、スウォームの脅威に永久に終止符を打つ。それを確認できるまで、われわれは、あと数カ月は生きていなければならない。

「アズビル少将、ご懸念はよくわかります。わたしも、心配しております。ですが、信じてください。やりとげられます。ここでの作戦指揮の権限をわたしに与えてくだされば、今日が終わるころまでには、みな近くのパブで乾杯しているでしょう」

アズビルの目が警戒の色を浮かべ、プロクターは少将の怒気を感じた。

「プロクター中佐――」

　プロクターは片手を上げた。

「けっこうです。作戦指揮の権限は、このまま少将がお持ちください。ですが、ニュー・ダブリンの艦隊を〈ウォリアー〉と協力して動かす作業は、どうかわたしにさせてください。必ずこの事態を切り抜けると、お約束します」プロクターは言葉を切り、周囲の士官たちを見た。スクリーン上に死神が見える。十三個の光点が、効果的な応戦をする暇もなくなりそうなほど急速に集まってきている。士官たちには希望が必要だ。味方してくれる伝説が……〝地球を救った英雄〟が必要だ。プロクターは、ふたたび言葉を発した。「グレンジャー艦長が、切り抜けられるとお約束しています。信じてください。これがグレンジャー艦長の言葉でなければ、わたしは、できるだけ迅速な退避をおすすめしたでしょう。しかし、あの人は、かつての失敗した一艦長ではありません。天才です。純粋な勇気と非凡な才の持ち主です。われわれを救える者がいるとすれば、それはグレンジャー艦長です」

　その言葉は、口にしたプロクターにはうつろで陳腐に感じられた。グレンジャーは結局、一人の男にすぎない。この部屋にいる士官たちと同じように、間違いをおかし、悪態をつく男だ。

だが、間違いなく勇気がある。見たこともないほど肝《きも》の据《す》わった、老いぼれのろくでなしだ。

アズビル少将はうなずいた。

「よろしい。作戦指揮の権限は、わたしが保持する」司令センター内の各ステーションにいる士官たちに向かって、うなずいた。「だが、きみたちは全員、プロクター中佐の言うとおりに行動しろ」アズビルはプロクターに向きなおり、腕を振って通信ステーションを示した。「お先にどうぞ、中佐」

プロクターは動じる様子もなく、通信士たちに命じた。

「前線の艦のうち三隻に、迫ってくる敵艦隊に全速力で突進するよう命じなさい。敵の先頭の艦をねらって、すべての武器を最大出力で発射しろ――と。電磁投射砲で穴を開け、その穴にレーザーを撃ちこんで、内部を破壊するのです」

通信ステーションの少尉たちは、すぐにヘッドセットでプロクターの指示を惑星防衛艦隊に伝えはじめた。アズビル少将はプロクターの命令を補強するように通信ステーションに向かってうなずきながら、プロクターににじり寄った。

「中佐……三隻だけか？　虐殺されるぞ」

プロクターは口を引き結び、いちどだけうなずいた。

「されないかもしれません。とにかく、これは戦略の一部です。敵の先頭の艦を〈ウォリアー〉のために弱らせるだけでなく、フェイントとして作用します。われわれは二カ月間、確実な戦略を期待して、スウォームに条件反応を植えつけてきました。スウォームが予想し、適応するパターンを与えてきたのです」

アズビル少将は声をひそめた。

「われわれが何も知らない種族を相手に、心理戦を行なうのか？」

「逆です。われわれは敵について、非常に重要なことを知っています」

「なんだね、それは？」

プロクターはチラリとアズビルを見て、ウィンクした。不気味なユーモアをたたえた表情だ。

「連中が、われわれを皆殺しにしたがっていることです。どんな犠牲を払ってでも」

4

エール星区　惑星ニュー・ダブリン
ISS〈ウォリアー〉ブリッジ

十三隻の敵艦か。

全員がこちらに顔を向け、反応をうかがっている。それに気づいたグレンジャーは恐怖を頭の隅に押しこめ、無理やり笑みを浮かべてゆっくり立ちあがると、背後で手を組んだ。穏やかに。慎重に。

さあ、クルーにいいところを見せてやれ、グレンジャー。

「よろしい。ぶちのめす艦が三隻、増えた。全速力だ、少尉。武器の準備を整えて現場に入れ。作戦行動〈グレンジャー1〉の実行準備をしろ」

全員の顔が自信の色をたたえて、自分のステーションに向きなおった。室内の熱気が高まるのが感じられる。ブリッジ・クルーは一様な規律を保って作業し、歩調を合わせている。われわれの見せ場だ。

「プロクター副長から連絡はあったか？」グレンジャーは自分の司令コンソールに視線を走らせ、ニュー・ダブリンの防衛艦隊がプロクターから命令を受けている徴候を探した。

「ありました、艦長。三隻のニュー・ダブリン艦が大群《スウオーム》艦隊へ向かっています。直接交戦まで、あと一分です」

　グレンジャーはうなずいた。けっこう。プロクターは地上で状況をコントロールしている。さあ、まもなく払われる今日の犠牲を、けっして無駄にしてはならない。

「最大射程に到達する時間は？」

「あと七十秒で射程に入ります」と、ディアス。

「準備ができたら発砲を開始しろ」グレンジャーは言い、腰をおろした。

「了解」

　グレンジャーは時計を見た。あと六十秒。

　五十秒。

　四十秒。

　また、激励スピーチをしようか？　まだ時間はある。勇敢さをかき立てるか？　いや、みな準備はできている。もういちど武器クルーの即応状態を検討するか？　いや、もう三十秒しかない。再検討には五分はかかる。

　あと二十秒。スクリーン上のスウォーム艦隊の像がぼやけはじめ、画素の集まりから、多数のナセルを備えた恐ろしげな巨獣の姿に変わった。すでに何千もの戦闘艇を吐き出している。

「艦長、三隻のニュー・ダブリン艦がスウォームと交戦を開始しました」

　グレンジャーがスクリーンを見つめると、生贄《いけにえ》となる三隻がすばやく突進し、ニュー・ダブリンに接近して防衛艦隊と交戦するはずのスウォーム艦隊を足止めした。

　ニュー・ダブリンの戦闘艦は、新しいイリジウムの装甲とグレードアップしたスマート＝スチールで守られている。スマート＝スチールは、二カ月前の地球攻撃では、なぜか量子調整パターンがスウォームに解読されて役に立たなかったが、いまはリセットされ、はるかにうまく機能するようになった。だが、防衛艦隊は敵の砲火に耐えていたものの、先頭で戦っていた巡航艦が胸の悪くなるようなまばゆい光を発して爆発した。

「艦長、射程に入りました」

「撃て！」

〈ウォリアー〉が搭載するすべての電磁投射砲が赤熱し、艦体外殻から何百もの高速砲弾が飛び出して、近くのスウォーム艦に衝突した。砲弾が敵艦を連打すると、まばゆい爆発でスクリーン上の光景が脈動した。砲弾が外殻を引き裂き、敵艦は火と残骸を噴き出しはじめた。

「標的変更。電磁投射砲は次の艦をねらえ。レーザー・クルーは最初の艦に開《あ》いた穴をねらえ」

「了解」戦術ステーションから返事があり、ディアス大尉が新たな命令を伝達した。

グレンジャーはチラリと時計を見た。最初の通過攻撃の時間が尽きそうになっていることを知って、ひるんだ。スウォーム艦隊は新しいベクトルで攻撃されたことに気づいて応戦し、〈ウォリアー〉はゴロゴロと音を立てて揺れた。グレンジャーはスクリーンを見つめた。敵艦がしだいに大きくなり、カメラが映像を切り替えると縮みはじめた。〈ウォリアー〉が会戦の場を通り過ぎて進んでいるしるしだ。

スウォーム艦が新たに何度か発砲すると、〈ウォリアー〉はさらに数回ゴロゴロと音を立て、外殻にパルスが当たるたびにスクリーンが強烈な緑の輝きに包まれた。だが、〈ウォリアー〉が猛スピードでニュー・ダブリンを周回すると、敵艦は遠ざかり、惑星の輪郭線の向こうに消えた。

「よし。最初の通過攻撃は完了した。二度目までの時間は、どのくらいだ？」グレンジャーは航法ステーションに顔を向けて、たずねた。

「この速度だと、六分です」

それは、ちょっと遅い。予定では、敵は十隻だったが、十三隻になった。

「艦尾の推力を一Ｇに上げろ」

プリンス少尉は椅子のなかで身体をまわし、片眉を上げてグレンジャーを見た。

「しかし、艦長、安定して推力を増すには、惑星に向けてスラスターを噴射する必要があります。三分で安全境界値を越えます」

「聞こえただろう、少尉」

床板のはるか下で、増大する重力ストレスを維持しようと艦がうめき声を上げた。グレンジャーはコンソールに手を置いた。これは〈コンスティテューション〉ではないが、同じようにいい艦だ。自分に対しておおっぴらに認めるのはイヤだが、実際、二カ月前の地球上空での戦いのあとに再装備で補強されているため、〈ウォリアー〉のほうがはるかにいい。

「到着予定時刻は三分後です、艦長」

「スウォームは、どうしている？　また、予定の針路を進みはじめたか？」

センサー・ステーションのダイアモンド少尉が、表示を調べた。

「はい。第一陣の三隻は破壊されました。しかし、第二陣が交戦に入ろうとしています」

グレンジャーは胃のなかの固まりを押し殺した。罪悪感を覚えたり、後悔したりする暇はない。あるのは、生き残る時間だけだ。生き残ったあとで、贅沢《ぜいたく》をする暇もできるだろう。感情に身をまかせるのは贅沢だ。

「スウォーム艦隊と交戦するよう、針路を調整しろ」

グレンジャーの指がコンソールを叩き、秒数を刻んだ。スクリーン上で、惑星ニュー・ダブリンが静かに回転する。平和な大気圏のはるか上方で起こっている破壊や殺戮《さつりく》など知らないかのような、しあわせそうな光景だ。たしかに、この惑星は美しい。緑と青、白い雲。スウォームがこの惑星をそこまで——十三隻の艦を送りこむほど——ほしがる理由は、いったいなんだろう？　惑星も星区も、戦略上の重要性は中程度だ。比較的、中心部に位置している。資源もいくらかあるが、ほかの平均的な惑星よりとくに豊富でもない。今日、スウォームの四度に分かれた攻撃を受けたほかの三つの惑星と、ほとんど変わらない。だが、ニュー・ダブリンに対する攻撃は飛びぬけて規模が大きい。おれが見落としているものは、なんだ？

「あと十秒」と、プリンス。

グレンジャーは頭を振った。あとで、この謎を解く時間もあるだろう。あとで、確かめよう。

「撃て」

5

エール星区　惑星ニュー・ダブリン
惑星司令センター

「アズビル少将、〈プラクシス〉と〈ハリアー〉、〈クレンショー〉の三隻が大群《スウオーム》と交戦します！」戦術士が報告した。

アズビルは眉を寄せて、たずねた。

「〈ウォリアー〉はどこだ？」

プロクターはアズビルに向かって、自分が借り受けた司令ステーションを示した。

「ごらんください、少将」戦術士が戦術図を指さした。〈ウォリアー〉は猛スピードで激戦の場に襲いかかるために、まだニュー・ダブリンの地平線の陰を進みつづけている。この高度の通常の軌道より、はるかに速い。「〈ウォリアー〉は低軌道を二倍の速度で進んでいます。あと数秒です。スウォームは、何に撃たれたのかもわからないでしょう」

アズビルは眉をひそめ、スクリーン上の、スウォーム艦隊が三隻のニュー・ダブリン艦と戦うために停止したあたりを指さした。

「しかし、これは――」

点がひとつ消え、アズビルはサッと手をひっこめた。

「少将！〈プラクシス〉がやられました！」

アズビルはドンとプロクターのコンソールを叩いた。

「くそ、中佐、あの艦には五百人が乗っていたんだぞ！」

戦術士が、またも大きな声で言った。

「〈ハリアー〉が艦体の減圧を報告しています。これ以上は持ちこたえられません。十三隻のスウォーム艦に、完全に囲まれました」

戦術士が命令をいくつか打ちこむと、司令センターの壁面のひとつを占めるスクリーンの映像が切り替わり、戦闘空間を通る衛星のカメラがとらえた光景が現われた。

〈ハリアー〉と〈クレンショー〉は軽快に身をかわして敵艦の包囲から出たり入ったりし、電磁投射砲とレーザー砲のすべてを使って、敵の航宙母艦から吐き出される戦闘艇の雲にねらいをつけた。プロクターの指示どおり、巨大な敵艦のあいだをできるだけ速く動いている。二隻のニュー・ダブリン艦の仕事は、自分たちの命を犠牲にして敵の進撃をはばみ、邪魔することだ。

二隻は、とんでもない仕事をしていた。戦闘艇を吐き出すスウォーム艦隊は、まるで怒ってうなりを上げるハチの巣だ。

「ほら、来ました」プロクターがささやいた。

衛星カメラのアングルが広がり、スクリーンの右端から猛スピードで〈ウォリアー〉が現われた。すべての砲を発射しながら、照準にとらえたスウォーム艦に凶暴な獣《けもの》のような勢いで飛びかかった。

プロクターはニヤリと笑った——スウォーム艦が、こてんぱんに叩かれている。右舷に無数の深い穴ができ、中身を噴き出す傷跡に〈ウォリアー〉のレーザー・クルーが砲を向けると、爆発が起こった。

隣のスウォーム艦は、次は自分が〈ウォリアー〉の発砲を受けると気づいた。次の瞬間、〈ウォリアー〉は破壊の跡を残して惑星の輪郭線の向こうに消えた。

アズビル少将は、ぽかんと口を開けて動きを止めた。

「大尉、あの二隻のスウォーム艦の状況は？」

女性大尉は、いくつかスイッチをいじって答えた。

「最初の敵艦からは、機能しているエネルギーが探知されません。大きなパワー障害が表示されています。二隻目の艦は、構造保全機能が不安定になっています。ですが、まだ〈ハリアー〉を砲撃しています」

一瞬後に、戦闘現場を離れる直前の衛星カメラが、残った敵艦の様子をとらえた。緑の反物質パルス・ビームが、大波のように〈ハリアー〉と〈クレンショー〉に降りかかる。〈ハリアー〉が爆発し、カメラが停止した。

「けっこう。一隻半の敵艦が任務遂行不能になった」と、アズビル。プロクターを振り返って、にらみつけた。「だが、われわれの最高の艦が三隻も犠牲になった。あの三隻は、砲弾の餌食になるためだけに送り出されたのか？　千五百人以上の士官と兵が死んだぞ」

プロクターはアズビルの視線を受け止め、見つめ返した。

「そうです。三隻です。われわれは以前に一隻で阻止できるかどうか試しましたが、一隻ではできません。二隻でも無理です。三隻あれば、敵の進行を遅らせることができます。三隻は、残ったわれわれに戦う時間を与えるために、犠牲になるのです」

プロクターが話しているあいだに室内は静まり、小声しか聞こえなくなった。統計資料が示す事実は厳しい。酔いも醒《さ》める残忍さだ。だが、みなプロクターの言うとおりだとわかっている。口にされない過去の統計資料は、はるかに恐ろしい。地球では二カ月前、三十隻以上の統合防衛軍の最高の艦が、一隻のスウォーム艦に凹《へこ》みひとつ作るまもなく破壊されたのだ。

プロクターは戦術ステーションへ向きを変えた。

「低軌道で待機する艦隊のなかから、次の三隻を送りなさい。前と同じように、直進して交戦させなさい」

戦術士たちはためらい、アズビル少将に目を向けた。アズビルは顔をしかめ、やがてうなずいた。

「それに見あう成果を上げたほうがいいぞ、プロクター、さもないと――」

警報が響いた。説明されなくても、プロクターにはわかった。壁面のスクリーンに、スウォーム艦隊に向かってゆく艦のうち、一隻のカメラがとらえた光景が映っている。すぐにそれとわかる、ちらつく明るい光があった、

敵は促成量子特異点を造りはじめたのだ。

6

エール星区　惑星ニュー・ダブリン
ＩＳＳ〈ウォリアー〉ブリッジ

ちらちら光る球体がいくつか、敵艦隊の中央に浮かんでいる。その意味は、ただひとつだ。さいわい、戦闘のこの時点でグレンジャーが心配する必要はない。

「ピアース中佐、機動戦闘艇部隊を発進させろ」

「了解」

グレンジャーは航法ステーションに向かって言った。

「プリンス少尉、全力反転。直接交戦に向けて、艦速をゆるめろ」

少尉が命令を打ちこむと、グレンジャーは、ほとんど感知できないほどかすかな揺れを感じた。艦内重力場が、変化する慣性に追いつこうと自動調整を始めている。奇妙だ

——治療せずにほうっておいた癌《がん》を抱えていたころは、短い戦いのあいだに、どんな回転も、どんなにかすかな移動も、すべて感知できた。加速のごくわずかな変化も、身体の奥深くに刻まれるかのように感じられた。脳の腫瘍《しゅよう》の何かのせいで、身体のバランスがとりにくくなっていたが、代わりにかすかな運動量の変化を探知できた。

いまでは、その感覚はすっかり消えた。病気は完治した。

どうやって治ったのかは、わからない。その謎はまだ解明されていないし、正直のところ、その問題を考えて論理を組み立てている暇はない。とくに、いまは無理だ。

警報が響き、グレンジャーは短い物思いにふけった自分をたしなめた。コンソールで光る計器によれば、そろそろ戦闘現場に出る。

「全武器クルー、作戦行動〈グレンジャー2〉の準備をしろ」

グレンジャーは、惑星上のプロクター副長から中継される映像情報に目をやった。プロクターが司令センターで、作戦行動〈グレンジャー2〉の準備をうまく進めてくれますように——内心で幸運を祈りながら、グレンジャーはコンデンサー・バンクをいまいちどチェックした。チャージ率八十五パーセント。

充分だ。

「艦長、十三隻のニュー・ダブリン艦と合流します。われわれの後ろで、大気圏から脱出してきます」

　グレンジャーは微笑した——よくやった、プロクター。

「引き続き減速。わたしの合図で砲撃を開始しろ」

　センサー画面で光点の集まりが、しだいに大きくなった。壁面のスクリーンが二分割され、十三隻のニュー・ダブリン軍巡航艦が彗星のように大気圏から飛び出してくる様子が映った。十三隻は、大気圏脱出のさいに安全で賢明とされる速度よりも大きく加速し、背後に長く超圧縮ガスの尾を引いた。十秒以内に、あの巡航艦の外殻の砲はすべて役に立たなくなる。センサーも、カメラも、艦外に設置されているものはどれも、もう焼け切れているはずだ。

　だが、それは問題ではない。問題は、あの艦のクルーたちが払う犠牲だ。その犠牲と引き換えに、何をなしとげられるかだ。

「速度を調整しろ、少尉。われわれが、下の巡航艦隊と大群《スウォーム》とのあいだに入るようにしろ」

「了解」

　グレンジャーは片手を上げてスクリーンを指し、武器の発射命令を出すため、そのまま宙に止めた。チラリと戦術表示を見た。あと五秒。

三秒。

一秒。

「発射」

電磁投射砲がいっせいに砲撃を開始し、近づいてくる敵艦隊に向けて嵐のように高速砲弾を浴びせた。半数のスウォーム艦が応戦した。十二本の緑色のビームが飛び出し、〈ウォリアー〉の艦首を襲った。〈ウォリアー〉は揺れ、床板がガクンと動いた。

「制動をかけろ。全力だ、少尉！」グレンジャーは腰をおろして椅子の肘かけをつかんだ。だが、身体を固定はしない。激しい風にもまれる昔の帆船の船長のように、乗り切ってやる。

〈ウォリアー〉は劇的に艦速を落とし、ブリッジ・クルーの身体の運動量が艦の運動量に追いつくと、全員の身体が前に傾いた。

〈ウォリアー〉の後ろから、ニュー・ダブリン艦隊が現われた。スウォーム艦隊に向かって弾丸のように加速し、恐ろしい速さで大気圏内を走り抜けたために、艦体外殻はまだ薄赤く輝いている。

敵の緑の反物質ビームが停止した。グレンジャーは一瞬、どこからともなく猛スピードで現われた十三隻を見るスウォームの、混乱した顔が想像できるような気がした。もっとも、スウォームに顔があるとは確認されていないのだが。

いったい連中は、どんな姿をしているんだ？　あの敵を永久に負かすチャンスが訪れる前に、われわれは、どんな謎を解かなければならないのだろう？　スウォームは、緑の粘液だけではなさそうだ。

「敵の砲はすべて、ニュー・ダブリン惑星防衛艦隊の特務戦隊をねらっています」と、ディアス大尉。

その発砲は、ほとんど無駄だ。グレンジャーは標的に近づく十三隻を見つめた。あと七秒もない。十三隻は加速を続けている。一隻が、強烈な反物質ビームを受けて爆発した。続いて、もう一隻。

どの艦も――その断片も含めて――急速に標的に近づいてゆく。前方にのしかかる巨大なスウォーム航宙母艦のそばでは、どれも小さく見える。

通信装置から、音が割れそうな声が出た。アズビル少将だ。

「うまくいくんだろうな、グレンジャー。われわれの重巡航艦が一隻、高速で決死の突撃を行なうくらいでは、スウォーム艦を破壊できないぞ」

「スウォーム艦を破壊する必要はない。見ていてくれ、少将」

そのときが来た。さらに二隻の重巡航艦が爆発し、炎に包まれた破片になった――だが、もう遅い。防衛軍の各艦は、すでに標的を見つけていた。それぞれの艦が自分の標的に対して特攻し、巨大な爆発を引き起こした。すべての敵艦が細かく揺れ、不規則に震えた。スウォーム航宙母艦の巨大さに比べれば小さな爆発だったが、効果を発揮するのは爆発の大きさではない。

爆発の起こった位置だ。

「大尉？」グレンジャーは戦術ステーションに顔を向け、センサーに向かっている男を見た。

ディアスはさまざまな表示を忙しく見まわし、うなずいた。

「確認しました。メインの戦闘艇ベイは、すべて破壊されました」

グレンジャーは椅子の背にもたれて微笑した。

「ピアース部隊長、全戦闘艇を緊急発進させろ。あの特異点をすべて片づけ、主力艦を思いきりぶちのめせ」と、グレンジャー。顔を上げた。「少将？　そちらの艦隊の残りを、好きなように配備してくれ。標的も、自由に選んでくれてかまわない」

通信機から返事はない。アズビル少将は、艦隊最大の艦を十六隻も失ったことでグレンジャーをぼろくそにののしるか、急に勝算が五分五分以上に増したことを評価するべきか、迷っているのだろう。

「まだ、敵の艦から戦闘艇が出てきているぞ、グレンジャー。わたしには見えないが――」

　グレンジャーは儀礼を無視して口をはさんだ。

「スウォームの航宙母艦はどれも、複数の戦闘艇ベイを備えているが、メインの戦闘艇ベイには七十五パーセント以上の戦闘艇が収容されている。そのうえ、こんな形で外殻を傷つければ、連中がわれわれのレーザーをブロックするために使うものがすべて破壊される。いまやスウォーム艦は、われわれのどの武器にもやられやすい状態だ。前は勝てそうもない戦闘だったものが、いまでは少しわれわれが有利になった。しかし、けっして勝ったわけではない。少将、ここで、そちらの艦隊の残りが必要になる。まず、敵艦の砲列をねらい、続いて次の艦に移ってくれ。これを次々と繰り返してほしい」

　ふたたび、短い沈黙があった。

「よくわかった、グレンジャー。アズビルより、以上」

　グレンジャーは片眉を上げ、それから戦術ステーションへ向きなおった。

「敵艦外殻の穴をひとつ残らずレーザー砲でねらい、発砲しろ。ろくでなしどもを艦の内側から、あぶってやれ。さらに、核爆弾も放りこめ」

「かしこまりました」

グレンジャーはチラリと司令コンソールに目を向け、タイマーで、最初の特異点が武器として発射されそうな時刻を確かめた。ちくしょう、もう一分を切った。特異点は、六つある――どのひとつをとっても、ニュー・ダブリン最大の都市と、その周囲数百キロ以内の町を全滅に追いこめる。

機動戦闘艇のパイロットたちは、大仕事を抱えることになりそうだ。

7

エール星区　惑星ニュー・ダブリン

低軌道

〝肝っ玉《ボールジー》〟のコールサインを持つタイラー・フォルツ大尉は、戦闘艇のスロットル・レバーを限界まで押した。さいわい、朝の二日酔いの記憶は遠くかすみ、敵を殺す覚悟ができている。殺す相手は、多ければ多いほどいい。

前方の大群《スウオーム》航宙母艦が戦闘艇の針路をふさぎ、脅《おど》すようにのしかかってくる。側面のメイン戦闘艇ベイがあった位置にできた穴から、火と残骸が流れ出ていた。敵の戦闘艇が、血に飢えた昆虫のように群がっている。十三隻の巡航艦が犠牲になってメイン戦闘艇ベイを破壊していなければ、もっと多かっただろう。

「宇宙の覇者《スペースチャンプ》、おれにつけ。ピューピューと消耗品《フォダー》はそのまま荷物を届ける準備をしろ」チラリとセンサー表示を見た。「五秒後に敵戦闘艇と交戦する。油断するな」

ボールジーは向かってくる敵艇の群れに注意を集中する前に、危険をおかして横の僚艇のパイロットを見た。ピューピュー――一週間前に失った、同じように本名も覚えていないパイロットの後任だ。艇の着陸装置にかさばる荷物が結びつけられているが、隊形を崩さない。

荷物は、レンガ状に固めたオスミウムだ。長さ二メートル、幅一メートルほどだが、質量が、ほかの戦闘艇を合わせた分の二倍はある。その点が、スウォームが造る特異点の信じがたい破壊力から人類を守る鍵だ。

巨大な質量だ。だが、極小ブラックホールのひとつが、ニュー・ダブリンの地表や〈ウォリアー〉や、スウォームのほかの標的に向けて発射される前に、戦闘艇で運んで特異点に近づける程度には軽い。

横の艇のコックピットのなかから、ピューピューがチラリと顔をボールジーに向け、親指を立てた。同時に警報が響いた――敵の武器が至近距離で発射された。

始まった。

綿密に調整され、完璧に訓練を積んだ作戦行動が始まり、ボールジー分隊の四艇は下降して分かれ、外側へ小さな円を描くと、新しいベクトルでまた集まった――特異点にいちばん近い位置だ。途中で襲ってくる砲撃は、すべて無視した。

「三時の方向に気をつけろ、フォダー」と、ボールジー。しつこく追ってくる敵艇を振り払おうと、もういちど小さな輪を描いた。「ピューピュー、手を貸してくれ——」言いかけたとき、見えない位置でこもった爆発音がした。

「もう片づけましたよ、ボールジー。ピュー！　ピュー！」と、ピューピュー。いつものレーザー発射の効果音まで付け加えた。ボールジーよりも射撃の好きな者がいるとしたら、それはこの男だ。

　ボールジーはうなり声で答え、光の明滅する特異点に視線を戻した。あれは、大きさは平均的な砂粒くらいしかないが、本当にやっかいな代物だ。だが、ブラックホールへ落下する物体が作る、渦を巻く輝きが数センチ広がり、何十キロ先からでも見えるほどまばゆい天体になった。大きくはないが、周囲一メートル以内にあるものはなんでも引き裂き、その質量を吸収して大きくなる。

　その怪物のひとつをめざして、ボールジーは戦闘艇を加速させた。尻振《フィッシュテイル》りことジェシカ・ミラーを戦闘艇ごとのみこんだ、ちらちら光るけだもののひとつへ向かって。フィッシュテイルの本名は覚えている。姓も、名も。いまでも、あいつの夢を見る——底なしの黒い穴に落ち、おれに向けられた顔がゆがんで、悲鳴を上げている夢だ。

もっと大きく加速して、まっすぐ飛びこみたいという誘惑を感じた。フィッシュテイルはピアース戦闘艇部隊長の命令で、やってのけた。グレンジャー艦長は自分の判断で同じことをして、無事に戻ってきた。あの老艦長にできたんなら、フィッシュテイルにだってできたはずだ。フィッシュテイルが向こう側で生きてると、信じたくてたまらない。戦闘艇が故障して飛行不能になり、誰かが救助に来てくれるのを待ってるのかもしれない。

「ボールジー、何をしてるの？」女の声だ。フィッシュテイルか？

「ボールジー、止まって！」

ボールジーは正面前方の脈動する光を見つめた。艇を引き寄せる重力が増大したような気がする——こんな遠くで、それはありえない。理性ではわかっている。だが、ボールジー艇は危険な速度で特異点へ向かっていた。

なぜ、飛びこんじゃいけないんだ？　フィッシュテイルを救っちゃいけないのか？　フィッシュテイル、ダッシュボードの継ぎ目に立てた写真に目をやった。小さな男の子。フィッシュテイルの子供だ。機動戦闘艇の模型を持っている——フィッシュテイルが死ぬまで飛ばしていたのと同じ型の艇だ。

「ボールジー！」

　ボールジーは目を閉じ、荷物の放出ボタンを押した。そのとたん、戦闘艇の質量が三分の二ほど減り、オスミウムのかたまりが特異点へ飛んでいった。艇がガクンと揺れ、ボールジーは操縦桿を引いて、最後の瞬間に向きを変えた。

　急に戦闘艇の機動性が回復し、ボールジーは強く加速して、小さな艇を稲妻のようにすばやく特異点から離れさせた。まもなく、特異点が突き刺すような白光を発して爆発した。ボールジーはチラリと背後を見て、特異点が消えたことを確認した。

「いったい、何をしてたの、ボールジー？　接近しすぎよ！」スペースチャンプの声が、いらだたしげに言った。

「この前、おれがレンガを放出するタイミングがちょっと早すぎて、特異点にぶつかる前に〝おもらし野郎〟どもに破壊された。今回は、確実に命中させたかったんだ」

　スペースチャンプはフンと鼻を鳴らした。

「そのすごい鼻を特異点につっこんででも？　まじめな話、ボールジー、あなた、死にたがってるみたいに見えたわ」

　ボールジーは肩をすくめた。このごろは、死ねば安らげるだろうと思う。ひっきりなしの交戦。ほぼ毎日の、スウォームとの小競り合い。数えきれないほどの飛行任務。足りない睡眠。厳しく制限された糧食。

　そして、友人たち。死んだ友人たち全員。知り合った数日後に、無慈悲なスウォームの砲火で殺されたパイロットたち。

「死ぬ？　それは今日じゃないな、スペースチャンプ」と、ボールジー。センサー表示を見た。六つあった特異点のうち、四つは消えた。だが、ほかの戦闘艇分隊は敵の砲撃に悩まされている。「ろくでもないけつの穴みたいな天体が、まだふたつ残ってる。デルタ分隊とウルフ分隊は支援が必要だ。フォダー、ピューピュー、スペースチャンプ、おれに続け。ぶっとばしてやろう」

8

エール星区　惑星ニュー・ダブリン
ISS〈ウォリアー〉ブリッジ

ニュー・ダブリン惑星防衛艦隊の残りが高軌道から降りて、戦闘に加わった。グレンジャーは大群《スウォーム》との交戦を見ながら、うなずいた。大きな損害を負いながらも、それなりにやり返している。スウォーム航宙母艦の表面に点在する反物質ビーム砲を、電磁投射砲とレーザーで砲撃している。宇宙ゴミ《デブリ》が大量に集まったため、通常は見えないレーザー・ビームの通り道が青い光となって輝いた。

「戦術士、二八マーク四の三隻の敵艦を砲撃しろ。あの三隻は、まだ特異点を生成する力がある」

三隻のスウォーム艦に、〈ウォリアー〉の電磁投射砲が何千もの砲弾を浴びせ、統合防衛軍の数十艇の機動戦闘艇が小型砲の砲火で包みこんだ。まもなく三隻のスウォーム艦の外殻は火を噴き、その破片が死の宇宙空間へと転がりではじめた。

うまくいっている。大変けっこう。おれが望んだより、はるかに上出来だ。とくに、スウォーム艦の数が予想された十隻でなく、十三隻だったことを考えると。〈ウォリアー〉と機動戦闘艇部隊に加えて、ニュー・ダブリンの重巡航艦、軽巡航艦と戦闘艇部隊が、数カ月前なら不可能と思われたことをなしとげている。

勝利だ。ほぼ簡単な勝利と言っていい。

装甲のスマート＝スチールは、いまでは何度スウォームの反物質兵器で撃たれても、耐えられるようになった。ひとつひとつの戦闘の勝算は、二カ月前の地球上空での戦闘時より、はるかに増している。

たしかに、勝利だ。だが、その代償が……犠牲が思い出される。グレンジャーは十六隻のニュー・ダブリン艦のクルーに命を捨てさせた。クルーをレンガのように扱った。レンガ職人――これが、グレンジャーの新しいあだ名だという噂だ。〝たしかに、あいつは英雄ではある……だが、戦いつづけるために、気まぐれに部下を虐殺させる肉屋と同じではないか？〟ちくしょう――だめだ、そんなことを考えるな。躊躇《ちゅうちょ》するな。悩むな。目標だけに集中しろ。ほかのことを考えたら、犠牲がすべて無駄になる。

それと、裏切りの問題――われわれの中心に、裏切り者がいる。二カ月前にスマート＝スチールのアルゴリズムを更新したら、突然スウォームの砲火を防げるようになった。何者かが、前のアルゴリズム・コードを漏らしたとしか考えられない。誰かが敵に協力している。トップにいる誰かだ。

「敵が退却しています、艦長」ディアス大尉が大きな笑みを浮かべて言った。「残っている五隻の敵艦が、離れてゆきます。ゆっくりですが――エンジンが損傷を受けたようです」

グレンジャーはうなずいた。

「けっこう。追跡させろ。一隻も、生きて逃がしはしないぞ」センサー表示を調べた。「それと、最初の艦はどうなった？　われわれが最初の通過攻撃で力を奪った艦だ」

「まだ高軌道にいます。しかし、エンジンを修理して星系外へ出る針路をセットしたようです」

グレンジャーは、ふたたびうなずいた。

「予定どおりだ。ニュー・ダブリン艦隊に、あの一隻は無視するよう伝えろ。プロクターが命じただろうが、アズビル少将が理解していることを、こちらでも確認して――」

「艦長！」プルーハ少尉が片手を振った。「アズビル少将から通信が入っています。機嫌が悪そうです」

「噂をすれば——だな」グレンジャーはため息をついた。「つないでくれ」

スピーカーから怒声がとどろいた。

「グレンジャー、いったいなぜ、こんなばかげたことをする？」

グレンジャーは拳銃でスピーカーを撃ちたくなったが、感情を表わさないよう声を抑えた。

「少将？」

「なぜ、あの航宙母艦を逃がす？　頭がおかしくなったのか？」

「頭がおかしくなった？」グレンジャーはニヤリと笑った。「そうかもしれないな。わたしは、退役後にフロリダの浜辺で豪勢に過ごす計画を立てていたが、どういうわけかジンガノ元帥に説得されて、もういちど現役を続けることになった」

アズビル少将は憤然と言った。

「フロリダの浜辺はもう存在しないぞ、グレンジャー艦長。フロリダ半島南部はなくなった。細長く伸びた地域は残骸と化した——居住不能と言っていい。何千万人も死んだ。ここにいるわれわれも、危険にさらされている。ろくでなしのスウォームのせいだ。それなのに、やつらを逃がせというのか？」

「そうだ。きみも逃がすべきなのだ」と、グレンジャー。声に危険な色が混《ま》じらないよう、自制した。

「なんと言ったかね、大佐？」と、アズビル。

グレンジャーは立ちあがった。

「わたしはジンガノ元帥から直接命令を受けている。あの航宙母艦は、無視することになっているのだ。もう危険な相手ではないし、逃がしていい」

長い沈黙があった。

「信じないぞ。アズビルより、以上」

グレンジャーは目を見開き、悪態をついた。

「艦長、ニュー・ダブリン艦隊の旗艦と数隻の巡航艦が、この場を離れて、最初の敵艦を追跡する針路をとっています」

グレンジャーは身体ごと航法ステーションを振り返った。

「少尉、妨害コースをとれ。全速力だ。ニュー・ダブリン艦の前をふさげ」

この作戦全体の鍵となるのが、あの敵艦だ。ニュー・ダブリンを救う？　けっこう。〝けっこう〟以上だ——惑星上には何百万人も住んでいる。だが、人類を救うのは？　そのほうがずっと大事だ。しかし、スウォームの母星がどこにあるかわかるまで……あるいは、母星でなくてもいいから、スウォームの居住惑星がわかるまで、人類は防衛しかできない。防衛し、敗北する。強力な防衛だけでは、戦争に勝つことはできない。本物の攻撃をしなければ、戦争は終わったも同然だ。

あの航宙母艦は、逃がさなければならない。グレンジャーは司令コンソールを見おろして確認した。〈ウォリアー〉は最初の通過攻撃のときに、小さな追尾装置を発射した。いま、スウォーム航宙母艦の外殻に付着して、常時、低出力の遠隔測定用信号を発している。

あの航宙母艦がQジャンプして去ったら、グレンジャーには、どの方向にどれだけの距離を移動したか、正確にわかる。

だが、アズビルにそれを知らせることはできなかった。この作戦は極秘だ。追尾装置のことは、〈ウォリアー〉でも、ひとにぎりのブリッジ・クルーと幹部士官しか知らない。計画の全容を知っているのは副長のプロクターだけだ。ちくしょう、おれでさえ、計画のすべてを知っているわけではないのだ。ジンガノ元帥とエイブリー大統領だけが知っていて、秘密にしている。

だが、ようやく、この計画がうまくいきそうなのだ。もったいぶった自信過剰の少将なんぞに、スウォームの本拠惑星を攻撃する喜びを奪われてたまるか。

「妨害までの時間は？」

　プリンス少尉が航法コンソールに目を走らせた。

「あと二分です」

　まに合わない。司令コンソールのセンサー表示によれば、ニュー・ダブリン艦は敵艦に迫っている。三十秒もたたないうちに追いつく。数十門のペタワット級レーザー砲のビームを浴びて、スウォーム艦が生き残れるとは思えない。

　グレンジャーは通信ステーションに向かって言った。

「旗艦に通信をつなげ」

　まもなく、プルーハ少尉がうなずいて言った。

「つながりました、艦長」

「ISS〈ゴールウェイ〉、追撃をやめろ。繰り返す、追撃をやめろ。ジンガノ元帥に代わって命ずる。低軌道には、片づけなければならない敵艦が、まだ五隻いる——相手をして叩きのめすには充分な数だ。もういちど言う。追撃をやめろ」

　グレンジャーは椅子の肘かけを指でコツコツ叩いた。応答はない。〈ゴールウェイ〉の艦首から、電磁投射砲の第一陣が発射された。

　ちくしょう！　砲弾がスウォーム航宙母艦を連打し、グレンジャーは自分の希望が消え失せる光景を見つめた。今日の犠牲と損失のすべてが、無駄になった。敵艦が逃げられず、〈ウォリアー〉が追尾できなければ、戦争は振り出しに戻る。

　過去一カ月以上にわたって、人類は六隻のスウォーム艦を逃がした。そして、逃げる方向が、深宇宙の大熊座方向のいくつかの象限にあることをつきとめた。だが、まだ範囲が広すぎて、惑星をひとつひとつ調べることはできない。三角測量を行なえば、範囲を絞れるだろう。そのためには、少なくともあと数隻のスウォーム艦を逃がす必要があったのだ。

「スウォーム航宙母艦の内部に、巨大な爆発を探知しました」

　グレンジャーは事前に、敵艦を逃がす理由をアズビルに通信で告げようと提案したが、拒絶された。危険が大きすぎるという。スウォームに通信を傍受され、会話を聞かれたら……そして通信が超空間信号でスウォームの母星へ転送されたら、すべては終わりだ。統合防衛軍はスウォームがどこから来るかつきとめられず、人類は無情な攻撃を受けて服従させられ、忘れ去られる。

　電磁投射砲の砲弾をさえぎらなければならない。

「少尉、〈ウォリアー〉を巡航艦と敵艦のあいだに――」

「艦長！」

センサー・ステーションの士官が大声を出し、グレンジャーは身体ごとクルリと振り返った。士官の顔はあわてふためき、まごついている。

「なんだ？」と、グレンジャー。

「新しい艦隊が現われました。表示では、十隻——いえ——十五隻です」

なんてこった。

「スウォームか？」

士官は眉をひそめた。

「わ、わかりません」

「映像は出るか？」

士官はうなずき、命令を打ちこんだ。

グレンジャーはブリッジ前面のスクリーンへ向きを変えた。スクリーンの映像がちらついて、ぐらつくスウォーム艦に対する爆撃から、新手の艦に変わった。

スウォームではない。

統合防衛軍でもない。

ロシアか？　中国共有体か？

通信ステーションから、プルーハ少尉が大きな声で報告した。

「艦長、新しい艦が呼びかけてきています。映像も出ます」

グレンジャーがうなずいて承認すると、すぐにスクリーンに映像が入った。生まれてはじめて見る姿が現われた。

異星人だ。

人間に似た……どことなく爬虫類《はちゅうるい》じみた胴体に、人間の頭部が付いたような姿だ。相手はグレンジャーの全身を見まわし、口を開《ひら》いた。ただひとことしか口にしなかったが、グレンジャーは異星人が英語を話したことを不思議にも思わなかった。

「立ち去れ」

グレンジャーは何も言わず、自分が見ているものと聞いている音を処理しようと忙しく頭を働かせた。

異星人が、もういちど言葉を発した。今度は、脅《おど》すようにスクリーンに向かって身を乗り出した。英語が発音しにくいのと、本人にとって完全に異質な行為であるために、声がゆがみ、一種のなまりが現われた。間違いなく異質な生物だ。

「立ち去れ。さもないと、おまえたちは死ぬ」

9

エール星区　惑星ニュー・ダブリン

低軌道

大群《スウォーム》航宙母艦のメイン戦闘艇ベイは破壊されたが、数百艇のスウォーム戦闘艇が残ったふたつの特異点を囲んでいる。統合防衛軍の戦闘艇による破壊工作を阻止しようとしているらしい。肝っ玉《ボールジー》の分隊の艇の周囲で、嵐のように砲火が燃え上がり、分隊は急角度で方向を変えて混乱を乗り切った。

「デルタ分隊はやつらにやられた。ベータ分隊は標的に向かっている。われわれが受けた命令は、デルタ分隊とベータ分隊が荷物を届けるまで、敵を妨害することだ」ボールジーは強く操縦桿を押して艇のスピードを上げ、敵戦闘艇の隊形内に飛びこんで、ピューピューと消耗品《フォダー》に砲撃させた。二艇は高速砲から撃ちだされた長い筋を引いて、敵の隊形を荒らしまわった。宇宙の覇者《スペースチャンプ》は隊形からはずれた敵艇をねらい撃ちしている。スウォーム艇のなかから出た粘液がボールジー艇のハッチに撥《は》ねかかり、筋を引いて急速に凍りついた。

　まもなくベータ分隊が到着し、ボールジーの分隊は艇を傾けて、ベータ分隊に集まる六つの敵艇へ向かった。スウォームは、どの戦闘艇が自分たちのスーパー兵器にとって最大の脅威をもたらすか、正確に知っているらしい。着陸装置にレンガ状のオスミウムを付けた艇を標的にしている。

「ピューピューとフォダー、隊を離れて急降下し、敵の部隊を破壊しろ。スペースチャンプ、おれを掩護《えんご》しろ」

「問題ありません、ボス」と、ピューピュー。「それと、ボールジー、覚えといてください。おれの兄弟みたいな飛びかたをしちゃいけませんよ」

「そうです。おれの兄弟みたいな飛びかたをしちゃいけません」と、フォダー。

　二艇は反対方向へ飛び去った。兄弟のどちらも、六つの敵艇へ向かっている。〝おれの兄弟みたいな飛びかたをしちゃいけません〟か。フォダーとピューピューが実際に兄弟だと、ボールジーはつい最近知ったばかりだ。騎士道精神にあふれた行動をとろうとするとき、この二人はいつもこの言葉を口にする——つまり、絶望的に危険な状況を前にしたときだ。ボールジーは戦闘艇部隊を見まわした。最初に見たときより、たくさんの敵艇がいる。二人を死に追いやってしまったのではないかと、急に不安になった。フォダーは、いつも〝おれたちは消耗品《フォダー》だ〟と、こぼしている――それで、このコールサインが決まった。ボールジーは、自分が仲間を死に追いやるのだと自覚すると、このコールサインに胸が悪くなるほどの実感を覚えた。

だが、悩んでいる暇はない。おれは、いま戦闘のどまんなかにいる。突然、艇がガクンと揺れた――撃たれた。だが、大した損害はない。次の一撃が来る前に、ボールジーは急カーブとともに小さな輪を描き、追跡しようとしたいくつかの敵艇をスペースチャンプに撃破させた。輪を描き終わるとスペースチャンプの背後につき、スペースチャンプ艇を追う二艇を撃破した。

「ボールジー、撃たれてるわ」と、スペースチャンプ。

ボールジーは首を伸ばして背後を見た。右の翼から煙が出ている。厳密に言えば、大気圏に突入するのでないかぎり、翼は必要ないが、艇内の圧力が下がったり、右舷のスタビライザーが損傷していたりすると、数分のうちに大変な目にあう。

ボールジーは姿勢制御スラスターをテストして、ちゃんと働くことに満足した。そのとき、ふいに世界が爆発した。おれは撃たれたのか？　ちくしょう。何も見えない。

吠えるような歓声で、撃たれたのは自分ではないとわかった。特異点が爆発したのだ。ベータ分隊が、荷物を目的地に届けた結果だ。ボールジーは、安堵の息を漏らした。

「それにしても、あのレンガは、なぜオスミウムでできているの？」爆発の光が薄れると、スペースチャンプが言った。このパイロットは、しばしばこのように細かいことで気を散らす。ボールジーは、激戦中にこんな疑問を声に出すのが気に入らなかった。こんな厳しい状況で、なぜ気を散らすのか理解に苦しむ。ボールジーは肩をすくめて質問をやりすごしたが、代わりにフォダーが答えた。

「小惑星《アステロイド》採鉱作業から出たアイデアだ。ほかの重金属は、みな艦体の材料として使われるが、オスミウムには使い道がない。放り出して小惑星帯《アステロイド・ベルト》に捨てるしかなかった。だが、いまは使い道ができたってわけさ」

ボールジーは、もういちど安堵のため息をついた。声が聞こえるのだから、フォダーは生きている。ボールジーはピューピューの表示がないかと探したが、見つからなかった。通りすがりに、隊形からはずれた敵の一艇に数発を浴びせ、戦闘空間に次の標的を探した。

「でも、あんまり毒性は強くないんでしょ？　オスミウムは」スペースチャンプは、おしゃべりをやめない。ボールジーは、気を散らすなと叱責しようかと思ったが、口を開《ひら》くより先に、すぐ後ろで爆発が起こった。

スペースチャンプが正確な照準でしとめた敵艇だった。ちくしょう、あの娘《こ》は腕がいい。つまらないことを考えながら、宙を飛ぶ〝おもらし野郎〟の艇をいくつも破壊する。

「ピューピューを見たか、スペースチャンプ？」と、ボールジー。骨組みだけになって煙を上げる統合防衛軍の軽巡航艦を避けて鋭く左へ曲がり、軽巡航艦の残骸すれすれにまわりこむと、フォダーを追撃しようとする敵の二艇を片づけた。

「いいえ」と、スペースチャンプ。

ボールジーは、また首を伸ばしてピューピュー艇を捜した。

「フォダー、きみの兄弟はどこだ？」

「知りません」

フォダーの声は平然として、気楽だ。まるで、ピューピューは夕方の一服のために外へ出たとでもいうかのように。二人とも、ボールジーよりはるかに自信に満ちている。くそ、この二カ月、おれはどうしたというんだ？　気は散るし、自信は揺らぐ——全速力で戦闘艇を飛ばす統合防衛軍航宙学校《フライト・アカデミー》を出たばかりの若者にも負けてるじゃないか。

ボールジーはダッシュボードに立てた写真に目をやった。戦闘艇の模型を持つ男の子——尻振《フィッシュテイル》りの息子だ。フィッシュテイルが、おれの心にのしかかってる。おれはフィッシュテイルのことを……その息子のことを……あの子に〝ママは帰れない〟と告げた日のことを、考えずにはいられない。その経験全体に、どうしようもなく打ちのめされた。自分でも驚く――おれは戦闘で鍛《きた》えられた戦闘艇パイロットだ。スリルのために生きてる。女のことや失った友人のことで、悩んだりしない。

それなのに、いまは悩んでる。

コンソールが光り、新たな命令が出た――〝航宙母艦と交戦せよ〟。

その命令を補強するように、通信器にピアース戦闘艇部隊長の声が響いた。

「全戦闘艇、残っている敵の航宙母艦と交戦しろ。ニュー・ダブリンの巡航艦のために、敵航宙母艦の攻撃の邪魔をするんだ。敵の戦闘艇は、できるだけ無視し、航宙母艦の武器に攻撃を集中しろ。部隊長より、以上」

ちくしょう。あとで、ピューピューの艇の航跡をたどらなきゃならない。

「聞いただろう、みんな」と、ボールジー。グイと右に曲がって隊形を離れ、いちばん近いスウォーム航宙母艦を攻撃するベクトルをセットした。標的は一キロしか離れていない。敵艦は〈ウォリアー〉のほとんど目に見えないレーザー・ビームの連打を受けて側面に穴が開《あ》き、煙と残骸を噴き出している。ビームは見えないかもしれないが、うっかり近づきすぎたら、一秒もかからずに灰になる。

敵航宙母艦から一本の反物質ビームが飛び出して〈ウォリアー〉に食いこみ、さらに六本のビームが続いた。そのうちの一本がそれて、ニュー・ダブリン軽巡航艦の艦首右側をとらえた。巨大な爆発が始まり、軽巡航艦は揺れながら〈ウォリアー〉のそばを通り過ぎた。

通信器からフォダーの声が聞こえた。

「あの砲塔を撃ち落としましょう」

「賛成だ」と、ボールジー。「スペースチャンプ、おれたちを掩護してくれ」

「了解、ボールジー分隊長閣下」と、スペースチャンプ。ふざけた皮肉な口調だ。一瞬、ボールジーはフィッシュテイルを思い出した。くそ、このごろは見るもの聞くもの、みんなフィッシュテイルを思い出させる。戦闘艇を見ればフィッシュテイルを思い出す。眠っても、呼吸してもフィッシュテイルが頭に浮かぶ。

三艇は敵艇の群れに飛びこみ、猛スピードで前後に動いて砲撃をかわした。ボールジーはピアース部隊長の研修セッションを思い出そうとした。部隊長はベテランパイロットに対しても毎週、研修セッションを実施している。今朝も受けたばかりだ。〝飛びかたは、たえず任意に変えろ〟――部隊長の言葉だ――〝予測しやすい飛びかたをすると死ぬぞ〟。

ボールジーは艇を前後上下に、でたらめに跳《は》ねさせた。艇首を細かく振りながら、雲のように群がる戦闘艇を縫って飛び、できるだけたくさん標的をねらい撃ちした。だが、最終目標は航宙母艦だ。ついに、航宙母艦に接近した。

「フォダー、あの砲塔めがけて魚雷を発射しろ。スペースチャンプとおれが掩護する」

フォダーの艇が前方へ飛び出した。ボールジーは胃がよじれそうな激しい高Gループを描いて周囲に発砲し、スペースチャンプと二人で、自分と動きの一致する敵艇をひとつずつ片づけた。

フォダーは、うまく混乱のなかを通り抜けた。もっとも、ボールジーは見ていなかったので、どうやってあの厚い敵艇の雲を通過したかはわからない。こいつはおそらく、いままででいちばん絶望的かつ致命的な小競り合いだ。すでにニュー・ダブリンの巡航艦が敵艦に体当たりして戦闘艇ベイを破壊し、敵艇の四分の三以上を片づけていたとしてもだ。フォダー艇の左の翼から一発だけ魚雷が発射され、反物質ビームの砲塔に当たった。緑色のビームが砲塔から飛び出して、通り過ぎる統合防衛軍巡航艦に命中しているときだ。

巡航艦とビーム砲塔が同時に爆発した。ボールジーはたじろぎ、飛び散った残骸が雲をなして広がるなかを上方へ向かった。

「よしと。次をねらうぞ、相棒」と、フォダー。

三艇は次の砲塔へ向かって疾走した。敵航宙母艦の全長を半分ほど下ったとき、航宙母艦のまわりに群がる何十ものスウォーム戦闘艇が見え、戦慄した。おれたちの動きは予想されていたに違いない。

「よし」ボールジーは言いはじめた。「しかたがない。こうなったら、もう――」

フォダーは、ボールジーが言い終わるまで待っていなかった。スウォーム艇に向けて加速し、発砲準備を整えて叫んだ。

「それーっ！」

「用心してよ、フォダー。自分のコールサインを、文字どおりに解釈しなさんな」と、スペースチャンプ。

「ベイビー、おれは、こうやってコールサインを手にしたんだ。全速力で進め、あばずれども！」

フォダーは敵艇の群れのなかへ直進し、曲がり、敵をこなごなに撃破した。ひとにぎりの砲弾がフォダー艇の尾翼と両翼をとらえたが、フォダーはループを描いて砲撃しつづけた。ボールジーは悪態をつき、すぐ後ろにスペースチャンプをしたがえてフォダーのあとを突き進んだ。

　ボールジー艇が一発、撃たれた。続いて、もう一発。ちくしょう。これが、おれの最後の飛行になりそうだ。

「わたし、撃たれたわ！」通信器に、スペースチャンプの悲鳴のような声が届いた。

「コントロールがきかない——」二艇の敵艇がスペースチャンプ艇にのしかかり、さらに数発の砲弾を浴びせた。だが、ボールジーは自分に襲いかかる敵艇の処理で精いっぱいだ。

　おれたちは死ぬ。

　視野の隅に、細長い金属の輝きが映った。ものすごい勢いで武器を発射している戦闘艇だ。右の翼がなく、どうやって飛んでいるのかボールジーには見当もつかないが、間違いなくループを描いて飛びまわっている。その艇は、下降してやりすごしたボールジー艇を撃つ代わりに、スペースチャンプ艇の後ろについていた敵艇を撃ち落とした。

「もう充分かな？」ピューピューの声がした。ボールジーは安堵の息をついた。おれは生きてる。フォダーの兄弟も。どちらも、ありえないような気がした。

「おれの兄弟みたいな飛びかたをしちゃいけないと、言ったはずですよ」フォダーの声がし、混乱のなかを突き抜けてくると、敵艦のもうひとつの砲塔に向けて魚雷を発射した。砲塔は痙攣《けいれん》するように震え、爆発した。

ボールジーの分隊の艇は四つに分かれて飛び、次の標的へ向かった。

「いったい、〈ウォリアー〉はどこ？」と、スペースチャンプ。

ボールジーはチラリとスコープを見た。たしかに、〈ウォリアー〉は消えていた。数十隻のニュー・ダブリン巡航艦と、残った五隻のスウォーム航宙母艦を連打する〈ウォリアー〉の戦闘艇しか見えなかった。

10

エール星区　惑星ニュー・ダブリン
ーSS〈ウォリアー〉　ブリッジ

グレンジャー艦長は座席から急いで立ちあがった。スクリーン上の人物の様子が――明らかに人間ではないが、グレンジャーと同じ言語を話す――グレンジャーにそうさせたのだ。少なくとも、相手が誰か……何かをつきとめるまで、口実を設けて時間を稼ぐ戦術をとるしかない。

「わたしと話しているきみは、何者だ？」

返事はない。画面上の異星人はグレンジャーを見つめた。その目はネコを思い出させる――切れ長で、グレンジャーにはわからない何かの刺激を受けて、瞳孔が広がったり縮んだりする。ゆっくりと険悪な表情で異星人が歯をむき出した――とがった黄色の歯は、人間の首も食いちぎれそうだ。

「きみは何者だ？　ここは地球の支配星域だ。この惑星は、われわれの保護下にある。忠告する――」

　異星人が口をはさんだ。

「われわれの盟友に対する攻撃をやめろ。そして、立ち去れ。いまから――」相手は間《ま》を置いた。考え、言葉を選んでいるかのように。「――六十秒のうちに」

　グレンジャーは異星人を見つめたまま、通信ステーションに合図した。

「アズビル少将につなげ」

　プルーハ少尉はうなずき、ヘッドセットに向かってあわただしく大声で話した。やがて、グレンジャーのステーションのスピーカーからアズビル少将の声が出た。グレンジャーは少尉に、異星人の映像の音声を消すよう合図した。

「少将、この映像が見えるか？」

「見えるとも、グレンジャー艦長」と、アズビル。「仮面をかぶったロシア人かね？」

「いや。こいつは本物らしい。艦の設計も、まったく異質だ」と、グレンジャー。確認のため、情報ステーションに目を走らせると、三人の士官がそろって肩をすくめた。

「この連中について、われわれは何も知らない。そちらは？」

アズビル少将は咳払いをして答えた。

「知らない」

グレンジャーは、戦術クルーの一人が前面スクリーンに表示したカウントダウン・タイマーを見た。異星人の要求に応じるまで、もう二十秒もない。新来の十五隻の戦闘艦が見かけどおり危険かどうか、確かめるのに二十秒。大群《スウォーム》の同盟相手だと？　グレンジャーはぞっとした。それが本当なら、われわれの戦略全体が狂いかねない。

「少将、あの逃げようとしているスウォーム航宙母艦への発砲は控えなければならない。この新しい種族が何をほしがっているのか、見てみよう。何者か……ここで何をしているのかを」

短い間を置いて、アズビルはうなずいた。

「けっこうだ。〈ゴールウェイ〉に連絡する。きみは、正体不明の種族に近い位置にいる。詳細なセンサー記録を手に入れてくれ。全周波数帯での完全なスキャン、中性子《ニュートロン》スキャン、超空間モニター……すべてだ。われわれが相手にしているものの正体を知る必要がある」

グレンジャーはうなずき、すばやくディアス大尉に目を向けた。戦術クルーはアズビル少将の命令どおり、スキャンを実行している。続いて、通信ステーションに合図して、異星人との通信の音声を復活させた。

グレンジャーはふたたび、どこか爬虫類《はちゅうるい》じみた男の映像を前にした――たぶん、男だろう。

「要求に応じた。われわれは、もうスウォーム艦を攻撃していない」

異星人は顔を脇に向けた。おそらく、カメラに入らない位置にいる誰かに確認したのだろう。それからカメラに向きなおり、自分の前のテーブルに両手を置いた。

「では、立ち去れ」

「まず、そちらが何者で、なぜ来たのかを知りたい」と、グレンジャー。これで、センサー・クルーが少しでも役に立ちそうなデータを手に入れるまで、数分は稼げる。クルーに充分な時間を与えるには、会見を引き延ばさなければならない。

「われわれは盟友を支援しにきた。われわれが何者かは関係ない」

「関係はある。ここはわれわれの支配宙域で、そちらはお客だ。主人側に身分を告げないのは、礼儀に反する」

異星人の表情は読みにくいが、グレンジャーには、相手が顔をしかめたように見えた。

「お客。われわれは、おまえたちのお客ではない。対戦相手だ。おまえたちは、われわれの盟友の敵だ。ヴァラリシは……昔から、われわれの友だった。いつまでも盟友だ。

おまえたちが賢明なら、ヴァラリシにしたがうだろう。抵抗しつづけるのは危険だ」

　ヴァラリシ？　スウォームは自分たちを、そう呼んでいるのか？　七十五年前から二度の荒々しい侵略を経験したのに、敵の名も知らなかったとは、奇妙な話だ。

「それで、きみたちは？　なんという種族だ？」

「われわれはドルマシ。〈七種族協定〉のメンバーだ。ヴァラリシの最初の盟友だ」

　グレンジャーは無精ひげをなでた。

「〈七種族協定〉？　それはなんだ？　スウォームの盟友となった文明は、きみたち以外にもあるのか？　われわれのもとを訪れた理由は、なんだ？」

　異星人は微笑した——とにかく、その顔が作れる、できるだけ微笑に近いものだ。それがドルマシにとって自然な表情かどうかは、わからない。英語の使いかたと同じように、初歩的な表情も、学んで身につけたのかもしれない。

「われわれの意図は、盟友の力になることだ。われわれの盟友は、おまえたちをしたがえたいと望んでいる。だから、われわれが支援する。われわれは〈七種族協定〉第二の一族だ。おまえたちは武器を置き、艦を捨て、両手を広げて最高位のヴァラリシを——〈七種族協定〉第一の種族を、おまえたちの惑星に迎え入れるがよい。さもないと、われわれと同胞が、おまえたちを葬る」

　グレンジャーは背後にまわした両手を握りしめた。ここで電磁投射砲の発射を命じて先頭の艦を攻撃し、ドルマシとやらに教訓を与えてやろうか――〝スウォームの命令で地球の支配星域に押しかけて、歓迎を望むなど、見当はずれだ〟と。

　だが、この会話で貴重な情報が手に入った。非常に重要な情報だ。

　スウォームは、交渉もできる相手であり、意志の疎通が可能だという情報が。

　グレンジャーは戦術部のセンサー・ステーションに視線を走らせた。責任者のダイアモンド少尉が首を振った。ちくしょう……スキャンには、まだ時間がかかる。この新しい敵に関して、得られる情報はすべて手に入れたい。ドルマシと戦う可能性もあるのだ。

「それで、お名前をうかがってもよろしいかな？」と、グレンジャー。

　異星人は頭を傾けた。

「ヴィシュゲイン・カーサだ。わたしは、この艦と、いまここにいる艦すべてと、ほかに五十の艦のヴィシュゲインだ」

「ヴィシュゲイン」グレンジャーはオウム返しに言った。ドルマシの言葉で、将官のどれかを表わすに違いない。「わたしはＩＳＳ〈ウォリアー〉のティモシー・グレンジャー艦長だ。スウォームは――きみたちがヴァラリシと呼ぶ種族だが――われわれの宙域を侵略し、人々を殺した。われわれはスウォームを追い出す。きみたちを、同じように追い出させないでほしい」

異星人は奇妙な音を立てた。つぶやきか咳に似ているが、まもなく笑い声だとわかった。おもしろい——統合防衛軍士官学校《アカデミー》時代に、必須のファースト・コンタクト講座をとった。異星生物学や異星社会学のようなテーマが含まれていたが、異星人が人間のように笑う社会的慣習を発達させているとは、考えたこともなかった。それとも、これもドルマシが学んで身につけた技術だろうか？　そうだとしたら、この連中はどのくらい、この種の技術を学んだのだろう？

「おまえは、われわれを追い出す立場にはない。おまえは一隻の艦を指揮していて、その一隻はわれわれに害を及ぼすかもしれないが、ほかの二十隻にその可能性はない」

グレンジャーはセンサー・ステーションをチラリと見て、クルーに問いかける表情を向けた。少尉は険しい表情でうなずいた。どうやら、センサー・データのいくつかを解析して、新しい敵艦が大変な脅威になることを確認したらしい。ダイアモンド少尉の表情から見ると、重要な情報が手に入ったようだ。

グレンジャーは自分の戦術スクリーンに目を向け、数キロしか離れていない宇宙空間に不気味に浮かぶ十五隻のドルマシ艦を見た。ドルマシ艦隊は、〈ウォリアー〉と、ぐらつきながら逃げようと、わずかながらも精いっぱい加速するスウォーム航宙母艦のあいだに入っている。スウォーム艦に付けた追尾装置は、ニュー・ダブリン艦の攻撃で損傷しなかっただろうか？　あのスウォーム艦がＱジャンプできなくなっていたら、どうなる？

「おそらく、そのとおりだろう、ヴィシュゲイン・カーサ。だが、その説が正しいかどうか、テストしてみるか？　あえて言わせてもらうが、ＩＳＳ〈ウォリアー〉と戦えば、そちらも多くの人命を失うぞ」グレンジャーは戦術ステーションのほうへ頭を傾け、ささやいた。「反物質魚雷を準備しろ」反物質魚雷はまだ実地テストをしていない。テスト用に、統合防衛軍の兵器研究部からわずかな数を与えられただけだ。だが、普通の核魚雷で脅《おど》すだけでは不充分かもしれない。

またしても、咳かつぶやきのような笑い声が聞こえ、ヴィシュゲイン・カーサは両腕を大きく広げた。対決の姿勢だろう。

「われわれはヴァラリシの盟友として、ともに生き延びたいとは思っていない。われわれはヴァラリシの命令どおり、身を犠牲にする。それがわれわれの輝かしい権利だ」

「では、きみたちは奴隷なのだな？」

シュッという激しい息づかい。意味は明らかだ。

「奴隷？　われわれは奴隷ではない。ヴァラリシに仕えるのは特権であり、名誉なことだ。われわれはヴァラリシの盟友のなかで、もっとも名誉ある、忠実な種族だ」

「おもしろい。きみたちの盟友種族は、きみたちに対して、奴隷に対する主人と同じくらい影響力があるようだな」と、グレンジャー。戦術ステーションに向かってうなずいた。「デモンストレーションをしてやれ、大尉。Zマイナス十キロ。連中の尻のすぐ下だ」

「発射します」

スクリーン上で、〈ウォリアー〉から小さな物体がひとつ発射され、艦首から下降して、ドルマシ艦隊の数キロ下方に近づいた。

ドルマシ艦隊の先頭の艦からチラチラ光る緑色のビームが飛び出し、魚雷に当たった。魚雷が消え失せると同時に、音のない爆発から何かが飛び出した。反物質ポッドは、爆発に巻きこまれなかったらしい。

「非常に印象的だ、グレンジャー艦長」

グレンジャーは内心、おじけづいた——どうも相手は、英語ばかりか皮肉までマスターしているようだ。

「同じ武器を何千個も持っているぞ」と、グレンジャー。はったりだ。「いちかばちか、賭けてみるか？　いますぐ立ち去れば、これ以上の暴力は行使せずに見逃そう。だが、ここにとどまるなら、覚悟――」

　咳のような笑い声が上がり、ドルマシのヴィシュゲインは両腕を大きく広げた。今回は、前よりずっと攻撃的だ。

「では、今度は、われわれがデモンストレーションをしよう、グレンジャー艦長。備えるがいい――できるものならな」

　グレンジャーは前へ進み、プリンス少尉の肩に触れた。

「回避行動をとれ、少尉。戦術部――」グレンジャーは戦術ステーションに合図した。「――迎撃用急速パルス砲を、全速力で発射しろ。やつらが何を撃ってこようと、すべて妨害しろ」

「了解」

　戦術クルーが忙しく活動を始めた。何十人もの士官が、下のデッキにいる迎撃用急速パルス砲のクルーと調整を行なっている。グレンジャーはドルマシが送りこんでくるものをスキャンしようと、司令コンソールに向きなおった。

　それが見えたとき、センサー士官が大声で報告した。

「艦長！　さらに四十隻の艦がQジャンプで現われました。〈ウォリアー〉の真上にいます！」

11

エール星区　惑星ニュー・ダブリン
ーISS〈ウォリアー〉ブリッジ

「新手のドルマシか？　大群《スウォーム》か？」と、グレンジャー。

センサーに向かっているダイアモンド少尉が表示を調べて首を振り、笑顔を見せた。だが、ダイアモンドが口を開《ひら》くより先に、プルーハ少尉が答えた。

「ISS〈ヴィクトリー〉のジンガノ元帥が呼びかけてきています」

グレンジャーは力を抜いた。やっと来たか。新しく現われた艦が、対決の場の中心に進んでくる。外形は〈コンスティテューション〉や〈ウォリアー〉にそっくりだ。統合防衛軍の造船計画は、過去二カ月で最高潮に達した。それどころか、地球の人口から見て過熱状態を何段階か超えるほどの状況で、完全な戦時体制に突入した。〈ヴィクトリー〉はこの一週間、宇宙で活躍し、二回、勝利をおさめた。ジンガノが今日の早い時間にケンタウリ星系で成功していれば、三回になっているはずだ。

「元帥につなげ」

一瞬後に、スピーカーからジンガノの声がとどろいた。

「助けが必要らしいな、グレンジャー艦長」

「そのようです、元帥。〈ヴィクトリー〉の到着は……タイムリーでした」

ジンガノ元帥は不満げな声で言った。

「ケンタウリ星系の攻撃は陽動作戦だった。敵は、すぐに艦隊を引いた。敵のQジャンプのベクトルから、きみたちの位置へ向かっているように見えた」

グレンジャーはうなずいた。

「敵艦十隻の予定でしたが、現われたのは十三隻でした」

「おまけに、スウォーム以外の仲間を連れてきたようだな。だが、新しい友人は姿を消そうとしているらしい」

グレンジャーが戦術表示を見ると、たしかに、十五隻のドルマシ艦は撤退しようとしていた。スウォームを護衛して星系を出るかのように、一隻だけのスウォーム航宙母艦を連れて隊形を組んでいる。

スピーカーからアズビル少将の声が届いた。

「元帥、連中が逃げます。もう、いつでもQジャンプで星系外へ出られる。連中がこちらに背を向けているうちに、攻撃しなければなりません」

「だめだ、少将」と、ジンガノの声。「あの新しい艦隊がどんな能力を持っているか、われわれは何も知らない。連中が戦わずに立ち去るなら、われわれからは、しかけない。しかけるのは、もっと戦術上の知識を得てからだ」

「しかし、元帥！　あいつらは、わたしの最良の艦を二十四隻以上も破壊しました！　われわれの安全は、われわれができるだけ多くの敵をやっつけることに――」

「違うぞ、アズビル少将。きみたちの安全は、わたしの命令に完璧にしたがうことにかかっている。少将の階級章を受け取ったときに、自覚しなかったのか？　この話は終わりだ」

ダイアモンド少尉がグレンジャーの注意を引いた。

「艦長、ドルマシ艦隊がQジャンプしました。艦が一隻も残らず消えました」

グレンジャーは、かんじんの情報をうながした。

「それで？　スウォーム航宙母艦は？」

「一緒に消えました」

「追尾用のビーコンは、まだ機能しているか？」

ダイアモンド少尉は眉を寄せ、コンソールのボタンをさらにいくつか叩いた。

それから笑みを浮かべ、顔を上げた。

「ジョーガン星区にいて、北極星方向へ進んでいます」

グレンジャーは通信装置に向きなおった。

「聞こえましたか、元帥？」

音声通信から、ジンガノが笑みを浮かべる様子が伝わってきた。

「聞こえた。これで、〈バトルアックス作戦〉の第二段階へ進んでいいだろう」

だしぬけに、アズビル少将の声が割りこんだ。グレンジャーは本気でいらいらしはじめた。

「〈バトルアックス作戦〉？　なぜ、わたしは知らされていないのです？」

「極秘事項だ、ラッセル。驚くことではない」

「しかし、今日、攻撃を受けたのはわたしの惑星です。ウルフラム長官はニュー・ダブリンの安全を維持するために、その作戦のことを知っておきたいでしょうし――」

ジンガノ元帥が、いらだたしげにさえぎった。

「アズビル少将、われわれは人類を守るためにここに来た。ニュー・ダブリンを守ることも含まれる以上、それはわれわれの仕事だ。だが、わたしは、戦略上の計画の細部を、知る必要のない士官たちに知らせる気はない。いままでも知らせなかったし、これからもない。わかったか？　さあ、ニュー・ダブリンに戻って――」

「わたしは惑星上にいて――」

「――防衛艦隊を編制しなおせ。スウォームはこんな形で負けるのが嫌いだから、間違いなく一週間以内に、また来る。それが、やつらのやりかただ」ジンガノ元帥はアズビル少将が黙りこむまで、威圧的に話した。どうやら戦争は、どんな人間の神経も、いらだたせるようだ。

「しかし、そいつは計画に関与しているじゃありませんか。戻ってきた男……レンガ職人……ロシアのスパイに違いない男なのに。否定しても無駄です、元帥。大統領だって同じ疑いを抱いています」

長い間《ま》があった。グレンジャーはブリッジ・クルーに向かって作り笑いをした。数人が笑い返した。

ジンガノはため息をついた。

「アズビル少将、きみを解任する。二日後に、地球にある統合防衛軍の中央軍に出頭しろ。それまでに到着するよう、きみの後任者を送る。ジンガノより以上」

通信装置が雑音を立てた。少なくともひとつの回線が切られた音だ。

「グレンジャー艦長、まだ、そこにいるか?」と、ジンガノの声。

「はい、元帥」

「話さなければならない。きみと、わたしと、プロクター中佐と、わたしが信頼する軍事委員会のメンバー全員と」

おもしろい——ジンガノ元帥は、副長のプロクターを含めた。〝信頼する〟という言葉を入れて、おれとプロクターをほかの者たちと区別した。信頼は、現代の中央軍では手に入りにくい必需品だ。総力戦に重心を置き、エイブリー大統領が国と仲間の惑星群を、まとまったひとつの巨大戦時産業の主動力のように動かしているにもかかわらず。

「中間点で?」と、グレンジャー。

「そうだ。一日後に、そこで会おう。ジンガノより、以上」

中間点。秘密の場所だ。その座標は、ひとにぎりの人間しか知らない——グレンジャー、プロクター、ジンガノ、あと二、三人の将官。それと、エイブリー大統領。

グレンジャーはプリンス少尉に呼びかけ、立ったまま、空《から》の副長席に顔を向けた。

「惑星ニュー・ダブリンへ戻れ。われわれの戦闘艇と、副長を収容しなければならない。総員、戦闘配置を解除。修理と復旧作業を開始しろ」

12

エール星区　惑星ニュー・ダブリン
低軌道

　二隻の大群《スウォーム》航宙母艦がまだ残っている。いちどは死を覚悟するほど不利だったのに、無我夢中で動いているうちになんとか乗り切ってしまった。肝っ玉《ボールジー》ことフォルツ大尉の顔は、水を浴びたように汗まみれだった——敵の攻撃を受けて戦闘艇の環境制御機能がやられたため、コックピットは過熱していた。さいわいフライト・スーツは傷ひとつなく、酸素もたっぷり一日分はあるが、とにかく暑い。

　ボールジーの分隊は、近くのスウォーム航宙母艦の反物質ビーム砲塔を撃ち落とし、すぐに、残っているもう一隻の敵艦のほうへ向きを変えはじめた。

「さあ、こいつで最後だ。残ったこのろくでなしの一隻を叩いたら、酔っぱらって、無責任きわまる人生の決断をしようじゃないか」

「いまさら遅いわ」と、宇宙の覇者《スペースチャンプ》。「わたしたちは、もう戦闘艇乗りになっているもの」

ボールジーは薄ら笑いを浮かべた。

「お嬢さん、おれが正直で、法を順守する市民だってことを教えてやろう」ボールジーは引き金を引いて、一艇だけはぐれたスウォーム艇を破壊した。センサー画面上で、近くの別の戦闘艇分隊が、雲のような敵艇の群れの猛攻を受けている。「おれに続け。あそこのストライカー分隊をトラブルから脱出させるぞ」

四艇は混戦の場へ向かった。そのとき、聞き覚えのある声が届いた。

「ご親切ありがとう、ボールジー」前にボールジーの分隊にいた田舎町《ドッグタウン》だ。声とともに、前の分隊の焼けつくような記憶がよみがえった。ドッグタウン、熱気箱《ホットボックス》、尻振《フィッシュテイル》り、ボールジー——二人が死んだ。残る二人は死の順番を待つばかりだ。

「がんばってくれよ、ドッグタウン、もうすぐそこに——」

爆発がボールジーの声をさえぎった。スウォーム艇の群れが集中砲火浴びせ、ストライカー分隊の一艇が爆発して炎の雲と化した。ボールジーは悪態をついた。ボールジーの分隊は戦闘のなかへつっこみ、十秒後に戦闘が終わった。ボールジーは戦闘空間を見まわし、センサー画面に目を移した。敵の最後の航宙母艦は制圧され、押し寄せた統合防衛軍の巡航艦群に連打されている。数十艇のスウォーム戦闘艇が、まだ巡航艦を囲んで飛びまわっているが、状況はたちまち残敵掃討に変わりはじめた。

スウォーム航宙母艦を追っていた〈ウォリアー〉が戻ってきた。すると、通信器からピアース戦闘艇部隊長の声がした。

「よくやった、諸君。全艇、戦闘艇ベイに帰投しろ。ドッグタウンとボールジー、きみたちの分隊は殿《しんがり》になって、〝はぐれ〟の敵艇を見張れ」

〝はぐれ〟――それは、戦闘後に毎回スウォームが行なう戦略だった。掃討をうまくかわして浮遊する残骸に隠れる敵艇も、ごくわずかだがいる。そうした生き残りの敵艇は、〈ウォリアー〉の戦闘艇が戦闘艇ベイに帰艦するときに現われて、攻撃してくるのだ。ときには、戦闘艇ベイ自体に特攻することもある。

「ボールジー」と、ドッグタウンの声。「きみの分隊は艦尾側を見張れ。おれたちは艦首側を見張る。ベイ内にほかの全員が入ったら、おれは分隊の二艇について、なかに入る。きみは、そのあとから、分隊と一緒に入れ」

「了解。いま、位置につく」

ボールジーは、帰ってきた艇が戦闘艇ベイに着艦するあいだ、ベイの入口の艦尾側を巡視しながら、自分の分隊を戦闘艇ベイへ誘導した。スウォーム艇が隠れそうなあらゆる浮遊物の陰や隅に目を凝《こ》らし、どんな徴候も見逃さないよう、センサー表示に注意した。スウォームは、隠れるときにはパワーを切り、電磁波の放射を探知されないレベルまで下げる方法を心得ているらしい。〈ウォリアー〉は巨大な艦で、隠れる場所はたくさんある。周囲には、無数の破片もただよっている。

「よしと。さあ、入るぞ」ドッグタウンが宣言した。ドッグタウン艇と、同じ分隊の生き残りの二艇が戦闘艇ベイ内部に着艦した。

「スペースチャンプ、入れ。消耗品《フォダー》、続け。ピューピュー、片翼だけで無事に着陸できるか？」

「いまにわかりますよ」と、ピューピュー。

　ボールジーが息を殺して見守るうちに、ピューピュー艇はまっすぐな針路をなんとか維持しつつ、不安定な態勢で入口に近づき、ぐらついたり傾いたりしながらも、なんとか着艦に漕ぎつけた。艇は広大なベイのなかを百メートルもすべり、揺れて火花を散らしながら、フォダー艇に衝突する寸前で止まった。

　ボールジーは自分の艇をベイに入れようと、操縦桿を引いた。

「ボールジー！　後ろに敵艇！」ヘッドセットから、スペースチャンプのかんだかい声が響いた。

　ボールジーは反射的に艇を急上昇させ、鋭く曲がって小さな輪を描いた。大きなGがかかって身体が座席に押しつけられ、失神しそうになった。だが、それだけの価値はあった——いちどだけ親指を動かして火炎流を発射し、背後についた敵艇に叩きつけた。敵艇は音もなく爆発し、火球と化した。

「もう一艇いるわ！」またもスペースチャンプがわめいた。

　首をまわすと、見えた。破壊された統合防衛軍巡航艦の、大きな破片の陰に隠れていたのだろう。スウォーム艇が全速力で戦闘艇ベイへ向かっていく。ボールジーは一艇目に気を取られていて、ベイに入る針路を大きくはずれていた。

「ちくしょう！」ボールジーは操縦桿を握りしめてクルリと艇の向きを変え、戦闘艇ベイへ疾走する敵艇に艇首を向けると、親指で火炎流を発射した。

　いくつもの小さな爆発が敵艇を引き裂き、敵艇はいくらか針路をそれたが、次の瞬間、態勢を立てなおした。恐ろしい衝突音と金属のこすれ合うかんだかい音とともに、敵艇は戦闘艇ベイ入口の脇をこそぎ落とし、コントロールを失って回転しながら、電磁シールドを貫通した。そのままベイの床を転がり、人や戦闘艇に衝突したあと、煙と蒸気を上げて止まった。

13

エール星区　惑星ニュー・ダブリン
惑星司令センター

ジンガノ元帥から解任を言い渡されると、アズビル少将はプロクター中佐に冷たい目を向け、「出て、行け」と言った。数分後、プロクターはシャトルで大気圏内を上昇し、遠くの点にしか見えないＩＳＳ〈ウォリアー〉へ向かっていた。

プロクターの位置からは戦闘空間がよく見えた。大群《スウォーム》航宙母艦はすべて破壊され、残っているのはいくつかの戦闘艇だけだ。すでに残敵掃討にかかっているらしい。〈ウォリアー〉がシャトルの窓を埋《う》めるほど大きく見えだすころには、スウォーム戦闘艇はすっかり制圧されたように見えた。

例外が一艇。〝はぐれ〟の敵艇が残骸の破片の陰からエンジンをかけて飛び出し、

〈ウォリアー〉の戦闘艇ベイへ特攻する様子を、プロクターは恐怖を抱いて見つめた。

〈ウォリアー〉の戦闘艇の一艇が攻撃したが、敵艇は戦闘艇ベイの入口にぶつかり、火や破壊の跡を残してベイのなかへ消えた。

「シャトルベイへの着陸はやめるわ。あそこに入って」プロクターは戦闘艇ベイを指さしてシャトル・パイロットに言った。戦闘艇ベイには、シャトルを収容する余地は充分ある。わたしがいま必要とされる場所は、あそこだ。

　シャトルが着陸すると、開いたハッチがデッキに降りて斜路に変わるより先に、プロクターはシャトルから跳び降り、混乱の現場へ向かって駆けだした。壊れた戦闘艇にもたれかかるように、負傷した二人の身体が倒れ、あたり一面が血だらけだ。制服から見て、負傷者の一人は技術者で、もう一人はパイロットだ。戦闘艇ベイの技術者たちが消火剤を持って走りまわり、ほかの者たちが負傷者を引きずって、くすぶるスウォーム艇から遠ざけている。

「その艇に近づかないで！　必要のない者は全員、ベイから出なさい！」と、プロクター。手を伸ばして、負傷した技術者の脈を調べたが、すでに望みはなかった。戦闘艇に激しくぶつかった衝撃で、額《ひたい》が陥没している。

　宙兵隊のハンラハン大佐と即応部隊が、危険物処理班を連れて到着し、全員が戦闘艇ベイのクルーを手伝ってスウォーム艇の周囲を広く開《あ》けた。スウォーム艇の穴や裂け目から、特徴のある緑色の粘液がしたたり落ちている。ハンラハン大佐と二人のパイロットが、三人目のパイロットを助けてスウォーム艇から離れてゆく。三人目のパイロットは田舎町《ドッグタウン》――いまでは少なくなった、〈コンスティテューション〉から移ってきた戦闘艇乗りだ。スウォーム戦闘艇にぶつけられたが、ほかの者の手を借りながらも自力で立っている。

「どこからともなく、急に現われたんです」プロクターの背後で声がした。振り向くと、フォルツ大尉がいた。記憶が正しければパイロット仲間では〝肝っ玉《ボールジー》〟と呼ばれている。

「くそったれの〝おもらし野郎〟が、どこからともなく現われたんです。おれは――止めようとしたんだが……」

プロクターはボールジーの両肩をつかんだ。このパイロットは戦争神経症らしい――この戦争が、影響を及ぼしている。全員に影響が出てきている。

「大尉、あなたは自分にできることをすべてやったのよ。わたしはシャトルで外にいて――見ていました。あなたがいなければ、もっと大勢の人が死んでいたわ」

ボールジーはぼんやりと頭を振った――この若者は明らかに、ショックから抜けきっていない。

「おれがベイから、あんなに離れなければ……。スウォーム艇のパワー・プラントでなく、スラスターをねらっていたら……。おれがもっと……」

「ボールジー」プロクターは相手の目をのぞきこんだ。「聞きなさい。これは、あなたのせいじゃありません。ここにいる誰の責任でもない。殺し屋が引き金を引くとき、射線の途中に入ったからといって、誰も犠牲者を責めはしません。あなたは自分の義務を果たし、立派にやってのけた。ほら、二カ月たっても、あなたはまだここにいる。それは、あなたが最高の一人だからでしょう？　この艦で最高のメンバーよ」

　ボールジーは首を振った。

「充分じゃない。まだ充分じゃない。あいつを救うには充分じゃなかった」なんの話かとプロクターがたずねる暇もなく、ボールジーは言葉を続けた。「連中は殺し屋じゃありませんよ、中佐。自然の猛威です。ハリケーンだ。竜巻だ。病原体だ。連中を殺し屋と呼べば、人間性を認めることになります。連中は断じて人間じゃありません」

　ボールジーのとりとめもない話が続いたが、プロクターは内心、いい点を突いているとうなずいた。真相を探らなければならない。統合防衛軍と地球連合は敗北に向かっている。なるほど、何度か勝利はおさめたが、結局、多くの犠牲を払いながらの勝利だ。すでに何億人も死に、いまも毎週のように何百万人もの死者を出している。

スウォームの侵入は際限がない。連中は、たしかにハリケーンだ。自然の猛威だ。フォルツ大尉は本質を見抜いている。

「行って、少し眠りなさい、ボールジー」プロクターはボールジーの両肩を離し、ボールジーの身体をまわして、出口へ向けた。

だが、ボールジーをドアまで連れていくより先に、またしてもベイ内で爆発が起こった。

プロクターは背後から爆風を受けて倒れた。目を開けて見まわすと、いくつかのものが目についた。爆発の被害は、心配したほど大きくはなかった。スウォーム戦闘艇から起こった、小さな爆発にすぎない――たぶん、負荷のかかりすぎたパワー・キャップが持ちこたえられなくなったのだろう。

だが、それとは別に、はるかに心を乱されるものが目についた。スウォーム戦闘艇のすぐ近くにいたハンラハン大佐とドッグタウン、ドッグタウンを支えていた二人のパイロットが、艇の近くで倒れたまま、動かない。もっと恐ろしいことに――四人のまわりに緑の粘液が点々と散っている。スウォームの物質が爆発で戦闘艇から飛び散り、四人に降りかかったのだ。

「危険物処理班！　四人を隔離して、消毒しなさい！　さあ！」プロクターは防護服姿の危険物処理班を手招きした。処理班は倒れた四人に駆け寄った。ありがたいことに、四人とも動いている。少なくとも、死んではいない。

だが、死ぬよりまずい状態になっているかもしれない。

14

地球　コロラド州　ボールダー
第三大統領掩蔽壕《えんぺいごう》　副大統領執務室

アイザクスン副大統領は多くのことを知っている。いちばん確信しているのは、副大統領執務室は、世界でもっとも無用の執務室だということだ。

「閣下、エイブリー大統領が、大統領執務室で個人的にお話ししたいそうです」補佐官が自分の執務室から、ものうげななまりのある大きな声で知らせた。補佐官の執務室は、アイザクスンの部屋に隣接するクローゼットほどの、かろうじて部屋として使える大きさしかなかった。

アイザクスンは、ちゃんとした執務室のある不規則に伸び広がった建物からここに、ロッキー山脈東麓の都市ボールダーの地下にある副大統領執務室に移った。前の部屋が恋しい。ワシントンDCのすぐ外側、昔の北アメリカ大統領邸の中庭の、噴水のすぐ隣にあった、立派に飾りつけられた贅沢《ぜいたく》な住居で、現在の家よりずっとプライバシーがあった。

いまの場所に移ったのは、エイブリー大統領の命令だった。二カ月前の大群《スウォーム》の地球襲撃以来、エイブリーは、アイザクスンが大統領と同じ部屋に――あるいは同じ都市に――いることを許さなくなった。

アイザクスンに憎悪や悪感情を抱いているせいではない。抱いているかもしれないし、アイザクスン自身も、エイブリーにとりわけ尊重されているとは思っていないが、そんなことより、保安面を考慮する必要があったからだ。エイブリーのいる大統領本邸がスウォームの特異点爆弾に襲われても、政府が指導力を失うわけにはいかない。

アイザクスンは、緊急時に大統領代理をつとめる立場だ。まさかのときの対応策。バックアップ。だが、必要とされるまでは、まったくの役立たずに等しい。アイザクスンに許された仕事は、軍の視察と士気を高めるための閲兵式くらいしかなかった。

「いますぐか？」と、アイザクスン。

補佐官はコーヒーをひとくち飲んで答えた。

「メッセージによれば、二時間で来るようにとのことです」

「それじゃ、実質的に、いますぐだな。大統領の居住地まで、二時間ちかくかかるから」アイザクスンはチラリと腕時計を見、デスクに積み上げられた報告書やブリーフィング書類の束《たば》に、ものうげに目をやった。おれは事務処理のために生まれてきたんじゃない。娼婦やテキーラのために生まれてきたんだ。この新しい掩蔽壕の執務室は州都デンバー郊外の山脈の地下にあり、おれが欲しいものはどちらも嘆かわしいほど見あたらない。

「はい、一時間四十五分です、閣下」補佐官は手首のタトゥー型通信器を叩いた。「シャトルを手配します。閣下が発着場にいらっしゃるまでに、離昇準備ができているようにします」

「けっこう。それから、新しい付き人を呼んでくれ。新しい研修生だ。名前は、なんといったかな？」

「コナーですか？」

「ああ、そいつだ。向こうで、コーヒーや宿泊施設の手配をする者が必要だからな。そろそろ五時だから、向こうについて鬼婆と面会するころには、寝る時間を過ぎてるだろう。〝それに、早寝をしなければならないちびの大統領を、就寝時間が過ぎるまで待たせたりしないものですよ〟」最後の部分は、エイブリー大統領のものうげで皮肉な口調を真似て付け加えた。

　二十分後、アイザクスンは最後のエレベーターからまばゆい冬の戸外へ出て、コートを固く身体に引き寄せた。一ヵ月前に徴用されたばかりの研修生の若者が、もっと厚いコートを持って、待っていた。

「こちらを持ってきました。きっと必要になると思って」

　手ぎわがいい。若いが、バカではない。

「ありがとう、コナー。乗ろうか？」アイザクスンは親指で、発射台で待機しているシャトルを指した。エンジンの音がかすかに響いている。

　コナーは宿泊用旅行バッグを持ち上げた。アイザクスンについて旅行に出なければならないときは、必ずこれを持ってゆく。もともとアイザクスンは、泊まれて、あらゆる欲求が満たされ、気まぐれな要求にもサービスしてもらえるタイプの施設を使っていた。だが、時代は変わった。ほぼ一夜のうちに世界が変わったのだ。

　地球と、人間が住むほとんどの惑星は、戦時体制に入った。人口のわずか〇・五パーセントが軍隊に志願して戦うような、気楽な戦争ではない。総力戦だ。工業全体が政府に徴発され、工場は、巡航快速船ではなく主力艦や戦闘艇を……個人用娯楽装置の代わりにミサイルや魚雷を製造するようになった。何もかも変わってしまった。リスクが高いとはいえ、地球は――そして、エイブリー大統領は――難局にうまく対処した。

「すわりたまえ」アイザクスンは言い、コナーに空《あ》いている乗客席のひとつを示した。まもなくシャトルは飛びたち、毎秒三キロで赤熱しながら大気圏上層部へ向かった。ノイズ除去システムがダウンしているらしく、ひどい騒音が客室内にとどろいた。

「すみません。メンテナンス待ちの装置があるもんで」シャトルの艇長が叫んだ。口ひげのある、ずんぐりした男で、操縦席にハーネスでしっかり身体をとめている。乗客席にはハーネスがない。

「おもしろい」と、アイザクスン。ものうげな口調だ。「われわれは無事に目的地に着けるのか？　それとも、わたしから下院議長に、次にこういう目にあうのはおまえだと警告しておこうか？　ラピエール議長は間違いなく大喜びするぞ」

　パイロットは荒々しい笑い声を立てた。

「すわって、旅行を楽しんでください、閣下。一時間で目的地に着きます。ワシントンDCの安全な空域を、詰《つ》まったパイプのなかを通るくそより速く通れれば、もっと早く着きます」

　肉体労働者というものは……。アイザクスンは目をグルリとまわし、コナーが宿泊用旅行バッグから引き出してくれたデータパッドに注意を向けた。

「ありがとう」

コナーは一瞬、笑顔でうなずくと、目を閉じ、肘かけを握りしめた。リラックスしたふりをしている。

「落ち着かないんだな？」と、アイザクスン。

若者は驚いて目を開《あ》けた。

「はい？」

「落ち着かないんだろう？」

「ああ、ただ……空を飛ぶのが嫌いなだけです、閣下」

「わかるよ。きみは若いし……いくつだっけ、十八か？　スポーツをやっているのか？　フットボール選手のような身体つきだな」

コナーは肩をすくめた。

「十九歳です。大学一年のとき、フットボールをやりました。空を飛ぶのが最初から嫌いだったわけじゃありません。ただ、その……おわかりでしょう」

わかる。爆発跡のクレーターは、いまでも熱でくすぶっている。マイアミは別だ。マイアミはクレーターごとメキシコ湾に沈んだ。ニューオーリンズの大部分も沈んだ。だが、ヒューストン、フェニックス（アリゾナ州中部の都市。州都）、サンバーナディーノ（カリフォルニア州南部の都市）、リバーサイド（ロサンゼルスの東側にある都市）は……荒れ果ててゴツゴツした穴と化している。

「きみの体格なら、宙兵隊に入るべきだぞ。少なくとも、宙兵隊のフットボール・チームにな」と、アイザクスン。今日の戦闘報告の、最新の死傷者数に目を通そうと、座席のなかで姿勢を楽にした。忙しい一週間だった——十二以上の違うスウォーム艦隊が侵入してきた。

　だが、どれも撃退された。半分はグレンジャー艦長が撃退した。まったく、あの男は、自分の都合のいいときを選んで実質的な伝説になる。提督の連中でさえ、半分はあの男の言いなりだ。

　なんのためだ？　あの男は神ではない。スーパーヒーローでもない。部下と戦闘艦を敵の餌食にする技術に長《た》けているだけだ。部下をレンガのように使い捨てる職人だ。アイザクスンは報告書に目を通すと、グルリと目をまわした。最新式の重巡航艦十三隻が、敵艦にぶつけるために使われ、浪費された。グレンジャーが次の恐ろしい勝利を手に入れるためだけに、放棄されたのだ。

　コナーが、ふたたび肩をすくめた。

「ええ、ぼくは、宙兵隊に配属されてもよかったはずだと思います。でも、軍の管理部に送られました。理由は知りません。大学では政治学を学びましたが、一年だけです。

それに成績は悪かった――フットボールに熱を入れすぎたんです。思うに誰かが……」

語尾があいまいになり、声がとぎれた。アイザクスンはチラリと視線を上げた。

「なんだ？」

「いえ、なんでもありません。ほかに必要なものは、ありませんか？　ぼくは、ちょっと休ませていただきます。夜中過ぎまで起きていたので」

「眠ったほうがいいな。フットボールの試合を見ながら夜ふかしをするものじゃない」

コナーは歯を食いしばった。気に障《さわ》ったらしい。

「ゆうべ、閣下からの電話を待って起きてただけです。電話のそばで待ってろと言われたんです。閣下が予定されている基地の準備状態の視察に出られるのに、ぼくが必要になるかもしれないからと――」

「ああ、そうか。それはすまなかった。土壇場になってキャンセルしたんだ。ああいう無駄な視察が多すぎる。わたしをマスコットみたいに引きまわすだけだ。士気を高揚させるとか、何かくだらない理由があるんだろう」

コナーは顔をしかめたが、目を閉じ、もういちど肘かけを握りしめた。

「はい、閣下」

あとは無言のまま時間が過ぎ、艇長が言ったとおり、ワシントンＤＣの管制空域を問題もなく直進して、通り抜けた。どうやら空域委員会の官僚たちは、最終的に大統領府の官僚たちと調整したらしい。そして、その官僚たちが、航宙軍の事務員たちと調整した。巨大管理団体――くだらない連中の集まりだ。地球がまだ持ちこたえているのが驚きなくらいだ。

持ちこたえているのは、スウォームが失敗したからだ。官僚どものおかげだなどとはまず言えない。

アイザクスンは身震いし、その思いを脇へ押しやった。こんなふうになるはずじゃなかった。いまごろ、おれは大統領になっているはずだった。エイブリーは死に、スウォームは自分たちの宙域へ押し戻されているはずだった。ロシア大使ボロディンは、そうなると請け合った。

だが、ボロディンはサンクトペテルブルクへ召還された。アイザクスンは二カ月間、この旧友の姿を見ていない。ははあ――〝旧友〟か。〝以前の共謀仲間〟と言ったほうが正確だ。窓の外に目をやると、四方の地平線がすべて、見慣れたワシントンDCのスカイラインになっている。もとの境界の約十倍にふくれあがり、メリーランド州の半分の大きさになった。偉大なる銀河共和国がより巨大化するにともなって、より大きな行政責任が降りかかってきた。

　ふいにシャトルが傾いた。ふたたび窓の外を見たアイザクスンは、針路が変わったことを見てとった。

「おい、どうした、艇長？」

「計画変更です」

　アイザクスンは立ちあがった。眠っているコナーにぶつからないよう、気をつけてそばを通り過ぎた。

「どういう意味だ、計画変更とは？」

「すみません。新しい目的地を指示されました。政府高官の邸宅で爆発があったそうで」

　アイザクスンは胃が飛び出しそうな気がした。またロシア人か？　連中は、まだ小細工をやっているのか？　スウォームの襲撃を受けたあと、計画は中止だと、はっきりボロディンに言ったのに。暗殺ゲームからは手を引いたのに。地球の存続が危うくなっている以上、そんなくだらないことをしている暇はない。

「エイブリー大統領は？」

「わかりません、閣下。ただ、どこへ飛べばいいかを知らされただけです。そこへ行きます。命令は、大統領首席補佐官本人から届きました」

なぜ、おれに直接、知らせない？　補佐官たちが、おれをのけ者にしているかのようだ。首席補佐官は鼻持ちならない敏腕なやつで、前から副大統領のおれを嫌っている。

「行き先は？」

艇長は地図上の一点を指さした。アイザクスンは目をしばたたいた。

「不可能だ」

「とにかく、そこへ行きます、閣下。三回、確認しました――おれの耳くそがたまりすぎてるんじゃないかと思いましたよ」

艇長の指が航法コンソールに戻ったが、アイザクスンは示された地図上の目的地から目を離せなかった。ため息が出た――明らかに、エイブリーはいろいろなことをおれに隠している。

大西洋のまんなかにある秘密基地も、そのひとつだ。

15

地球　大西洋
第八海面下大統領掩蔽壕《えんぺいごう》

シャトルが高層大気圏まで上昇し、あらためて大西洋中央部の座標に降下するのに、四十五分かかった。そのころまでに日は暮れ、アイザクスンに見える窓外の風景は、満月に近い月に照らされた雲海の上面だけになっていた。

艇長の声がコックピットから響いた。

「着きました、閣下。これから降下します。しっかりつかまってください——降下はすばやくと指示されています。風に乗る木の葉……その他もろもろ」

艇長がなんの話をしているのか、アイザクスンにはさっぱりわからなかったが、返事をするまもなく、シャトルは激しい急降下を始めた。シャトルの運動量相殺装置は軽量用なので、シャトルが減速してまっさかさまに降下しはじめると、アイザクスンとコナーは前方へ投げ出され、床に放り出されそうになった。その瞬間、シャトルが加速して、ふいに身体が座席に押しつけられた。

肘かけを握るコナーの指から血の気《け》が引き、見開いた目が窓からコックピットへ……また窓へと走った。

かわいそうに。

「もうすぐだよ」と、アイザクスン。

コナーはすばやくうなずいた。

やれやれ、この若者は、座席に押しつけられるGの力で気絶しそうになっているぞ。

アイザクスン自身も少し不安になったが、吐き気はしない——コナーの顔は間違いなく青ざめている。

「きみのことを話してくれ。どこで生まれた？　家族はどこにいる？」

青い顔が赤くなった。

「マイアミです」

アイザクスンの胃が痛んだ——チェッ、しまった。

「わかった。すまなかった」

コナーはアイザクスンの同情を認めて、うなずいた。

「あのとき、ぼくはマサチューセッツの大学にいました。キングズフォード大学です。あの朝、ぼくたちは掩蔽壕に送られました。最終試験のあとだったんで、ちょっとしたパーティーをやろうということになりました。あれが本物の侵略だなんて思わなかった――単なる訓練だと思ってたんです。パーティーで酔っぱらいました。ぼく……ぼくは揺れを感じましたが、酔って身体がふらついてるんだと思いました。くそ、閣下――ぼくは千キロ以上先のマイアミの爆発を、身体で感じたんです」

アイザクスンはチラリと窓の外を見た――シャトルは雲の下へ出て、あたりは漆黒《しっこく》の闇だ。艇長が自分のやっていることを、ちゃんと承知していてくれるといいのだが……。

「すまない、コナー。わたしも、あの夜のことは覚えている。わたしはオマハの司令センターにいて――まだ、こんな暗い時間じゃなかったが――」

ふいにコナーが口をはさんだ。記憶の衝撃でマナーを忘れたのだろう。

「マサチューセッツでは、もう夜でした。ぼくは途中で掩蔽壕から出て、空を見ました。南の、地平線のほうを。遠くの上空に、いくつか閃光が見えた。何かが光を発して爆発した。ひどくまぶしくて、目をつぶらなきゃなりませんでした。それから、その光から、ひどくのろい隕石みたいなものが飛んできて……〈コングレス〉が落ちてくるところが、見えたんだと思います。東のほうに落ちていきました。とにかく、ぼくは、あれは〈コングレス〉だったと思ってます。海に激突したんでしょう？」

アイザクスンはうなずいた。ちくしょう、神経症患者を研修生として送りこみたいのなら、せめてミニスカートをはいた魅力的な若いのにしてくれればよかったのに。

「それで……それで、きみの家族は？　そのとき、マイアミにいたんだろう？」と、アイザクスン。窓の外の、一、二キロ下の海面らしきものを見て、ぼんやりしていた。大統領の秘密基地とは、いったいどこだろう？

口にしたとたんに後悔した。コナーの顔がゆがんだ。涙を流すまいという勇ましい努力が表われている。だが、あっぱれなことに、コナーは数秒で自制した。いい子だ。

「兄はロサンゼルスの学校に行っていて留守でしたが、母と父と二人の妹は……ええ、死にました」

アイザクスンは何も言うことがなく、黙っていた。まもなく、艇長が大きな声で言った。

「ああ、まただ。つかまってください――」

二人が肘かけを強く握ると、胃がむかつくほど急激にシャトルが減速した。アイザクスンがチラリと窓の外へ目を向けると、海中から水面へ伸びているチューブが見えた。ステルス機能を利用しているのか、シャトルの航宙灯は消してあるので、チューブの口を取り巻く数個の小さなランプの赤い光しかない。

チューブの口が開《ひら》いた。近づくと巨大な喉のように恐ろしいほど大きくなり、海面に到達したシャトルをのみこんだ。チューブの中に水はなく、海中深く伸びている。シャトルは数分間、まっすぐチューブをくだった。チューブの内壁が、シャトルの艇室内の明かりに照らされた。

シャトルが止まった。下の虹彩状のドアが開き、艇は大きなベイに入った。いくつかほかの艇が止まっているが、出迎える者は一人もいない。

「ついてきてください」シャトルが停止すると、艇長が言った。ドアを開《あ》けて二人を広大なベイに出し、ほかのシャトルのひとつを通り過ぎた。大統領専用艇〈インターステラー1〉だ——アイザクスンは思った。明かりはついていないが、艇の下側はまだ、かなりの量の熱を放射している。この艇も、着いたばかりなのだろう。

「こちらです、副大統領閣下」と、艇長。片手をゆっくり振って身分証《ID》スキャナーを通り過ぎると、ベイのドアがかすかな金属音を立てて持ちあがった。奇妙だ——この男のことを、ただのシャトル・パイロットで、自分のシャトルの艇長を自称しているだけだと思っていた。だが、この男の資格証明書は明らかに最上級だ。

　三人は長く殺風景な通路を歩いた。照明は暗く、冷え冷えとして湿っぽい。まもなく、非常に洗練された司令センターのような場所に入った。小さな寝台やクーラーボックスが室内に散らばっている。たくさんの大統領付き職員が寝泊まりしている部屋らしい。

　そして、大統領がいた。まわりを側近が囲んでいる――ミラー首席補佐官、つねに大統領と一緒にいる数人の補佐官、女性下院議員スパークス（下院における大統領の手づるであり、協力者でもある）、ノートン陸軍大将（統合参謀本部の議長）、それに、もちろん、大統領のプードル。プードルを抱いている人物は体格がよく、腰に拳銃を下げているから、ボディガードだろう。

「エイモン。よろしい――来ましたね」と、エイブリー大統領。ノートン大将の話をさえぎってアイザクスンに近寄ると、片手を差し出して握手した。指輪の大きなトルコ石が突き出ている。これが唯一のアクセサリーだ。「あなたのいる掩蔽壕は、どんな具合？　ハハッ！　わたしたちをごらんなさい。小さな女の子みたいに隠れているわ。敵がひそかに、いくつも計略をめぐらせているのにね。聞いたでしょう？」

「何をですか、大統領閣下？」と、アイザクスン。大統領に腕をひっぱられるまま、足並みをそろえて歩きだし、その階を離れて小さな執務室へ向かった。全員が列を作って執務室に入ると、最後尾のノートン大将がドアを閉めた。大統領は両手を腰に当て、全員を見た。

「よろしい。あなたがたは全員、外へ出なさい。エイモンだけ残って。少し時間をちょうだい」

側近たちは礼儀正しく立ちあがり、部屋を出た。どうしたらいいかわからない様子のコナーを見ると、アイザクスンは頭を傾けてドアを指した。コナーが出てドアが閉まると、エイブリー大統領はまたしてもアイザクスンの腕を取り、引き寄せた。

「エイモン、誰かがわたしを殺そうとしているの。内部の者よ。今日は、うまいことやられるところだったわ」

アイザクスンはショックを受けた顔を作ろうとしたが、何も言えないうちに、エイブリーに近くへ引き寄せられ、ささやかれた。

「その連中は、あなたの命もねらっているの」

16

地球　大西洋
第八海面下大統領掩蔽壕《えんぺいごう》

　エイブリーはアイザクスンの全身を見まわした。反応を観察しているらしい。また、すぐに同じことを言った。

「聞こえている？　誰かがわたしを殺そうとしているのよ。それとあなたも」

本当か？——アイザクスンは内心、かすかな笑みを漏らした。たくらんでいるのがロシア大使ボロディンなら、二人とも暗殺したがっているように見せかけるだろう。そのほうが疑われにくい。

　アイザクスンは深刻な顔をしようとした。それと、心配そうな顔を——エイブリーは、この表情を期待しているはずだ。

「しかし、なぜ、わたしをここへお呼びになったのですか？　二人が離れているほうが安全ではありませんか？　ほら……指導者の不在などが……その、まんいち……」言葉を濁した。

「ろくでなしどもがダイナマイトの棒をわたしの尻に突っこんだ場合に備えて？　ハハッ！」エイブリーは向きを変えて椅子をつかみ、クルリとまわすと、後ろ向きにすわった。いかにも自慢げだ――選挙運動中のような行動だが、この数カ月で、前よりも鋭さが加わったように見える。

「どうも、信じがたいのですが――」アイザクスンは室内を歩きまわりながら、言いはじめた。

「誰かがわたしを殺そうとしていることが？」

ダイナマイトを使うことがですよ――アイザクスンは思った。エイブリーの死を望む人間が少なくないことは承知している。おれ自身もその一人だ。少なくとも二カ月前は、そうだった。国民的危機に直面したエイブリーが非常に立派な手腕を見せたことは、認めなければならない。

　なれなれしい笑みを浮かべていたエイブリーは、真顔に戻って、上着のポケットから携帯用の酒瓶《さかびん》を取り出した。

「ねえ、エイモン、わたしはたくさん敵を作ったわ。知っているでしょう。わたしがあなたを副大統領にしたのは、ひとえに邪魔な連邦党を取り除き、わたしの処刑を求める人たちの半数をなだめるため――あら、そんな目で見ないで。二人とも承知していたことよ。かんじんの話をしましょう」

エイブリーは酒瓶をアイザクスンに差し出した。アイザクスンは一瞬ためらったが、受け取ってひとくち飲んだ。バーボン・ウィスキーだ。

「大変けっこうです」と、アイザクスン。「そして、わたしが副大統領の職を承諾したのは、選挙のあと一年以内に行なわれる最初の不信任投票で、あなたが失脚すると思い、わたしが早く大統領になれる道が整うと考えたからです」

「ハハッ！　わたしたちの行き先が見えてきたわね」エイブリーは酒瓶を取り戻して、ぐびぐび飲んだ。「たしかに、あなたは出世街道に乗った。たぶん、あなたが自分で思うより確実にね。投票には不平不満も多かったけど、わたしの得票数が多かった。でも、次の選挙では……どうなることやら」エイブリーは酒瓶をおろし、しまいこんだ。「でも、それはもうすんだこと。時代は変わるわ。二カ月前、目が覚めたら、まるきり違う世界にいた。あなたも、わたしも」

アイザクスンはうなずいた。

「あなたは非常にめざましい仕事をされました、閣下」

「まだ充分じゃないわ」エイブリーは、しまったばかりの酒瓶を引き出してまた飲み、咳きこんだ。「温かい意見をありがとう。でも、わたしたちは生き延びるために力を合わせる必要があるというのが真相ね。わたしの命を守るためだけでも。あなたの命を守るためだけでも。でも、わたしたち全員の命も守る」エイブリーはアイザクスンを見あげた。そのときになって、アイザクスンはエイブリーの目の下が大きくたるんでいることに気づいた。事務的でたくましい最高司令官のイメージを育てているにもかかわらず、恐ろしく疲れているようだ。「連中が来るわ、エイモン。このところの小競り合いは、ただのフェイントよ。連中は、明日にも二百隻の航宙母艦を地球に送りこんで、われわれを一掃するかもしれない」

アイザクスンは指で細かく頬を叩いた。月周辺で戦闘が始まって〈ウィンチェスター〉で地球へ向かう途中、大群《スウォーム》がボロディン大使にメッセージを送ってきた――〝おまえたちは死ぬ〟。そっけない、しかし要点を押さえたものだった。

だが、その後二カ月たっても、まだスウォームは来ない。少なくとも、艦隊は来ないし、地球には来ていない。

ボロディンは何かを知っている。あの男はいろいろなことを知っているが、おれには何も教えてくれない。決めた——無理にでも白状させよう。必要なら、なぐってでも。ボロディンがスウォームの勢力下にあるのは、ほぼ間違いない。それなのに、オマハ司令センターで過ごした最後の瞬間に、その疑いはないという結果が出た。しかし、ボロディンには、どこか普通の人間と違うところがある。何か不自然なところが。なぜ、しつこくエイブリー大統領の暗殺にこだわったのだろう？　エイブリーを片づけるために、おれやロシアのマラーホフ大統領と複雑な陰謀をめぐらせ、そのくせ、いちど失敗すると、ひとことの連絡もなくロシアに帰った。おれには何も知らせずに、エイブリーの命をねらう計画を立てているのだろうか？

　無意味だ。

「エイモン」と、エイブリー。「上院議員、知事、下院議員……大勢の者がわたしを憎んでいる。わかっているわ。政治とはそういうものよ。でも、そのなかに、わたしを殺そうとたくらんでいるグループがある。連中のからっぽの頭にどんな思い違いの理屈が入りこんだのか知らないけど、わたしのことを、自分たちを脅《おびや》かす存在だと思ったのね。緊急事態の前から、わたしに死んでほしいと思っていたわ。何が気に入らないの？　わたしの過去？　政策？　女だから？　我の強い女に政治上の弱点を握られて、命令にしたがわないと締めあげられるのが、気に食わない男もいるでしょう？　憎いのね。理由はなんであれ、わたしを憎んでいるのよ」

　アイザクスンはうなずいた。そのとおりだ——実際、おれだってその一人だった。何カ月も、ひそかに十二人以上のそういう連中に会って、エイブリー打倒をたくらみ、クビにする方法を考えた。エイブリー殺害計画のことを知っているのは、ほんのひとにぎりだけだが、ほかにも殺害を考えている者はいたに違いない。

「わたしを助けてくれない？　命をねらう連中を突きとめなければならないの。手遅れにならないうちに、根こそぎにする。信じて、エイモン。数ヵ月もたてば——ひょっとしたら数週間でも、手遅れになるかもしれないのよ」

　アイザクスンは目を閉じ、ため息をついた。

「お手伝いします、大統領閣下。わたしはいくつかの党派と親しくしており、何十人もの上院議員に貸しがあります。犯人の正体については、いくつか考えがありますが、いまは言わないほうがいいでしょう。少し資金をください。シークレット・サービスも使わせてほしい。情報部も。わたしの手づると情報部の……方法を使えば、間違いなく、不届き者の何人かは突きとめられます」

　エイブリーは立ちあがり、傷つきやすそうな温かい笑みを浮かべて、アイザクスンのほうへ手を伸ばした。いかにもカリスマ性にあふれている。人に好かれそうだ。決選投票もなく、無条件で二度の選挙に勝ったのも無理はない。

「ありがとう、エイモン。あなたなら信用できるとわかっていたわ」

アイザクスンはエイブリーの手を握り返した。

「ご信頼を得られて、光栄です。大統領閣下」

「ああ、〝大統領閣下〟なんて、くそくらえだわ。バーブと呼んで」

エイブリーは笑い声を上げてドアを開《あ》け、外にいる側近たちを手招きして室内に入れた。ノートン陸軍大将はまっすぐにエイブリーに近づき、何か話そうとして、不安げにアイザクスンを見やった。

「大丈夫よ、大将。ミスタ・アイザクスンは国家機密を守れるわ。で、なに？」

老将軍はぼやくように言った。

「大統領閣下、グレンジャーの最新の手がかりにしたがって出かけた遠征軍から、連絡が入りました」

この言葉に注意を引かれ、エイブリーは大将の腕をつかんでたずねた。

「それで？」

「見つかりました。スウォームの惑星です」

17

最初に目に入ったのは、上から照らす、まばゆいふたつの明かりだった。おれは〈コンスティテューション〉にいるのか？　いや——色がない。医務室の照明はもっと温かい色だ。感じのいい、癒《いや》される明かりだ。

この明かりは冷たい。ほとんど青だ。きつい。ひとつは、もうひとつより大きい。

身体を動かそうとしたが、難しい。手足が動こうとしない。結晶化したハチミツのなかで動くような感じだが、ようやく頭を上げることができた。

小さな部屋にいる。ほかにも手術台がいくつかあり、壁ぎわの作業台の上に、見慣れない医療器具か手術器具が散らばっている。

もう首が疲れた。頭をもとどおり手術台におろし、明かりを見つめた。何時間もたったような気がする。何日もか？　だが、もういちど頭を上げると、室内に何人か人がいた。友好的な相手か？　それとも、敵か？　すべてがぼんやりしている。人の顔の区別ができない。

ふたたび眠気が訪れ、また目覚めたとき、手足が動かせることに気づいた——ついに動くようになった。痛みもない。

だが、室内で、背後に誰かが立っている。もっとよく見ようと、頭を起こした。

18

シリウス付近　中間点
ISS〈ウォリアー〉　ブリッジ

　グレンジャー艦長はあえぎながら胸をつかみ、勢いよくベッドの上に起きあがった。腫瘍《しゅよう》が……癌《がん》が……体力を奪う苦痛が――戻ってきたのか？

　深呼吸をした。背後に立っている人物をひとめ見ようと、急いで振り返った。

　だが、誰もいない。ここは〈ウォリアー〉の、自分の寝室だ。いちばん近くにいる人物は、部屋の外で見張りに立っている二人の宙兵隊員だ。

　夢か。ただの夢。

　だが、ただの夢とは思えない。もっと……現実味があった。肌で感じるほど間近で、具体的で……。

グレンジャーは頭を振った。そんなことがあるだろうか？　おれは、自分のつらい体験を思い出していたのか？　艦内の噂で、おれの〝休暇〟と呼ばれているものを？　定期的に、この夢を見るようになってきた。いつも同じ夢だ。いつもぼんやりして、全部は見えない。くもったガラスを通して見た映画のように。

だが、回を追うごとにはっきりしてきた。あれは夢ではなく、記憶だ。ちくしょう、おれの身に何が起こったのか、思い出さなきゃならない。われわれの命が、そこにかかっているような気がする。

「艦長、あと数回のQジャンプで座標の位置に着きます」通信機からプルーハ少尉の声が言った。

グレンジャーは頭をすっきりさせようと、もういちど頭を振った。

「一分でそっちへ行く、少尉。ありがとう」

部屋で眠るとき、軍服を脱ぐ理由はない。その必要もない。大群《スウオーム》の急襲は規則的に起こるから、着替えるのはシャワーを浴びるときだけにしたほうが、ずっと便利だ。数分後、グレンジャーはブリッジの艦長席におさまり、下士官から朝のコーヒーを受け取っていた。いまは朝か？　時計を見ると、二時間しか眠っていない。

ＩＳＳ〈ウォリアー〉は、宇宙空間の目立たない場所に実体化した。シリウスから二

・五光年だけ離れた位置だ。スクリーンに輝くシリウスが、目に見えるもっとも明るい物体だ。グレンジャーはセンサー・ステーションのほうへ頭を傾けて、たずねた。

「何かあったか？」

ダイアモンド少尉が首を振った。

「まだ何もありません」

グレンジャーは立ちあがって、うなずいた。

「大変けっこう。待たなければならないようだな」

「エイブリー大統領らしいですね。いつも相手を待たせる」と、プロクター。

グレンジャーは顔をしかめてプロクターを見た。

「エイブリー大統領が好きじゃないんだな？」

プロクターは肩をすくめた。

「大統領は最高司令官です。好きかどうかは問題じゃありません」

「だが、エイブリーに投票しなかった」

「それは……答えたくありません」プロクターはコンソールを叩いて、話題を変えた。

「ジンガノ元帥は、そろそろ到着します。ちょっとプロキシマ星系を通って即戦力を点検してくるとのことでしたが、長くはかからないはずです」

「艦の修理をするのに、できるだけ時間がほしいな」グレンジャーは、司令コンソールで報告を調べながら言った。「艦体外殻の修理は進んでいるか？」

「艦首の大きな穴はふさぎました。あの爆発で、電磁投射砲が二門とレーザー砲塔がひとつ、やられました。完全に取り替えなければなりません。どちらも予備は十二ありますが、再設置するには一週間かかります。外殻のほかの損傷は軽微ですが、修理には一週間ほどかかります」

グレンジャーは首を振った。「かかりすぎだ。われわれは、たえず活動している。次の戦闘は一週間以内か、明日にも起こるかもしれない」

「明日、戦闘に巻きこまれれば、われわれは長くは持たないかもしれません。とくに今日のように、スウォーム航宙母艦が十三隻も現われれば」

ちくしょう、プロクターの言うとおりだ。しばらくは隠れていなければならないだろう。少なくとも、もっと注意深く交戦を選ばなければならない。三週間近く、ほぼ毎日のように小競り合いを行ない、甚大な損傷を負った。実際、ブリタニア星区のチャーチル宇宙ステーションに、代わりの戦闘艇とパイロットを迎えに行く予定だ。損失は悲惨だ——三十五人のパイロットが戦闘艇ともども失われ、戦闘艇ベイに敵艇が飛びこんだときに、運悪く何人かの補助スタッフが巻きこまれた。

「これから数日は、目立たないようにしよう。それと、何をするかについて、わたしに考えがある。たぶん、スウォーム大艦隊のまんなかに飛びこんだりはしないと思う」

プロクターはうなずき、次の質問をしようとした、だが、ダイアモンド少尉が大きな声で割りこんだ。

「艦長、〈ヴィクトリー〉がＱジャンプで現われました」

プルーハ少尉が付け加えた。

「ジンガノ元帥から通信が入っています」

「つないでくれ」

スピーカーから元帥の声が大音量で出た。

「しばらくだな、グレンジャー艦長。エイブリー大統領はあと何分かで来る。地球で、最後の数分間にミーティングをしたんだ。大統領の命をねらった最近の事件を聞いたか？」

グレンジャーは身を乗り出した。

「いいえ、聞いていません。誰が殺そうとしたんです？　スウォームですか？　地球に、スウォームのエージェントがいるんですか？」

「そこが、われわれの探り当てたいところだ。それと、ニュー・ダブリンでのドルマシという種族との紛争だが――あの事件で、われわれの疑いが正しいことが証明された。スウォームはほかの種族を支配し、あやつる能力がある。あの水たまりみたいな身体で、どうやって実行するのかはわからんが。エイブリー大統領は、なりゆきにまかせる気はない。首都を出て、一連の秘密司令センターで指揮をとっている」

「犯人はロシア人ですか？　ロシア人はスウォームにあやつられているんですか？」

　ある意味では危険な質問だ。グレンジャー自身も、姿を消していたあいだにロシア人とある種の不思議な接触をした――この事実を、全員に思い出させる。スウォームがほかの種族をあやつれるなら、そしてロシア人がスウォームに支配されているとしたら、慎重にことを運ばなければならない。もし、おれがスウォームに支配されていたら？　考えられないことだが、検討の余地はある。

「わからんよ、グレンジャー。最近、ロシア連邦のマラーホフ大統領とのあいだで外交面の進展があり、戦争遂行をより支援してもらえるようになった。最初、向こうは小ずるく局外中立で行こうとしたが、この前、戦争に加わらずにすませようとしたとき、どうなったかを思い出させてやった」

　グレンジャーは頭を振った。

「ロシア人が信用できるとは、とても思えません」

「まわりを見てみろ、グレンジャー。われわれはまずい状況にある。手に入る援助は、すべて使いたい」

グレンジャーは肩をすくめた。

「ええ。しかし、わたしがそれを好む必要はありません」

〈インターステラー1〉と二隻の護衛艦——ミサイル・フリゲート艦が到着し、二人の会話はとぎれた。三隻の艦は一瞬ゆらめいて空間に現われた。つやのある堂々とした大統領専用艇は、二隻の護衛艦にはさまれて浮かんでいる。護衛艦も同じようになめらかだが、完全武装の恐ろしげな軍艦だ。その護衛艦は基本的には小型の〈コンスティテューション〉で、〈タングステン〉の固まりをくり抜いて造ったものだが、大きさは〈コンスティテューション〉の百分の一……クルーは五十人だ。外殻が厚く、無数の電磁投射砲を備えているので、五十人しか乗れない。艦長が一人と、四十九人の砲術クルーだ。大統領は本気で身の安全を考えている。

「大統領専用艇から通信が入っています。本艦と〈ヴィクトリー〉両方に対する会議通話です。映像もあります」

「つないでくれ」グレンジャーはスクリーンに向きなおり、二人の映像が現われると笑いかけた。ジンガノ元帥とエイブリー大統領だ。

ただ、大統領は老けて見えた。前よりやつれている。前と少し違って見える。髪を変えたのか？　いや、そこではない。

「元帥、艦長」エイブリーは会釈した。「〈ヴィクトリー〉艦内で対面しましょうか？」

ジンガノ元帥はうなるように答えた。

「本艦は、まだ艤装が完了しておりません、大統領閣下。艦体外殻と武器はありますが、ほぼそれだけです。われわれが、そちらへまいります」

「わかりました、元帥。では、またあとで」スクリーンの大統領側の半分が消えた。

ジンガノは手で画面を指した。

「大統領は疲れているようだな」

グレンジャーは片眉を上げてジンガノを見た。

「疲れている？　むしろ、別人のように見えました。もっと、屋外で日光を浴びる必要がありますね」

「それは、われわれ全員に言えることだ。きみは白子《アルビノ》みたいに見えるぞ、グレンジャー、そのあごひげがなければな。ひげを剃《そ》らない気か？」

グレンジャーは不満げに答えた。

「一週間、忙しかったんです。身づくろいより、〝おもらし野郎〟をやっつけるほうが先ですよ」

元帥はクスクス笑った。

「まあ、すべて終われば、きみを軍法会議にかける時間もできるだろう」親指で自分の脇を指した。「来い。一緒に行こう」

映像がまたたいて消え、〈インターステラー1〉と護衛艦の光景に変わった。

そのとき、〈インターステラー1〉の左側の護衛艦が爆散した。

19

地球　大西洋
第八海面下大統領掩蔽壕《えんぺいごう》

現実の、本物の、正真正銘の大群《スウォーム》の惑星。少なくとも、昨夜ノートン大将はそう主張した。偵察艇は、ありえないものを見つけた。星系の辺縁部から距離を置いて見た、まるごとの惑星。もちろん、それで解決ではないが、分光写真の分析から、スウォーム物質の存在がはっきりと認められた。アイザクスンは身震いした――少なくとも、あの仮説が確認された。スウォームは実際に、液体だった。

「コーヒー、おかわり」アイザクスンはぼんやりと言った。

コナーが跳びあがって、もう一杯コーヒーを注《つ》いだ。アイザクスンは、山のような保安報告書をパラパラとめくった。新たに接触した警　護　官《シークレット・サービス》から渡されたもので、数人の主要な上院議員のスタッフのあいだで横行している違法行為を詳述した、大量の書類だ。アイザクスンがよく知っている何人かの議員も出ている。会合に参加して、一緒にエイブリー大統領の死を計画した議員たちだ。

アイザクスンの首席補佐官ハル・レビンが、向かいにすわっている。アイザクスンは一枚の紙をレビンに向けてほうった。

「それを見ろ、クインビー上院議員だ。シークレット・サービスはクインビーが選挙運動資金を着服したところを押さえた」

「で?」レビンはものうげにたずね、チラリと書類に目を向けた。「誰でもやっていることですよ」

「そうだ。しかし、そのカネがどこから来たものか、見てみろ。エイブリーの資金集め団体がクインビーの再選に向けて、かなりの金額を寄付している。エイブリーは、イーグルトン委員会の決定にもとづいてクインビーを支配できると考えた。ところが、クインビーのほうはエイブリーに投票しなかったばかりか、寄付されたカネでハンガリーに新しい屋敷を買った。バカ野郎だ」

レビンは書類を調べながら、うわのそらでカップをコナーのほうへ突き出し、コナーがコーヒーを注ぐと、言った。

「クインビーも苦労しているようですね。事業のほとんどは戦争前につぶれはじめ、いまでは自分の子供が一人残らず徴兵されるという追い討ちをかけられています。子供五人ともです」

アイザクスンはフンと鼻を鳴らした。

「この男の失敗は、子供を持ったことだな」ひとくちコーヒーを飲んだ。熱すぎる。砂糖が入っていない。ちくしょう、コナーめ。「おまけに、子供全員が徴兵されている」

「はい。しかし、クインビーは上院議員です。裏から手をまわすこともできたはずです」

「まったくだ」アイザクスンはコーヒーにのろのろと砂糖を入れながら、次の書類に目を通した。「しかし、その点は締めつけが厳しくなっている。総力戦だからな、レビン。誰も免除されない」身じろぎして、先を続けた。「で、子供たちは、どこに配属された？」

レビンはパラパラと書類をめくった。

「一人はＩＴ関係の製造業にたずさわり、三人は統合防衛軍に……」

「で、あと一人は？」

レビンは書類をめくって調べた。

「出ていません」

「出ていないとは、どういうことだ？」アイザクスンは書類をひったくり、問題の部分を見つけた。たしかに、クインビー上院議員の五人の子供うち四人は、配属先がはっきりしている。だが、五番目のいちばん上の子供——学校を卒業したばかりのクインビーの長女については……記述がない。

「ひょっとして、ファイルを抽出したときには、まだ配属先が決まっていなかったとか？」と、レビン。別の書類の山にざっと目を通した。「探しているものが何か、もういちど教えてください」

「言っただろう」エイモン・アイザクスンはため息をついた。「誰かがエイブリーを殺そうとしている。内部の者がだ。エイブリーはわたしに、そのくそったれをあぶり出すのを手伝ってほしいと言った」

「でも、誰だって、あの鬼婆を嫌っているんじゃありませんか？　つまり、ほら、エイモン、誰にでもあてはまりますよ」レビンはニヤリとゆがんだ笑みを浮かべた。アイザクスンは、エイブリーを取り除きたがっているユーリイ・ボロディンや上院議員の党派に自分が関与していることを、レビンに告げたものかどうかとあらゆる角度から考えた。だが、この首席補佐官をどんなに信頼していても、これは口にしてはならない情報だ。

とくに、コナーがうろうろしているところでは。

アイザクスンはいらいらして、書類の山を脇へ押しやった。いったい、おれは何をしているんだ？　エイブリーのために、何人か容疑者をひねくり出さなきゃならない。でないと、おれが疑われる。誰がいいだろう？　クインビーか？　スミス上院議員か？　パテル上院議員？　ラピエール下院議長？　くそ、全員を並べておいて、一から始めようか？

だが、心の奥底では、わかっていた――調べるべき相手はロシア大使のボロディンだ。あの男は、いったい何をしている？

くそ。くそったれ。

「コナー」アイザクスンは顔を上げて呼んだ。「出かけるぞ。荷物をまとめてくれ。きみも準備をしろ」

若者はうなずいた。

「いつですか？」

「いますぐだ」

レビンが舌打ちした。

「脱獄ですか？　エイブリーの許可を得ずに、どこへ行けると思っているんです？　大統領はあなたに、毎日、一日じゅうこの掩蔽壕にいてほしいんです。ときたま軍の視察に出るくらいしか、許してくれませんよ」

「いや、わたしの居場所を知られないようにしておきたいだけだ。いちばん簡単な方法は、もちろん、ここにいることだ。だが、わたしは、どこでも行きたい場所へ行ける」

「で、どこへ行くつもりです、エイモン?」

アイザクスンは立ちあがり、書類の山を指さしてから、壁ぎわにすわっている女性補佐官に、書類を極秘文書キャビネットにしまうよう合図した。女性補佐官はすぐさまそれに応じた。

「モスクワだ」と、アイザクスン。すでにドアへ向かって進みはじめていた。

20

シリウス付近　中間点
ISS〈ウォリアー〉　ブリッジ

　グレンジャーは自分の目が信じられなかった。

「艦を、できるだけ遠ざけろ！　爆発に巻きこまれるな！」

　なんの爆発か、わからない――パワー・プラントの故障か、コンデンサー・バンクに負荷がかかりすぎたのか。だが、もし反物質の漏出だったら、近づいてはならない。あの光は、反物質爆発かと思うくらいまぶしかった。

　艦は加速し、艦体を傾けてその場を離れた。衝撃波の最先端に追いつかれると、また傾いた。グレンジャーは戦術ステーションへ突進し、ダイアモンド少尉の肩をつかんだ。

「なんだった？」

「いま、センサー記録を調べています」ダイアモンドはデータと放射線イメージマップをスワイプし、視線を上げた。「エンジンの反物質漏れです。爆発直前に、第四反応炉のガンマ線放射量が急上昇しました。なぜか、反物質が全部、いちどに注入されたようです」

グレンジャーはクルリと通信ステーションへ向きを変えた。

「ほかの艦に通信しろ」

まもなく、スクリーンにジンガノ元帥とエイブリー大統領が現われた。元帥の顔はショックと怒りの表情を浮かべ、大統領はまだポカンと口を開《あ》けている。

ただし、大統領ではない。なるほど。グレンジャーは大統領を指さした。

「あなたは大統領ではありませんね？」

女性は無言のまま、ゆっくりうなずいた。

「くそ！」ジンガノ元帥は自分のコンソールをなぐりつけた。プラスチックの破片が飛び散り、いくつかまとまった破片がジンガノのこぶしに食いこんだ。

「わたしは、大統領の替え玉の一人です」女性は言った。よく見ると、エイブリーとは似ていない部分が次々と目につく。

「大統領はどこです？」と、グレンジャー。言われる前から答えは知っているが、たずねなければならない。まさか、そんなはずはない。どうやって……？

問題は、グレンジャーの想像よりずっと深かった。

「大統領は……あの艦に乗っていました、艦長……」

大統領の側近の一人が画面に入り、替え玉の前に進み出た。女性下院議員スパークスだ。エイブリーは、側近の一人を下院議員にしたほうが下院と接触しやすく、法律が迅速に成立すると考えたのだ。

「艦長、元帥、これはどういうことか、説明できますか？」と、スパークス。

「いいえ」と、ジンガノ元帥。まだ悪態をつきながら、こぶしに刺さったコンソールの破片を抜いている。

スパークスは両手で顔をおおった。

「くそ」と、スパークス。誰も言葉が出ないようだ。

スパークスは顔を上げた、

「こちらへ来てください。お二人とも。あらためて討議しなければならないようです」

21

ロシア　モスクワ
外交官施設　ユーリイ・ボロディンの執務施設

大西洋を越える旅は、すばやく終わった。コナーも飛行の恐怖を克服したらしい——少なくとも、一時的には。アイザクスンはコナーに雑用や時間つぶしの仕事を与えて、忙しくさせておいた。やらねばならない仕事があれば、音速の十倍以上の速さで眼下を飛び去る雲に注意を向けている暇などないからだ。

モスクワに着陸すると、同行した警護官《シークレット・サービス》の半数が先にシャトルを降り、アイザクスンがたどる地球連合大使館への道を確保した。着陸まぎわになって、アイザクスンはこの旅行の目的から、安全なホテルなどありそうもないし、政府関係者の官邸に泊まるのはまずいと考えたのだ。宿泊先は盗聴されていることがわかるほうがいいし、盗聴器がどこにあるか……誰が盗聴しているかも正確にわかる場所がいい。

「荷物を部屋へ運んで、それから、いつものやつを手配してくれ」と、アイザクスン。

　コナーはうなずいた。

「いつもの？」

「コーヒー、マッサージ師、良質なロシア・ポルノ、それと、女も一人か二人。清潔な娘《こ》にしてくれ。病気をうつされたくない。マルコの店へ行くといい――わたしの使いだと言え。あそこなら最高の女がそろっている。ああ、きみも自分用に一人、選ぶといい。わたしのおごりだ」

「コーヒーは？」

　アイザクスンはグルリと眼球をまわした。

「わかった。コーヒーもおごりだ。さあ、行ってこい。数時間後に、また会おう」

　アイザクスンはシークレット・サービスに目と鼻の先にある大使館へ案内され、そこで大使館の地上車に乗って、繁華街の外交官施設――ボロディンの執務室を含む建物――へ向かった。

　一年前にボロディンと会談しはじめたころと比べると、モスクワは変わった。西側の店や露店商人が姿を消した。過去二ヵ月のあいだに、ロシア連邦全体が反地球連合の病的な熱狂に包まれた――アイザクスンの情報源はそう言った。ロシア連邦の国民でない者は働くことを許されず、多くの者が追い払われた。なぜロシア連邦社会が地球連合の人間を遠ざけるのかは、わからない。もしかしたらロシア人は、西側から遠ざかることで、大群《スウォーム》がまた地球へ来たときに、自分たちに対してはもっと手をゆるめてくれると思っているのだろうか。

まず、そんな見こみはない

地上車がボロディンの執務施設のそばに止まった。ボロディン大使はアイザクスンを迎えに、外へ出てきていた。

「戻ってきてくれましたね、友よ、わが友」ユーリイ・ボロディンはアイザクスンの手を固く握りしめた。

「やあ、ユーリイ。どうしていた？」アイザクスンはボロディンに先導されるまま、建物に入った。すぐあとに、三人のシークレット・サービスが続いた。

「おや、知っているでしょう。この戦争の件で、マラーホフ大統領を補佐しているだけですよ。われわれは、あなたがた西の人々よりも多くの自由を保っていながら――たとえば、こちらには徴兵はありません――自分たちの役割を果たしています。工業全体が設備を一新され、余った分は統合防衛軍を援助するために売りに出しています」

アイザクスンはゆがんだ笑みを浮かべた。

「間違いなく、けっこうな利益になるだろうな」

「いけませんか？」ボロディンは笑った。「何世紀も前にわれわれに資本主義を教えてくれたのは、あなたがたですよ」

「で、われわれに教え返してくれた」

「そして生命の循環が続くのです」ボロディンは手で居間を指した。ビロード張りの贅《ぜい》沢《たく》なソファと酒のキャビネットがある。「何か飲みますか？」

「たずねる必要があるかね？」

二人のシークレット・サービスがドアのそばに立ち、一人が部屋を出て廊下に立った。ボロディンはキャビネットから小さなボトルを取り出し、アイザクスンは感謝して受け取った。

「徴兵がないと言ったな？　それで、軍隊はやっていけるのか？」

「われわれの国民は愛国的なのですよ、エイモン。あなたがたのように、自由を守れと強制される必要はありません。若者たちはこぞって軍に志願します」

「われわれの軍隊と比べて、損耗率が信じられないほど低いという事実に駆り立てられているに違いない。主要な戦闘はどれにも参加しないから、当然だと思うが」と、アイザクスン。

　ボロディンは微笑してソファにすわり、口に含んだ酒を口のなかで転がした。

「では、あなたはなぜ、ここに来たのですか、エイモン？　問題はなんです？」

　何度か酒を飲みこんでから、アイザクスンは二人のシークレット・サービスに、部屋の外へ出るよう合図した。

「ちょっとのあいだだ」

　シークレット・サービスが部屋を出ると、アイザクスンはふたたび立ちあがった。

「ユーリイ、いったい、どうなっている？　きみは、なぜ去った？」

「言ったでしょう。マラーホフ大統領に呼び戻されたんです」

「なぜだ？　戦争の真っ最中だぞ。意味がない。きみはまだ――」アイザクスンは言葉を切ってドアへ目を走らせ、声を低めて先を続けた。「まだ、エイブリーの命をねらっているのか？」

「ねらってほしいのですか？」

　アイザクスンはボロディンをにらみつけた。

「戦時だぞ。総力戦だ。こんな時期に指導者を変えるのは……賢明ではない」

　ボロディンは高笑いした。

「ハハッ！　エイブリーの軍門にくだりましたね？　あの人が繰り広げる、男性器を震わせる大言壮語ショーに魅了されましたね。エイブリー大統領は台所にいるべきときに、将軍のふりをする人だ。友よ、わたしの言いまわしを大目に見てくれますか？」

　アイザクスンはグルリと目をまわした。

「勘弁してくれ、ユーリイ。まるで二十一世紀から来た人間みたいな言いかただ。わたしはエイブリーに死んでほしいと思っているが、それは自分が大統領になれるからであって、エイブリーが女だからじゃない」

　ユーリイは自分の酒を飲み干した。

「では、なぜやらないのです？　ええ？」

「何を？」

「暗殺です」

「言っただろう」

「戦時の安定のためですか？　くだらない。戦時には最高の指導者が必要です。手ごろな指導者ではない。必要とされているのは、明らかにあなたです、エイモン。マラーホフは、あなたを支援する誓約を守ります。昨今の大混乱のなかでも、われわれが何かをなしとげられることは、たしかです」

アイザクスンは指で神経質に頬を叩き、室内を行ったり来たりした。

「だめだ」

ボロディンはフンと鼻を鳴らした。

「エイブリーから影響を受けましたね。あの人は自分の言動で、あなたを取りこんだ。何を言われたんです？　自分にとって、どんなにあなたが必要か……どんなにあなたを信頼しているか——ですか？　次の選挙では、あなたのために遊説すると約束されましたか？　それとも、あなたが千隻の艦に命名するたびにすばらしいフェラチオをしてあげると約束されましたかね？」

ボロディンに満足感を与えるつもりはなかったが、アイザクスンは内心、自分に向かってしかめっつらをした——全部、当たっている。まあ、だいたいは。

「エイモン、考えてみてください。あなたは何カ月もエイブリーの暗殺計画を立ててきた。わたしの勘違いでなければ、何年も前から考えていたのでしょう。あなたは行動の人、決断の人です。何があろうと厳しい選択をする人だ。しかし、考えてください。すでに何者かがエイブリーの命をねらいました。わたしの情報源の言うところでは、ずさんなやりかただったそうですが。エイブリーがあなたを疑っていないと、本当に思いますか？」

アイザクスンはためらった。

「エイブリーが何を考えているかなど、誰にわかる？　いまのエイブリーは何をしでかすか、わからない。戦争が始まってから——」

「そのとおり。何をしでかすか、わからない。エイブリーはいま、本能で動いています。思い出してください——あの人は天性の政治家です。何十億人もの田舎者を誘いこんで自分に投票させたのと同じように、あなたを誘いこんだ。わたしがエイブリーならどうするか、わかりますか？」ボロディンはいったん言葉を切ったが、返事を待たずに続けた。「あなたを自分の領分に囲いこみ、自分の秘密にかかわらせて、あなたを気持ちよくさせます。それから」片手を上げて銃のようにねらいをつけ、アイザクスンの頭を撃つ真似をした。「バン」

「なぜ、エイブリーがわたしを疑う？　わたしは大統領に、いつも礼儀正しく接し、力づけてきたぞ」

「疑うに決まっています。大統領が死んだら、あとを継ぐのは誰ですか？」

「わたしだ」

「そのとおりです」

ボロディンとの会話がわずらわしくなってきたアイザクスンは、話題を変えた。

「スウォームに支配されている者を探知する方法を、教えてくれないか？」

　ボロディンは目を細め、警戒の表情になった。自分のグラスに酒をもう一杯、注《つ》いだ。

「なぜです？　あなたの政府か軍にいる誰かを、疑っているのですか？」

「可能性はある。きみは、スウォーム艦に送りこんだ兵士の何人かが、戻ってきたとき変わっていたと言ったな。前より頭がよくなり、昇進が早くなったと。スウォームの影響を受けた人間を見破る方法は、それだけか？」

　ボロディンは酒を口のなかで転がした。

「方法はたくさんあります。全部を教えるつもりはありません」アイザクスンが眼球をグルリとまわすのを見て、ボロディンは付け加えた。「極秘情報ですから。しかし、このことだけはお知らせしましょう。スウォームは、どうやってたがいにコミュニケーションをとるのかと、考えたことはありますか？　いままでの数カ月間の会戦のあいだに、気づいたでしょうが、あなたがたの艦隊はスウォーム艦どうしの通信を、いちども探知しなかったはずです。まるで、戦闘前の計画段階で、攻撃内容を隅々まで整えたかのようです」

　アイザクスンはうなずいた。

「将官たちが、その問題を討議するのを聞いたことがある」

「ばかげています。もちろん、スウォームどうしもコミュニケーションはとります。わたしがスウォームと連絡をとるのを見ましたね。覚えていますか？　言語に頼る種族ではありませんが、スウォームも話はします。仲間どうしの協調は……効果的だと思いませんか？　あなたがたは過去二カ月で、何隻の艦を失いました？　何人の人を？」

　アイザクスンは肩をすくめた。

「多すぎるくらいだ。五百隻かな。もっと多いかもしれない」

「それと、カディス星系。ほかに十二ちかい惑星。恥ですね。まったく、人類の一大悲劇です」

　アイザクスンは、もういちどうなずいた。しゃべらせておけば、そのうち相手がはっきり言ってくれるだろう。

「考えてください。われわれが超空間信号を使ってスウォームと話せるなら、スウォームは、仲間どうしでも超空間信号で話す可能性がある。そうですね？」

「そうだ」アイザクスンは思わせぶりに答えた。

「スウォームが仲間どうしで超空間信号を使って話す以上、支配する種族に対しても超空間信号で話しかけようとする――考えられるでしょう？」

　しかし、オマハ宙港のオペレーション・センターでは、超空間信号が出ていないか部屋全体をスキャンさせた。どのステーションでも、超空間信号はまったく記録されなかった。

だが、もしも……。

「きみは、スウォームが超空間信号を――」アイザクスンは言葉を捜した。おれは科学者でも技術者でもない。「――身体で直接、送受信する方法を考え出したというのか？」

ボロディンは片眉を上げた。

「それは実に、大したものじゃありませんか？　電子機器も、大がかりな装置も、アンテナも使わずに話せる。いまのあなたとわたしのように……それに、思考も伝えられる」

「スウォーム艦から戻ってきた兵士たちのあいだに、この特徴が探知されたのか？」

「ああ」ボロディンは立ちあがって、ボトルをキャビネットに戻した。「あのころの軍で何が起こっていたかは、よくわかりません。当時、わたしは外交団の新米メンバーにすぎませんでしたからね」

なるほど、とぼける気か。けっこう。とにかく、この男がめざすものはわかった。

エイブリーの命をねらう最近のくわだてに、ボロディンは関与していない。それはたしかだ。ボロディン大使は謙虚な男ではないから、関与していれば、勲章のようにひけらかしているだろう。

「ワシントンへ戻らなければ」アイザクスンは立ちあがった。「楽しかったよ、ユーリイ、いつもどおり。連絡をたやさないでくれ」

ボロディンはうなずき、さらに世間話をしてから、シークレット・サービスが待つ外へアイザクスンを送り出した。二人は握手し、ボロディンはなめらかに建物のなかへ戻った。アイザクスンはシークレット・サービスのあとについて、通りに止めてある地上車へ戻った。

車に乗ろうと身をかがめたとき、ボロディンの呼ぶ声が聞こえた。戸口に立って、何かを振っている。必要以上に歩かされることをぶつぶつ言いながら、アイザクスンはシークレット・サービスに車に乗るよう手でうながし、建物のそばへ戻った。

ボロディンは、二人が飲んでいたウォッカと同じ銘柄の、新しいボトルを持っていた。

「おみやげです。あなたがロシア娘の次に好きなのは、ロシアの酒だ。知っていますよ」

アイザクスンは微笑した。

「ありがとう、ユーリイ。なんと親切な」

アイザクスンは通りへ戻ろうと向きを変え、ボトルのラベルを調べた。カスピ海の黒ラベル——ロシアの最高級品だ。朝、出発するときには、これはもうなくなったのではないかと思っていた。コナーが残りをほしがるかもしれない。

次の瞬間、アイザクスンは後方へ吹き飛ばされた。地上車が爆発して巨大な火球になり、アイザクスンは宙を飛んで、背後の草の上に落ちた。

22

シリウス付近　中間点
〈インターステラー1〉　大会議室

〈インターステラー1〉は陰気な修羅場といった状態だった。補佐官や各部門のリーダーや研修員たちが、みな厳しい表情で議論しながら、起こったことが信じきれないまま、ショックを受けて急ぎ足に動いている。ジンガノ元帥とグレンジャー艦長が同時にシャトルベイに到着し、スパークス下院議員と何人かの顧問のあとについて会議室に入った。

「いったい何が起こっているんだ？」ジンガノはどなった。「警護官《シークレット・サービス》はどこだ？ 大統領府の保安規約はこんなに粗雑なのか？ 首席補佐官はどこにいる？ ノートン大将は？ ノートンは大統領の軍事顧問だぞ。個人的に、大統領が艦隊の保護を受けられるようにしなかったのか？ いったい――」

スパークス議員が片手を上げてジンガノをさえぎった。

「元帥、お願いです。われわれは何がまずかったのかを探り出そうとしています。われわれの知るかぎり、エンジンのオーバーロードのような単純なことかもしれません。いま心配しなければならないのは、政府の継続のことです。噂が広まる前に地球へ超空間信号を送って、アイザクスン副大統領を安全な場所へ移す必要があります。二度とこんなことが起こってはなりません」

「アイザクスン？　あの役立たずか？」ジンガノは勢いよく両手を上げた。「信じられん」

ふたたびドアが開き、ノートン陸軍大将が三人の武装した男を連れて駆けこんできた。

「大統領のシークレット・サービスを連れてきました」と、ノートン。

ジンガノがシークレット・サービスの一人を指さした。三人のうちの隊長らしい、年長の男だ。

「いったい何が起こった？　なぜ大統領はあの艦に乗っていた？　大統領が乗っていることを、やつらはどうやって知った？」

「そして、やつらとは何者です？」と、グレンジャー。

シークレット・サービスは首を振った。見るからに困惑し、赤面している。こぶしから血が出ているようだ。エイブリーの死に対して、ジンガノ元帥と同じ反応を見せていた。

「最近は、これが標準の手順でした。大統領は〈インターステラー1〉で移動したことがありません。大統領の替え玉を三人、用意していました。一人は地球にいて、もう一人は〈ヴァーソ〉にいます」

ジンガノが鋭くシークレット・サービスを見た。

「〈ヴァーソ〉？」

「残った護衛艦……爆発しなかったほうです。爆発したのは〈レクト〉です」と、シークレット・サービス。「三人目の替え玉は、この〈インターステラー1〉にいます」

沈黙。非道な状況の重みが、全員にのしかかりはじめた。グレンジャーは思った——声明を出さなければならないだろう。アイザクスンが宣誓して大統領になり、おれですら知らない極秘計画のすべてに関与するようになる。地球も、何十という地球連合の惑星も、ショックを受けるだろう。大群《スウォーム》が艦隊で来襲するだけでなく、地球の、選挙で決まった政府の深部にまで、なんの罰も受けずに浸透しているのなら、われわれが勝てる希望などあるだろうか？

外の通路で叫び声がした。くそ。今度はなんだ？

グレンジャーは目を疑った。ドアが開《ひら》き、両側に首席補佐官とシークレット・サービスをしたがえたエイブリー大統領が入ってきた。きらめく小さなハンドバッグとコーヒーカップを持ち、ひどく険悪な顔をしている。

エイブリーはまっすぐスパークス下院議員のそばへ進んだ。スパークスはまだポカンと口を開《あ》けたままだ。

「大統領閣下！　生きて……生きていらしたのですか」

エイブリーは微笑し、コーヒーカップを首席補佐官に渡した。

「ええ。そして、あなたは違う」流れるようなすばやい動作でエイブリーはハンドバッグから拳銃を取り出し、スパークスの額《ひたい》に向けて発砲した。

23

ロシア　モスクワ
外交官施設　ユーリイ・ボロディンの執務施設

アイザクスンの身体が草の上を……続いて舗装道路の上を引きずられてゆく。あたりを見まわすと、人々が悲鳴を上げて走っている。だが、アイザクスンには声は聞こえなかった。頭が水中に没しているような感じで、耳はガーゼを詰《つ》めこまれたように聞こえにくい。

顔を上げた。ボロディンが顔を紅潮させ、アイザクスンを執務施設のほうへ引っぱっている。まもなく救急車がライトをきらめかせて、何台も通りに集まりはじめた。サイレンも鳴らしているのだろう。アイザクスンには、遠くで鳴っているかのようにかろうじて聞こえるだけだ。

誰かに名を呼ばれた。振り返ると、耳もとでボロディンがどなっている。ボロディンはアイザクスンの脚を指さし、立ちあがるジェスチャーをした。

アイザクスンがうなずくと、ボロディンが引っぱって立ちあがらせた。頭が朦朧《もうろう》としていて、アイザクスンはボロディンにもたれかかり、支えられた。二人はぐらつきながら、執務施設の玄関へ向かった。なかに入ると、アイザクスンはソファのひとつに倒れこんだ。

ボロディンはドアへ駆け戻り、アイザクスンは目を閉じた。やがて、目を開《あ》けると、数人の救急隊員を連れたボロディンが、頭上にのしかかるように立っていた。救急隊員が、アイザクスンの頭を機械でスキャンして生命徴候を確認し、四肢や胴体に傷がないか調べた。

「この人は大丈夫です、大使」救急隊員の一人が言った。「ショックを受け、聴力もわずかに影響を受けていますが、どちらもすぐに治ります」

アイザクスンはうなずいた。けっこう――また聞こえるようになる。

「誰のしわざだ？」

「見当もつきません、エイモン。情報部が来て、しらみつぶしに証拠を捜しています」

ボロディンはいったん言葉を切った。「残念ながら、同行者のほかのかたは助かりませんでした」

アイザクスンは手を振って、その言葉を退けた。

「わたしだって、助からないところだったんだ、ユーリイ！」

ボロディンは救急隊員たちに向かってうなずき、立ち去るよう合図した。二人きりになると、ボロディンはソファのアイザクスンの隣に腰をおろした。

「エイモン、これは、やっかいなことになります」

「そう思うか？」アイザクスンは顔をしかめた。

「何者かがあなたを殺そうとした。今回は、先週エイブリーをねらった攻撃より、はるかに洗練されていました。あなたは、たまたま生き残ったのです」

アイザクスンは目を閉じて頭をかき、かなり昔に受けた応急手当ての訓練を思い出そうとした。ショックを受けた被害者には、どんな手当てをする？ 毛布で包む？ 足を温める？ 何か足に関する項目があった。アイザクスンは両足をソファに上げた。

「問題は、こんな大胆なことをするのは誰か——だ。しかも、公衆の面前で」

ボロディンはチラリとアイザクスンを見た。

「本当に、たずねる必要がありますか？ 実行する能力があって、喜んで実行する人物は、一人しかいません」

ありえない。なぜ、エイブリーがそんなことをする？　いま、ここで？　中部大西洋の大統領掩蔽壕《えんぺいごう》にいたときに、おれの背中を刺せば簡単だったのに。

「わたしにはわからない、ユーリイ」アイザクスンは目を開け、立ちあがろうとした。

「だが、突きとめるつもりだ。ワシントンへ戻る。いますぐ」

周囲がまわりだし、そのスピードが増した。アイザクスンは頭を抱えて、またしてもソファに倒れこんだ。

24

シリウス付近　中間点
ISS〈ウォリアー〉　ウェイトトレーニング室

肝っ玉《ボールジー》ことフォルツ大尉は、重みにうなり声を漏らした。バーベルを押しあげて自分の胸めがけて落とし、胸筋に触れる寸前に受け止める。統合防衛軍艦隊の訓練メニューは、宇宙空間を飛ぶとき頻繁に使う腕や肩より、身体の中心部と脚の強さに重きを置いている。だが、ボールジー自身はどれにも力を入れていた。

「もう一回、ボールジー。あと一回やって」と、ヤマト大尉。〝宇宙の覇者《スペースチャンプ》〟だ――ボールジーは自分に言い聞かせた。分隊員をコールサインで考えるほうが簡単だ――本名が安全にしまいこまれていれば、死んだとき、苦痛をまぎらせる。

ボールジーがわめき声とともに腕を伸ばしてバーベルを押しあげると、スペースチャンプがおもりを取りはずし、バーベルをスタンドのバーベル受けに置いた。

おもりをスペースチャンプ用に調整し、二人は入れ替わった。

「田舎町《ドッグタウン》の具合はどう？」と、スペースチャンプ。

ボールジーは首を振った。

「隔離されてる。三人とも——ドッグタウンも道化顔《クラウンフェイス》もやり手《ホットショット》も。だが、みんな元気だ。ドッグタウンは足首を折った。老いぼれめ。クラウンフェイスとホットショットは打撲傷だけだ。もちろん、三人とも大群《スウォーム》のくそを浴びた」

スペースチャンプは二、三回、バーベルを押しあげた。

「宙兵隊のハンラハン大佐は、ラッキーなやつね。結局、一滴も浴びなかったんだから。最後の瞬間に跳んで逃げたんですって。老兵にしては、すばしこいわ」

ボールジーはうなずいた。ハンラハン大佐は〈コンスティテューション〉の——いまでは〈ウォリアー〉の——ちょっとした名物だ。老副長ホーズに似ているが、どら声で、もっと重々しく有能で、もちろん、ホーズ中佐とは違っていまも生きている。この老大佐は、非番のときは下の〈ニュー・アフターバーナー〉で愛想をふりまく。〈ニュー・アフターバーナー〉は、〝老嬢〟〈コンスティテューション〉にあったまに合わせの古いバーを再現したものだ。そこでハンラハンは、アルコールの代わりにアイス・ウォーターを飲み、近くにすわったクルーに、前のスウォーム戦争時代の古い話を聞かせて楽しませる。もちろん、そのころにはハンラハンは生まれていなかったが、その場にいたかのように話し、直接体験のなさを品の悪い創作で補う。

「三人は、いつまで隔離されるの？」

ボールジーは頭を振った。

「体内にスウォーム物質が入りこんでないと、ドクター・ワイアットが確信するまでだ。あの粘液みたいなものに触れると、病気になるとか、死ぬか何かするようだ。伝染するかどうかは、わかってないらしい。だから、隔離されてる。用心のためだ」

「このごろじゃ、いくら用心してもしすぎるってことはないものね」と、スペースチャンプ。バーベルの最後の一回を押しあげ、バーベル受けに置いて立ちあがった。「あなたはどうなの、ボールジー？　大丈夫？」

ボールジーはスペースチャンプをにらみつけた。

「なぜ、おれが？」

スペースチャンプは肩をすくめ、スクワット・ベンチのほうへ移動した。

「さあね。この何週間か、あなたは注意力散漫に見えたから」

「戦争なんだぞ、スペースチャンプ。おれたちはそのために入隊した。本当に戦争が起こるとは想像もしなかったけどな」バーベルを肩まで持ちあげるために、かがんだ。

「それに、おれは注意力散漫じゃない。ただ……きみたちのことを心配してるだけだ」

「え？　わたしや消耗品《フォダー》やピューピューのことを？　あらら、歳とってセンチになったのね」

「本気だぞ。きみはおれの分隊員だ。分隊員を一人も失わずに二ヵ月半もたったなんて、最長記録だ。きみたちが来る前は、少なくとも週に一、二度のペースで仲間を失ってた。言いたくはないが、きみたちには少しばかり愛着を感じるようになってきたんだよ」

「感動的だわ」と、スペースチャンプ。二人は場所を交代した。「ドッグタウンは、前はあなたの分隊にいたんでしょ？」

「ああ」

「何があったの？　ピアースはなぜ、あなたがたを分けたの？」

　ボールジーは本当のことを話したくなかった。ドッグタウンを見ると、尻振《フィッシュテイル》りを——ジェシカを思い出すのだ。ちくしょう、あのあとも六人の分隊仲間が死んだというのに。

　だが、ほかに失った仲間は、人工特異点に飛びこんで消えたわけじゃない。死んだ仲間の家族に、おれが自分で戦死通知を届けたわけでもない。自分で知らせたのはフィッシュテイルの家だけだ。

それに、死んだ仲間のなかで自分の子供がいたのはフィッシュテイル一人だ。その子は、いまでも絵を送ってくる。戦闘艇の絵や、パパとママの絵だ。なぐり書きのおしゃべりのようなメッセージがついていて、子供の祖父母によれば、〝ありがとう〟とか〝ぼくもパイロットになります〟とか〝いつザックに会いにきてくれますか?〟などといった意味だという。

もうやめてくれと祖父母に申しこもうかと、少しは考えた。気が散る。だが、子供をがっかりさせるのはしのびない。あの子は両親を失ったのだ。くそ——みんな近親者を失ってる。わかってるが、子供を突き放すことはできない。あの子に、すっかり捕まってしまった。あの子はおれを、たくましい英雄か何かだと思ってる。だから、メッセージを拒絶せず、ときおり短い返信か、戦闘艇に乗った自分の写真を送る。

「分隊長として、経験のあるパイロットが必要とされてる。ドッグタウンは経験あるパイロットだ」

スペースチャンプはうなずいた。

「ええ、ドッグタウンは大丈夫だと思うわ。わたし? わたしは〝触れるな危険《アンタッチャブル》〟でうれしいわ」

　ボールジーは横目でスペースチャンプを見、また場所を交換して、バーベルを肩まで持ちあげた。

「アンタッチャブル？」と、ボールジー。

　スペースチャンプはフンと鼻を鳴らした。

「ええ、この分隊は、ほかのパイロットたちにそう呼ばれてるの。死をものともしないあなたの軽業《かるわざ》と、猛烈な砲火のなかでも死なないフォダーとピューピューの性癖のおかげで、わたしたちは相当な評判になってるのよ」

「自分のことも正しく評価しろよ、スペースチャンプ。きみだって悪くない。きみより優秀なやつは見たことがない」

　部分的には嘘だ。見たことはある。フィッシュテイルは天性のパイロットだった。戦闘艇パイロットとしては新米だったが、おれが会ったなかでも最優秀の戦闘艇パイロットに成長しただろう。もし、事態が違っていたら――だが。ちくしょう。

「あら、とんでもない」と、スペースチャンプ。

　二人は訓練メニューを終えてシャワーを浴びた。フォダーとピューピューはパイロット用ラウンジで、訓練中の数人の新米パイロットに、自分たちが行なった最近の命知らずの軽業を語って聞かせている。一人の話にもう一人がかぶせて話しはじめ、たがいに相手の話の結末を語る。

「通信が入っています、大尉」ボールジーを追って走ってきた事務係下士官が、かすかに息を弾《はず》ませて言った。「地球からです」

「誰だ？」

「女性で、孫の坊やが大尉と話したがっているとのことです。悲しがっているそうです。プロトコル違反だと言ったのですが、どうしても――」

ボールジーはため息をついて片手を上げた。

「もっともだが、パイロットは目の前に現われるファンの通信にいちいち応じてはいられないんだよ」

下士官の顔は青ざめた。

「ああ……すみません。あのおばあさんに、艦が次に地球へ行ったときに大尉から通信すると言っておきます」

「そうしてくれ」

下士官は急ぎ足で去り、ボールジーは冷蔵庫から標準ノンアルコール飲料を出した。

パイロットは、交戦後や、艦が宇宙空間にいて交戦が予想されるときには、飲酒を許されない。ボールジーはドアの上の警報表示を見た。まだオレンジ色だ。ぶつぶつ言いながら瓶《びん》の蓋を開《あ》けた。

あの子は英雄をほしがってる——もういちど、ため息をついた。

だが、本物の英雄は、みんな死んだ。

25

シリウス付近　中間点
〈インターステラー1〉　大会議室

スパークス下院議員の後頭部から血が噴き出して会議用テーブルに飛び散り、身体から力が抜けてドサリと床に倒れた。

エイブリー大統領は遺体に唾を吐きかけた。

「オハイオ州は補欠選挙をしなきゃならなくなるわね」と、エイブリー。拳銃をハンドバッグに戻してジッパーを閉めると、首席補佐官にあずけたコーヒーを受け取り、ひとくち飲んで静かに腰をおろした。

ほかの者たちはショックで声も出なかったが、ゆっくりと、もとどおり席についた。

二人の警護官《シークレット・サービス》が遺体を引きずってテーブルから離し、ほかの二人が外の通路へ出て見張りに立った。エイブリーが沈黙を破った。

「政府内に、わたしを殺そうとする一派があります。ロシア人もわたしの死を望んでいます。大群《スウォーム》も。それに——」間《ま》を置いた。「あなたがたは本当に、わたしと並んですわりたいと思っている？」暗い含み笑いを漏らし、またコーヒーをひとくち飲んだ。「いいニュースは、わたしのもと夫は頭がからっぽなバカ者だから、こんな陰謀は手に余るということね。だから、われわれが近づいても危険はない相手なのよ。ハハッ！」

「閣下は最初から、ここにいらしたのですか？〈インターステラー1〉に？」と、ノートン陸軍大将。

「もちろん」と、エイブリー。

グレンジャーは嫌悪の目で、下院議員の遺体を見おろした。スパークスの目は開《ひら》いたままで、シークレット・サービスが引きずっていったところまで血の跡がついている。

「で、スパークス議員は？」と、グレンジャー。「閣下は、スパークスが暗殺者だったと確信していらっしゃいますか？」

エイブリーはチラリとグレンジャーに目を向けた。

「わたしはスパークスの頭に弾丸を撃ちこんだ。暗殺者だと確信があるからに決まっているでしょ」エイブリーはハンドバッグを開《あ》け、データパッドを取り出した。「漏洩源をたどったら、わたしの執務室に行き着いた。そこで、ちょっとしたテストをすることにしました。少なくとも、補佐官に対して」

テーブルについていた大統領の補佐官の一人が身体をこわばらせた。

「心配しないで、ジョンソン、あなたは無実だとわかった」エイブリーはウィンクして言った。「ここで詳しく説明はしないけど、いくつか細かい点にもとづいて、容疑者を補佐官二人のうちどちらかだと見当をつけました。だから、あなたには、わたしは護衛艦〈ヴァーソ〉に乗ると言って、あいつには――」スパークスの遺体を指した。「――〈レクト〉で行くと言ったの」コーヒーを飲んだ。

「しかし、実際はこの艦にいた」と、ジンガノ元帥。

「ええ、この艦にいたのよ。〈レクト〉の乗員には気の毒なことをしたけど。ニューマン艦長はいい女性だった。驚くほど忠実で。愛国者だった。本当に残念だわ」

短い沈黙があった。大統領がかすり傷ひとつ負わなかったという安堵にもかかわらず、あたりには、まだ死の余韻が満ちている。〈レクト〉に乗っていた五十人。部屋の隅に横たわった下院議員。戦争と無縁でいられる者は、どこにもいない。

「さて、みなさん。ここに集まってもらったのは、理由があってのことです」

「理由は、ひとつではありません」と、ジンガノ元帥。

「スウォームの航宙艦に追尾装置を付けて、北極星星区へ向かったことを確認したそうですね。で、実際、北極星付近にスウォームの分光特性を持つ惑星を探知した」質問ではなく、陳述だ。「それから、別の異星人と接触した。やれやれ、自分が生きているうちに、そんな日が来るとはね――新しい文明をいくつも発見するなんて。おまけに、相手が武器を向けて会いに来て、その同盟相手が、すでにわれわれを殺したがっている敵だとは」

　エイブリーは、またしてもコーヒーを口に運んだ。その冷静きわまる様子に、グレンジャーは驚嘆した。命をねらわれたばかりだというのに。

「政界に入る前、わたしは出版社で働いていたの。若くて世間知らずで、楽天主義と明るいおめでたい考えで頭をいっぱいにしていたころね。フルブライト出版。世界でも有数の一流文芸出版社よ。選び抜いた最良のものだけを出版した。最高のなかでも最高のものをね。たいていの人は――社外の人だけど――最高の作家が書いたと思っていた。著者は最高の才能の持ち主……最高の文学的才能に恵まれた書き手だと」

　コーヒーを、もうひとくち。

「くだらない。わたしたちが誰の本を出版したか、知っている？　いちばん会社に稼がせてくれる人たちよ。わたしたちに、いちばんおカネが入るようにしてくれる連中。ある日、仕事中に、いまでは忘れ去られたある作家との取引に失敗した——もと上院議員でノーベル賞受賞者とか、くだらない肩書が並んでいた人だけど。そのとき、上司の編集者がわたしを自分の執務室へ呼んでデスクに押しつけ、発砲するぞと脅《おど》して、わたしのズボンを引きおろし、自分もズボンをおろしたの。相手のアイビー・リーグ（アメリカ東海岸の裕福なエリート私立大学群）のエリート主義に凝《こ》り固まった堂々たる男性自身が、わたしの脚に押しつけられた。

　わたしがどうしたか、わかる？」エイブリーはコーヒーカップを傾け、残りを飲み干した。「相手の硬くなったモノをつかんでひざまずき、頭を下げた。おとなしくしたがう優秀な娼婦みたいにね。それから、耳の後ろにはさんでいたペンを取って、陰嚢に突き刺した」エイブリーは笑い声を上げた。「男のわめいたことといったら……。わたしを逮捕させてやると罵倒し、誘惑したと言いふらしてやると……わたしを破滅させてやると毒づいた。でも、ただのこけおどし。わたしは立ちあがって、やってみろと言ったわ。小さなわたしにタマを突き刺されたと、あらゆる人に言うがいい……身長百五十センチ、体重五十五キロの、二十歳の小娘にやっつけられたと……犯人は自分が雇った、かわいい顔で堅物《かたぶつ》の、棒きれみたいな南部美人だ、と」

　エイブリーはコーヒーカップを置き、指でそっと唇を叩いた。

「次の日、わたしは昇進した。その一ヵ月後、また昇進した。そして一年以内に、その男がやっていた編集者の仕事は、わたしのものになった。ごめんなさい、とりとめもないおしゃべりになって。ここで要点ね。護衛艦の名前です。〈ヴァーソ〉と〈レクト〉。これは印刷された本の、表《おもて》表紙と裏表紙のことです。さて、そのあいだには何がある？」

テーブルのまわりは沈黙した。

「本ですか？」と、ジンガノ。

「〈インターステラー1〉？」と、ノートン。

「**本の背**よ」エイブリーはどなり、こぶしでテーブルを叩いて強調した。「非常に扱いにくい部分です。覚えておきなさい――自分の背骨を……根性を見せつけてやりなさい。でないと相手に平らげられ、いまのあなたがたのような、ちっぽけなくそとして捨て去られます」謝るように片手を振った。「ここにいるあなたがたのことではなく、人々全般のことです。あなたがたはみな根性があるわ。捕虜をとるのをいさぎよしとせず、禁欲的できまじめなタフガイでしょう」ふたたびコーヒーを飲もうとして、カップが空《から》になっていることに気づいた。「さあ、先を続けて。わたしに対するブリーフィングを」

ジンガノ元帥が咳払いして言った。

「大統領閣下、ご承知のとおり、われわれはスウォーム艦に追尾装置を付け、北極星星区までたどりました。その方向へ偵察艦を何隻か送って、確認しました。北極星星区にはスウォームの母星かもしれない惑星が、たくさんあります。戻る前に、偵察艦はいくつかの惑星のまわりにスウォームの活動を探知しました。連中の基地がどこにあるかを知っていると、ここで断言することはできませんが」

「基地がどこにあるかはわかりません。北極星星区にあるとは、かぎらないのでしょう？」エイブリーが口をはさんだ。

「たしかに。しかし、攻撃を受けている最中の太陽系内以外の場所で、スウォームの活動を探知したのは、はじめてです。北極星星区を含む宙域も、何十年も探査してきましたが、古い文明の廃墟しか見つかりませんでした。生命体はひとつもなかった」

エイブリーはフンと鼻を鳴らした。

「でも、北極星方向を探査したことはなかったんでしょう？　ない、ない。もちろん。われわれと北極星のあいだにはロシア連邦がある。ロシア人が協定を尊重し、われわれにロシア宙域の通行許可を与えるなんて現実にはありえないわ。あのろくでなしども」

ジンガノは話を続けた。

「われわれが探知した母星候補の惑星は、全部で少なくとも三つでした——質量、大気、重力、太陽の放射照度、すべてが地球と似ています。スウォームの生体組織を支えられそうな惑星ばかりです」

「スウォームの生体組織なんて、われわれは何ひとつ知らないわ」と、エイブリー。

「しかし、その惑星のうちひとつは、大量のスウォームの粘液にまみれていたのでしょう？」

「はい、閣下。偵察艦は、よく見るために近くをうろついたりはしませんでしたが、望遠分光法で、表面にスウォーム物質が確認できました。反射率とスペクトル曲線が、いままでに行なってきたテストのデータすべてと一致します」

　エイブリーは首をかしげた。

「でも、それは生きている？　その点はわかっているの？」

「いいえ。知るかぎりでは、われわれは生きた標本をテストしたことはありません」

　エイブリーはジンガノに指を突きつけた。

「生きた標本を手に入れなさい。戦闘艇を捕まえなさい。必要なことは、なんでもしなさい。七十五年もかかって、まだ生きた標本をひとつも見たことがないなんて、信じられないわ」

　ジンガノはうなずいた。

「特務戦隊のひとつに命じて、最優先で実行させます」

大統領は脚を組んだ。

「それから、新しい異星人の問題もあるわね。ダルメシアンでしたっけ？　ええと、なんという種族だった？」

ジンガノは、またうなずいて答えた。

「ドルマシです。この問題については、グレンジャーが説明します――ファースト・コンタクトをしたのはグレンジャーですので」

エイブリーはグレンジャーのほうへ向きを変えた。

「あなたはいろいろな場面で最初の例になるわね、グレンジャー艦長」

「はい、閣下」

「この新しい連中に対しても、あなたが最初に全面的な勝利をおさめることを期待しましょう。この前みたいに、相手が飛び立って何十年も姿を消し、力をたくわえてテクノロジーを進歩させているあいだ、こっちはただぶらぶらして、役にも立たない勲功バッジをもらうなんてのはごめんですからね」

グレンジャーは含み笑いをした。いままで十年以上もぶらぶらしていた責任はエイブリーにあるにもかかわらず、グレンジャーにとってエイブリー大統領の存在は大きくなりはじめていた。

「はい、閣下」

「では、話して。ドルマシのことを」

「われわれはニュー・ダブリン星系で、逃げる最後のスウォーム航宙母艦を追って――」

「追った？」エイブリーが口をはさんだ。「〈バトルアックス作戦〉はどうなったの？」

「アズビル少将が、スウォームを生きて逃がしはしないと決心したのです。わたしは〈ウォリアー〉で介入せざるをえませんでした」

「アズビルは転任させました、閣下」ジンガノが補足した。

「くそったれ」エイブリーはつぶやいた。「よろしい。先を続けて」片手を振った。

「最後のスウォーム航宙母艦が破壊されそうになったとき、ドルマシの艦が、どこからともなくQジャンプで現われました。十五隻です。センサー表示で見るかぎり、われわれには太刀打ちできそうもありませんでした。少なくとも、〈ウォリアー〉と、スウォーム航宙母艦を追ったニュー・ダブリンの特務戦隊だけでは」

「で、その連中は現われるタイミングをどうやって知ったのかしら？」と、エイブリー。

「それはわれわれも考えました、閣下」と、ジンガノ。「スウォームは超空間遭難信号を送って、ドルマシ艦隊を呼んだに違いありません。あるいはもともとニュー・ダブリンに現われる計画だったか。しかし、それは偶然の一致に頼りすぎた考えでしょう」

「でも、こちらは何も探知しなかったのでしょう？」

グレンジャーはうなずいた。

「われわれの検出限界を超えない範囲では、何も」

エイブリーはうなずいた。

「では、敵の遭難信号がわれわれの検出限界を下まわったか、われわれには探知できないタイプの信号だったか、どちらかね。何か新しい技術？」

「それも考えられます」と、グレンジャー。誰も何も言わないので、そのまま続けた。

「とにかく、ドルマシが現われて、われわれに立ち去れと命じました」

グレンジャーはドルマシとの会話全体を詳しく述べ、一同は記録された会話を壁のビュー・パネルで見た。

「おもしろいわね。ほとんど爬虫類《はちゅうるい》だわ」と、エイブリー。漠然とした驚嘆の念とともにヴィシュゲイン・カーサを見つめている。

「わたしもそう思いました、閣下。おそらく、地球の爬虫類と関係のある種から進化したのでしょう。少なくとも、皮膚にはうろこが目立ちます。色合いは人間の皮膚とほとんど変わりませんが。プロクターは、この種族が冷血動物だとしても驚かないと言いました」

ジンガノ元帥がうなずいた。

「その考察はもっともだが、それはそれとして、どうする？　この件はわれわれの戦略的思考に、どう影響する？　〈バトルアックス作戦〉を推し進めるか？」

グレンジャーは無精ひげをかいた。

「選択肢は、どんなものがありますか？　われわれは、ドルマシがどんな同盟仲間を持っていようが、連中に突き崩されるより先に攻撃しなければなりません」

ノートン大将が頭を振った。

「その仲間が、スウォームほど強力でなければいいがね。ドルマシは、盟友がほかに六種族いると主張しているな？　みな、ドルマシの命令を聞くのか？　それが本当なら、われわれは勝ち目のない強力な軍に立ち向かうだけでなく、その強力な軍が七つもあることになる。そんな軍隊に勝つ方法はない」

エイブリーは膝に置いた両手を見おろした。

「それで、あなたの提案は、大将？　降伏ですか？　外交？　予備交渉は、いまのところどれも無視されています」

「ロシア人がスウォームと通信する方法を見つけたという噂を聞きました」

全員がノートンを見た。

「息子がＩＳＳ〈ウィンチェスター〉に勤務しています。通信士の一人です。スウォームが月周辺に侵入してきたとき、〈ウィンチェスター〉はアイザクスン副大統領と下院の代表団を、月面基地から地球まで運ぶところでしたが、無許可で超空間送信機が使用されたことがわかりました。保安コードはすべて正当なものですが、〈ウィンチェスター〉に乗っていた者は誰一人、その超空間通信を送信した覚えがありませんでした」

「どんな信号だったのです？」

「内容はちんぷんかんぷんでした。しかし、ロシア大使ボロディンも艦内にいました。息子が言うには、移動中、ロシア大使と副大統領は非常に親密だったそうです。二人で、艦長の居室にこもっていたとか。副大統領におたずねになったほうがいいかもしれません」

エイブリーはうなずいた。

「そうします。で、あとひとつ残った問題だけど――北極星星区はどうするのかしら？残念ながら、〈火星計画〉は、まだ準備ができたとは言えません。それに、〈バトルアックス作戦〉を遂行する前に、もっと情報が必要です」

グレンジャーはうなずいた。〈火星計画〉のことを聞いた瞬間、プロクター副長を少しばかり誇らしく思った。この計画名を提案したのはプロクターで、何世紀も前に、最初の原子爆弾開発が〈マンハッタン計画〉と名づけられたのと同じ理由だという。〈マンハッタン計画〉はマンハッタンとはなんの関係もなく、〈火星計画〉も火星とは無関係だ。どちらも、恐ろしく強力な武器の開発を表わす。

ジンガノ元帥が、ビュー・パネルに出ている宙図を指さした。北極星星区内の全星系が表示されている。

「ここには変数が多すぎます。何千もの恒星があり、何万もの惑星がある。北極星星区こそ目的の場所だという確信すら、われわれは持っていません。何カ月もかけて次々と偵察艦を送りこみましたが、スウォームの母星の位置を知るにはいたっていません。いまのままでは無理です。もっと多くのスウォーム艦を追尾する必要があります。餌をちらつかせて、スウォームにさらに十二回の襲撃を実行させ、いままでと同じように、最後に逃げる艦に追尾装置を付ける。もっとたくさんの場所がわかれば、三角測量で母星の位置を突きとめられます。これでは——」宙図に向けて手を振った。「——調べる場所が多すぎる」

エイブリーはうなずいた。テーブルを囲む全員が、話し合いは終わったとみなしたらしい。

　グレンジャーは咳払いをした。

「わたしは特務戦隊をひきいて北極星星区へ行き、敵に戦いをしかけたいと思います」

　ジンガノは目を大きく見開いた。

「グレンジャー――」

「聞いてください。われわれは何カ月も逃げまわっていました。数週間前にはカディス星区全体を奪われ、一週間後にはシンホワ星区が陥落しかけました。両星区で、一億人近くが死んでいます。そして、どの戦闘でも、何十隻という艦と何千人ものクルーおよびパイロットが死亡しています。これ以上、兵士たちを壊滅的な作戦に放りこみつづけることはできません」

　ノートン大将がフンと鼻を鳴らした。

「きみの言葉でなければ、非常に立派に聞こえるだろうな、グレンジャー。差引勘定は合うか？　きみが突撃させた艦は何隻だ？　まったく新品の重巡航艦を、レンガのように次々と敵艦にぶつけたのだろう？　きみはなんと呼ばれている？　レンガ職人か？」

　グレンジャーは冷たい目で大将を見すえた。

「その犠牲のおかげで、われわれは戦うチャンスを得られたのです、ノートン大将。重巡航艦のクルーはいずれにせよ死ぬ運命にあったのが、この形で死んでくれたからこそ、いくつかの戦闘でわれわれが勝てた――これを記憶にとどめることにしようではありませんか」

　ノートンは立ちあがり、グレンジャーに指を突きつけた。

「なんだと、このちびの役立たずめ。地球や、地球連合の全星区……全惑星にいる遺族に言ってやれ――〝次の休暇で、あなたたちの息子は帰ってこない〟とな。すべては、この信用できない男の――ロシア人かスウォームの感化を受けたらしい男の――せいだ。自分がどこへ行ったか、思い出したか、グレンジャー？　まだ、記憶はぼやけたままか？　都合のいいことだな」

　エイブリーがバシンとテーブルを叩いた。

「すわりなさい、大将」続いて、グレンジャーに目を向けた。「大将の言うことは一理あります。われわれの社会は戦時体制下にある。すべての工場とすべての強壮な人間が、艦隊を組織するために艦などを大量生産しています。それを、あなたは大変な速さで消費している。少しセーブしてちょうだい」

　グレンジャーは言葉をのみこんで、うなずいた。この連中が、宇宙空間での戦闘を知ってさえいたら……。襲ってくる砲撃。あたりに満ちる死。ジンガノ元帥は知っている。

だからこそ、おれの異端の戦術を大目に見てくれているのだ。だが、ノートン陸軍大将は？　連合軍最高司令部の事務員にすぎない。エイブリー大統領は？　たくましいが、だまされやすい。

「わかりました」と、グレンジャー。「しかし、わたしの意見にも理はあります。われわれは逃げています。ひとつの緊急事態から逃げて、次の緊急事態へ向かうだけだ。ひとつの来襲が終われば、すぐ次を迎える。背後には十億トンの水をたたえた巨大なダムがあり、そのダムには千ものひび割れができていて、ちっぽけな穴を指や爪先でふさいでいる状態です。士気は低下しつつあります。そして資源には限りがあります」

ジンガノ元帥はグレンジャーを見た。

「正確に言え。何を提案したいんだ、グレンジャー？」

「わたしが特務戦隊をひきいて、北極星星区へ行きます。百隻の艦で……もっと多いかもしれません。スウォームを逃げださせてやります。相手が踏みとどまって、強大な艦隊と戦う場所を確かめたら、撤退します。スウォーム艦ひとつひとつを……星系ひとつひとつを、ねらい撃ちします。連中の銃後で、やつらの惑星の焦土作戦を展開するんです。連中の気をそらし、わたしとわたしの艦隊に注意を集中させて、太陽系や地球連合の惑星にひと息つく余裕を与えます。これを実行しながら敵宙域の奥まで入り、偵察艇を送って、スウォームの母星の位置を示す手がかりをできるだけたくさん集めて、〈バトルアックス作戦〉の遂行に備えます」

「気に入らんな」ノートン大将が首を振った。

ジンガノはため息をついた。

「聞いたかぎりではすばらしい案だ、グレンジャー。だが、無茶だ。実行した結果、きみに同行した艦がすべて燃え尽きて終わりということにもなりかねない。基地と補給艦の支援がなければ、一週間もたたないうちに死ぬぞ」

沈黙。全員がエイブリーを見た。エイブリーは目を閉じ、顔の前で両手の指を突きあわせている。

「やりなさい」エイブリー大統領は目を開け、立ちあがった。「あなたには根性があるわ、グレンジャー。あなたの計画にも」グレンジャーと握手した。「行って、やっつけなさい」部屋の隅に横たわった下院議員の遺体をチラリと見た。「でも、やっつけた証拠として、何か戦利品を持ち帰ること」

26

地球　ワシントンＤＣ
統合防衛軍管理ビル

シークレット・サービスは、アイザクスンの警護担当者の数を二倍にした。連邦議会議事堂に着いたアイザクスンは、シャトルから離着陸床に降りて思った——十五人の随行員を引き連れて動くのは、何をするにもちょっとぎごちなくなるな。だが、やってやろうじゃないか。ハル・レビン首席補佐官がシークレット・サービスをかき分けて近づいてくると、アイザクスンの耳もとでささやいた。

「エイブリー大統領の側近から連絡が入りました。チャンスがありしだい、大統領がお会いしたいそうです」

「順番を待ってもらわなきゃならんな」と、アイザクスン。このごろは、エイブリーに対して寛大な気持ちになれない——不可能とは言わないにしても。「目の前の仕事を片づけなきゃならない。軍隊の視察は、あとでもいい」

連邦議会議事堂に着陸したとはいえ、アイザクスンの本当の目的地は、その地下にある軍の管理施設だ。何十年も前に地下を掘削して、広大な地下複合施設が造られた——最初の大群《スウォーム》戦争の遺物だ。軍の立案者は、地下深くにいれば安全だろうと考えたのだ。

過去二カ月の事件で、これがどれほど近視眼的な考えだったかが証明された。スウォームが兵器として使う特異点は、誰も掘ろうとは考えなかった地殻の深部まで食いこむらしい。

「ノートン大将は、わたしが行くことを知っているのか？」

レビンはうなずいた。

「二時間前に、わたしから伝えました。大将が宇宙から戻ってきたばかりのときです。大将は、あなたを地下の軍需品製造施設の見学に連れてゆくと言いました。執務室ですわっているより、そっちのほうがおもしろそうだと考えたようです」

アイザクスンは額《ひたい》をさすった。ロシアでの爆発事故の動揺が、まだおさまっていない。見学だと？　いま、この瞬間には、居心地のいい管理部の執務室の椅子にすわっているのも悪くなさそうな気がする。

「わかった」

随行員団の後部から、コナーが近づいてきた。

「閣下、地下にいらっしゃるあいだに何か必要になりそうですか？」

アイザクスンは首を振った。

「いまはない。一日、楽しめ。遅くなると雪が降るぞ——通りがふさがる前に、家に帰れ」コナーが向きを変えて立ち去りかけた。「わたしの家に寄って、荷物を置いていってくれ。何日か、家にいると思う。それから——」声をひそめた。「——ええ……モスクワで集めようとしていたものを、ここでそろえられるかどうか、やってみてくれ」

「コーヒーですか？」

ちくしょう。この子は非常に抜け目ないか、大バカか、どちらかだ。夜遅くなったら気づくだろう。

「そうだ、コーヒーだ」

議事堂から数ブロック離れた地下軍事施設の入口で、ノートン陸軍大将が一行に合流した。

「副大統領閣下」ノートンは大勢の随行員を見た。「大層なグループを引き連れておいでですね」

「政治的な暗殺の標的とされる以上、いくら注意してもしすぎることはないだろう」アイザクスンはできるだけ皮肉な口調で答えた。

「はい、閣下。思慮深いふるまいです」ノートンは片手をドアへ向けて振った。小さな建物で、警備員室と検問所とエレベーターしか入っていない。一行が通るとき、衛兵がうなずいて敬礼した。「閣下をここへご案内する機会を待っていました。このところ忙しかったので、チャンスがありませんでした」

「戦争とは忙しい仕事だな？」と、アイザクスン。シークレット・サービスの半数に、自分が建物本体に入っているあいだ検問所で待つように、手で示した。「きみたちは、ここで待て。きみもだ、ハル」

首席補佐官は抗議しようとしかけたが、不満げにしたがった。

「とにかく、あなたに代わって移動執務室を運営することには慣れています。このあと二、三時間は、待合室の外で仕事を進めますよ」

皮肉な言葉に、アイザクスンはグルリと目をまわした。去年、新しい首席補佐官を探そうかと思ったが、レビンは気難しいとはいえ、優秀だ。

「お先にどうぞ、大将」

アイザクスンはノートン大将のあとからエレベーターに入った。

「軍需品部門」ノートンが言った。

「爆弾を見せてくれるのかな？　大将、本当は、もっと大事なことを話し合わなければならない」

　ノートンは横目でチラリとアイザクスンを見た。

「爆弾だけではありません。全体を見ていただきます。閣下が――そんなことはないでしょうが――大統領になられた場合を考えると、くだらないことも知っておかれる必要があります。とくに、戦時は」エレベーターが止まり、ドアが開《ひら》いて、目の前に広大な空間が現われた。設備や人々、組み立てライン、ホワイトボードや本があって技術者たちが論議している執務室などが並んでいる。「さて、歩きながらうかがいましょう。わたしと、何を話したいのですか？」

　アイザクスンは歩きながら、通路の先をうかがった。広い部屋には数百人の人々がいて、働き、集まり、話し、論議している。数十人が小さな装置をいくつか組み立てているようだが、アイザクスンにはなんの装置かわからなかった。

「いくつかある」と、アイザクスン。「ひとつは、この戦いの進捗状況だ」

「大統領の顧問たちから、最新の情報を受け取っていらっしゃらないのですか？　わたしが大統領のためにチームとともにまとめた内容を、顧問たちが毎日、閣下にお知らせすることになっているのですが」

「ああ、もちろん、ブリーフィングは受けている。だが、きみもわたしも知っているとおり、ブリーフィングにすべての情報が含まれるとはかぎらない」

ノートンは通路を進みながら微笑した。人けのない角まで来ると、うなずいた。

「もちろんです。本当のところ、戦争はうまくいっていません」

「ふん」アイザクスンはあざけった。「それは知っている」

「まずいことに、大統領は……とんでもない計画を進めようとしています」

「とんでもないとは、どんなふうに？」アイザクスンはあごをなでた。人を殺すほどやけくそになったのか？　おれを近くに呼んで、背中を刺すほどだろうか？

「反物質の新しい研究を命じるほどです」ノートンはグルリと部屋全体に向けて腕を振り、装置の並んだ作業台と一群の人々を指した。

なるほど、たしかに。

「反物質の研究は、何世紀も前に禁止された。危険すぎるからだ。二十二世紀には、反物質の事故で何百万人も死んだんじゃなかったか？」

ノートンはうなずいた。

「当然、すべては進歩のためという名目で。その結果、どうなったか。反物質のパワー

・プラントがいくつもできました。核融合の百万倍も強力な爆弾です。しかし、いったんそこに到達したら、研究は止まりました。その先へ進めるのは危険すぎるからです」
二人は歩きつづけ、一群の技術者たちのそばに来た。みな、アイザクスンにはまったく見慣れない装置の並んだワーク・ステーションに身をかがめている。もちろん、アイザクスンは科学が得意とは言えない。

「いままでは危険すぎた」と、アイザクスン。

「おっしゃるとおりです」ノートンは通りすがりの管理者に笑いかけた。軍服の上に白衣を着た女性管理者は、敬礼した。

アイザクスンは、技術者チームの若い娘の隣で足を止めた。十六歳より年上には見えないほど若い。

「お嬢さん、名前は?」

娘はアイザクスンの目を見ると、ヘッドライトに照らされたシカのように凍りついた。今日は、要人の訪問者は予定されていなかったらしい。娘は背筋を伸ばして〝気をつけ〟をした。

「ライザ・ゴール一等軍曹です、閣下」

「歳はいくつかね、軍曹?」アイザクスンは政治家特有の笑みを浮かべ、軽く相手の肘に触れた。鬼婆のエイブリーよりは魅力的な顔ができるつもりだ。

「十九歳です、閣下」

「で、きみの専門は、軍曹？　ここで何をしているのかな？」

「二カ月前に徴兵されました。エール大学で電気工学を専攻しておりました。徴兵されて、本部で電気素材チームに入りました」

「〝軍需品本部〟のことです」ノートンが説明した。「ここでわれわれとともに働くのは、選びぬかれた精鋭だけです。わたしの記憶違いでなければ、ゴール軍曹はクラスでトップの成績で卒業することになっていました」

　ゴールはかすかに顔を赤らめた。

「はい、閣下」

「で、きみはなんの仕事をしているのかね、ゴール軍曹？」アイザクスンは目の前のワーク・ステーションを一瞥《いちべつ》した。いくつかのゆるんだ抵抗器と電気メーターが見えたが、アイザクスンの工学の知識ではそれが限界だ。

　ゴールは不安げにノートン大将を見、ノートンがうなずくと、答えた。

「特殊材料の封じこめに使う、新しい電気的封じこめ方法と装置の設計をしています」

　アイザクスンは片眉を上げた。

「特殊材料？　ほう。それは、ここで反物質と呼ばれているものかな？」

　ゴールは落ち着かない様子だ。

「はい、閣下。具体的には反中性子と反陽子で、複合した、もっと大きな形になったもの——反タングステン、反イリジウム……そういったものです」

「で？　進歩はあったか？」

　ゴールはうつむいた。

「まだです。電気的封じこめは……まあ、難しいものです。もっといい方法もありますが、われわれはあらゆる方法を探求しなければなりません。まんいちに備えて」

　ノートンが敬礼し、ゴールは答礼して腰をおろし、仕事に戻った。アイザクスンとノートンは先へ進んだ。別の作業台には小さな球体がところせましと並んでいた。技術者たちがまわりをうろうろして球体を取りあげ、スキャンし調べてメモをとっている……。

　アイザクスンは首をかしげた。

「大将、あれは……」

「爆弾か——ということですか？」

「そうだ。あれは爆弾か？　本当に、ここで爆弾を製造しているのか？」

　ノートンはうなずいた。

「もちろんです。ここは軍随一の研究開発施設です。戦場で使われるものは、ここで開発されます」

アイザクスンは顔から血の気《け》が引くような気がした。

「ここで反物質爆弾を大量生産しているというのか？　議事堂の地下の建物で？」

ノートンは笑った。

「副大統領閣下、保証します——ここはまったく安全です。ここには、本物の反物質はありません。ここではハードウェアを設計し、大量生産し、組み立て、テストします。月に千個のペースです。反物質は、あとで注入されます。もっと……安全な施設で」

「けっこう。勝利前夜にワシントンＤＣを失いたくない」アイザクスンはうなずき、ゆがんだ笑みを浮かべた。

二人は歩きつづけた。

「それで、副大統領閣下、ほかに何を、わたしと話したいとお考えですか？」

アイザクスンは話しだす前に、あたりに目を走らせた。作業する技術者たちから離れると、アイザクスンは足を止めてノートンに向きなおった。

「軍内部に、大統領の敵はいるか？　ちくしょう、わたしの敵は？　大統領ばかりでなく、わたしの命をねらう者はいるか？」

ノートンは眉をひそめた。

「ひとつ、はっきりさせてください。副大統領閣下。軍はここで、文民政府に奉仕しています。われわれは政治には関与しません。つねに。それだけです。これは地球連合政府で厳格に守られてきた伝統です。その前の西側諸国連盟でも、さらにその前の合衆国でも、そうでした。われわれは奉仕し、戦い、守る。それだけです」

アイザクスンはグルリと眼球をまわした。

「立派なスピーチだ、大将。さあ、質問に答えてくれ」

ノートンはアイザクスンをにらみつけた。

「いま答えましたよ、副大統領閣下。上院や議会、政府内のあなたやあなたのお仲間は、秘密の部屋で陰謀をめぐらせるのが仕事だ。ですが、わたしの仕事は地球の安全を守ることであり、地球連合と、そこにある五十五の惑星の安全を守ることです。これ以上お話しすることはありません」

アイザクスンは片手を上げた。

「すまない、大将。きみの動機が不純だなどとほのめかしたつもりはない。だが、軍内部でエイブリーに対する不満がささやかれているとしたら、きみは間違いなく、それを耳にできる立場だろう？」

ノートンはアイザクスンを見た。

「不平不満は、つねにあります。いつだって不満だらけです。くそ、若い兵卒はみな、現在の任務のことでこぼし、嘆きます。ブーツが重すぎる……書類が厚すぎる……官僚主義がばかげている……部屋が狭すぎる……トイレが臭すぎる……コーヒーが苦すぎる。われわれは軍人です。くだらないことで不平を言います。われわれの生まれ持った権利です。しかし、ここぞというときは本気を出して、文句を言わずに自分の国や惑星や文明を守る。エイブリー大統領に対する不満は、もちろん出ます。軍の半分は、エイブリーを嫌っている。あなたに対する不満も、もちろんあります。残りの半分は、あなたを嫌っている。だからといって、眠っているあいだにナイフで襲われるような、物騒なことになりますか？　そんなことがあったとすれば、犯人は軍の者ではありません。誰かの役立たずの政治家のしわざで、ナイフの刃には毒が塗ってあるでしょう。一方、わたしのような軍人を怒らせれば、弾丸が飛んできます。あなたの顔めがけて。相手はあなたの真ん前に立ち、あなたも武器を手にしている状況で」

アイザクスンは、できるかぎり政治家らしい笑みを浮かべた。

「教えてくれ。反物質は、どこで加えられる？」

急に話題が変わって、ノートンは面くらった。

「はい？」

「爆弾だ。反物質を加える作業は、どこで行なう？　明らかに、ここではないし、議事堂の近くではない。どこだ？」

「極秘です」

アイザクスンは笑みを消し、計算された政治家の冷たい視線に変えた。

「答えろ。いますぐ」

ノートンは頭を振った。

「ワイオミング州の山の地下です。大佐に、あなたが向かわれると伝えておきます」

27

冷たくまばゆい光が頭上から照らす。動こうとしても、四肢が木のようにこわばって、意志に逆らう。胸が痛いが、ありがたいことに、前ほどではない。実際、昔からの痛みや苦しさはおさまっている。だが、身体はほとんど動かせない。

背後で人々が動きまわっているが、グレンジャーは意識状態と無意識状態を行ったり来たりしていた。室内の人々の話す声が聞こえたと思ったら、次の瞬間には一人になっている。何もかも、ぼんやりして現実感がない。

頭を起こすと、周囲の医療機器が見えた。前には見なかったものに目がとまった――窓だ。下は床から始まり、人の背丈くらいまで続いている。窓の向こうには……。

宇宙空間。星々。目がおかしくなっているのでなければ、はるか下に惑星がひとつ見える。大気の層があることはわかったが、細かい部分は見えない。動こうとした――立って窓のそばへ行き、外を見て、自分がどこにいるのかを確かめたい。

だが、身体が疲れすぎている。自分の身体のような気がしない――完全には。遠くから、靄《もや》を通して自分を見ているような感じだ。

自分の身体のなかに誰か別の人物がいて、自分はそれを見物しているような気がする。

急にパニックに襲われ、手を動かそうとした。手が顔の前まで上がってきて、グレンジャーは安堵した。

だが、何かがおかしい。

ひどくかすんでいる。

ひどく疲れている。

28

惑星ブリタニア　高軌道　チャーチル宇宙ステーション付近
ーSS〈ウォリアー〉ブリッジ

グレンジャーは目覚めた。いつもの夢は少しずつ薄れ、いまはふたたびブリッジの艦長席にすわって最後の準備をしている。

艦隊の準備はできた。

グレンジャーの大言壮語を聞いてジンガノ元帥は動揺し、要求以上の艦を与えてくれた。おかげで、惑星ブリタニアのはるか上空にあるチャーチル宇宙ステーションをあとにしたときには、百五十隻以上を引き連れていた。そのうち三十隻は、ブリタニアで建造された新造艦だ。グレンジャーは自分の部屋の窓ぎわに立ち、外にある静かな緑の惑星を見おろした。いまのところ、ブリタニアは攻撃を受けていないが、それも時間の問題だ。統合防衛軍の活動と大量生産基地のおもな中心は、すべて過去二ヵ月間に攻撃された。ブリタニアも同じくらいの規模だ。

ブリタニアには二十億人が住んでいる。百万人の赤ん坊、子供、十代の少年少女、祖父母、もうすぐ徴兵されて引き離される新婚夫婦。何十万もの学校や教会、図書館、公園、店、庭園、農場がある。全体が活気に満ちた、生きて呼吸している人類の世界だ。

この活動は、人類がコロニーを築いた宙域で何十回と繰り返されてきた。何百もの集落とコロニーを含むひとつの銀河文明全体が、危機に瀕している。グレンジャーは、すべてが今後数週間の自分の働きに襲いかかってくるという感じを払拭しきれない。おれの根性にかかわってくる。

大統領が女性下院議員の頭を撃ちぬいた光景を思い出して、グレンジャーは身震いした。不名誉にも部屋の隅に押しこまれた遺体。全面戦争は人びとをけだものにする。おれだけではない。あれはまさしく〝レンガ職人〟の仕事だ。

「艦隊の出発準備が整いました、艦長」と、プロクター。

「了解した、副長」

グレンジャーは艦隊の様子をよく見ようと、窓のほうへ身を乗り出した。百五十隻の艦。ほとんどが新造艦だ。大統領や軍上層部が、惑星上の工業基地の大多数を造船と戦争遂行のための装置の製造に移行させ、驚くほど迅速に特務戦隊が実現した。準備は、工業基地を持つ地球連合のあらゆる惑星で繰り返された。新造艦のほとんどは重巡航艦で、多数の砲やレーザー砲塔を突き出したハリネズミのような姿だ。クルーは一ヵ月間の基礎訓練を終えたばかりで、訓練不足の者が多い。少しずつ訓練していこう。

　十分後、グレンジャーは通信ステーションを指さしてプルーハ少尉にうなずいた。

「艦隊全体につながっています、艦長」

　ちくしょう。スピーチか。

「こちらはグレンジャー艦長だ。諸君、われわれは今日、めざましいことをなしとげる。何ヵ月も逃げまわるばかりだった。防衛ごっこをしてきただけだ――それも、お粗末な。いくつかの戦闘には勝ったかもしれないが、ほかは負け、友人たちを失った。家族を失った。惑星をまるごと、いくつも失った。

だが、今日はじめて、われわれは狩りに出る。任務の詳細は極秘だが、これだけは言える――わたしの第一目標は、できるだけたくさんの〝おもらし野郎〟を殺すことだ。やつらを逃げ出させ、惑星の便所に叩きこむまで逃げつづけさせる」

　グレンジャーは深く息を吸い、言葉を考えた。たぶん生きては帰れない十万人に対して、いったい何が言える？

「きみたちに嘘は言わない。これは危険な任務だ。上層部でも多くの者が反対した。だが、わたしはエイブリー大統領やジンガノ元帥と同じように、この任務が必要だと信じている。多くの者が死ぬだろう。引き換えに手にするものは、きみたちの家族や居住惑星の安全だ。この先の数週間、大群《スウォーム》が攻撃する相手は劇的に変化するだろう。われわれの居住惑星すべてを荒らしまわっている暇はなくなる。突然、自分たちの背後から喉もとにナイフを突きつけるわれわれを発見するからだ。連中はうれしくないだろうし、抵抗もせずに我慢したりはしないだろう」

　グレンジャーは立ちあがった。

「だが、ちくしょう、われわれには根性がある。プライドがあり、強い。スウォームよりも。スウォームの同盟種族よりも。断言する――われわれは成功する。自分の義務を果たせ。ひるまずに、まじめに実行しろ。自分の恐怖心と向き合い、自分を奮い立たせるために恐怖を利用しろ。

　まわりを見ろ。まわりの戦友たちを。最良の友となってくれる仲間だ。一緒に苦しんでくれる。一緒に、汗と血を流せ。きみたちの多くは、仲間とともに死ぬだろう。背中合わせになって、仲間はきみの背後を守り、きみが仲間の背後を守る。ほとんどの者は新兵で、徴兵された。あらゆる職業の者が集まっている。親が豊かな者や貧しい者、政治家の者や教授の者、建設工事人の者や腕利きの者、怠け者や囚人、社長、頭取、街娼——あらゆる身分から集まっている。だが、きみたちの背景は問題ではない。かんじんなことは、きみたちは生き残るために戦うということだ。自由のために戦い——」

チラリとプロクター中佐を見ると、笑みを浮かべてグレンジャーを見ている。

「——友人たちのために戦う。なぜなら、今日の終わりには……われわれは、みな、それ以外に何も持っていないからだ。艦長は、航法コンピューターを〈ウォリアー〉に同期させろ。一分以内に出航する。グレンジャーより、以上」

ブリッジに喝采《かっさい》が起こり、グレンジャーはすぐに片腕を振って静めた。

「やめろ。……プロクター？」

すでにグレンジャーの横に来ていた副長は、歯を見せていびつな笑みを浮かべた。

「いつものお好みより、ちょっと長かったですね、艦長」

「異常な時代には、異常に長いスピーチが求められる」グレンジャーは腕時計を見た。

「どのくらいだった？　二分ちかくか？」

「いつか、わたしたちであなたを政治家にしたてますよ」

グレンジャーは自分の胸を抱えた。

「シェルビー、それは求められていない。レイナ・スコット中佐、エンジンの具合は？」

「子ネコのように気持ちよくゴロゴロ言っています、艦長」通信機からスコットの声が答えた。

「ありがとう、中佐。プリンス少尉、艦隊の航法コンピューターは全部、同期されたか？」

「はい、艦長」

「それじゃ、出航しろ」

まもなく、グレンジャーはかろうじてわかる程度のQジャンプの揺れを感じ、一分後に、もういちど感じた。そして、三度目の揺れ。何時間も次々とジャンプし、いちどに十分の一光年を飛び越える。ジャンプのたびにスクリーン上の星原のパターンが、わずかに、しかし目につく程度に変化した。地球のそばを通り過ぎるとき、ニュー・ダブリンやほかのいくつかの恒星が見慣れた大きなひしゃくの形に並んだが、すぐにその星座は崩れた。

艦隊は一定のペースで北極星へ向かった。グレンジャーは、自分が大昔の帆船の船長で、北極星を目印にして航海していると想像した。なじみのない広大な海を、古なじみの、見慣れた頼れる光に支えられて進むのだ。

だが、ここの海もまた古なじみではない。実際、北極星の光も、いまはあてにならない。あの星系はスウォームの隠れがか？　われわれの不倶《ふぐ》戴天《たいてん》の敵は、頼りになる、動かない北の光のもとで生まれたのか？

　くだらない——わかっている。偵察艦の報告では、北極星星区に生命徴候はなかった。だが、何百もの星系がまわりを囲んでいる。そのなかのいくつに敵が宿っていても、おかしくない。最初に調査するのはエプシロン・ガリバルディ星系だ。恒星自体は目立たない赤色矮星だが、偵察艦の報告によると小さな惑星がひとつあり、疑わしい活動徴候が見られる——電磁波と超空間信号の痕跡だ。

「あと二回のQジャンプで着きます、艦長」と、プリンス少尉。

　グレンジャーはうなずき、プロクターに向かって言った。

「それで？　エプシロン・ガリバルディ星系に着いたら、何が見つかると思う？」

　プロクターは肩をすくめた。

「わかりません。以前に博士論文のために調べたところでは、ここはスウォームの支配星域のはずれになります。ここにスウォームの母星があるとは信じられませんし、偵察艦が探知した信号は、まだ報告されていないロシアのコロニーから出たものである可能性が高いと思います。ああ、もしかしたら、密輸業者のコロニーから出たのかもしれません――このあたりには何十もあるはずですから」

「たしかに。だが、とにかくスタートラインを決めなければな。未熟な艦隊のために、最初のテスト段階として望ましいものから始めたほうがいい。いきなりスウォームの母星の上空で命がけの戦闘に入るなどというショックは与えたくない」

プロクターはうなずいた。

「そうですね。北極星星区がスウォームの何かの活動の中心となっている証拠は、ほとんどありません。でも、興味深いことはたしかです」

「最後のQジャンプに入ります」と、プリンス少尉。

グレンジャーはスクリーンの中心にある、弱々しい赤い恒星を指さした。エプシロン・ガリバルディだ。

「ここへ進めろ、ミスタ・プリンス」

スクリーンの映像が変わった。小さな赤い点は消えて大きな緑がかった惑星が現われた。青みを帯びた大気がある。

そして、十二隻ほどのスウォーム航宙母艦が待ち受けていた。

何十本もの緑色のビームが発射され、〈ウォリアー〉と艦隊に襲いかかった。

「くそ」グレンジャーはつぶやいた。「総員、戦闘配置につけ！」

29

エプシロン・ガリバルディ星系　エプシロン・ガリバルディ第四惑星
ISS〈ウォリアー〉ブリッジ

無数の反物質ビームが〈ウォリアー〉の艦首を攻撃し、艦がふらついた。

「艦体破損。第十四デッキと第十五デッキ、前部区画」オペレーション士官がどなった。

「ベータ隊のほかの巡航艦が攻撃されています」と、ディアス大尉。

グレンジャーは、また悪態をついた。

「コンデンサー・バンクの状態は？」と、グレンジャー。〈ウォリアー〉は艦隊のなかでも、Qジャンプ・エンジンにパワーをまわすコンデンサー・バンクのチャージに、いちばん時間がかかる。いま逃げられれば、大惨事を避けられるかもしれない。

「フル・チャージまで三十秒です」

「艦長、ＩＳＳ〈ダベンポート〉と〈ワイオミング〉が破壊されました」

　ディアスがスクリーンを指さした。グレンジャーが振り返ると、ふたつの爆発の余波が映し出されていた――破片をまき散らす二隻の艦体が空気を漏らしており、二度目の爆発が艦全体を走った。背景では大群《スウォーム》航宙母艦が、ベータ隊の残りの三十隻を反物質ビームで攻撃している。〈ウォリアー〉の近くの艦を、何本もの太い緑のビームがつらぬいた。

「ＩＳＳ〈アルバータ〉です」と、プロクター副長。グレンジャーの隣に立っている。

「コンデンサー・バンクがチャージされました」

　三隻を失った。一分前に、ここに着いたばかりなのに。無防備な状態で不意打ちを食らうのは最悪だ。

　グレンジャーは歯を食いしばり、椅子の肘かけを叩いた。

「いや。一歩も引かないぞ。ピアース中佐、機動戦闘艇部隊をすべて射出しろ。ベータ隊、ガンマ隊、アルファ隊に属する艦の艦長、全戦闘艇を射出しろ。航宙母艦と直接、交戦させろ」

　命令が届いたしるしに、通信装置からわずかな応答があった。グレンジャーはプロクターを見た。

「シグマ隊とオメガ隊に、作戦行動〈グレンジャー3〉を実行させろ」

プロクターはうなずいて副長のステーションへ退くと、ふたつの巡航艦部隊の艦長たちに、どなり声で指示を伝えた。グレンジャーは戦闘に注意を戻した。

「ベータ、ガンマ、アルファ、分断攻略だ。こちらの戦術クルーが攻撃目標選定の作業を行なう。割り当てに備えて待機しろ。敵の航宙母艦一隻を、巡航艦五隻で攻撃する。発砲はすべて敵艦のメイン戦闘艇ベイをねらい、敵の戦闘艇を無力化してから、艦の武器をねらえ」

グレンジャーは大股で、戦術ステーションに加えた付属ステーションへ向かった。そこで少数の戦術士が、戦闘中の各作戦行動を艦隊間で協調させている。

「〈ウォリアー〉はアルファ隊をひきいて、この四隻の敵航宙母艦に対抗する」グレンジャーは戦術表示画面の上でまとまっている敵艦を示した。「ほかの隊も同様に割り当てろ。とりかかれ」

グレンジャーはスクリーンを振り返った。統合防衛軍の何千もの機動戦闘艇がベイを出て、敵の航宙母艦に群がっている。敵艦からも無数の戦闘艇が出てきた。ちくしょう。荒っぽい戦闘になるな。未熟なクルーを徐々に慣らすなんて、とうていできそうもない。

〈ウォリアー〉は標的に向かって突進し、電磁投射砲で敵艦に弾幕を浴びせはじめた。

あとに続くアルファ隊が、同じように敵艦のいたるところに高速砲弾を撃ちこむ。敵艦に最初の大きな穴ができると、グレンジャーは戦術ステーションに合図した。

「レーザー砲を発射させろ。やつらをあぶってやれ。アルファ隊に、同じことをするよう連絡しろ」

〈ウォリアー〉がゴロゴロと低い音を立てた。スウォーム艦の壊滅的な反物質ビームによって、電磁投射砲やレーザー砲塔が吹っ飛ばされたときに響く爆発音だ。

敵の艦隊は、われわれが来ることを知っていた。ちくしょう――グレンジャーは落胆した。的確に配置されたスウォーム艦が放つ緑のビームが、アルファ隊の巡航艦の側面を次々ととらえて艦のパワー・プラントを貫通し、巨大な爆発に艦全体がのみこまれてゆく。アルファ隊の三十隻のうち、さらに二隻がやられた。別の艦がまた一隻、破片と火を噴き出し、やがて爆発した。

「プロクター、作戦行動〈グレンジャー3〉の状況は？」

副長はステーションから顔を上げた。

「シグマ隊とガンマ隊は、高速で低軌道に入りました。六十隻が一列に並んで、惑星を周回しながら加速し、われわれの位置へ向かっています」

「到着予定時刻は？」

「五分後です」

グレンジャーはうなずいた。危険だし、われわれは五分も持たないかもしれない。スウォームが移動するか軌道を変えるかすれば、努力は水の泡になる。だが、そうしなければ、われわれはシグマ隊とガンマ隊の到着を見ることすらできない。

グレンジャーは艦長席に戻った。

「よろしい。到着までの数分間、腰を据《す》えて、スウォームに地獄を見せてやろう」

30

エプシロン・ガリバルディ星系　エプシロン・ガリバルディ第四惑星
高軌道

「急上昇して。急上昇、急上昇！」宇宙の覇者《スペースチャンプ》のかなきり声が肝っ玉《ボールジー》の耳のなかで響いた。大群《スウオーム》航宙母艦の反物質砲塔を次々と爆発が走り、ボールジー艇のコックピット前部は閃光で埋《う》まった。だが、敵艦は発砲をやめない。

スウォーム戦闘艇の雲のような群れが、ボールジー艇に激しい掃射を浴びせた。艇の胴体に無数の穴が開《あ》き、なかの空気が噴き出した――大気圧は数分前から下がっている。

「もうちょっと……」

ボールジーはもういちど砲塔のまわりを飛び、嵐のような砲撃を加えた。ようやく、送り出した最後の魚雷が敵艦側面の傾いた砲を捕らえ、砲は残骸の雲と化した。砲塔の基底部が爆発すると、ついに緑のビームが消え、ボールジーはその場を離れようと、向かってくる残骸より千分の一秒だけ早く急上昇した。

「ボールジー！」

ボールジーは砲塔の消えた穴から飛んでくる残骸を避けて、さらに急角度で向きを変えた。背後でさらに爆発が続き、ボールジーは追ってくる六艇の敵艇が残骸と衝突する光景を見て、満足げにニヤリと笑った。

「くそったれ――」耳のなかでスペースチャンプの声がつぶやいた。

消耗品《フォダー》の笑い声が聞こえた。

「どうした、スペースチャンプ？　死の願望を持った人間を見たことがないのか？」

スペースチャンプは、またしても悪態をついた。

「ボールジーみたいなのは、ないわ。新しいコールサインが必要？　だったら……ええと……〝大バカ野郎《ステューピジー》〟なんて、どう？」

ボールジーはうめき声を立てた。

「スペースチャンプ、それはひどい。不愉快だ。もう少しましなコールサインはないか？」

「わかったわ」と、スペースチャンプ。その声に、ニヤつく色が加わった。「それじゃあ、〝どあほ《シット＝フォー＝ブレインズ》〟は、どう？」

「それでいい。左に気をつけろ！」ボールジーは操縦桿をぐいと引いて、スペースチャンプの掩護《えんご》に向かった。だが、心配することはなかった——どこからともなくピューピューが急降下して、スペースチャンプの後方の敵艇を砲撃で吹っ飛ばした。「また、ピューピューが助けに来たぞ。ピューピュー、いったい、どこから現われるんだ？」

「おれは風」と、ピューピュー。無表情な、そっけない口調だ。

一同の通信器を通してサイレンの警報が響き、ボールジーはその意味に気づいて悪態をついた。

人工特異点だ。

ひとつやふたつではない。

31

地球　北アメリカ空域
副大統領のシャトル

アイザクスンはふたたびシャトルに乗って、大気圏上層部を疾走していた。今回は、ワイオミング州へ向かっている。コナーはまたも、指関節が白くなるほど力をこめて肘かけを握っていた。

「コーヒーは見つかったか？」コナーの緊張をほぐそうとアイザクスンがたずねた。

コナーは目を閉じたまま、うなずいた。

「けっこう。種類はなんだ？」

「コロンビアとインドネシアが半々です。非常に甘い。なめらかで、熱い」

アイザクスンはクスクス笑った。この子は、ふたとおりの意味のある冗談がうまい。

コナーがいなければ、夜は退屈な、本物のカフェインづけになるところだ。

アイザクスンは窓の外へ目を走らせた。はるか下で平原が下降し、西の山脈のぎざぎざの地形に代わってゆく。低い山々は雪におおわれ、高くとがった頂《いただき》がいくつも大きく突き出ている。エンジン音が微妙に変わった。けっこう――そろそろ着陸だ。

アイザクスンの首席補佐官ハル・レビンが、前の席の背もたれの上から顔をのぞかせた。

「閣下、ボロディン大使からメッセージが届きました」

「なんだというんだ？」

「大使館の地上車を襲った爆発に関する報告です」

アイザクスンはパッドをひったくって読んだ。

言葉が大きな音を発したかのように……点滅するネオン・サインのように、目に飛びこんできた。

反物質。

アイザクスンは自分の通信カードを叩き、大使への通信を開始するパネルに触れた。

少し待つと、カードにボロディンの顔が現われた。

「わたしの報告を受け取ったのですね、エイモン？」

「反物質だと？　それにしちゃ、あの爆発は少し小さくないか？」

　ボロディンは肩をすくめた。

「ほんの少しで充分です。この場合は、情報部が計測したガンマ線の流れから判断して、一ナノグラムです。しかし、一ナノグラムの反物質だろうと一キログラムのプラスチック爆弾だろうと、爆発には変わりありません。ただし、反物質の場合には、事前に探知できません。正しく設計された反物質爆弾を見つけるのは、非常に難しいのですよ」

「きみは、どうやってそれを知った？」と、アイザクスン。

「われわれの情報部の報告で。反物質装置の大量生産を行なっている場所はひとつしかなく、それはロシア連邦にはありません。もう行かなければ……。また、あとで話しましょう」ボロディンの顔が点滅して消えた。

　おもしろい。全世界で、反物質装置の大量生産を行なっている場所は、ひとつだけ。人類の居住惑星もすべて含めてだ。

「新しいメッセージが届きました」レビン補佐官が、また座席の上から顔を出した。

「研修生事務局からです、エイモン」

「研修生事務局？」アイザクスンはチラリとコナーを見た。ふいにコナーが目を開いた。

　アイザクスンはレビンからパッドを受け取って読んだ。

くそ。このタイミングでか？

アイザクスンはコナーに向きなおった。コナーの顔は、まだ飛行の緊張で青ざめている。

「コナー、残念な知らせだ。きみの……お兄さんが亡くなった」

32

エプシロン・ガリバルディ星系　エプシロン・ガリバルディ第四惑星
高軌道

オスミウムの固まりがひとつ、特異点に飛びこみ、特異点はまばゆい光を発して消滅した。よし。四つ消えた。あとひとつ。

「消耗品《フォダー》、オスミウムを、あのなかへ運べ！　宇宙の覇者《スペースチャンプ》、おれといっしょにフォダーを掩護《えんご》しろ！」肝っ玉《ボールジー》は分隊仲間について動き、はぐれて近くまで来た敵の戦闘艇をいくつか破壊した。

ピューピューは運んできたオスミウムをすでに発射していたが、敵艇が群がってオスミウムの進行方向をそらすと同時に、ピューピュー艇を破壊しそうになった。ピューピューはなんとか艇を安定させたものの、損傷が激しく、自力では動けなくなって、残骸のあいだをただようばかりだ。

ヘッドセットから戦闘艇部隊長ピアースの声が響いた。

「総員、作戦行動〈グレンジャー3〉に備えろ」

「隊長、まだ特異点がひとつ残って……」ボールジーは言いながら、センサー・ボードを見た。新しい特異点が現われたのを見て、息が荒くなった。「ふたつになりました」

ピアースは躊躇《ちゅうちょ》した。ピアースが頭のなかで行なっている計算が、ボールジーにもわかった――戦闘艇に特異点の処理を続けさせ、作戦行動〈グレンジャー3〉で撃たれる危険をおかすか、それとも、戦闘艇を引きあげさせ、特異点のひとつが〈ウォリアー〉に向けて発射される危険をおかすか。

ボールジーは頭を振った――おれには、選択するべき道は明白だ。大勢の命のほうが、たった一人のバカ者の命より大事だ。おれは今日、とくにバカだ。

「突入します」と、ボールジー。

ピアースは承認した。

「突入して、戻ってこい、ボールジー」

ボールジーは艇尾の、めったに使わない装置の状態をチェックした。機能する。よし――これが働かなければ、われわれは終わりだ。

「フォダー、行け。スペースチャンプ、単独でフォダーの後ろにつけ。おれは、すぐ戻ってくる」

「いったいどこへ――」スペースチャンプが言いかけたが、ボールジーはすでに向きを変えて離れ、近くで脈動している別の特異点へ向かっていた。極小ブラックホールとボールジー艇のあいだには宇宙ゴミ《デブリ》フィールドが広がっているが、むしろ仕事が少しやりやすくなる。

ボールジーは、とくに大きな破片にねらいを定めた。自分の戦闘艇の、ほぼ二倍の大きさだ。破片が大きく迫ってくると、艇尾の牽引ケーブルを準備した。まだ実際に使ったことはない――戦闘艇パイロットの標準訓練で扱っただけだ。戦闘の最中に使うのははじめてだが、ほかにどうしようもない。オスミウムはどれも、撃たれて進行方向がずれたり、遠すぎて使えなかったりという状態だ。おれと、この艇の牽引ケーブルに成否がかかっている。

ボールジーは数分前に破壊された軽巡航艦の一部を目標と定め、その破片を勢いよく通り過ぎる瞬間に発射ボタンを押した。背後でケーブルが飛び出し、蒸気を上げる艦体外殻の破片に付着して、ボールジーは胸をなでおろした。

ケーブルが伸びきって張ると、ボールジーはハーネスに体重をかけて艇を前方へ傾けた。牽引ケーブルは切れず、はずれもしない。

さあ、ここからが踏んばりどころだ。

戦闘艇で牽引すると、破片は同じ方向へ加速した。同時に、ネコじゃらしのように、近くを飛ぶひとにぎりの敵艇の注意を引いたらしい。敵艇がボールジー艇へ向かって降下してきた。

「ちくしょう」ボールジーは息を吸い、敵の砲火をかわしながら迂回《うかい》した。おれの仕事は、〝バカ〟から〝不可能〟に変わった。破片はケーブルを張ったままボールジー艇と一緒にまわり、スウォーム艇が砲口を赤熱させて通り過ぎるときに、偶然、勢いでボールジー艇を敵の通り道から引き離した。敵艇の発砲は、すべてはずれた。

「バカには運があるんだな」ボールジーはつぶやき、前方へ向けて加速した。

特異点まで、もう少しだ。

ボールジー艇はもういちど別の敵艇の砲撃をかわして逃げ、牽引している破片を特異点に放りこみやすい角度に、相手を誘いこんだ。

そして、牽引ケーブルを艇からはずすボタンを押した。

はずれなかった。

33

エプシロン・ガリバルディ星系　エプシロン・ガリバルディ第四惑星
ISS〈ウォリアー〉　ブリッジ

「作戦行動〈グレンジャー3〉まで、あと二分」プロクター副長が告げた。

あのあたりだ――グレンジャーは思った。アルファ隊は、さらに二隻の巡航艦を失った。ほかのふたつの部隊も同じように艦数を減らしたが、十二隻の敵の航宙母艦のうち四隻を破壊した。

「コネリー艦長、〈エディントン〉を右に動かせ――無防備に露出しているぞ」グレンジャーは戦術画面上で艦の列をたどった。ちくしょう――〈ファラガット〉が両脇から二隻の敵艦に攻撃されている。「ヴェリシュ艦長、大気圏方向へ大きく下がれ。〈ジェファソン〉と〈ウォレス〉は掩護《えんご》に向かえ」

傷だらけの〈ファラガット〉が、上面から火を噴きながら降下しはじめた。大群《スウォーム》の二隻の航宙母艦は〈ジェファソン〉と〈ウォレス〉の掩護射撃を意に介さず、反物質ビームで〈ファラガット〉を攻撃しつづけた。ついに〈ファラガット〉は炎に包まれ、目もくらむ爆発を起こした。

グレンジャーは顔をしかめ、頭を振った。また一隻やられた。ヴェリシュはいい艦長だった。最高の艦長の一人だ。腕時計を見ると、もう実行予定時刻だ。

「全艦、作戦行動〈グレンジャー3〉の準備をしろ。ろくでなしどもを一カ所にまとめろ——周辺部にとどめろ。全戦闘艇、シグマ隊とガンマ隊が通過するまで、道を空《あ》けろ」

戦闘艇がすぐさま、追ってくるスウォーム戦闘艇の多くを引き連れてスウォーム航宙母艦から遠ざかると、スウォーム艦のまわりに重巡航艦が防御線を構成した。スウォーム艦は周囲の統合防衛軍の艦を追い払おうと、発砲しつづけている。新たな脅威には気づいていないらしい。

十秒後に、一隻のスウォーム航宙母艦が、目にもとまらない速さで送り出される電磁投射砲弾の着弾により爆発を起こし、さらに十秒後に、シグマ隊の最初の艦が一瞬、まばゆい光となって通り過ぎた。敵艦数隻が反物質ビームを発射したが、遅かった——シグマ隊の艦は、すでに何百キロも離れたところで、次の通過攻撃に向けて転針しようと弧《こ》を描いていた。

　シグマ隊の次の艦が敵艦の近くを飛び去り、続いて三隻目……四隻目と、急ピッチで同じことが繰り返された。もともと初速度の大きい電磁投射砲の砲弾が、猛スピードで飛ぶ巡航艦から発射されると、驚くほど高い運動エネルギーを持つ。加えて、発射した艦があっというまに目の前から姿を消すので、敵はまごついたようだ。

　それがスウォームの弱点だ。圧倒的な火力とスピードを持ちながら、スウォームには戦略という概念がないらしい。驚くほど進歩した航宙艦と、反物質ビームや促成量子特異点のような恐ろしい武器を造りながら、型破りの戦術には対処する能力がない。自立した思考力を持たないかのようだ——普段、立って歩きまわる種族かどうかすらわからないので、〝自立〟という言葉があてはまるかどうかは疑問だが。グレンジャーとしては、敵のこの欠点に不平はない。

　一隻のスウォーム航宙母艦が爆発し、続いてもう一隻が爆発した。シグマ隊の最後の巡航艦が一、二秒しか目にとまらない高速通過攻撃を実行すると、残りの敵艦は二隻だけになった。五秒後に、ガンマ隊の最初の艦が来る。

四。

三。

二。

スクリーン上で、百キロかなたから向かってくるガンマ隊のＩＳＳ〈メイフラワー〉が爆発した。

「なんだと?!」

グレンジャーは艦長席から跳びあがって棒立ちになり、戦術ステーションを見つめた。

「何が起こった？」

「何かに撃たれました。いま、爆発特性を調べています……」

ガンマ隊の次の艦が近づいてきた。

四。

三。

また爆発。巡航艦がもう一隻、失われた。多くの命が消えた。

「艦長！　なぜ見落としたのかわかりませんが、われわれの真上に別の艦隊がＱジャンプで現われました。この軌道の五十キロ上です」

「スウォームか？」

ダイアモンド少尉は首を振った。

「いいえ。この表示は、前に遭遇したドルマシ艦と一致します」

なんてこった。

三度目の爆発がスクリーンをいろどった。グレンジャーはプロクターに手を振って合図した。

「〈グレンジャー3〉を中断しろ。ここへ来させるな。針路を変えろ。われわれの艦はすべて再編制して、ドルマシ艦隊に通過攻撃をかける」

グレンジャーは通信装置に向きなおった。

「アルファ、ベータ、ガンマ隊の全艦、残る二隻の航宙母艦を片づけて、われわれに加われ。グレンジャーより、以上」

プロクターが手ぶりでグレンジャーを止めた。

「艦長」グレンジャーが副長席に近づくと、プロクターは声を低めて言った。「ここから脱出しなければなりません。このあと何隻のドルマシ艦が来るのか、まったくわかりません。われわれは、こちらの手の内を見せてしまいました――ドルマシはいま、自分の宙域で、攻撃に備えて見張っているでしょう」

「退却はできない」

プロクターは首を振った。

「退却ではありません。再編制です。われわれの計画は、敵を激しく叩いて恒星間宇宙へ後退し、また現われて叩く……つねに敵の大軍を避けるというものでした。このドルマシ艦隊は、大軍に相当します」

　プロクターは自分のコンソールを見た。

「シグマ隊とガンマ隊が集まりました。そろそろ、ドルマシ艦隊に向けて動きだします」視線をグレンジャーに戻した。「まだ時間があります。損失を抑えて、戦いは別の機会にまわしましょう」

　プロクターの言うとおりだ、ちくしょう。

　グレンジャーがエプシロン・ガリバルディ星系を去る命令を出そうとしたとき、センサー士官と通信士が同時にしゃべりはじめた。

「艦長、ドルマシ艦隊から――」

「――航宙母艦は二隻とも同時に――」

「――通信が入ってきて――」

「――発砲を停止しました、艦長」

「――艦長に直接、お話ししたいと言っています」

　グレンジャーは、ふたつの報告の内容を同時に理解しようと努力した。戦術画面の表示に目をやって、確認した——残ったスウォーム艦は砲撃をやめている。通信ステーションのプリンス少尉に顔を向けた。

「ドルマシは、わたしと話したがっているのか？　わたしを名指ししたのか？」

「はい、艦長。通信映像が入ってきます」

グレンジャーは当惑して、壁のスクリーンを指さした。

「では、あそこに出してくれ」

見覚えのある姿が、グレンジャーに挨拶した。

「グレンジャー艦長。また会ったな」ヴィシュゲイン・カーサのうろこのある顔が、スクリーンに現われた。「今回は、おまえたちがわれわれの宙域にいる」

グレンジャーは作り笑いをした。

「退去してほしいと、ていねいに頼むつもりだろうな？」

ヴィシュゲインは、内心では感情的な反応をしたとしても、表情には出さなかった。

「いや。今回は、会談を要求する。面談だ。わたしがそちらの艦に乗れば、話せるだろう。戦士として、また、将来の盟友候補として」

34

エプシロン・ガリバルディ星系　エプシロン・ガリバルディ第四惑星
高軌道

くそ。

肝っ玉《ボールジー》は前方の特異点を見て、顔をゆがめた。窓一面が明るくなるほど大きくなっている。

ボールジーは特異点を避けようと進行方向を変えた。この勢いと軌道で、艇尾につながっている破片が、ちらちら光る穴まで飛んで穴を破壊し、同時にこの戦闘艇との連結を切断してくれますように……。

だが、特異点の爆発から逃れるのは無理だろう。これで、おれは英雄になるかな？

ボールジーはうなり声を漏らした。おれは、もうすぐ死ぬ。どっちみち、英雄はみんな死ぬもんだ、もちろん。

翼に敵艇の砲撃を受け、艇が揺れた。通り過ぎるとき、大群艇《スウォーム》はボールジー艇にも破片にも掃射した。右舷のスラスターが震え、ボールジー艇は破片を引きずったまま左へ流れて、特異点へ向かう針路をはずれた。特異点からほんの数メートルまで近づいて離れ、ボールジーはうめいた。

「ちくしょう！」

望ましいモーメントもベクトルも、すべて失った。これが最後だ——ひとつだけ、道が残っている。

自分で飛びこむことだ。ほかの者たちが戦いつづけられるよう、この戦闘艇と自分の命を犠牲にする。

いいとも、特異点の向こう側で尻振《フィッシュテイル》りを見つけられるかもしれないぞ——実際、決心してしまうと、ぎこちないながらも平穏な気分になった。自分が死ぬことがわかっているからだろうか？　それとも、特異点を通り抜けて分隊仲間に会えると思っているからか？　両方かもしれない。

「ヤッホー！」

ヘッドセットから聞きなれた声がわめき、ボールジーは声の出どころを捜して、あたりを見まわした。

「道をふさぐな、うすのろ！」またしてもピューピューの声がどなった。今度はボールジーにも見えた。

そして、もういちど悪態をついた。

ほとんど動けなくなったピューピュー艇は、別の破片に押しつけられていた。着陸用のスラスターだけを使って、金属のかたまりを押しながら、輪のような、らせんのような、部分的に混乱した針路を進んでいる。ボールジーは悪態をつきながら艇を加速させ、ピューピュー艇の通り道から遠ざかった。

どうにか、まに合った、
破片が特異点に接触し、ピューピュー艇と破片と特異点は、突き刺すような光を発して爆発した。

だが、その直前に戦闘艇から何かが飛び出し、爆発から遠ざかった。

爆発がおさまったとき、ボールジーはようやく、もとどおり息ができるようになった。衝撃波はなめらかにすばやく艇の上を通り過ぎ、爆発にとらえられたほかの破片が、近くにいるいくつかのスウォーム艇に叩きつけられた。

だが、ピューピューの姿は見えない。くそ——あいつは何があっても、命を落とさず乗り越えたのに。いつも、いちばん狂った状況に飛びこんだ。いつも姿を消して、死んだものとまわりにあきらめさせ、最後の瞬間にまた現われて——

「ボールジー、おれを拾いに来てくれるところですね？」

ボールジーは笑い声を上げて頭を振った。

「きみは……」

「死んでません。最後の瞬間に射出されました。でも、〝おもらし野郎〟のばかでかい艦にぶつかりそうでした。危うく、どろどろのしずくになるところだった。で、もしかしたら分隊長が、全速力でこっちへ来たいんじゃないかなと思って」

ボールジーは事態のばかばかしさに笑い声を上げた——特異点へ決死の突撃をしていたのに、失敗して、同じような狂った突撃に救われ、そのあげく、救い主を救いに行くはめになった。すぐさま、レーダーがピューピューピューをとらえた。

ボールジーは艇を急降下させてピューピューのそばを通り過ぎ、速度を合わせた。後部を振り返り、ある程度の長さのケーブルが残っているかどうか、確認した。

残っていた。ほんの数メートルだが、充分以上だ。

「わかった、ピューピュー。ケーブルをつかめ。おれの艇尾のイオン噴射に当たってローストになるなよ——〝おもらし野郎〟どもは、トーストになる程度だそうだが」

　スウォーム航宙母艦がしだいに近づき、大きくのしかかってくる。ボールジーはピューピューに向けて、軽く艇を加速した。ボールジー艇が傾きながら敵艦方向へ突進するあいだも、ピューピューは真空中で手足を伸ばして縦横に回転している。あと数秒で、二人とも敵艦の外殻に衝突してつぶれる……。

「つかんだ！　離れて！」

　ボールジーは艇とピューピューを敵艦方向から離すため、左翼のスラスターをつかった。あまり大きく加速すると、ピューピューがケーブルから離れてスウォーム艦に激突しかねない。

　そんな事態はごめんだ。

「ボールジー、もっと加速して！　心配しないで、離しませんから。胴に巻きました！」

　またしても悪態をつきながら、ボールジーはスラスターにパワーを送りこみ、艇は針路を変えた。ピューピューは大きく弧《こ》を描いて艇のまわりをまわった。

　だが、敵艦外殻からは遠ざかった。ほんの三メートル離れただけだが、成功には違いない。

「ヤッホー！」もういちどピューピューが叫んだ。ボールジーは信じがたい思いで、勢いよく息を吐いた。ピューピューがまだ呼吸できているのが不思議だ。

ボールジーはレーダーで確認した——消耗品《フォダー》と宇宙の覇者《スペースチャンプ》が、もうひとつの特異点を首尾よく始末していた。表示が正しければ、二人とも、まだ生きている。

だが、レーダーは別の者も示した。新たな接触——多数の艦だ。ドルマシ艦隊。だが、ドルマシはまだ発砲していない。戦闘艇ベイからも、何も出ていない。

しかし、交戦は避けられない。ドルマシはこの場に来たのだ。ピューピューと文字どおり一本の糸でつながっている以上、二人とも死ぬ。

新たな奇跡が必要だ。

35

地球　北アメリカ　ワイオミング州
スクエアトップ山　製造施設

「亡くなった？」コナーの顔が紅潮した。「どうして？　いつ？　でも――」

恐ろしい事態だ。アイザクスンは他人の慰めかたを知らない。まして、相手は高校を出たばかりの男の子だ。子供がほしいと思ったことは、いちどもない。いま、シャトル内の者が、みなアイザクスンに期待している……きっと、何かをしてくれるだろうと。

アイザクスンはため息をついて、親身な政治家モードに入った。〝きみの苦しみをわたしも感じる〟ふうのキャラクターだ。立ちあがってコナーの隣にすわり、相手の肩に腕をまわした。

「気の毒に、コナー。事故だったんだ。何があったのか、詳しいことは知らせてきていないが、即死だったそうだ。苦痛はなかった」

泣くかと思ったが、若者は完全に無表情だった。

「兄が最後の一人でした。一人だけ残った家族。もう、ぼくしかいない。ひとりぼっちだ」声も抑揚がない。

アイザクスンは全力でコナーを慰めようとしたが、しまいに、ほとんど何もできなくなった。そのときシャトルが着陸し、アイザクスンはハル・レビンとともに傾斜路を降りた。離着陸床で一人の軍人が待っていた。アイザクスンはレビンの耳もとで言った。

「あの若いやつの面倒を見てやってくれ。わたしは一時間かそこらで戻る」

レビンはうなずいてシャトルへ戻った。軍人は片手を上げて敬礼し、それからアイザクスンと握手した。

「副大統領閣下、わたしはティトラー大佐です。スクエアトップ山の製造施設へ、ようこそ。わたしが、なかをご案内します」

二人は離着陸床から、丘の斜面に据《す》えた古い丸太小屋のようなものへ歩いていった。丘の一キロばかり向こうに、大きめの山がある。〝スクエアトップ〟という名のとおり、頂上が平らに近い。丸太小屋から地下に入ると、なかは広く、丘の下から離れる方向へ延びている。ここは、ワシントンDCにある軍の施設の上の小さな建物と同じように、おもに検問所兼保安処理ステーションとして機能していた。

「ノートン大将から、閣下がわたしの案内をお望みだと聞きました。われわれの進歩をごらんになったら、閣下は心地よい驚きを覚えられますよ。先月、大統領がいらしたときは、まだ製造効率を上げている途中で……あまり満足されませんでした。閣下が報告なさるときには、われわれの工程が改善されたことを保証していただけますね」

アイザクスンはうなずいた。明らかに、この大佐はおれのことを、視察のために管理部が送ってきたと思っている。協力して、こいつからもっと情報を引き出そう。

「大変けっこう、ティトラー大佐。エイブリー大統領も非常に満足されるだろう」

大佐はアイザクスンを案内して、いくつかドアを通り抜け、エレベーターで降りた。さらにいくつかドアを通って別のエレベーターで降下し、地中深く進んでゆく。

「ここの施設は、いつ活動を開始した？」

ティトラー大佐がドアを開け、控室のような場所へアイザクスンを通した。巨大な窓から、下の製造工場らしい風景が見える。化学防護服のようなものに身を包んだ何十人もの人々が、うろうろしていた。小さなサンプル瓶《びん》や薬瓶を持った者もいれば、大きな保存容器を載せた反重力リフトを押す者もいる。

「数年前です。しかし、二カ月前まで増産はしていませんでした。つまり、戦争が始まったときから、増産も始まったのです。ノートン大将が次の日に連絡してきて、それ以来、ここはてんやわんやです。われわれは人を雇い、材料が造られる製造室の機械を取り替え、いまでは一日およそ十キロを生産できるようになりました」

大佐の話はアイザクスンにはちんぷんかんぷんだったが、ある部分に興味を引かれた。

「数年前?」

「はい、閣下。エイブリー大統領の施政の第一期が始まったときです」

おもしろい。武器として使う反物質の製造施設は、エイブリーの任期が始まったときに造られた。イーグルトン委員会が軍の予算削減を実施している真っ最中にだ。

「十キロだと? 教えてくれ、翻訳すると、どういうことだ? 一ヵ月に、およそ千個の爆弾ができるのか?」と、アイザクスン。議事堂の下にある軍需品本部で、ノートン大将が引用した数字を思い出した。

ティトラー大佐はクスクス笑った。

「五万個と言ったほうが近いでしょう、閣下。前にも申しましたように、エイブリー大統領はわれわれの進歩に、大いに満足されると思います」

五万? 一ヵ月に五万個もの反物質爆弾を造って、エイブリーはいったい何をする気だろう? とほうもない戦略を隠し持っているに違いない。

　だが、大群《スウオーム》が侵略してこなかったら、この反物質を何に使うつもりだったのか？

「満足するとも」アイザクスンは微笑して答えた。眼下では製造クルーが車輪つきの大きな荷台を押してきて、積み上げた品物のなかからいくつか引き抜きはじめている。「新しいスタッフを、ずいぶんすばやく獲得したに違いない。満足しているかね？」

　ティトラー大佐はうなずいた。

「ええ、みな、うまくやっています。もちろん、全員が徴兵された者です。この場所を運営する約一万人のクルーを手に入れました。外にあった丸太小屋からは、わからないでしょう？」大佐は笑った。「実際には、この町のあちこちに、別の入口があるんですよ。バーや売春宿やレストランがなかったら、従業員なんか雇えませんからね」

　アイザクスンはニヤリと笑った。

「ああ、意味はわかるよ」

　大佐はかすかに息の詰《つ》まったような音を出した。

「ええ、はは。まあ、冗談ですよ。ここにいるのは、ほとんどが科学者や技術者タイプです。売春宿なんて、聞いたこともないような連中ですからね。たいていはアイビー・リーグや、ほかの大きな科学技術系の学校から来た者たちです。この作戦には、トップ中のトップが必要でした——最高の頭脳とか、そういったやつですよ。一歩間違えば、命の危険がありますからね。愚かな労働者は、死んだ労働者を作りだすってやつです」

　科学者や技術者。まったく、全面戦争だ。統計を読んだことがある。四十歳未満の健康な人間は一人残らず徴兵され、それより年上の何百万という人間が志願した。見逃された者は一人もいない。あらゆる職業の者が含まれた。何世紀も前なら、エリート階級はこんな任務を避けたかもしれないが、いまは違う。全員が――とくに技術的な背景を持った者たちは――格好の標的だ。

　コナーの兄は――科学分野にいたのではなかったか？　事態が違う展開を見せていたら、この兄は反物質研究製造計画に徴募されて、ここの下の階のどこかにいただろう。くそ、おれが話すあいだ、コナーがなかに入って、何分間か兄をうるさがらせていただろうに。事態が違いさえしたら。

「一万人の労働者か。へえ。まだ必要か？　必要は満たしたか？」

　ティトラー大佐はうなずいた。

「ちょうど収容できる人数です、閣下。これより増えると、兵舎や生活施設を新たに設置しなければなりません。現在でも、ここではシフトを組んで交代で眠っています」

「なるほど。大統領に伝えよう。立派な仕事ぶりだ、大佐」

　一時間後、シャトル内でコナーはひとこともしゃべらず、アイザクスンもしゃべらせようとはしなかった。アイザクスンはレビンとともに後部座席に落ち着き、情報部とシークレット・サービスから届いた文書を次々とめくって、全貌をつかもうと努力した。

「わからないな、ハル。反物質爆弾の出どころは、わが国の軍しかない。製造施設へ行って視察した。ティトラー大佐は統制のとれた組織を運営している——大佐の指から何かが漏れて、まずい相手の手に渡るとは考えられない」

艇室内のスクリーンで国内ニュースが流されており、ニュース・キャスターが前日のスウォームとの戦いの結果を伝えていた——惑星ニュー・ダブリンとケンタウリ星系群での最近の交戦で、十隻の艦が失われた。

アイザクスンはフンと鼻を鳴らした。軍管理部のプロパガンダ部門が忙しく動いたのだろう。本当の損失は、はるかに多い。スクリーン上にグレンジャー艦長の顔が現われた。背景に、グレンジャーの故郷ボイシ（アイダホ州の州都）で行なわれた派手なパレードの映像が繰り返し流れている。ちくしょう。あの男は自分の都合のいいときに伝説になる。軍があの男を元帥に昇進させていないのが不思議なくらいだ。

レビンは肩をすくめた。

「ひょっとしたら、ほかにも製造施設があるんじゃありませんか？」

アイザクスンも、その可能性は考えた。

「ほかの施設？　ありそうもないな。ティトラーは、一カ月に五万個の爆弾を製造できる材料を造っていると言った。ノートン大将は、ワシントンDCの地下にある施設で造る爆弾の外側は、一カ月に千個だと言った。レイアウトが同じなら、あと四十九、同じ外殻製造施設があるのだろう。ほかに製造施設が必要になるとは考えられない」

　スクリーン上のニュースは続き、ニュー・ダブリンの戦闘の映像を流していた。もちろん、スウォーム艦の破壊が強調されている。やがて、映像は破壊された家々とほこりだらけの荒れ果てた地面に変わった――ニュース・キャスターが別のニュースを伝えた。

「では、次のニュースです。ネバダ州ウェンドーバーの複数の住人から、今朝、強い地震を感じたという報告が入ってきました。地質調査装置はマグニチュード七・一の揺れを記録しました。西の断層線からこれだけ離れている場所としては、つねになく大きな地震です。ユタ州の塩類平原《ソルトフラッツ》で爆発があり、複数の火球を見た……地震と同時に爆発音が聞こえたという報告も、いくつかあります。いまの時点では、これらの報告内容は、第三者機関によって確認されていません。進展がありしだい、詳しいことをお伝えいたします」

「あれを見ろ、ハル」アイザクスンはスクリーンを指さした。「われわれは自力で、別の反物質製造施設を見つけたのかもしれないぞ」

36

エプシロン・ガリバルディ星系　エプシロン・ガリバルディ第四惑星

ISS〈ウォリアー〉ブリッジ

グレンジャーは声を殺して口汚くののしった。

「だからといって、いったいなぜ、わたしが応じなければならないのだ？　おまえたちは三隻の艦を破壊したし、おまえたちの盟友は二十隻も破壊した」

ヴィシュゲイン・カーサはかすかに頭を下げた。

「ティモシー・グレンジャー艦長、なぜなら、そちらに講和の条件を提示するよう、わたしがヴァラリシから指示を受けたからだ」

「降伏するというのか？　けっこうだ。断わる」

「降伏ではない。講和条約の締結だ」

講和だと？　ありえない。

だめだ。エイブリー大統領は、この戦争には一方的な終わりかたしかないと、自分で言った。大群《スウォーム》を、完全に、取り返しがつかないほどに破壊する。二度と現われないように。永久に。

だが、いまのところは、少なくとも交渉することで時間をかせぐチャンスがある。

「わかった。おまえがこの艦へ来るというのだな？　一人で来るわけではないだろう？　何人の護衛を連れてくる？」

ヴィシュゲイン・カーサは、ある音を発した。グレンジャーには、嘲笑する声としか解釈できなかった。

「護衛だと？　とんでもない。きみは、わたしにとってなんの危険もない。きみがわたしをこの場所から連れ去ろうとか、わたしに危害を加えようなどとすれば、待機している五百隻以上のドルマシ艦がこの位置に降りてきて、きみを制圧する」

グレンジャーはのろのろとうなずいた。

「わかった。では、メイン・シャトルベイへ来てもらおう。座標を送るから——」

カーサが口をはさんだ。

「そちらのシャトルベイの位置は知っている。艦長」

「そうか？」

「そちらのことなら、なんでも知っている、グレンジャー艦長。ヴァラリシが知っていることは、盟友も知っているのだ」カーサは別れを告げるかのように、ふたつのこぶしを上げた。

スクリーンからカーサが消え、戦場の光景に変わった。蒸気を上げる艦の破片や残骸が散らばる、航宙艦の墓場だ。ときおり統合防衛軍の艦の残骸の上を電弧が飛び、スウォーム航宙母艦の残骸からは粘液が川のように流れ出ている。

「プロクター、一緒に来てくれ。宙兵隊に警戒させろ——シャトルベイの壁と上方の歩行路に、五十人を配置するんだ。それから、ドクター・ワイアットを呼べ。カーサと話したあとで、何か気づいたかもしれない。ディアス大尉、ブリッジをまかせる」

グレンジャーはブリッジのドアへ向かい、プロクターはそのあとを追った。

「艦長、ドルマシが本当に講和を求めていると思いますか？」

「冗談はやめておけ」グレンジャーは通路を進みながら、首を振った。シャトルベイへ向かう通常のルートは戦闘のダメージがひどくて使えないので、遠まわりした。負傷したクルーが何人も、仲間たちに支えられて足をひきずりながら、医務室へ向かっている。ドクター・ワイアットは手を振ってグレンジャーとプロクターを止め、二人とともにシャトルベイへ進みはじめた。

「映像ではない実物のドルマシが乗艦してくるんですね？」と、ワイアット。

グレンジャーはうなずいた。

「講和の話をしたいそうだ。本人は、そう言っている。本当は何をしたいのか、突きとめる必要があるな。残り二隻のスウォーム航宙母艦を救う口実か？　それとも、われわれが何か連中のほしがるものを持っているのか？」

「何か連中の戦術を変えさせるようなことを、われわれは知っているでしょうか？　もしかしたら、敵の宙域へ積極的に侵入する新しいやりかたが、ドルマシに、この戦争を考えなおさせるきっかけになったのかもしれませんね」と、プロクター。

グレンジャーは、敵の砲撃で天井から落ちたスチールの大梁《おおばり》をまたぎ越した。

「あるいは、少なくとも、連中の手を止めさせたかだ。新手の艦が姿を現わすまで時間を稼ぐ口実かもしれない。われわれも艦隊を即時撤退可能な状態で待機させるべきだ――予想外のものが現われたら、すぐにQジャンプで脱出できるように」

「わかりました」プロクターはブリッジに呼びかけて、グレンジャーの命令を伝えた。

まもなく三人は、シャトルベイの入口の前に着いた。宙兵隊の司令官ハンラハン大佐が三人を迎えた。

「壁ぎわには四十名を配置し、上の通路には、まんいちに備えて、腕のいい狙撃兵を十名、配置しました」

「よろしい。シャトルベイ周辺の通路に人を寄せつけるな。必要なら、下にある調理室のそばの会議室を使おう。通路の角の周辺に二十人の兵を置いて、調理室内にも何人か置いてくれ。会議室の両側の貯蔵区画にも。デッキを封鎖し、何か……まったく予想外のことが起こった場合に備えて、化学防護部隊の準備をさせろ」

「了解」ハンラハン大佐は持ち前のうなるような声で答えた。

　グレンジャーがプロクターとワイアットを連れてシャトルベイに足を踏み入れたとき、ちょうどドルマシのシャトルが外界との境の電磁シールドを通り抜けて、入ってきた。シャトルの後ろで巨大なベイの扉がゆっくり閉まり、小型艇は床に着陸した。

　シャトルから傾斜路が降り、ヴィシュゲイン・カーサが一人で出てきた。

　明らかにうろこと思われるものにおおわれた顔と両手がなければ、人間に見える——二本の腕、二本の脚、大きめの胴体、肌の大部分をおおっている飾りけのない軍服。足首から先は裸足で、手よりもうろこが密集している。足指は五本だ。平行進化の驚くべき例だ——グレンジャーは思った。戦争に決着がついたときに研究対象になるドルマシが残っていれば、異星生物学者たちは存分に活躍できるだろう。

進み出たグレンジャーは、プロクターとワイアットのほうへ順に手を差し出して紹介した。

「こちらは副長のシェルビー・プロクター」プロクターが進み出ると、カーサは片手を差し出した――地球の社会的習慣を熟知しているらしい。プロクターはためらってから、その手を握った。「それから、医務長のドクター・ワイアット」ワイアットが進み出て、同じようにカーサと握手した。

ヴィシュゲイン・カーサはグレンジャーに近づいて手を差し出し、グレンジャーは握手した。

とたんに、頭のなかでぼんやりした映像や光や色が泳ぎ、頭が揺れた。グレンジャーは思わずふらついた。身体が倒れ、次の瞬間、あたりが暗くなった。

37

エプシロン・ガリバルディ星系　エプシロン・ガリバルディ第四惑星
ＩＳＳ〈ウォリアー〉　シャトルベイ

　グレンジャーは目をしばたたき、頭を振った。

　夢を見ていた。周囲を見ると、いままで何度も繰り返し見た夢だ。だが、今回は目が覚めている。上からふたつのライトが照らし、覚えのある焦げくさい刺激臭を感じた。グレンジャーは起きあがった——台の上だ。手術台だろうか？　腕から管が突き出ている。グレンジャーは管をむしり取り、台からすべりおりて室内を見まわした。

　窓。部屋の壁に窓がひとつある——診察室のような、小さな部屋だ。グレンジャーは足を引きずって——両脚が痛む——窓に近寄り、厚いガラスの外を見た。

　宇宙空間だ。

星の散らばる風景を見まわすと、見慣れない星々が見つめ返した。

はるか眼下で緑色の惑星が回転している。小さな雲が斑点のように散らばり、ところどころにある大きな湖や海峡で表面がまだらになっている。どこかで見たような風景だ。よく似ている。この惑星がひどく懐かしく見えることに、グレンジャーは感動した。強いあこがれを感じる。あそこへ行きたい——なんとしても。とても近く見えるのに、ここは周回軌道のはるか上方、何かのステーションだ。目が慣れてくると、遠い星原を背景にちらちらする、いくつもの光に気づいた——星とは違う。航宙艦か？
轟音《ごうおん》とともに現実の世界が戻ってきた。ヴィシュゲイン・カーサ。握手。グレンジャーは前によろめき、カーサの手を離した。プロクターが手を伸ばして支え、近くの六人の宙兵隊員がすばやく銃を構えた。

ヴィシュゲイン・カーサがグレンジャーの顔をのぞきこんだ——カーサの背丈は、二メートルはある。

「大丈夫ですか、艦長？」

記憶が、夢のように薄れて消えた。だが、ここまで夢の内容が進んだことはなかった。ドルマシとの接触が何かの形で、自分が姿を消していたあいだの記憶をかきたてたのか？　グレンジャーは宙兵隊員たちに手を振って、さがらせた。宙兵隊員たちは、ゆっくりとアサルトライフルをおろした。

「大丈夫だ」グレンジャーは背筋を伸ばした。「大丈夫」

プロクターはグレンジャーを離し、目で問いかけた——本当に大丈夫ですか？

グレンジャーはかすかにうなずいてみせ、カーサに視線を戻した。

「われわれのことを、どうやって詳しく知ったのかね？　きみは、われわれの言葉を知っている。われわれの習慣を知っている。どうやって知ったんだ？」

「艦長、前にも言ったとおり、盟友が知っていることは、われわれも知っています」

「大群《スウォーム》が、われわれの言葉をきみたちに教えたのか？」

カーサは頭を少し前に傾けた。

「ヴァラリシは何百年も前から、人類の存在に気づいていました」

「で、われわれを脅威だと判断したのか？　連中がほしがっている資源を、われわれが持っていると知ったのか？　それとも、連中は、ただ誰でも攻撃するのか？」

カーサは混乱したらしい。

「ヴァラリシは、すべての種族に盟友になってほしいと願っています」

「盟友を支配するのか？」

「われわれがヴァラリシの奴隷かという質問ですか？　答えは〝ノー〟です」カーサは

喉が詰《っ》まったような音を立てた。笑い声だ。「しかし、ヴァラリシは……非常に説得力があるのです」

なるほど。征服者はたいてい、支配下の人民に対して説得力を発揮するものだ。

「大変けっこう。きみは、なぜ来た？　和平を望んでいるのか？　それなら、スウォームに、われわれの宙域の侵略をやめろと言え。われわれの惑星への攻撃をやめろと。われわれを放《ほう》っておいてくれれば、われわれもスウォームに手出しはしない」

カーサは懸命に考えているかのように首をかしげ、しばらくして答えた。

「だめです」

「失礼、なんと言った？　それが返事か？　だめだと？　では、会談は終わりだ。わたしの艦から出ていけ」

「失礼しました、艦長。わたしは単に、ヴァラリシの意志をお伝えしているだけです。わたしを、ヴァラリシとのパイプと考えてください。ヴァラリシの代弁者だと」

おもしろい。スウォームはつねに通信できるのか？　グレンジャーはプロクターに目で〝わかっている〟と伝え、プロクターはゆるぎない視線を返した。プロクターはカーサに向かって軽く頭を下げた。

「すみませんが、艦長、ヴィシュゲイン、よろしければ、わたしは任務がありますので失礼します」

よろしい。プロクターは理解した。

「艦長」プロクターはグレンジャーに会釈した。

「中佐」と、グレンジャー。

プロクターは片手を差し出した。奇妙だ。二人が握手することは、めったにない。グレンジャーがプロクターの手を取ると、手に何かが押しつけられた。カーサに知られずに何かを渡そうとしていることに気づいて、グレンジャーはプロクターの手を包むように握ってから、両手を背にまわした。

プロクターは去った。グレンジャーはプロクターを見送るふりをして、カーサに背を向け、手のなかのものをチラリと見おろした。

プロクターが副長のステーションにいるときにつける、小さなイヤホン型受信器だ。

プロクターの意図は明らかだ。このイヤホンを装着しろということだ。ヴィシュゲイン・カーサとの会話を導いてくれるつもりだろう。何か計画を立てているのは明らかだ

――おそらくドルマシとスウォームとの会話を盗聴し、暗号を解読するつもりなのだ。

ヴィシュゲイン・カーサとの会話を続けるために、グレンジャーはカーサに向きなおり、微笑した。

38

地球　北アメリカ空域
副大統領のシャトル

アイザクスンは関係情報を捜して、次々とファイルを……ディレクトリーをスクロールした。だが、どこを捜せばいいのか知らないためか、充分なアクセス権限がないためか、反物質加工計画については何も見つからない。爆弾の外装についても、ワイオミング州のスクエアトップ山の現場についても、何もない。軍需品本部で会った若い女性科学者ゴール軍曹の勤務成績も、見つからない。徴兵記録しかなかった。

おもしろい。おそらく、これは……。

アイザクスンはチラリとコナーを見た。若者は泣いていたらしいが、何も声を出さない。

「きみのお兄さんの名前は？」

　若者はため息をついて、目を閉じた。

「プレストン」

　アイザクスンはうなずいて、自分のデータ・インターフェイス・パッドに出した徴兵データベースに、慎重にコナーの兄の姓名を入力した。

「いい名前だ。プレストン・ダベンポートか。お兄さんのことを話してくれ。どんな人だった？」

「そうですね、まず、ぼくより背が高かった。はるかに頭がよかった。テストではいつもいい点をとっていて――」

「歳はきみと近かったのか？　一緒に同じ学校にいたか？」と、アイザクスン。注意を向けているふりをしているが、うわのそらだ。

　コナーはうなずいた。

「一歳だけ年上でした。兄は頭がよく、ぼくはいつも運動のほうが得意でした。レスリングやバスケットボールや、二人でスポーツをやると、いつもぼくの圧勝でした」コナーはものうげな口調で話を続けた。兄の話をすることで、治療効果を得ているようだ。

　アイザクスンは適切なタイミングでうなずき、漠然とした質問を続けて、思い出させ、郷愁にふける返事を引き出した。

だが、注意はほとんど画面に現われるデータに集中していた。むしろ、現われないデータと言うべきだろうか。データの欠如が、なんとも好奇心をそそる。プレストン・ダベンポートの情報も、ほとんどなかった。ゴール軍曹と同じように徴兵記録しかない。任務の記録も、現在の位置も。最近の死亡事実さえ反映されていなかった。

プレストンもゴール軍曹も、政府の業務日誌のどこにも出ていない。この人物が存在するという基本的な記録しかない。

コナーは話をやめていた。どうやら、直前まで兄に関するユーモラスな話をしていたようで、顔に腹立たしげな笑みを浮かべている。

「すばらしい若者だったようだな、コナー。誇りに思うべきだ」と、アイザクスン。「お兄さんの勤務ぶりを。お兄さんは地球連合を防衛して亡くなった。そういえば、お兄さんはどこに配属されたか、言ったことがあるか？」

コナーは首を振った。

「極秘だと言ってました。でも、地球上でした。ぼくたちのいる西側のどこか。とにかく、兄が言ったことから見当がついたのは、それだけです。暑い、空気の乾いた場所で、皮膚がひび割れたとか」

アイザクスンは、あることに思い当たった――プレストンはネバダ州ウェンドーバーの近くに配属されたのではないだろうか。どこかで、たとえば、地元住民が地震と勘違いする巨大な爆発に巻きこまれて死んだのかもしれない。地下で起こった爆発かもしれない。無関係と片づけるには、偶然の一致が大きすぎる。

「まあ、ワシントンＤＣに戻ったら、お兄さんの名誉をたたえて飲もう。それと、きみがそうしたければ、エヘン……コーヒーをごちそうしよう」アイザクスンはコナーにウィンクした。いまのこの子には、射精にまさる処置はない。

「すみませんが、閣下、コーヒーはそれほど好きじゃありません。カフェインが苦手なんです。頭が痛くなって」

アイザクスンは失望し、ため息をつきそうになった――おそらく、〝エキゾチックなコロンビアとスマトラのハーフより、ワシントンＤＣの家で待っている大型缶入りのインスタント・コーヒーがいい〟という意味だろう。

だが、アイザクスンが答える前に、シャトルが急に傾いた。

そして、急降下した。

「ベルトを締めてください、**いますぐ！**」シャトル内の通信機から、艇長の声がどなった。周囲の者はみな即座にシートベルトを締めたが、アイザクスンはまだベルトを手さぐりしていた――めったに使ったことがなかったからだ。とめた瞬間、艇室全体が逆さまになった。

シャトルは何度か転がり、傾いて新しい方向へ飛びはじめた。

「艇長、いったい何をしている？」アイザクスンはコックピットに向かって、かなきり声を上げた。

そのとき、窓の外のあるものに目がとまった。納得した。

二艇の戦闘艇が砲口をぎらつかせ、急速に迫ってきている。

39

エプシロン・ガリバルディ星系　エプシロン・ガリバルディ第四惑星
ISS〈ウォリアー〉第三会議室

「ヴィシュゲイン、話し合わなければならないことがたくさんある。きみはわたしのことも、この艦のことも、よく知っているらしい。話し合いを進める前に、艦内を視察したくないかな？」

　グレンジャーは片手を差し出し、シャトルベイのドアへ向けた。宙兵隊のハンラハン大佐が進み出て言った。

「艦長、いまの時点では、それは賢明ではないと思います」

「きみの心配はわかっている、大佐」と、グレンジャー。ヴィシュゲイン・カーサから目を離さない。「だが、われわれのお客が邪悪な意図を持っていれば、自分の艦隊に、直接われわれと交戦しろと命じていただろう」

「はい、艦長。しかし、この異星人は情報収集のために、この艦に来たのかもしれません。少なくとも、わたしの立場からすると、艦内視察は賢明な行動方針とは言えません」

優秀な男だ――グレンジャーは思った。だが、おれだって、大事な部分を異星人に少しも見せる気はない。ただの時間稼ぎだ。グレンジャーはうなずいて答えた。

「よくわかった、大佐。機関室、武器プラットホーム、それと艦内の、お客になじみのない技術を含むと思われる区画は避ける」

ヴィシュゲイン・カーサは喉の詰《つ》まったような音を出した。笑いたいときに出す音だ。

「ティモシー・グレンジャー艦長、あなたや、あなたの艦について、われわれが知らないことはほとんどありません。その……視察の手間を省くことにして、もっと大事なことを話しましょう」

グレンジャーはカーサに見られないように、イヤホン型受信器をはめなければならない。

「よくわかった、ヴィシュゲイン。では、会議室へ行こう。通路の端にある。そこなら、すわって、もっと人目にさらされずに話せる」

「ご希望どおりでけっこうです、艦長」

グレンジャーはドアを示した。

「こちらです。ハンラハン大佐、先導してくれ」

大佐はうなるような声で承諾し、アサルトライフルを肩にかけてドアの外へ出た。

「お二人とも、わたしについてきてください」

ヴィシュゲイン・カーサがシャトルを離れると、傾斜路がひっこんで収納場所におさまり、小型艇は密閉された。

「シャトルに侵入されれば、わたしにはわかります、艦長。信頼を裏切らないでください」

この言葉に、グレンジャーは心のなかで微笑した。状況を考えると、奇妙な要求だ――われわれは挑発もしないのに、大群《スウォーム》とドルマシの両方から攻撃された。おれは、単に異星人のシャトルに侵入するよりはるかに危険で、大きな成果が期待できる情報操作をしようとしている。おれたちは、スウォームの謎めいた通信を盗み聞きしようとしている。スウォームどうしでは、ほぼ瞬間的な相互通信が可能らしく、どうやらドルマシとも同じ通信が可能らしい。

「もちろん、裏切らないとも、ヴィシュゲイン・カーサ。こちらへ」

先頭を進むハンラハンのあとにカーサが続き、グレンジャーは最後尾を歩きながら、小さな受信器を慎重に耳に押しこんだ。ドクター・ワイアットがグレンジャーの隣に来た。

「何を言われると思いますか？」と、ワイアット。「われわれは、連中が撤退するような何かを、与えたり実行したりできるんですか？」

「それはすぐにわかるさ。われわれから目を離さないでくれ。これは、人類が非人類と対面するはじめての機会だ、オブザーバーとしてのきみは、間違いなく最高の価値がある」

会議室のドアの両側に、宙兵隊員が一人ずつ立っていた。四人がドアを通ったとき、グレンジャーの受信器を通してプロクターの声が言った。

「聞こえますか、艦長？　聞こえたら、咳払いしてください」

グレンジャーは咳払いし、テーブルの近くの、カーサがすわれる大きさだと思った椅子を示して言った。

「すわってくれ」続いて、二人の宙兵隊員をしたがえたハンラハンに向かった。「もういいぞ、諸君」

ハンラハンは床を踏みしめて言った。

「艦長を、異星人と二人きりにすることはできません」

グレンジャーは重武装の宙兵隊員たちを見てから、すでに席についているカーサに視線を移した。

「室内にいてよい、大佐。部下たちはドアの外で警備させろ」

「了解しました」

グレンジャーは腰をおろした。受信器から、またプロクターの声がした。

「咳払いは、わたしあてのものと解釈します。艦長、会議室から出る電磁波信号はひとつも探知できません。続いて、中性微子《ニュートリノ》ベースの通信波、重力子《グラビトン》ベースのもの、超空間信号をねらってスキャンします」

ヴィシュゲイン・カーサが沈黙を破った。

「グレンジャー艦長。ヴァラリシに代わって、講和を提案します。条件は次のとおりです。まず、あなたがたは戦闘艦を太陽系へ……あなたがたのもとの月面基地へ引きあげさせ、そこでヴァラリシ防衛軍への同化を待つ」

防衛軍だと？　それは、スウォームの侵略艦隊のことか？――グレンジャーはカーサをまっすぐに見つめたまま、目を離さない。

「次に、あなたがたのすべての惑星上で、ヴァラリシの到着準備をする。具体的には、すべての住人から武器を没収し、住人に、調整のための出頭を命じる」

「失礼、調整？」

カーサはうなずいた。

「ヴァラリシの同盟者すべてが統合されるプロセスです。艦長、われわれは全員が、文明だけでなく個人として、ヴァラリシの盟友になります。このほうが安全です」

「その調整には何がともなう？」

カーサは肩をすくめた。

「単純なプロセスです。苦痛はなく、すばやい」

「苦痛がない？　つまり、なんらかの接触があるのだな」

「ヴァラリシとの物理的な接触は、精神的な交流と同じです。ヴァラリシの願いは、盟友との交流だけです。つまり……〝全員を家族として迎える〟と、あなたがたなら言うところでしょうか」

グレンジャーは、その言葉の意味をいろいろと考えた——おもしろい。スウォームと接触すればスウォームに支配されるのか。くそ、おれは夢うつつでいるあいだに何かに触っただろうか？

「それで？　ほかには？」

「あなたがたはただちに、母星を明け渡す準備を始める」

グレンジャーは片眉を上げた。これはまた……不作法な。

「理由を聞かせてもらえるか？」

「ヴァラリシが要求しています」

「なんのためにそんな要求をするのか、聞かせてほしい」

「ヴァラリシは、盟友すべての母星を要求します。その代わりに、気前よく、故郷と呼べる新しい惑星を与えてくれます」

「盟友すべてに？」

カーサはうなずいた。

「盟友すべてに。われわれが自分たちをヴァラリシの友と呼ぶための、名誉ある犠牲です」

グレンジャーはあごをなでた。耳のなかでプロクターの声がした。

「艦長、考えられる通信帯域をすべてスキャンしましたが、何も見つかりません。おそらく、伝えなければならない情報があるときか、決断を仰ぐときだけ、スウォームと通信するのでしょう。試しに、交渉してみますか？　艦長が要求に具体的な反応を示したら、ヴィシュゲインはスウォームの指示を仰ぐかもしれません。そのとき、どこかの帯域で通信を探知できる可能性があります」

「地球を明け渡すというのは、まずありえないシナリオだ、ヴィシュゲイン」と、グレンジャー。「物流面を考えても、……膨大なものになるはずだ」

「しかし、それが条件なのです、艦長。あなたがたは、平和を手にしたいと心から願っているのでしょう？」

　地球を売ってまで手にしたいほど願ってはいない。

「では、別の条件を提案しよう」グレンジャーは言葉を探した。この異星人をしゃべらせつづけ、同時に、指示を求めてスウォームに通信したくなるような話題はないか？

「われわれの住民のうち、一定の割合をスウォームの支配下にある惑星へ移転させ、地球上に、スウォームが満足できるような場所を指定して、スウォームに与える」

　カーサは短い間《ま》を置いて答えた。

「おもしろい提案です、艦長」

「スウォームは、この提案をどう考える？」

　もういちど、一瞬の間。

「ヴァラリシは惑星を望んでいます。惑星全体です」

「もういちどきく。なぜだ？」

「艦長、それは、友が……確実に友のままでいる、唯一の方法だからです。あなたの、いまの約束は……担保となる可能性があります」

　グレンジャーはフンと鼻を鳴らした。

「ヴィシュゲイン、わたしの意図がどうだろうと、友人どうしは関係維持のために担保など要求しないものだ」

　グレンジャーの耳のなかで通信器が震動した。

「艦長、ヴィシュゲインは明らかに、その部屋で通信しました――少なくとも、口にした言葉から考えると、通信したはずです。しかし、こちらでは何も探知しませんでした。ああ、もう。あらゆることを試しました。何か別の方法があるに違いありません。つまり、ヴィシュゲインが送信器を身につけていないことは明らかで……」

　プロクターの声が小さくなって消えた。カーサがまた話しはじめていた。

「――あなたがたは弱いからです、グレンジャー。あなたと、あなたの種族全体のことです。信頼が意味するものは弱さです。名誉が意味するものは弱さです。ものを言うのは、自分が持っている力です。環境や敵に力を及ぼせるかどうか……あるいは、ヴァラリシの場合のように、盟友に力を及ぼせるかどうか――です」

　カーサをしゃべらせておく必要がある。ドルマシを、君主と通信させておかなければならない。

「けっこう。地球を手に入れるがいい。奪え。だが、時間がかかるぞ。移住に必要な莫大な資源などわれわれは持っていない。スウォームは、われわれの移転を手伝ってくれるのか？　これほどの人口を移転させるために、どれだけの航宙艦船を供給してくれるのだ？」

　またしても、間。

「ヴァラリシは、あなたが考えているより多くのことを知っています、艦長。あなたの種が何隻の艦を持ち、何隻を製造できるか、知っています。いまでも、この一週間で、二百隻の新しい重巡航艦が稼働するはずです」

　ちくしょう、敵は実によく知っている。

「そして、一隻の巡航艦は五万人の人間を収容できると考えられます。そうすると、今週の新造艦だけでも、また、住人たちを運ぶのに一週間かかるとして、航宙期間を含めても、一週間に一千万人が移動できることになります。あなたの艦隊全体も含め、さらに六カ月間、新しい艦が製造されると考えれば、地球は全人口を非常にすばやく移動させられることがわかります」

　グレンジャーの耳のなかで、プロクターが悪態をついた。

「すみません、艦長。何も探知できません。この方法ではだめなようです。ドルマシはわれわれの検出限界を超えた周波数かエネルギーを使っているか、あらかじめ交渉計画を立てていたのでしょう――スウォームはすでにヴィシュゲインに、どの条件なら受け入れ、どれなら拒絶するかを指示しておいたのかもしれません」

　グレンジャーは自分の両手のしわを見た、六十五年の年月は、皮膚の一部を取り去った。だが、精神までおとろえてはいない。ちくしょう、あやつり人形の異星人なんかに出し抜かれてたまるか。

「正直に話そう、ヴィシュゲイン。人類はけっして地球をあきらめない。きみは、われわれのことを知っていると主張する。われわれのすべてを知っているつもりかもしれない。もし、そうなら、人類が地球を手放さないことも知っているだろう。人類は、あきらめて寝返ったりはしない。教えてくれ――きみの本当のねらいはなんだ？　本当はわれわれに何をさせようとしている？」

「保証します、艦長。ヴァラリシの要求はきわめて真剣です。わたしがすすめるのは――」

「スウォームもスウォームの要求も、くそくらえだ。話してくれ、ヴィシュゲイン、スウォームがきみの種族を母星から引き離してから、どのくらいたつ？　きみは母星を人質に取られ、自分の種族を奴隷として服従させるという苦しみを背負って、どのくらいのあいだ連中のあやつり人形になっているんだ？」間。

「あなたがたの時間で、二千年です」

耳の中で小さな叫び声が聞こえ、グレンジャーは跳びあがりそうになった。

「艦長！　何かをとらえました。ほんの一瞬ですが、確実にとらえました」

グレンジャーは微笑した。

40

エプシロン・ガリバルディ星系　エプシロン・ガリバルディ第四惑星
ISS〈ウォリアー〉　第三会議室

「二千年？　大群《スウォーム》はきみの母星を二千年間占領しているのか？」と、グレンジャー。おおげさな口調だ。「きみたちは最高にお人よしで受動的な、負け犬種族か何かか？」

挑発すれば、ヴィシュゲイン・カーサは、プロクターがもういちど勝利の叫びを上げるようなことをするかもしれない。また通信を確認できる。

「艦長」プロクターが言いはじめた。「超空間探知器で何かを検出しました。ただ、非常に奇妙なものです。まず、内容は意味不明ですが、平行帯域から何かが漏れ出しているように見えます。正確な周波数そのものがランダム化され、暗号化されたようなものです。帯域そのものが二十数ヘルツだけで働くという、異常な状態です。しかし、異常に見えるのは重力子《グラビトン》自体の相です。ヴィシュゲインに、続けてしゃべらせてください、艦長」

グレンジャーは異星人の目を見て言った。

「教えてくれ、カーサ、そんなことをされて、きみたちは怒らないのか？ きみたちの種族は宇宙のどこかの岩のかたまりに追いやられ、敵がきみたちの惑星を自由に歩いていると知って、怒ったことはないのか？ 最高の土地に移転させてくれたなどと言うなよ。すばらしい景色の浜辺を与えてくれたなどと言うな。移転先は見かけ倒しの小惑星か、死んだ衛星だろう？ それとも、きみたちは、いまわたしに示したような選択肢さえ与えられなかったかな？ スウォームは無言で、きみたちの文明を滅ぼし去ったのかもしれない。無辜《むこ》の男女や子供たち——みな、自分のするべきことに専念していたのに、ある日、気がつくと指導者たちに売られ、何がまずかったのかもわからぬまま、空から火が降りはじめた。教えてくれ、カーサ、きみは怒らないのか？」

カーサは立ちあがりかけていた。グレンジャーの視野の隅ぎりぎりに、ハンラハン大佐が微妙に姿勢を変えてアサルトライフルを構えようとしている様子が映った。カーサは喉の詰《つ》まったような笑い声を立てた。

「グレンジャー艦長、自分の首を絞めていますよ。われわれと盟友を仲たがいさせようというくわだては、ばかげていると同時に見当違いです。あなたがいま言ったようなことは、ひとつも起こりませんでした。われわれは自分の意思で惑星を与え、これを特権と考えています。いまではヴァラリシは、われわれをもっとも信頼できる盟友とみなしていますから。われわれはヴァラリシの偉大な家族となった最初の種族です。〈七種族協定〉の二番目の種族で、仕える相手はひとつだけ――ヴァラリシです」

〈七種族協定〉か？　スウォームは結局、いくつの種族を征服したんだ？

　グレンジャーは手を振ってハンラハンをもとの姿勢に戻した。カーサはもとどおり腰をおろした。口ではなんと言おうと、グレンジャーの言葉が気に障《さわ》ったのは明らかだ。

「ヴィシュゲイン・カーサ、われわれは良識ある人間だが、同時に軍人でもある。われわれは二人とも知っている――人類は、仲間を裏切って自分たちの所有物をスウォームに明け渡したりはしない。われわれは最終的には失敗するかもしれないが、その代償はスウォームにとって非常に高くつくだろう。きみたち盟友がスウォームに加勢するとしてもだ。ほかに妥協しあえる部分があるに違いない。和平へ向けての仮協定などは、どうだ？　双方に、選択肢を検討する時間を与えるなどは？　地球にいるわれわれの指導者たちが、スウォームの提案を真剣に受け止める可能性は非常に高いが、はじめからいきなりきみの提案内容に到達することは、まずありえない。保証する」

カーサはのろのろとうなずいた。

「あなたがたは近いうちに、ヴァラリシの友情を切望することになります、艦長。友情を見いだすか、全面的な破壊に直面するかです。しかし、あなたの意見は理にかなっている。あなたがたの指導者は結局、ヴァラリシの出した条件に納得するでしょう。指導者には時間が必要です。それと、あなたがたの世界にとって何が最良かを納得してもらえる、もっとたくさんの証拠も。よろしい。修正条件を提案します」

グレンジャーは身を乗り出した。何か通信が行なわれるとすれば、いまだ。

「カディス星区、シンホワ星区、リンカーン星区から、艦隊を撤退させること」と、カーサ。「これらの星区の惑星は、没収します。ヴァラリシは、惑星の居住者に危害は加えないことを約束します。しかし、居住者は調整されて盟友になります。この条件を満たせば、ヴァラリシは人類に、本来の条件に同意するまで六カ月の猶予を与えます」

グレンジャーの耳のなかでプロクターの声がした。

「つかみました、艦長。思ったとおりでした――超空間通信を開始するグラビトンは、非常にめずらしい形で極性を与えられています。とても変わった配置なので、これまでは探知できませんでした。通信を、かなりはっきりとらえました。パターンは、ほとんど……有機的と言っていいでしょう。ランダムですが、ある意味で……まあ、そういうことです。有機的です」

　グレンジャーはうなずいた。

「そのような問題を決定する権限は、わたしにはない。この提案を地球へ持ち帰って、指導者に伝えたい」

　間《ま》。

「わかりました、艦長。妥当な速度で地球へ向かいなさい。ヴァラリシは、一週間以内に返事をもらえると期待しています」

　グレンジャーは立ちあがった。

「けっこう。エイブリー大統領に確認する。だが説得しなければならない地球連合の指導者は、エイブリー大統領だけではない。ロシア連邦のマラーホフ大統領のほか、われわれの傘下に入っていない惑星の指導者が少なくとも十二人はいる。それに、エイブリーは民主的に選出された大統領だ。五十五惑星の選挙民の大多数がエイブリーに投票した。選挙民がそのような重大な決定に不賛成なら、エイブリーは生き残れないだろう」

「生き残る？」カーサは、不信の念に近い表情を浮かべてグレンジャーを見た。それとも、羨望の色だろうか？　「艦長、あなたがたは、指導者に賛成できないときは指導者を殺すのですか？」

「殺す？　いや。われわれは、そこまで利己的ではない。だが、指導者の決定が選挙民の意志を反映しなくなれば、指導者は権力を奪われる」

　カーサは頭を振った。

「非常に奇妙な権力配分ですね、艦長。われわれの社会では、自分が生き残るのは、もっとも強い権力を持つ人々に指導してもらうためです。その人たちの希望に逆らうのは、われわれ生き残った者たちにとって危険なことです」

「では、意見が一致しないという点で、われわれは意見が一致しましたな」と、グレンジャー。「だが、われわれは少なくとも話すことができ、破壊しあうばかりではないことを示しあった。では――」ドアを指した。「ほかに討議したい問題がなければ……」

　ヴィシュゲイン・カーサは一時間前にスクリーン上で見せたように、両手のこぶしを上げた。会談は終わったと、グレンジャーは解釈した。

　耳の通信器にプロクターの声が響いた。

「艦長、会談の終わりごろに、会議室から出た超空間信号の断続的な流れをとらえました。それだけではありません。超空間信号は、ひとつではありませんでした」

　プロクターの声はためらい、先を続けた。

「ふたつ出ていました」

41

地球　北アメリカ空域
副大統領のシャトル

シャトルが跳ねあがって傾き、アイザクスンはひるんだ。迫ってくる戦闘艇が砲を連射したが、シャトルは奇跡のような動きで被弾を回避した。艇長は、もと戦闘艇パイロットだったか、完全に正気を失っているか、どちらかだろう。

「つかまって、みなさん。緊急ブースターを点火します」と、艇長の声。翼のひとつが被弾して小さな穴が開《あ》き、艇長が悪態をついた。「つかまって！」

いくらもたたないうちにシャトルが前方へ飛び出し、その目もくらむような加速に、全員が座席に深く押しつけられた。いくつか離れた席で、コナーが血の気《け》の失せた片手で肘かけを握り、もう一方の手を口に当てた。次の瞬間、自分の膝の上に吐いた。

ブースターのおかげで、追ってくる戦闘艇との距離が少し開《ひら》いたが、すぐに戦闘艇も加速装置を始動した。

「艇長、もうどこかに助けを求めたか？」アイザクスンはコックピットに向かって、どなった。

「ええ。しかし、ぜひとも急いでくれと頼んでください！」

アイザクスンは自分の通信カードをひっぱり出し、猛烈な勢いで指を走らせた。

「緊急事態発生。北アメリカ緊急対応作戦司令部につないでくれ」

カードが確認のしるしにビーッと音を立て、まもなくスクリーンに兵士の顔が現われた。

「はい、副大統領閣下？」

「攻撃されている！　戦闘艇を緊急発進させろ！　いますぐ！」

兵士はうなずいた。

「こちらでも気づいています、閣下。スタンディフォード統合基地から、味方の艇がそちらへ向かっています。待機してください」

「いったい、あいつらは何者だ？」

近づく戦闘艇を避けるために、シャトルは真下へ急降下し、またしても艇体が傾いた。

数秒後、シャトルは天井を下にして縦に輪を描き、逆さになったまま針路を変えて西へ向かった。また艇体をよじって鋭く艇首を上げ、何度か輪を描いた末に、まっすぐ降下した。

「わかりません、閣下」と、スクリーン上の兵士。「統合防衛軍の戦闘艇ですが、応答機を切っていません。パイロットが誰かもわかりません」

シャトルはほぼ大気圏に再突入し、揺れながら艇体をよじって輪を描き、際限のない高速曲芸を続けた。このような作戦行動は、普通は宇宙空間か、大気圏上層部での交戦で用いられる。大気圏下層部——地上十キロ程度の高度で行なうものではない。

さらに何発かの砲弾が艇体に降りかかった。ほとんどは後部と左翼に当たった。この小さなシャトルは、いくつ穴が開《あ》いたら飛べなくなるのだろう？　アイザクスンは窓の外を見、狂乱ぎみに戦闘艇を探した。

一艇、見えた。遠くシャトルの左側にいるが、高速で近づいてくる。アイザクスンはシャトルのすぐ後ろから来るもう一艇を見ようと、首を伸ばした。くそ。このシャトルから降りることはできない。

左側の戦闘艇が迫ってきて、高性能砲弾を浴びせた。一発が艇室をつらぬき、穴からシューッと空気が漏れはじめた。死が近づいている。

まばゆい閃光を発して、戦闘艇が爆発した。シャトルが急降下し、シャトルの背後でもう一艇が炎に包まれるのが見えた。三艇の戦闘艇が側面につき、連射を浴びせている。自動緊急システムが強力な電磁シールドでシャトルの穴をふさぎ、空気の漏れる音が止まった。シャトルは勢いよく上昇し、大気圏を出た。通信装置から、明らかに安堵した艇長の声が出た。

「みなさん、大丈夫ですか？　成層圏に戻ります。十分以内にワシントンDCに着きます」

　アイザクスンははじめて、自分の鼓動が恐ろしく速くなっていることに気づいた。もとに戻そうとするだけでも心臓発作を起こしそうだ。アイザクスンは目を閉じ、心臓に注意を集中した。何分かたってから、コナーを見た。膝と座席が、吐いたもので濡れている。顔が赤い。ちくしょう――コナーには恐ろしい一日だったはずだ。

　ようやくシャトルが着陸した。アイザクスンは警護スタッフを引き連れて外へ跳び出し、官邸へ突進しようとした。ところが、驚いたことに、迎えの地上車に乗りこむより先に別の車が近づいてきて止まった。十二台の武装軍用車に護衛されている。窓のひとつが降りて開き、エイブリー大統領の渋面が現われた。

「乗りなさい」と、エイブリー。親指でドアを指した。

アイザクスンは躊躇《ちゅうちょ》した。モスクワで起こった車の爆発。原因は反物質だった。エイブリーは暗殺者タイプには見えないが、政治面では無慈悲だ。

エイブリーはアイザクスンの心を読んだらしい。

「乗りなさい、エイモン。わたしは、あなたを殺す気なんかないわ」アイザクスンの肩越しに、背後と車の周辺を見まわし、手招きした。アイザクスンが身をかがめて地上車に入ると、エイブリーが耳もとでささやいた。

「でも、誰がわたしたち二人を殺そうとしているのか、わたしは知っているの」

42

エプシロン・ガリバルディ星系　エプシロン・ガリバルディ第四惑星
ISS〈ウォリアー〉　第三会議室

グレンジャーはドアのそばで立ち止まった。超空間信号がふたつ？　ヴィシュゲイン・カーサを振り返り、その後ろにドクター・ワイアットがいることに気づいた——二人はグレンジャーのあとについて、ドアに近づいていた。ワイアットは会談のあいだ、終始無言だった。討議に参加するためではなくオブザーバーとして参加したのだから、賢明な態度だ。グレンジャーはハンラハン大佐を見た。この大佐は大群《スウォーム》に汚染されたのか？　先週、戦闘艇ベイに飛びこんで壊れたスウォーム艇の処置を取りしきっていたはずだ。

「どうかしたかね、艦長？」と、ワイアット。ドアの前でグレンジャーにぶつかりそうになった。

　くそ。もしハンラハンだったら？　おれだったら？　何度も見た、あの夢。ヴィシュゲイン・カーサと握手したときの、奇妙な出来事。〈コンスティテューション〉が消えていた三日のあいだに、おれに何が起こったのか、知りようもない。三日か……それとも二十秒か……ちくしょう。おれの知らないことがたくさんある。そして、いまは知っている――おれがいかにもスウォームの影響下に置かれそうな、格好の瞬間があった。あるいは、少なくとも、おれがスウォームに対して心を開いていて、連中が思うままにおれの心を見たり読んだりできる状態だったかもしれない。

「なんでもない。考えていただけだ。カーサ――」呼びかけてから、グレンジャーはほかの二人に向かって言った。「ちょっとだけ、カーサと二人きりにしてくれるか？」ハンラハンの仰天した表情に気づいて、付け加えた。「ほんの少しだ、大佐。約束する。危険な真似はしない」

　ワイアットとハンラハンは落ち着きなく目を見かわしたが、グレンジャーとカーサを置いて会議室を出た。二人の背後で、ドアが、震えるようなか弱いうなりを発して閉じた――そういえば、〈ウォリアー〉も〝老鳥〟〈コンスティテューション〉と同じくらい古い。

　カーサと二人きりになれば、プロクターが信号の出どころを狭められるかもしれない。

「考えていたんだが、カーサ……実情調査のために、きみの母星へ外交団を送ることを許可してもらえないだろうか？　それと、きみたちの種族が移転させられた惑星のいくつかへも。スウォームの主張を確認するためだ。スウォームが盟友であるきみたちをどう扱っているかがわかれば、われわれも気が楽になるだろう」

　カーサはしばらく沈黙し、グレンジャーの言葉を考えた。あるいは、スウォームと通信したのか。両方かもしれない。

「賢明な要求です、艦長。それは大きな利益になると思います。しかし、あなたの目的には、ひとつ問題があります」

　当然だ。おれの要求は、スウォームがほかの種族を、友人というよりは奴隷として扱ってきたことを暴露することだからな。

「どんな問題だ？」

「われわれの母星の位置は、ヴァラリシが固く秘密にしています。〈七種族協定〉の種族の母星は、どれも隠されています。ヴァラリシとわれわれとの契約で、そうなりました。われわれの母星を外部の脅威から守るための、ヴァラリシの処置です」

「しかし、きみは母星の位置を知っているのだろう？」

「いま言ったように、秘密にされています。どの種族に対しても。二千年前にヴァラリシと取り決めをして以来、母星の位置を知ることは……奨励されません」

たいへん興味深い。

「それなら、きみたちが移住した惑星を見ることは許されるんだな？」

カーサは首をかしげた。

「それは可能です、艦長。あなたが地球から戻ってきたら、取り決めましょう」

グレンジャーは微笑し、会議室の外で待っていたハンラハンとワイアットにうなずくと、先に立ってシャトルベイへ進みはじめた。

耳のなかでプロクターのため息が聞こえた。

「すみません、艦長。だめでした。超空間信号は恐ろしく扱いにくく、そこだけを取り出すことができません。空間分解能が非常に低いのです。わたしは、ふたつの信号をまだとらえていますが、発信源を特定することは不可能でした。実際、ふたつめの信号は、ほんの少し前まで出ていたのですが」

まあ、しかたがない。出どころを突きとめる時間は、まだたっぷりある。

43

エプシロン・ガリバルディ星系　エプシロン・ガリバルディ第四惑星
—SS〈ウォリアー〉　医務室

「ピューピュー、きみはおれが会ったパイロットのなかで、いちばんラッキーなくそ野郎だ」

肝っ玉《ボールジー》は手術台の上のピューピューにニヤリと笑いかけた。医務室は負傷者と医務スタッフであふれていたが、ボールジーと宇宙の覇者《スペースチャンプ》、消耗品《フォダー》は人ごみをかき分けて、なんとか分隊仲間のそばまでたどり着いた。

「ラッキー？　これをラッキーと言いますかね？　おれの痛いとこを見ましたか？　ほら！」ピューピューは身体をおおっていたシーツを引きおろし、股を露出しそうになった——さいわい、危ないところで手を止め、胴まわりの長い切り傷を指さした。巻いたケーブルが、自分の動く勢いで食いこんだ跡だ。「ドクターはおれが生きてるのを見て、ショックを受けてましたよ。ケーブルで気密服が破けてましたからね。しかし、ありがたいことに、真空にさらされたのは尻半分だけでした。ケーブルのやつが、気密服の上半分を肌に押しつけてたんで」

フォダーの顔がいたずらっぽい笑いを浮かべた。

「兄弟、つまり、おまえの……おまえの――」

ピューピューはうなずいた。

「うん。真空にさらされたペニスがどんな傷を受けるか、信じられんだろう。生涯で最高のエレクトを想像してみろ。その状態で、勃起用の錠剤を片手いっぱいのんで、そのあと――」

スペースチャンプがピューピューの動いている口に手を当てた。

「ちょっと……やめて」

フォダーは吠えるような笑い声を上げた。

「言っただろ。おれの兄弟みたいな飛びかたをしちゃだめなんだ」

三人はさらにしゃべり、数分後に看護師に追い出されると、戦闘艇デッキへ戻りはじめた。ドルマシ艦隊や生き残りの大群《スウォーム》艦が近くにいて、戦闘がいつ再開してもおかしくない状態だから、事実上はまだ待機中だ。三人は通路に落ちた残骸のあいだを縫って進んだ——誰かが脇へ押しのけようとしたのだが、動かしきれず、まだ道をふさいでいるのだ。

リフトへ行く途中で、ボールジーは立ち止まった。

「二人とも、先に行っててくれないか。田舎町《ドッグタウン》とあいつの分隊仲間の容態を確認してくる。道化顔《クラウンフェイス》とやり手《ホットショット》だ。三人とも、この通路の反対側の補助医務室にいるんだ」

スペースチャンプとフォダーは戦闘艇デッキへ向かった。ボールジーは医務室方向へ引き返し、医務室を通り過ぎて、補助医務室のドアの前に来た。二人の宙兵隊員が立っている。

「すみませんが、大尉、この区画は隔離されています」一人の宙兵隊員が言い、両手を広げた。

「わかってる。患者には触らない。ひとこと挨拶したいだけだ。戸口から、声をかけられるだろう?」

宙兵隊員は顔を見合わせ、もう一人が肩をすくめた。最初の男はボールジーに向きなおった。

「わかりました。しかし、戸口にいてください。なかへは一歩も入らずに」

もう一人がドアの鍵を開け、ボールジーはドア枠に立って頭を室内に差し入れた。

「ドッグタウン？」

なかをのぞきこんだ。

部屋は空《から》だ。

「**ドッグタウン！**」ボールジーはどなった。

その声に反応した宙兵隊員たちが部屋に跳びこんだ。隣接するトイレのなかを調べたあと、一同は確信した。

ドッグタウン、クラウンフェイス、ホットショットの姿は消えていた。

44

地球　ワシントンDC
大統領の地上車

エイブリー大統領はしばしば自分を真の南部美人と呼び、ときどきそれらしい要素を見せる——完璧にセットした髪、簡素な仕事着でも周囲の人々の気持ちをやわらげ、魅惑する。だが、いまは、アイザクスンなら軍服としか呼べない服装だった。軍の制服ではない。統合防衛軍の記章が肩や胸についているわけでもない。だが、将官の軍服のような純白に近い色だ。エイブリーは真価を認められた司令官であり、世界に自分の意志を示すつもりでいる。エイブリーは、この戦争に勝つだろう——たとえ、人々が必要とする軍の指揮官に変身しなければならないとしても。そして、立派にその仕事をこなしている。

ちくしょう。

「モスクワで、いったい何をしていたの、エイモン？　現在、関係が緊張しているでしょう。あなたは、いかにも攻撃されそうな場所に自分をさらして、当然のように……」

アイザクスンは肩をすくめた。

「手がかりを追っていただけです。ここでの調査が硬い壁にぶつかったので、あなたを殺そうとした者がマラーホフとつながりを持っているかもしれないと考えました。それで、ボロディンに話しました——あの大使は、いい友だちですから」

「よすぎるくらいね、わたしに言わせれば」と、エイブリー。アイザクスンに向けた目つきは、最初は疑わしげに見えた。だが、いつもの傷つきやすい表情に変わると、アイザクスンの膝に片手を置いた。「エイモン、わたしたちは用心しなければならないわ。あなたは暗殺をたくらむ連中を、わたしのようには知らない。無慈悲よ。完全に無慈悲。暴虐。何が起ころうと、わたしたちに力をふるうことをあきらめない。何があろうとも。殺すことなど、なんとも思わない。子供のころからその技術を学んできたの。やつらはその道の達人よ。いつもそうだった。ただ……ボロディンには気をつけて」

アイザクスンはうなずいて言った。

「それで？　あなたを殺そうとする者を知っているとおっしゃる？　つまり、われわれ二人を——ですが。同じ人物が、あなたとわたしと両方の命をねらっているのですか？」

「ええ。そう、それを話そうと思っているの」エイブリーはため息をついた。「あなたに話すかどうか、論争までしたのよ。おもに、あなたがわたしの言うことを信じるとは思えなかったから。あなたに自分で真相を発見させる——それが、わたしの計画だった。ごめんなさい、エイモン。あなたを信頼するべきだったわ。あなたに話しておくべきだった。ごめんなさい」

アイザクスンの記憶では、エイブリーはいままで誰にも謝罪したことがなかった。誰にも、だ。

「大統領閣下？」

「バーブよ、エイモン。バーブと呼んで」

「ずっと知っていたのですか？」まさか、本気では……。

「ええ。少なくとも、筋書きの一部は。全体は知らない。断片だけ。登場人物はわかっているわ。計画全体は知らないけれど。でも、明らかだと思わない？」

アイザクスンは、なんと返事をしたらいいかわからなかった。同意を示すべきか？　混乱を示したほうがいいか？　ちくしょう、爆撃以来、まだ頭がふらふらしている。

「マラーホフよ、エイモン。マラーホフが、わたしを殺そうとしている。わたしとあなたを。あの男は、わたしたちの政府を転覆させて、恐慌におとしいれることしか望んでいない。反目と混乱をかきたて、混沌と恐怖を広めるつもりよ」

「しかし、そんなことをして、マラーホフにはなんの得《とく》があるんです？　統合防衛軍が邪魔をしなければ、必ず大群《スウォーム》がやってきて無差別に人類を殺します。ロシア人だって殺されるでしょう？」

　エイブリーはうなずいた。車はワシントンＤＣの奥深く、迷路のような通りに入った。

「もちろんよ。でも、マラーホフはそのように見ていない。わたしは、それはなぜかと疑いはじめているわ」アイザクスンに顔を向けた。「エイモン、あなたに話すことは極秘よ。ただの最高機密ではなく、極秘中の極秘事項。知っているのは、わたしとジンガノ航宙軍元帥、グレンジャー艦長だけ。もしかしたら、ほかにひとにぎりの者も。十人にも満たないわ」

「それで？　全身を耳にしていますよ」

「スウォームは人間をコントロールできるの。マラーホフはスウォームにコントロールされているらしいわ。ロシア政府全体があやつられているのかもしれないけど、誰にもわからない。問題は、再度スウォームが来襲したときに統合防衛軍が対抗できなかった場合よ。外には敵がいて、あなたもわたしも死んでしまったら……わたしたちは負ける。地球は陥落する。すべてのコロニーが滅びる。わたしたちが知っている人類は存在しなくなる」

　車は金融街を通り抜け、いくつかの大使館のそばを通って進んだ。どこへ連れてゆく気かと、アイザクスンは首をかしげた。それとも、ただドライブのためのドライブか？　立ち聞きを防ぐための？

「それでは筋が通りません、バーブ。モスクワで使われた反物質爆弾の説明がつきません」

　エイブリーは驚いてアイザクスンを見た。

「反物質爆弾だったのね？」

「ボロディンが技術報告書をくれました」

　エイブリーはうなずいた。

「当然ね。ふたつの可能性があるわ。ひとつは、あなたに、引き続きわたしを疑わせるために、ボロディンが報告をでっちあげた――ええ、エイモン、あなたが兵器工場を嗅ぎまわったことも、わたしは知っているわ。でも、もうひとつの、ロシア人が反物質を盗んだという可能性のほうが高い。もっと可能性が高いのは、反物質を供給する政府内に、ロシア人に対する協力者がいるというものよ。軍内部の友人と結託している協力者ね」

アイザクスンは表情を変えないよう気をつけて、うなずいた。なぜエイブリーがこんな真似をするのか、まだよくわからない。芝居のつもりか？　おれにへまをさせようとしているのか？　おれに自分をさらけ出させるつもりか？

エイブリーは言葉を続けた。

「それが、あなたに任務を与えたもうひとつの理由よ――どの上院議員や政府内の人物が、進んでわたしを殺そうとするかだけでなく、誰がマラーホフと結託しているかを知る必要がある。たとえわたしが殺されないとしても、ほうっておくわけにはいかないの」

アイザクスンは頭を振った。

「ロシア人のしわざだとは、まだ信じられないんですがね。ボロディンとわたしは――まあ、友人どうしです。ボロディンがわたしを殺す計画にゴーサインを出すとは……考えられません」

エイブリーは足を組んだ。

「そう？　じゃ、考えてみて――あなたのシャトルが、実在する正真正銘の戦闘艇に攻撃されるよう手配できる者は、ほかに誰がいる？　出かけていって雇うというようなわけには、いかないわよ。エイモン、あなたを攻撃したのは軍用艇であって、カネで雇われた傭兵の艇じゃないわ」いったん言葉を切った。「それに、その軍用艇がまぎれもなく統合防衛軍の戦闘艇で、統合防衛軍のパイロットが操縦していたと知っても、驚かないわ」

「なぜ、そう思うのですか？」

　エイブリーは含み笑いをした。

「ロシア人が自分たちの戦闘艇で、われわれの領空を通過する方法はないわ」

「だから、まだ、マラーホフが裏で糸を引いていると信じていると？」

「もちろん。ほかに誰が、こんなことをやってのけられる？　そこで、わたしの論点に戻るわ――あなたが聞いていなかった場合に備えてね。いまこそ目を覚ますときよ。スウォームは人間をコントロールできるの。マラーホフをあやつっているわ。ほぼ百パーセントの確信がある。スウォームがマラーホフをあやつれるなら、マラーホフが何も知らない統合防衛軍の戦闘艇パイロットを二人、自分の支配下に置いて、あなたを殺す指示を出すことだってできるわ」

　ちくしょう。たしかに筋が通っている。ボロディンは、それが可能なことを認めていた──スウォーム航宙母艦の調査から帰還した兵士たちは、〝変わっていた〟と言った。スウォームが人をコントロールできると考えても、論理の飛躍というほどではない。もし、それが本当なら……スウォームがどこまで浸透しているか、誰にもわからない。統合防衛人類の文明全体にとって、悲惨なことになる。

　エイブリーは薄ら笑いを浮かべた。

「黙っているところを見ると、わたしの言うとおりである可能性を一応、受け入れはじめたようね」

「もちろん、受け入れようとしていますよ、バーブ。しかし、これに対して、われわれはどうするのですか？」

「あなたは、わたしが頼んだ調査を続けていればいいわ。政府内に協力者がいることは明らかよ。それが誰かをつきとめることが、前より重要になった。一人とはかぎらない。全員を探り出さなければ。全員の名前がわかったと確信できたら、こっちが動く」

　アイザクスンは目を見開いた。

「なんですか？　粛清《しゅくせい》するとか？」

「ほかに何がある？」

「冗談でしょう」

エイブリーはフンと鼻を鳴らした。

「本気よ。戦争中に破壊行為や反逆を大目に見ることはできないわ。あら、そんな目で見ないで。犯人たちの脳みそを吹っ飛ばすとは言っていないわ。わたしは、そういうタイプじゃないの。でも、犯人たちを拘留する。すくなくとも、戦争が終わるまではね」

車が止まった。外を見ると、アイザクスンの家のそばだ。アイザクスンは困惑し、チラリとエイブリーに目をやった。

「少し眠りなさい、エイモン。二十四時間で二回も命をねらわれたし、シャトルで二度も国を横断して、いちどはロシアへ行ったのよ。寝不足で、歩くゾンビみたいになったら、国の役には立たないわ」エイブリーは笑みを浮かべ、またアイザクスンの膝に触れた。純粋な愛情のしぐさだ――間違いない。

アイザクスンはうなずいた。

「この数日は、実に長かった……」

警護官《シークレット・サービス》が、アイザクスンのそばのドアを開けた。アイザクスンが立ちあがりかけると、エイブリーが手を伸ばしてアイザクスンの腕をつかんだ。

「わたしたちは仲よしね、エイモン。二人でろくでなしどもを痛めつけて、戦争に勝ったらパレードで紙テープを浴びて、めくるめく喜びと強いお酒を味わいましょう」アイザクスンにウィンクした。「また二、三日後にね」

シークレット・サービスの者たちが住宅の標準スキャンをすませると、アイザクスンは玄関前の階段を上がってなかに入り、ドアを閉めた。もう夜の九時に近い。コナーが手配した女は、もう来ているだろうか？　キッチンに足を踏み入れると、テーブルの上のものが目に入った。缶だ——美食家むけブランドのコーヒー。コロンビアとインドネシアのブレンド。

ちくしょう、コナーのやつめ。

45

エプシロン・ガリバルディ星系　エプシロン・ガリバルディ第四惑星
―ＳＳ〈ウォリアー〉艦長控室

「ちくしょう、シェルビー、わたしは自分のすることを信じきれない。自分の考えることだって、そうだ。わたしの口から出る言葉がすべて、ばちあたりな大群《スウォーム》が直接わたしの脳に送ってくる超空間通信だったら、どうなる？」

シェルビー・プロクター中佐は、もじもじと足を踏みかえた。グレンジャー艦長の気を楽にするために何を言うにせよ、とにかく逆らわないつもりだった。

「その質問を口にされるという事実自体が、艦長は大丈夫だというしるしだと思います。スウォームが艦長に特定のことを言わせたり、特定のことを考えさせたりしようとすれば、艦長にはそれがわかります。教えてください――〈コンスティテューション〉ごと消滅したとき以来、ご自分が前とは違うように感じることがありますか？　ドクター・ワイアットに脳をスキャンされましたか？　癌《がん》が治ったあと、医師たちから詳細な検査を受けたでしょう。医師たちはスキャン結果を、古い結果と比べてみたに違いありません。スウォームに汚染されていれば、艦長にもわかるはずです」

　グレンジャーはうなずいた。筋の通った意見だ。ドクター・ワイアットはたしかに大量のスキャンをした。脳のスキャン。肺、内分泌、循環器、神経系——すべてをチェックした。ワイアットの言葉から考えると、おれは絵に描いたような六十五歳の健康体だ。しわや痔《じ》や、何もかも含めて。

　艦長控室の窓の外で、エプシロン・ガリバルディ星系の名もない惑星が、高軌道で起こっている対決など気にする様子もなく静かに自転している。グレンジャーたちはドルマシから、惑星への接近を禁じられた。そればかりか、動けるようになりしだい、この星系を立ち去ることになっている。ひどく損傷したスウォーム航宙母艦は、一時間以上も前に退去した。だが、統合防衛軍の艦隊が再集結して必要な修理をすませるには、時間がかかる。グレンジャーは誰も置き去りにしたくなかった。だから待つ。ドルマシの抗議など、くそくらえだ。

　だが、少し前の戦闘の残骸がまだ宇宙空間をただよい、すべての艦を取り囲んでいる。

二十三隻の重巡航艦が破壊された。二十三だ。一万五千人近くが死んだ。あっけなく。今日は〝レンガ職人〟も出番がなかった。決死の突撃もなかった。強烈で野蛮な、昔ながらの宇宙戦だけだ。

　そんな価値はあったのか？　この戦いで、何を手にした？

時間を手に入れた。もちろん、それだけの価値はあった。おれが一分を稼げば、地球には一分の蓄積ができる。スウォームを最終的に駆除するときが、一分だけ近づく。そのためにどれだけの命を支払おうと、目標到達までどれだけの血を流そうと、それでいい。犠牲は払わなければならない。

「たぶん、きみの言うとおりだろう。だが、シェルビー、わたしはやっかいな立場になった。地球が〈バトルアックス作戦〉の用意ができるよう、わたしは一週間でも多く余裕を作ろうとしている。ところが、わたしは人類を滅ぼそうとするスウォームの手先かもしれない。もう少ししたら、誰かに手を伸ばすかもしれない」

　窓に映ったプロクターの影が、うなずいた。

「艦隊は、ほぼ出発準備ができました。〈エディントン〉のコネリー艦長は、Qジャンプ・エンジンの修理をすませたと報告しています。〈シアトル〉も、おおよそ同じ状態です。艦隊は、十分後には出発準備ができます」プロクターはデスクをはさんでグレンジャーの向かいにある椅子にすわり、ため息をついた。「エイブリー大統領が、こんなことを承知すると思いますか？　カーサの提案ですけど。わたしの知るかぎりでは、大統領はわれわれの面前で笑い飛ばしそうです」

「ああ、もちろん、そうするだろう。あの三つの星系を手放すなど、思いもよらない。まず、見こみはないな」

　プロクターは指で神経質にデスクを叩いた。

「でも、時間は稼げます。そうですね。正確に言えば、何をする時間でしょう？　〈バトルアックス作戦〉のためにスウォームの母星の位置を突きとめる必要があるなら、余分な一週間を稼げたからといって、いったい何が手に入るでしょう？」

「たくさんある」グレンジャーは窓の外の残骸を見た。はるか眼下で、破壊された統合防衛軍の艦の巨大な破片が惑星の大気圏に入り、ぎらぎら光りはじめた。グレンジャーは離れてゆく破片を……艦体外殻が、極度に圧縮された空気に熱せられて降下が遅くなる様子を見つめた。あの艦には何人、乗っていたのだろう？　息子や娘は何人いた？

　グレンジャーは向きを変え、プロクターと向かい合った。「〈火星計画〉が実を結ぶ時間を稼いでくれる。それに、われわれが宇宙でスウォームの母星を見つける時間も」

　プロクターは驚いて視線を上げた。

「艦長？」

「ロシア連邦のキエフ第一居住惑星に、超空間信号を送れ。地球へ戻る途中で、ロシア宙域を横切る許可を求めろ」

「艦長？」プロクターは繰り返した。そこで、ようやく理解できた。「ヴィシュゲイン・カーサの言葉は、〝妥当な速度で地球へ向かいなさい〟でしたね。ドルマシが時間を稼いでくれることを、あてにしているのですか？」

グレンジャーも椅子にかけ、痛む両足をデスクに載せた。

「なんだね？　ロシア人が過去十年間と同じように、われわれの要求を拒絶するだろうというのか？　それとも、カーサがその点を考慮してくれるというのか？」

「両方です」

グレンジャーはクスクス笑った。

「カーサがどう思おうと、わたしは気にしない。ドルマシは、われわれが地球へ帰って大統領の返事を送るのに、一週間くれた。妥当な速度で戻れという。許可なくロシア連邦宙域を横切るのは、妥当ではない。そうだな、中佐？」

プロクターは気取った笑みを浮かべた。

「少なくとも、一週間に二回は無理でしょう」

「そのとおりだ。ロシア人が〝許可しない〟と言ってきたら、われわれは長い遠まわりをしなければならない。長い遠まわりをすれば、スウォームの支配宙域を通るチャンスもある」

「そのようですね」

グレンジャーは立ちあがった。プロクターも続いた。

「では、自分たちで母星を見つけよう」と、グレンジャー。先に立ってドアへ向かった。

通信機が音を立て、グレンジャーは足を止めた。

「艦長」ディアス大尉の声だ。「マーティン大尉とパーマー大尉の件です。戦闘艇ベイの事故で負傷したパイロットたち——道化顔《クラウンフェイス》とやり手《ホットショット》です。それと……いま田舎町《ドッグタウン》についても連絡が入りました」

「その三人がどうしたんだ、副長？」

「死亡しました」

46

エプシロン・ガリバルディ星系　エプシロン・ガリバルディ第四惑星
―ＳＳ〈ウォリアー〉医務室

　グレンジャーは隣にプロクターをしたがえ、ふたつの手術台に横たわる死体のそばに立った。ひるみそうになる気持ちを抑えた――負傷は派手で、むごたらしい。三人のパイロットが何者かになぐられた顔は、文字どおり凹《へこ》んでいた。

「ドクター、どうしてこんなことが起こった？」

「夜のシフトのあいだに起こったんです、艦長。三人とも、一人で眠っていました。誰かが出入りしたのを見た者はいません。ほかのパイロットの一人が三人の様子を見にきて、三人がいないことがわかりました。ちょっと捜すと、通路の端の多目的クローゼットに押しこまれている二人が見つかりました。田舎町《ドッグタウン》は一階下のクローゼットに入れられていました――ひとつのクローゼットに、三人は入らなかったようです」

　プロクターは苦しげな顔で死体を見た。

「でも、ここは医務室でしょう？　ここには負傷者が二十四人と医務スタッフの半数がいたはずです。どうして誰も三人がいないのに気づかなかったのですか？」

　ワイアットは片腕でグルリと、周囲のベッドに横たわっているクルーを指した。

「まさしく、そこが問題です、副長。ここには普通、実際に負傷している人たちを収容します。死んだ三人は、厳密に言えば、何も悪いところはありませんでした――飛びこんできた敵艇の衝突で大群物質《スウオーム》に接触したので、観察のために収容されました。それで、わたしはベッドを空《あ》けられるよう、三人を通路の端の補助医務室に移したのです。遺体が見つかった場所の近くです。蘇生術を試みるためここへ運びましたが……その……」

　ワイアットの声はとぎれ、暗い表情で、兵士たちの見分けもつかなくなった顔を見た。

　グレンジャーの意識の奥で、何かが動いた。思い出せないが、何か大事なことだ。

　グレンジャーは片手を、死んだ男の一人の肩に置いた。続いて、隣の男。今日、一万五千人を失った。善良で名誉ある男女の兵士を。だが、すぐ近くにいるこの血まみれの二人は、死ぬはずではなかった者たちだ。

「問題が増大しています」と、プロクター。「大量虐殺を行なう異星人がわれわれを殺したがっており、その異星人には喜んで手を貸す仲間が何種族かいる。そしていま、〈ウォリアー〉艦内に、クルーを殺せるスパイが潜んでいることがわかりました」

グレンジャーはまだ意識のどこかで動くものの影を追っていた。何か場違いなものだ。

「それで？　何か見つかったか？」と、グレンジャー。「ある人間がスウォームにコントロールされているかどうか、確かめる方法とか？　血流や組織のなかのスウォーム物質を検知する方法とか？」

　ワイアットは首を振った。

「すみません、艦長。わたしが行なったテストでは、結果はすべて陰性でした。スウォームが血液中をただよったり、筋肉や脂肪の組織に根をおろしたりしているとすれば、スウォームは検知不能なのでしょう」

　ワイアットは湿った布でパーマー大尉の遺体の顔を軽く叩きはじめた。部分的に陥没しているこめかみから、乾いた血を拭き取っている。

　思い出した。手だ。ドクター・ワイアットの手。

　くそ。

「ワイアット、きみは数カ月前にスウォーム物質に触れたな？　連中の地球襲撃のあいだに。戦闘艇から流れ出たスウォーム物質に触れた」

た。

ワイアットは遺体の顔を叩きつづけ、閉じている傷ついた目を慎重に清めながら答え

「触れましたよ」

「では、きみはなぜ、なんのテストも受けていないのだ？」

ワイアットは笑った。

「いや、信じてください。テストは受けました。しかし、お忘れですね、艦長。わたしは医師です」

「だから？」

ワイアットは血のしみこんだ布をごみ箱に放りこみ、両手を上げた。

「厳格な医務プロトコルにしたがっている医師です。本当に、わたしがなんの防備もなく、スウォーム物質に——あるいは、スウォームに感染するかもしれない液体に——触れたと思いますか？　わたしはつねにネオ・コードリン製の手袋をはめています、艦長。完璧に手をおおって同じ形になるので、見えないかもしれませんが、感染症や接触汚染を防ぐ鉄壁のバリアーです。酸も塩基も腐食物も防ぐ……ああ、放射線のテストまでされましたよ。何に遭遇するか……いつスウォームに遭遇するかわかりませんから、この手袋はけっしてはずしません。信じてください。もしわたしがスウォームに汚染されて

いたら、もっと大きな心配が出てきます——液体状のスウォームはネオ・コードリンを通り抜けられることになり、もしそうなら、わたし以外にも大勢のクルーがスウォームに支配されている可能性があります」

　矛盾はない。ドクター・ワイアットがスウォームに支配されていたのなら、もっと大勢の人々にスウォームを感染させる機会も、おれやジンガノ元帥を殺す機会も、たっぷりあっただろう。くそ、ワイアットはエイブリー大統領と一緒に授賞式にも出ていた。あの席で大統領を殺して、この協定全体を危うくすることもできたはずだ。

「わかった、きみにはアリバイがある。心配するな。きみを疑っちゃいない」

　ワイアットは含み笑いを漏らした。

「そりゃもう、疑わないでしょうよ。それでも疑うべきです。それがあなたの仕事だ。わたしもいちばん大事なこととして、スタッフに言っています」

「何を？」

　ワイアットはニヤッと笑った。

「自分の仕事をしろ——ということですよ。誰を相手にしていても」

　グレンジャーは最後にもういちど遺体を見てから、医務室を出た。プロクターがあとに続いた。ドアが閉まると、二人は顔を見合わせた。グレンジャーにはすぐ、二人とも同じことを言おうとしているとわかった。

「スウォームの影響を探知できるようにする必要があります」と、プロクター。

「同感だ。統合防衛軍の科学者たちは、何十年もスウォーム物質を研究してきた——ほかに何ができると思う？　ワイアットはすでに試みたが、どうも失敗したらしい」

プロクターは医務室の閉まったドアに視線を走らせた。

「ひとつは、ドクター・ワイアットをスウォーム探知計画に加えないことです。第一に、ドクターは大勢の負傷者を抱えていますし、医師は患者に注意を集中するべきです。第二に、そのう、あの人のアリバイは百パーセントの鉄壁とは言えません」

グレンジャーはうなずいた。

「そのとおりだ。探知計画のメンバーとして、代わりに誰がいいと思う？」

「艦長」プロクターはため息をついた。「わたしは司令任務が好きです。本当に。でも、いま必要なのは科学者であって、医師ではありません。副長でもありま——」

「バカを言うな。わたしにはきみが必要だ、シェルビー——」

プロクターはグレンジャーの腕に触れた。

「わたしが、いなくなるわけじゃありません。退役に類することをするつもりはありません。でも、しばらくはディアス大尉を副長に昇格させて、わたしにスウォーム物質を研究する時間をください。わたし以上にふさわしい者はいません――わたしは司令部に転属になる前、十年ちかくスウォームの研究をしてきました」

　グレンジャーは沈黙し、選択肢を秤《はかり》にかけた。

「砲撃戦になったら、きみが必要になる」

　プロクターはうなずいて答えた。

「わかりました。砲弾が飛びはじめたら、研究を一時停止します」

　当然だ。スウォームに汚染され、支配されているかもしれない一人以上のクルーを抱えて、スウォームに荒らされた銀河系をあちこち旅行する余裕など、われわれにはない。自分のクルーが二重スパイかもしれないときに、スウォームと交渉することもできない。統合防衛軍の攻撃の時期も場所も方法も、正確に敵に知られているのに、スウォームの母星を攻撃する計画を立てるわけにはいかない。

「わかった。真相を探りあててくれ、シェルビー。これ以上、この状況を無視するのは、あまりにも危険が大きい。ディアスには、わたしから話す」

　プロクターは微笑し、グレンジャーの腕を握る手に力をこめてから反対側へ去った。

ちくしょう――プロクターのいないところで艦を運営するなど、冗談じゃない。ディアスは優秀だが、プロクターとは違って、故エイブラハム・ホーズふうの優秀さだ。

くそったれ。この、この、この、エイブラハム・ホーズめ。あの老いぼれのろくでなし。死ぬほどエイブが恋しい。あの早死にした老戦士が。

いや。早死にではない。ホーズは自分の義務を果たした。犠牲を捧げた。ほかの者が安全でいられるよう前面に出て、代償を支払った。喜んで支払った。エイブは自分の仕事をしたのだ。

今度は、おれが自分の仕事をするときだ。グレンジャーは大股でブリッジに入った。

「プルーハ少尉、ロシアは返信してきたか？」

「はい、艦長。ロシア宙域の通過は拒絶されました」

グレンジャーはうなずいた。

「予想どおりだ。艦隊に信号を送って、Qジャンプに備えさせろ。ロシア宙域を迂回《うかい》して遠まわりする。最初の目的地は――」グレンジャーは、近隣星区の宙図を出している戦術画面にチラリと目をやった。「――ペナンブラ星系だ。航路を計算して、ほかの艦に伝えろ」

プリンス少尉が一瞬、沈黙してから、うなずいた。

「目的地まで四十五分かかります、艦長。いま、われわれの航行計画を通信し、航法コンピューターをリンクしています」

「よろしい。準備ができたら、取りかかれ」

まもなく、星々がゆらめいて位置が変わった。やがて、もういちど。そして、もういちど。一時間ほどたつと、ペナンブラ星系の辺縁部に着いた。予備偵察の報告では、星系内に電磁波の活動が認められており、居住者か占拠者がいるようだ。もういちどQジャンプすると、艦隊は星系内に出た。○・一光年しか離れていないところで、黄色いG型恒星が星原を背景にまばゆい輝きを放っている。

「最後のQジャンプをします」と、プリンス。

グレンジャーはうなずいて了解した。

スクリーン上の星々が揺れ、雲でまだらになった青い惑星が現われた。表面は海におおわれているようだ。グレンジャーは首をかしげた――水の海だろうか？　それとも、凍りつくように冷たい液体メタンの海だろうか？　いや、あの青は、メタンにしては深すぎる。

だが、グレンジャーの注意を引いたのは、青い惑星よりも、それを周回する何隻もの航宙艦だった。何十隻――いや、何百隻もいる。

ロシアの艦だ。

47

地球　ワシントンＤＣ
副大統領宅

　アイザクスンは眠れなかった。家に帰って、娼婦を相手に全力を尽くし、酒を飲み、二倍に増えた警護《シークレット・サービス》官がこの家の隣や裏の家で見張っていることを意識しながら、至福の眠りにつける——そう期待していたのに。

　だが、何かが引っかかる。アイザクスンにしてはめずらしく、数字だ。軍需品本部の製造工場では、週に千個の爆弾用外装を生産している。ワイオミング州スクエアトップ山の工場では、週に五万個の爆弾を造れる反物質が製造されている。明らかに、外装の製造工場はほかにもある。しかし、いくつある？　なぜ、そんなに必要なのだ？

　ネバダ州エルコ付近の爆発。コナーの兄と、その謎の死。爆発とコナーの兄の死が、どちらも反物質計画に関与している可能性はあるか？　もしあるなら、その計画に徴募された人間を、おれが個人的に知っている可能性はあるだろうか？　もちろん、可能性は非常に低い。だが、あの計画に関与させられた者の数は、予想より多いはずだ。

　アイザクスンはベッドカバーを撥《は》ねのけて起きあがり、そっと執務室へ歩いてゆくと、コンピューターのスイッチを入れた。最近、情報部が、エイブリー大統領の要請で、ほとんどの記録にアイザクスンがアクセスできるようにしてくれた。大統領暗殺をくわだてる政治家たちを突きとめる、舞台裏の努力の一環だ。あぶり出してやろう。

　アイザクスンは検索した。何人が徴募された？　アイザクスンは記録を走り読みし、徴募された者のリストや表を照合し、編集して、ある数字にたどり着いた。地球連合の加盟惑星のうち、地球だけで三十億人いる。さらに数十億人が、徴募されてはいないが関連する支援工業に就職している。合計すると、地球上の人類のほぼ三分の一が直接、戦争を支える仕事についたり兵士になったりしていた。総力戦だ。これは地球だけの数字だ。広大な地球連合の、ほかの五十五惑星の数字を調べる気にはなれない。

　よくわかった。生《なま》の数字は別として、反物質計画には何人くらいかかわっているのだろう？　検索すると、あっというまに、そんな計画は存在しないらしいとわかった。エイブリーはおれに、機密文書すべてへのアクセス権を与えてくれたわけではなさそうだ。

けっこう――それならこっちで工夫しよう。

アイザクスンは新たなコマンドをいくつか発した――コンピューターの性能は妥当だが、特定の検索パラメーターを考えつくのに時間がかかった。

「この徴募された者たちのリストを、任務のリストと相互参照しろ。任務がはっきりしない者を強調して示せ」

待つほどのこともなく、画面に結果が現われた。一千万以上の人々を記録した長いリストだ。おもしろい。官僚がまだデータに入れていないか、一千万の人間が秘密工作任務についたか、どちらかだ。機密扱いで、その計画のコード・ネームさえ徴募記録には現われないようになっている。

だが、このうち何人が反物質製造にたずさわっているのだろう？

「このリストを、対象者の人事ファイルと相互参照しろ。学歴や職歴、科学に対する一般的関心を、強調して示せ」

画面に別のリストが出た。およそ九百万人。では、秘密工作にたずさわる者のほとんど全員が、科学者か、技術者か、一時的にでも科学に興味を持つ大学生だ。ほかの百万人は補助スタッフだろう。そのうち何人が、エルコの施設で死んだのだろう？

「このうち何人が死亡したかを示せ」

新しいリストが現われた。なんてこった。これだけで一大施設だ。いままでに十万人近くが死んでいる。

いや、これはきっと間違いだ。これだけの人数をネバダ州の砂漠に隠す方法はない。ワイオミング州の工場だけでも一万人しかいなかったし、あの施設は、連邦議会議事堂の地下の軍需品本部が小さく見えるほど、広大だった。

ほかにも施設はあるに違いない。たくさんある。そのうちいくつかは、ネバダ州の施設のように、すでに事故を起こしているのだ。

だが、なぜ、そんなにたくさんある？　大群《スウォーム》の母星を破壊するのに、どれほどの反物質爆弾が必要なのか？――標的は、スウォームの母星ではないのか？

突然、穏やかなビーッという音が鳴り、アイザクスンは跳びあがった。誰かが電話をかけてきている。こんな時間に、いったい誰が話したがっているのだ？　アイザクスンは通信画面を出し、相手を確認しようとした。

モスクワからの、身元不明の通信だ。アイザクスンは渋い顔で通話を許可した。画面に、ユーリイ・ボロディンの顔が現われた。

「エイモン」と、ボロディン。不安げな、切迫したささやき声だ。「この回線は安全ですか？」

「まあ、安全だ——なんといっても、わたしは副大統領だし——」

「いいえ、傍受を防ぐ必要があります。量子スクランブラーのスイッチを入れてください」

デスクの周囲を見まわすと、システムに設置された小さな箱が見えた。

「用意はいいか？」と、アイザクスン。

ボロディンはうなずいた。アイザクスンがボタンを押すと、画面上のボロディンも同じ動作をした。

「けっこう。これで自由に話せます」

「どうした、ユーリイ？」

「あることが起こりました、エイモン。エイブリーが何かたくらんでいるのだと思います。何か大きなことを。恐ろしいことを」

アイザクスンは顔をしかめた。

「どういう意味だ？　スウォームに対してか？　それは、われわれ全員が望んでいることだろう？」

「スウォームに対してではありません。われわれに対してです！　知っているでしょう——エイブリーは、われわれに悪意を抱いています。エイブリーと同じ党員もみな、そうです。明日ロシア連邦全体が消滅したら、エイブリーはシャンペンの栓《せん》を抜いてテーブルに跳びのり、老女のアイリッシュ・ジグを踊るでしょう。エイブリーはわれわれを憎んでいます」

　もちろん、そのとおりだ。政府の半分と、市民の大部分がそう感じている。

「それは別に秘密じゃないぞ、ユーリイ。どうして――」

「何かをたくらんでいます。噂を聞きました。エイブリーはそのたくらみを、スウォームとの交戦すべてに……艦の動きと軍勢の移動すべてに、非常にうまく隠しています。ここで数隻を移動させ、あそこでさらに数隻を移動させる。戦闘艇部隊をひとつ、艇の修理をするという口実で任務を解き、実際は別の未知の場所へ送る。コロンビア星区に秘密の造船所を発見しました。そこで造られた艦は、どこへ行くのか？　このような何十もの奇妙な出来事を、われわれは追跡調査しました。エイブリーはうまく艦を隠していましたが、ついにミスを犯し、われわれはたくらみを理解したのです。エイモン、エイブリーはロシア連邦の数十の惑星を吹っ飛ばすつもりです。早ければ、来週中に」

48

ペナンブラ星系　ペナンブラ第三惑星
ISS〈ウォリアー〉ブリッジ

「ロシア人はいったい、ここで何をしているんだ？」グレンジャーは艦長席から跳びあがって叫んだ。

ディアス大尉が断言した。

「ロシア人がこんな遠くまで来る方法は、ありません――大群《スウォーム》と協力すれば別ですが。エプシロン・ガリバルディ星系は、ここから十四光年しか離れていません。スウォームとドルマシが両方ともあそこに現われたのなら、ここから来たのでしょう」

「もちろんだ。ひょっとしたら、いまもここにいるんじゃないか？」グレンジャーは通信ステーションのプルーハ少尉を振り返った。「各部隊の艦長たちに暗号で送信しろ。

テキストだけだ。友人たちに、艦隊内部の会話を聞かれたくない」

「了解、艦長。準備できました」プルーハはグレンジャーのメッセージを待った。

グレンジャーは咳払いして、話しはじめた。

「そのまま持ち場を保て。艦どうしで、戦闘による損傷の修理を調整しているかのような会話を始めろ。〈ウォリアー〉は友人たちと通信する。すぐにQジャンプできるよう、座標をセットしておけ。惑星の居住者が敵対的な動きを見せたら、ただちにジャンプして立ち去れ」

プルーハはうなずいた。

「送信しました。ほかの艦から、受信確認が届いています」

「ロシア艦の送受信機をスキャンしろ。旗艦に呼びかけろ」

グレンジャーは腰をおろし、惑星をざっと見わたした。実に美しいながめだ。海は深い青――水の浅いところではトルコ石のような明るい青緑で、海底が透けて見える。小島がいくつかあれば、熱帯のパラダイスだろう。両極には極冠らしきものがあり、海のいちばん深いあたりの上空には、大きな雲の群れが流れている。雲は海面の特定の場所で発生したらしく、波打って大きな流れを作り、巨大な渦を巻く風によって惑星じゅうに運ばれてゆく。

「艦長、惑星から出る奇妙な重力の乱れが表示されています」

「どんな乱れだ？」

　科学士は顔をしかめた。

「異常です。とても変わっていて——たいていの惑星は、地殻の厚さやマントルの厚さが変化するため、不規則な重力場を持っています。しかし、この惑星は、そのパターンが……奇妙としか言いようがありません。とくに目を引くものではなく、ただ、わたしが見たことのあるどのパターンとも違うだけです。まるで——」

「艦長、ロシアの旗艦からメッセージが入ってきます」と、プルーハ。次の瞬間、驚いて顔を上げた。「送信者は、ロシアのグリエガ副大統領本人だと主張しています、艦長」

　グレンジャーは片眉を上げた。さて、ロシアの副大統領が、はるばるこんなところまで来て、何をしているんだ？

49

ペナンブラ星系　ペナンブラ第三惑星
ISS〈ウォリアー〉ブリッジ

「相手を画面に出してくれ」と、グレンジャー。

まもなく壁面に、ロシアのグリエガ副大統領の笑顔が現われた。脇に二人の副官をしたがえている——二人とも、実用的な軍服ふうの制服を着た女性で、武装している。ベルトには拳銃を下げ、袖の下からのぞいているのは、どうやら短剣の柄《つか》らしい。

警護兵に関するグリエガ副大統領の好みは、昔から有名だ。噂によれば、驚くほど美しい女性兵士からなる、厳しい訓練を受けた強力な大隊を持っている。この男の子供は、恐ろしくたくさんいるという。

「グレンジャー艦長、ペナンブラ星系へようこそ。ここで何をしておいでか、聞かせていただけるかな？」

　グレンジャーはチラリと薄い笑みを浮かべた。

「こちらこそ、同じことをうかがいたいですね。最新のチェックでは、この星系はロシア連邦の支配星域ではありませんでした」

「そう、われわれのものではない。いまは、まだ。しかし、われわれの宙域を横切らずに、どうやってここまで来たのか、知りたいですな。地球からは、さぞ長い旅だったでしょう――ケンタウルス座の先端をグルッとまわってから、未踏査の宙域を通って、戻ってこなければならない」

　グレンジャーは肩をすくめた。実際はロシアの支配星域のどまんなかを通ってきたことなど、認める必要はない。ありがたいことに、光速スキャンが届く距離にはかぎりがある。これがなければ、一光年先の宇宙を通る艦隊は探知されていたかもしれない。

「大変に長い航宙でした。しかし、その価値はあるというのが、われわれの決定でした。最近、この星区で大群《スウォーム》が活動しているかもしれないという情報が入りましたので。活動を目撃されましたか？」

　グリエガは大きくニヤリと笑った。

「いいえ。そちらは、どうです？　なんらかの活動を見たようですな」

　グレンジャーは無精ひげをなでた。

「もちろん。〈ウォリアー〉は毎日のように活動を見ています。どこかの同盟相手たちとは違って」

　グリエガは両手を上げた。

「グレンジャー艦長、スウォームに対するわれわれの努力は、あなたがたと同じくらい変化に富み、効果的ですぞ。保証します。あなたがその場面を見ていないだけだ」

　まったくだ。

「そうですか？　あなたがたは艦を何隻、失いましたか？　星系はいくつ？　惑星は、間違いなく、ひとつかふたつ失ったでしょうね。われわれは数週間前に、カディス星区をまるごと失いました」

　グリエガは顔をゆがめた。どうやら、いちばん同情に近い表情を作ったらしい。

「ええ、なんとも不運なことでしたな。心からの同情を表明します。マラーホフ大統領も直接エイブリー大統領に通信し、この問題について同情の意を送りました」

　グレンジャーはクスクスと皮肉な笑い声を漏らした。

「同情よりも、あなたがたの艦隊の一部を送ってくださったら、もっとよかったでしょう。戦争を遂行するうえで貢献してください。そのほうが、ずっと早く勝てます」

「艦隊を送る？　あなたにですかな？　その艦隊をどうするつもりです？　いや、グレンジャー艦長、わざわざ艦をそちらに送って壊れた古いおもちゃのように捨てられなくても、われわれはスウォーム相手にすでに充分、苦労しています。おっと、おもちゃでなく、レンガでしたかな、噂では。今週は何隻、捨てたのですか、レンガ職人どの？」

グレンジャーは怒りをこめた鋭い目でグリエガを見た。副大統領の同情を浮かべた顔がゆがみ、皮肉な笑顔に戻った。

「では、艦長。本来の航路に戻られる時間です。このあたりには大量のスウォームがいますぞ」

グレンジャーは挑戦的にあごをこわばらせた。

「この星系で何をしておいでですか、副大統領閣下？」

「戦争を遂行するうえでの必要な指示を出しています、艦長。あなたが知る必要があるのは、それだけです。即刻、退去していただこう」

「先ほどご同意いただきましたが、ここはロシアの支配星域ではありません、副大統領閣下。われわれは情報収集任務についております。たまたま、この星系は、われわれがもっと情報を集めたいと思うもののひとつです」

グリエガは顔をしかめた。

「だめです。即刻、立ち去っていただきたい。この件を……外交紛争に発展させるのは、やめましょう。神はご存じだ——あなたがたも充分に分け前は受け取ったでしょう、グレンジャー大佐」

階級名を強調した言いかたが、意味深長だ。おれを怒らせようとしている。おれの過去を思い出させるつもりか。ロシア人とかかわった不祥事を。十二年前の〈ホルスキー事件〉が、まざまざと脳裏によみがえった。

「どんな事件も、ロシア側の無謀さから起こります、副大統領閣下。われわれの意図は、スウォームを調査し、打ち負かすことです。ロシアが関心を持っているものをスパイすることではありません」

「わたしが疑っているのは、あなたの意図ではない、ミスタ・グレンジャー。あなたの能力だ」

政界の長老らしい虚飾をまとった冷静で横柄な言葉が、大声で挑戦してきたかのように尾を引いて空中に残った。

「艦長」ディアス大尉が言いはじめた。グレンジャーは音声を消すよう、プルーハ少尉に合図した。「およそ二百隻の巡航艦が、われわれを妨害する方向へ軌道を変えています。さらに別の二百隻は、すでにわれわれの近くに来ました」

ちくしょう。退去しなければならない。こちらは火力で劣る。いまは勝てない。

グレンジャーは、もういちどプルーハに合図して消音措置をもとに戻すと、スクリーンに向きなおる前に、チラリと科学ステーションのプロクターを見た。プロクターは指をすべてのばした片手を、グレンジャーに向けてひらめかせた。五分か。よし——それで近くをもっと詳しく超空間スキャンできるなら……スウォームとロシア人の通信を確認できるかもしれないのなら、もう五分、稼いでやる。「よくわかりました、副大統領閣下。われわれは退去します。ここまでの航宙で、コンデンサー・バンクが空《から》になりました。再チャージに数分かかりますが、それがすんだら出発します」

グリエガはうなずき、通信が切れた。グレンジャーは目をしばたたいた——予想よりたやすく了承された。明らかに、グリエガは統合防衛軍のコンデンサー技術について、ほとんど知らないようだ。〈ウォリアー〉のコンデンサー・バンクは、この星系内に出て一分で、充分にチャージされている。

グレンジャーはプロクターにスキャン結果をたずねようとしたが、スウォームに関してはブリッジ・クルーに内緒で動く必要があることを思い出した。少なくとも、誰がスウォームにコントロールされていて、誰が無事かを突きとめるまでは、公開できない。数分後に、プロクターが顔を上げた。

「終わりました、艦長」

グレンジャーはプルーハ少尉に近づき、肩を叩いた。

「艦隊全体に連絡しろ。Qジャンプでここを離れ、前もって決めた方向へ行け——と」

たちまちロシアの艦隊と海の惑星が消え、星のパターンが変わった。グレンジャーはプロクターに合図して、艦長控室を指さした。なかに入ってドアが閉まると、グレンジャーはプロクターを振り返った。ようやく、ロシア人に突きつける証拠が手に入る。ようやく、連中の仮面をはぎ、恥をかかせて協力を引き出せる。でなければ、得た知識をどうにかして活用し、ロシアの活動を破壊できる。スウォームとロシアの関係を破壊する工作ができる。ようやく、スウォームの不意を突いて主導権を握れる。

「それで？」と、グレンジャー。

「近くにいるロシアの艦すべてについて、フル超空間スキャンをしました。ヴィシュゲイン・カーサの言葉を聞いているあいだに発見した相転移の、説明ができるように」

「それで？」

プロクターはため息をついた。

「何もありませんでした」

50

地球　ワシントンＤＣ
副大統領宅

アイザクスンはフンと鼻を鳴らした。

「エイブリー大統領が主艦隊から艦を引き抜いて隠し、ひそかにロシア宙域に標的をいくつも定めて攻撃を計画しているなどと、きみは本当に考えているのか？　血迷ったのか？　われわれは、ここでまさに銀河系規模の戦いをしているところなんだぞ、ユーリイ。つまらない地球レベルの政治を気にしている暇はない」

アイザクスンはもとどおり腰をおろした。胸が悪くなる。ユーリイ・ボロディンとは数年前からの付き合いで、理性的で論理的な男だと思っていた。もちろん、冷たく、計算高い。しかし、いまの話は……。

「地球レベルの政治?」ボロディンは冷笑した。「では、銀河系レベルの政治ではどうですかな。そこでは人類がこの戦争に勝つのが来月か来年かより、はるかに多くのものが危険にさらされているんですぞ。それは、エイブリーも承知のうえです。戦争は社会秩序を乱暴に破壊し、エイブリーは一人で、現在の情勢を利用して自分の政治上の予定を推し進めている。ロシアを攻撃し、それで人々の支持を得られるときがあるとすれば、それはいまだ。これはジョークではありません、エイモン。何億人ものロシア人の命が危険にさらされているんです」

ボロディンがカメラの近くまで身を乗り出し、あばたのある二重あごの顔が画面いっぱいに広がった。本気で言っているかのように、声が興奮している。それとも、本気だろうか?

「わかった。証拠を見せてくれ。きみの知っていることを話してくれ」

ボロディンはうなずいた。

「当然ながら、すべてをお話しすることはできません。われわれのやりかたと情報源は、極秘事項です」

「もちろんだ」アイザクスンはウィンクした。

「話はイーグルトン委員会設立に戻ります。軍を近代化し、不要な支出を抑えるというのが、エイブリーの公約でした。軍の資源消費の規模を縮小しつづけ、さらなる効率化を推し進め……うんぬんかんぬん。エイブリーは事実上、ハト派の平和主義者として出馬しました」

ボロディンの口調は、まるで罵倒だ。

「その作戦は、うまくいきました。地球連合の五十五惑星の人々は、半世紀以上にわたる膨大な軍事費と、その浪費や詐欺、悪用……その証拠が何もないことに、いやけがさしていた。あなたがたは大群《スウォーム》がどこから来るのか、まだ知らなかった。また来襲した場合に、自分たちが安全でいられるという保証は何もなかった。人々は怒っていた。スウォームは永久に消え失せたはずで、すでに祖父の時代の問題……過去の亡霊だった。で、人々はどうしたか？　エイブリーを大統領に選んだ。親切で、飾りけがなく、嘘をつかないおばあちゃんタイプを。口では常識を語り、衝動的に動く人物。話しぶりは裏表がなさそうだが、どうでもいいことばかりだ。気取らない、一般市民向けの話しかた。退屈きわまりない——あなたがた西側の人々は、いつまでも変わりませんな。気取らない態度、素朴な知恵、予想される形で政治家が編み出すことはまずない常識。そういった特徴が好きですね」

アイザクスンはグルリと眼球をまわした。

「さっさと話せ、ユーリイ。どんな証拠だ？」

「いま話しますよ、エイモン」ボロディンは言葉を切り、画面の外へ手を伸ばしてマグカップを取ると、瓶《びん》から注《つ》いだものをひと息で、飲めるところまで飲んだ。「で、あなたがたは気取らないおばあちゃんのような大統領を手に入れ、エイブリーは即座に公約を果たしにかかった。イーグルトン委員会をそそのかして、委員会の推薦する軍縮案を実行しはじめた」もうひとくち、酒を飲んだ。「ただし、それは見せかけでしたね」

「そうか？」アイザクスンは頭を振った。「いや、そうじゃなかった。わたしは五年間、ことあるごとにエイブリーに反対してきた。わたしの上院時代の、ほぼ三分の一だ。成功したから、エイブリーは第二期に、わたしを副大統領候補に選んだ。わたしの属する政党をなだめるためだ。もしわたしを選ばなかったら、エイブリーの任期は第一期だけで終わっていただろう。信じてくれ、ユーリイ、エイブリーがゆだねられたものがあるとすれば、それは軍事費の削減だった」

「たしかに、すべての出費を削減したかもしれませんね、エイモン。でも、本当にそうでしょうか。軍事費の予算にカネを隠すのがどんなに簡単かを知ったら、びっくりしますよ。しかし、エイブリーは一般大衆に見えるものを削りながら、こっそりカネを積み立てました。いつの日か、われわれを猛攻撃するという目標を持って。エイブリーは方法を見つけ、偽装し、実行するでしょう。緊急事態や事故を思い出させるものは、エイブリーの動きを隠す役に立つはずです。あなたがたがいくつの秘密軍事基地を持っているか、知っていますか？　北アメリカ大陸だけで――ですよ」

　アイザクスンは身をくねらせた。少なくともこの部分については、ユーリイの言うとおりだ。ネバダ州ウェンドーバーのような場所が、ほかにいくつあるのだろう？　スクエアトップ山のような製造施設は？　ほかに何十カ所もあるのだろうか？　何百も？　ティトラー大佐は、あの施設が何年も前に造られたと言っていた。エイブリーの施政の第一期が始まったころだと。そして、これらの施設は北アメリカ大陸にある。ほかの地球連合の五十五惑星については、どうだ？　惑星ブリタニアは？　ニュー・ダブリンは？　ラホールは？　ボロディンの言っていることも、部分的には筋が通る。

「何かを思い出したようですな」と、ボロディン。「断片が、つながるのですね？　わたしは、このスウォームの侵攻自体が、ロシア侵略を偽装するためにエイブリーが自分で画策したものではないかと思っています。見ていなさい――エイブリーはスウォームの来襲を、ロシアのせいにしますよ。すでに地球連合評議会の代表たちから、エイブリーがひそかにそんなことをほのめかしているという不満の声が出ています」

「しかし、ユーリイ、スウォームに来襲をけしかけたのはわれわれではないか？　きみとわたしだろう？　われわれが自分たちから目をそらさせるために、事実上スウォームを地球へ呼び寄せた。エイブリーの評判を落として排除するために」

　ボロディンは微笑した。

「そうです。しかし、あなたは本当に、スウォームと接触していたのがわれわれだけだと思っているのですか？　われわれがスウォームを呼び寄せたのは、木星の前哨基地までだったことを思い出してください。スウォームは住民を少しばかり痛い目にあわせ、エイブリーを引きずりおろす程度におびえさせて、立ち去る予定でした。実際には、違うことが起こった。わたしの質問に対するスウォームの返事を覚えていませんか？　あなたも同席していましたね。〝おまえたちは死ぬ〟――それが返事でした。わたしには、何が起こっているかをエイブリーが耳にして――どうやら、あの人自身もスウォームにかかわっているようですから――これを戦争の偽装に使おうと決めたように見えます。スウォームを呼び寄せ、基本的にロシア連邦は無視して地球連合の惑星に攻撃を集中するよう、すすめる。その後、これをわれわれに対する先制攻撃の口実に使う」

　アイザクスンは片眉を上げた。

「偽旗攻撃か？　エイブリーに、そんなことができると思っているのか？」

「もちろん、喜んで命じるでしょう。偽旗攻撃は地球連合の伝統と言っていい。あなたがたの国の歴史を覚えていますか、エイモン？　二十世紀。冷戦。ケネディ大統領の将軍たちがフロリダと東海岸沿いの民間施設の爆撃を提案し、そのあとキューバのしわざだと密告。戦争を盛大に偽装するやりかたでしたね。二十三世紀。地球連合のベラクルス大統領が、ひそかにメリダ第一居住惑星のいくつかの核爆発装置を爆発させた。最初の恒星間戦争の始まりです。信じてください、エイモン、エイブリーには、そのくらいの工作はできます」

「けっこう」アイザクスンは片手を上げた。「それが本当だとして——信じるとは言っていないぞ——われわれはどうする？」

　ボロディンは微笑した。

「ブリタニア星系にいるわれわれの情報源の報告から、明らかに、カレーの——ブリタニア星系の巨大ガス惑星で、衛星がいくつかありますが、その衛星のひとつを囲む軍が増強されています。ブリタニアはロシア宙域に密接しています。エイブリーは同時に多数の標的を攻撃するつもりで、しかも、まもなく実行するに違いありません。〈バトルアックス作戦〉とかいうものです。しかし、具体的な証拠もないまま、エイブリーに対抗するわけにはいきません。あなたに提供してほしいのは、その証拠です——提供してほしいものの、ひとつです」

「きみたちが先制攻撃をかけるつもりか、ユーリイ？　わたしはエイブリーの排除には喜んで協力するが、自分の国を売る気はない」

ボロディンはうなずいた。

「それはわかります。ご心配なく。われわれは攻撃されないかぎり、自分から攻撃するつもりはありません。しかし、自衛策をとります。もしかしたら、標的の防衛状態が予想よりはるかに強力なのを見れば、エイブリーはおじけづいて撤退するかもしれません。考えなおすかもしれません」

「なるほど。〈バトルアックス作戦〉か」と、アイザクスン。前にこの言葉を聞いたかどうか、思い出そうとした。「で、わたしに提供してほしい、もうひとつのものとは？いまの話が、きみのまったくの幻想ではないと仮定しての話だが」

「もうひとつは、もちろん、エイブリーの攻撃方法を無効にすることとです」

「具体的に、どういうことだ？」

「エイブリーが資金を出している新兵器です。反物質装置。エイモン、この脅威を無力化できれば、われわれは何百万ものロシア人の命を救えます。言うまでもなく、あなたがたの何百万もの市民の命も。われわれのあいだに戦争はなくなるのですから。われわれが攻撃されれば、確実に戦争が起こります。考えてみてください——あなたはマイアミやニューオーリンズ、フェニックスに無数の死者を出した責任を問われる代わりに、一千万人の救い主になるのです。ひょっとしたら、人類全体の救い主になるかもしれません。スウォームの攻撃を受けているさなかに、地球連合とロシア連邦の戦争が始まったら、われわれは生き残れないかもしれません」

救い主か。ユーリイの言うとおりだ——この一千万人を救わなければならない。この二カ月、自分が自国の人々の無用な死を招いたのかもしれないという恐ろしい事実を、ひそかに乗り越えようとしてきた。政治的に必要な場合、個々の死は問題ではない。おれが頭のおかしい主戦論者のように見えることはない。エイブリーが本当にスウォームの地球侵略を招いた張本人なら、そう、それですべてが変わる。おれは自分が善人だとわかっているし、それもこれで証明される。誰に対しても……おれ自身に対しても。救い主——この言葉は気に入った。日和見主義の大量殺人鬼より、ずっといい。

「わかった、ユーリイ。きみの言う証拠を手に入れよう。その陰謀が本物だとわかれば、阻止する。そして、エイブリーばあさんを片づける」

ボロディンは最後に、もういちど微笑した。

「よかった。ありがとう、エイモン。あなたは偉大な人だと、わたしにはわかっていました。あなたが偉大な大統領になる日も近いですな」

51

ペナンブラ星系付近
ISS〈ウォリアー〉ブリッジ

グレンジャーは艦隊に、さらに十二回のQジャンプをするよう命じた。ペナンブラ星系を充分に離れて、大群《スウォーム》艦隊やロシア艦隊に――それを言うなら、ドルマシ艦隊にも――出くわす心配がないところまで行きたい。危険なほどの早さで敵が増えてゆく。

ブリッジから伸びる通路の先にある会議室に、ほかの艦長たちが集まっていた。グレンジャーは、そのなかに交《ま》じってすわった。壁に宙図が広がり、全員が元気なく目を向けている。近くの十二の星系へ慎重に偵察艇を送ったが、ほとんどは収穫もなく帰ってきた――スウォームはもちろん、ロシア人やドルマシの活動の徴候もない。一隻だけ、ヴォラリ星系の惑星の周囲に疑わしい活動があると報告した。艦船はいないが、惑星からたくさんの電磁波が出ており、文明が存在する可能性があるという。

だが、ヴォラリ星系はスウォーム宙域へ五十光年も入ったところにある。少なくとも、グレンジャーたちはスウォーム宙域と考えている場所だ。

「われわれには、失うものは何もないだろう？」と、〈エディントン〉のコネリー艦長。ガンマ隊の指揮官だ。

「ある。少なくとも、艦隊が。言うまでもなく、われわれの生命も」と、バーンズ艦長。

グレンジャーはうなずいた。

「たしかに危険だ。だが、この任務全体が、これは受け入れ可能な危険だという前提にもとづいている。残りの統合防衛軍を逃がせるよう、われわれがおかす価値のある危険だ。この戦いがもう、われわれの宙域内だけで行なわれるものではないことを、敵に気づかせるためのものだ。惑星ヴォラリ3が本当にスウォームの惑星なら当たりだ――大当たり。反物質ポッドと核兵器を地上に降らせてやる。当然、敵の注意を引くだろう」

二、三人の艦長がうなずいた。五人以上が首を振った。グレンジャーはこの任務の作戦指揮権を持っているが、全員の意思を統一したかった。無謀な行為だと考える者たちを、強制的に動かしたくはない。これほど大きな決定の場合は、意思統一が必要だ。必要なら命令するが、成功するチャンスが大きいときは必ず、艦長全員が任務の意義を信じているものだ。艦長たちを納得させなければならない。

「偵察艇は、ヴォラリ3の映像は持っていないのか？　映像を撮れるほど近くへは行かなかったのか？」

ディアス大尉がうなずいた。

「つねに三天文単位の距離を置いていましたが、映像はあります。撮影しました」

「それを見よう」

ディアスがデスクの上のスイッチをいじると、壁に、標的になるかもしれない惑星の映像が出た。

緑の多い灰色の球体で、いくつか大きな湖が地表に点在している――大きいから海かもしれないが、大洋とは言えない

グレンジャーはハッと息をのんだ。

やや粒子の粗い映像だが、間違いようもなく同じだ。そんなはずはない。ありえない。だが、あの惑星だ。

「あれだ」グレンジャーの声がかすれた。

「失礼、グレンジャー艦長、なんとおっしゃいました？」と、バーンズ艦長。

「あれだ。あれが母星だ。ヴォラリ3が」グレンジャーは惑星の映像を見つめた。夢の

なかで経験し、ヴィシュゲイン・カーサとの短い接触のあいだにも経験した感情が、どっとよみがえった。

「どういう意味です、あれが母星とは？　どうして、そうだとわかるんですか？」

「ただ、わかるんだ」グレンジャーはつぶやいた。まばらな白い雲のあいだからそそり立つようにのぞく、いくつもの巨大な湖から目を離さない。たえず見る夢に出てきた映像と同じだ。グレンジャーは確信していた。絶対の自信がある。

惑星ヴォラリ3――おれは前に、ここに来たことがある。

52

ペナンブラ星系付近

ＩＳＳ〈ウォリアー〉 科学ラボ

「艦長、それが本当にただの夢だったら？」

「ただの夢じゃないんだ、シェルビー」

艦長たちはグレンジャーと討論して行きづまり、それぞれ自分の艦へ戻っていった。

自分の言葉が論理的ではないことは、グレンジャーにもわかっている——あの惑星が本当に大群《スウォーム》の母星だと、艦長たちを説得できるほどの根拠はない。

だが、夢のなかで自分がどう感じたかは思い出せる——ちくしょう、あれは夢じゃない。記憶だ。ドルマシとの接触で、なぜか前よりも強烈になった記憶だ。そして、その記憶のなかに——あこがれがある。興奮がある。感じた覚えがある。手術台の上に起きあがり、大きな窓からあの惑星を見おろした。見ているものが母星だと、わかっていた。知っていた。スウォームの発祥地点。すべての問題の源。

「もし、その夢が、スウォームが艦長にそう思わせたいものだったら？」

グレンジャーはプロクターに向けて頭を傾けた。二人は、艦の科学チームのラボから、プロクターが自分用に借りた部屋にいた。プロクターはある種の画像装置をのぞきこんでいる。スウォーム物質だ。これを入れて密閉したガラス容器を三重の壁で囲み、安全に保管していた。

「どういう意味だ？」

「そうですね、仮に、艦長が姿を消していた数分のあいだに……どこへ行ったにせよ、艦長はスウォームの影響下に置かれていたか、でなければ、あるものが艦長に植えつけられたことになります。記憶です。この惑星へ来るよう、艦長に命じるためのもの……統合防衛軍艦隊のかなりの部分を引き連れた艦長を、ここへおびき寄せるためのものです。ここで待ち受けていて艦長を殺せば、敵にとっては、地球をはじめとする人類の惑星が奪いやすくなります」

グレンジャーはフンと鼻を鳴らした。

「なぜ、わざわざそんなことをする？　われわれ全員を一ヵ所に集めるのに、こんなまわりくどい方法を使うのか？　千隻のスウォーム艦を集めてわれわれに見せてから、ゆっくり地球へ向かうだけで充分だろう。それだけで、われわれの注意を引く。地球はまた、あるものをすべて使って防衛せざるをえなくなる。そうなったら、敵は予備軍を送りこみ、ドカンだ」グレンジャーは力をこめてテーブルを叩いた。

　プロクターは顔を上げ、グレンジャーのこぶしをにらんだ。

「気をつけてください。作業が進行中ですから」

「すまん」グレンジャーはテーブルから手を引いた。

　プロクターは肩をすくめた。

「わかっています。いまのは、こじつけです。でも、ほかの解釈だってそうですよ、艦長。われわれがたまたま出くわした惑星が、現実に、本物のスウォームの母星で、あなたの夢に出てくる惑星とたまたま同じだと――」

「記憶だ」と、グレンジャー。「正しい言葉を使おう」

　プロクターはふたたび顔を上げ、グレンジャーにしかめっつらを向けた。

「それが正しいかどうかは、わかりません、艦長。なんとでも言えます。われわれには見当もつかないのですから。あなたがあの日――」

「わたしは知っている。ちくしょう、知っているんだ。わたしは――」

「──どこへ行ったのか、あなたに話したのは誰か、その人たちが、あなたに何をしたのか──」

「──ちくしょう、知っているんだ！　知っている──」

「──また持ち出して、すみませんが、あなたに何を注射して癌《がん》を治したのか！　それと、あなたが姿を消していたのは二十秒間ではなく、本当は三日間だったという、やっかいな情報もあります、艦長！」

「知っているんだ！　ちくしょう」声はしだいに小さくなり、グレンジャーは頭を振った。「きみは、これがわたしにとってどんなものかを知らない。後悔だ。自分がスウォームにあやつられているかもしれないと思ったり、次の瞬間にはスウォームの隠れた工作員かと思ったり、それどころか──」

「なんですか？」と、プロクター。画像装置に向きなおった。

「ひょっとしたら、自分は死んだのかとまで思う。わたしの死体がスウォーム物質で復活させられ、わたしはほかのスウォームと同じ、ただの〝おもらし野郎〟のくそのかけらなのかと。ドルマシと同じ、ただのあやつり人形かと」

「今度は幻想の世界に入りましたか、艦長。断言します──あなたはゾンビではありません」

グレンジャーは肩をすくめた。

「そうかもしれない。わたしは正常ではない。それはたしかだ。だが、自分がなんだろうと、これは確信している」隔壁のほうを指さした。「外のあの惑星は、われわれが捜しているものだ。わたしにはわかる。心のなかで感じる。前には感じなかったような形で。いや——」ちょっと間《ま》を置いた。「前にも感じたことはある。〈ホルスキー事件〉で。あの星区で何かが起こっていることが、ただわかったんだ。案の定、それを見た。惑星ヴィターリィ3の上空で。ロシア艦の特務戦隊のまんなかに、一隻のスウォーム艦がいた。そして二カ月前、あの特異点に〈コンスティテューション〉を飛びこませる必要があると確信した。きみたちが艦を自動操縦にして避難したあと——」

「わたしの記憶が正しければ、あなたは救命ポッドに入っているはずだったんです、艦長。ドクター・ワイアットが、あなたのポッドを遠隔操作で射出するはずでした」

「ドクターが、戦闘のいちばんきわどい瞬間に自分の足で立っていることもできない、気絶寸前の身体じゅう癌に冒された艦長の子守よりも、ほかにすることがあったのは、さいわいだった」と、グレンジャー。皮肉な口調だ。「だが、シェルビー、わたしはその決断に自信を持っていた。注意が一点だけに集中していた。視野。エンジン。自分のなすべきことがわかっていた。そして、それはいまも同じだ」

沈黙。

「それで？　艦隊に攻撃命令を出すのですか？」と、プロクター。画像装置から目を離し、近くの画面に現われたデータ表示を見た。

「いや。まだだ」

プロクターは頭をグレンジャーのほうへ傾けた。

「攻撃しない？　これだけ熱弁をふるっておいて？　いま、この瞬間に攻撃するべきだと、わたしを説得しているように聞こえましたけど」

グレンジャーは立ちあがった。

「いや。問題は時間だ。〈バトルアックス作戦〉のための時間。大統領側が準備ができていようといまいと、われわれは作戦を実行しなければならない。これから地球へ戻る。われわれは、なんであろうと大統領が〈火星計画〉で急遽《きゅうきょ》用意できたものを使うことになるだろう。だが、いまは、不意打ちできるわれわれのほうが有利だ。われわれの計画を、スウォームは知らない。われわれが結局、正しい標的を見つけたことも知らない」

プロクターの顔には、〝本当に正しい標的だとしたらですね〟と書いてある。だが、プロクターはうなずいただけで、データが次々と出ては消える画面に視線を戻した。

「何が見つかった？」と、グレンジャー。画面のデータを見た。

「核心に近づいています。位相変調を使って、できるかぎり高度に超空間ビームを集束させ、サンプルを探査しています。いいですか、一般に超空間重力子《グラビトン》を集束させることはできません。波長が長すぎて、遠隔操作でも、わたしが興味を持っている小さな空間に集めるのは無理です」プロクターはスウォーム物質の小さなサンプルを指さした。「しかし、わたしは反応を誘発しました」

グレンジャーはあんぐりと口を開《あ》けそうになった。

「反応？」と、グレンジャー。手を伸ばしてプロクターを抱きしめたかったが、代わりにそばへにじり寄ってデータを見た。「どんな種類の反応だ？　そいつは何をした？」

「そうですね、信号による反応がありました。ほとんど、超空間エコーのようなものでしたが。しかし、もっとおもしろいことに、かすかな変形がありました。分泌物のようなものです」

「分泌物？　ネバネバから新しいネバネバが出るようなものか？」

「いいえ、ネバネバの一部が本体から離れたのです――ゆっくりとです――そして、離れたベトベトは、もとのネバネバとは少し違っています」

「魅惑的だ」と、グレンジャー。いくつかの画像とプロクターが実行したスキャン結果に目を凝《こ》らした。「新しい物質は、もとの物質と同じようなものか？」

「いいえ。いいですか？　スウォーム物質は、さまざまなタンパク質と重金属、潤滑油の役割をする液体が、複雑に混《ま》じりあった汁です——人間の血漿《けっしょう》に似ています。このタンパク質のほとんどの機能は、推測するしかありません——スウォームは完全に異質な生物です。われわれが地球上で見たことのある生物の、何にも似ていません。われわれのタンパク質の鎖状構造には、ハフニウムやバナジウムは含まれません。これは、まったく異質な生物です。しかし、それは何十年も前に、われわれ全員が知っていました。新しくわかったのは、わたしが創り出した新しい液体は、もともとのスウォーム物質とは大きく違うということです」

　ちくしょう。プロクターは口が重いふりをするのが好きだ。とくに、おれが知らないことを知っているときは。

「どう違うんだ？」

　プロクターは視線を上げ、顔をしかめた。額《ひたい》のしわが深くなった——明らかに、自分の見たものに悩まされている。

「こっちはウィルス性です」

53

地球　ワシントンDC
統合防衛軍管理ビル

「もういちど教えてください。なぜ、ぼくたちは統合防衛軍管理ビルに侵入するんですか？」エレベーターの前で、アイザクスンの隣にいるコナーがたずねた。この巨大な建物は、地球連合軍事部門の官僚組織の中核だ。二人の足もと、何百メートルも地下に、軍需品本部がある。

「コナー、わたしは、いやしくも副大統領だぞ。軍の管理ビルに侵入などしない」

「じゃ、警護官《シークレット・サービス》はどこにいるんです？」

イヤなガキだ。

「言っただろう。慎重にやりたいのだ。武装した十二人の大男に囲まれて歩けば、前方にいちいち行き先を知らせて、安全を確保しろとどなるやつが出てくる。そんなことをされたら慎重に運びようがないし、まわりにも迷惑だ」

「まわりに迷惑をかけたほうが、また車に爆弾をしかけられるのは防げるんじゃありませんか？」

ちくしょう。このガキはおしゃべりになってきた。〝車の爆発は、大統領が副大統領を片づけて、犯人はロシア人だということにしたいから起こるんだ〟と、言ってやりたい。だが、別の言いかたをした。

「いいかね、きみはここにいる必要はない。わたしのワイシャツにアイロンをかけたり、わたしにコーヒーを持ってきたりするより、もっとおもしろいことがあるだろう。ついでながら、昨夜わたしの家のカウンターに置いてくれた缶は、かわいかった。わたしは、もっと……その、本物を期待していたんだが」

コナーは肩をすくめた。

「土壇場で手に入れた最高級品です。今夜は何が手に入るか、そのうちわかりますよ」

エレベーターが来て、アイザクスンは上の階の数字を打ちこんだ――ノートン陸軍大将の執務室は下にあり、アイザクスンは上階にいる大将の女性秘書を、少し親しすぎるくらいに知っている。あの女なら間違いなく、内部のコンピューターにアクセスさせてくれるだろう。

一分後にエレベーターのドアが開《ひら》き、アイザクスンは自信ありげに大股で受付のデスクに近づいた。ノートン大将の秘書が笑顔を見せ、ウィンクした。

「副大統領閣下。ここでお会いできるなんて、すてきですわ。大将と面会のお約束がおありですか？」

アイザクスンは笑い返した。

「クリスティーン、副大統領は、誰かと話すのに予約する必要はないんだよ」女性秘書の手を取り、両手ではさんで優しくなでた。「例外的に予約が必要なのは、きみとの面会だ。どうしていた？」

「寂しかったわ」と、秘書。「あのあと、ちっとも連絡をくださらないんですもの」

「忙しかったんだ。わかるだろう？　戦争なんだから。惑星防衛軍と艦隊の即応状態を調整したり、いろいろとな」実際は、クリスティーンがふいに奇妙な口臭を発するようになったため、連絡をやめたのだ。だが、そんなことで見捨てるのは、あさはかだろう。おれは、欠点はあるかもしれないが、あさはかではない、ちくしょう。ただ……えり好みするだけだ。「ひどく忙しいんだ。きみは？」

クリスティーンはため息をついた。

「わたしも忙しいわ。ここはまるでびっくりハウスよ。ご用件は、エイモン？」

「ノートン大将のファイルにアクセスしたい。ある資料をわたしあてに送ったと言われたが、届かないんだ。極秘ファイルを通信で送るよりは、自分でここに来て閲覧するほうが賢明だろうと考えた」

「大将から許可はもらいました？」

アイザクスンは気取った笑みを浮かべた。

「もちろん、許可は受けた。大将に確認しようか？」通信カードを出そうと、ポケットに手を入れた。「たぶん、いまは大統領と会合中だから、こんなことで邪魔されたくないだろうが、きみがぜひにと言うなら――」

「いえいえ、ダーリン、その必要はありません。ご案内します」秘書は立ちあがり、先に立って近くの小部屋へ歩いていった。タイルの床にハイヒールの音がコツコツと響く。

壁ぎわにいくつかのコンピューター端末と、老朽化した書類キャビネットが並んでいる。キャビネットはダイヤル式の錠がつき、何年も前からそのままらしい、色あせた〝極秘〟というラベルが貼ってある。ノートン大将は旧弊な人物だ。

「ありがとう、クリスティーン。長くはかからないよ」アイザクスンは微笑して、また秘書の手を握った。「コナー、外で待っていてくれ。誰か、わたしに会いたがる人間が来たら、知らせてくれ」表情で、〝邪魔されたくないんだ〟と告げた。

アイザクスンはドアを閉め、コンピューター端末に突進して起動すると、急いで最高機密ファイルをあさった。数々のフォルダーが並び、〈兵站《へいたん》〉、〈製造〉、〈徴兵〉、〈配備〉、〈研究開発〉などと名前がついている。ほかにも、統合防衛軍の活動をひとことで表わしたフォルダーがたくさんあった。

ほら、あった――知りたかったことを教えてくれそうなフォルダー。とにかく、反物質計画についてはわかりそうだ。〈特殊攻撃力〉。あれほどの威力を持つものにしては、なんともつまらない言葉だ。アイザクスンはフォルダーを開いた。

そして、がっかりした。予算関係の記録で、漠然とした記述の項目ばかりだ。〈火星計画〉とかいうもの――火星居住計画が攻撃力となんの関係があるのかわからない……だが、ああ、火星のファイルに材料製造施設のリストがある。爆弾外装の製造施設だ。外装の製造工場は何十もあるのではないかと予想したとおり、地球だけでなく、惑星ブリタニアにもある。だが、驚いたのは、反物質製造にかかわる場所の数だ。ワイオミングの施設だけではない。ウェンドーバーの施設だけでもない。十もあり、南北アメリカ全土とインド一帯に点在していた。

生産ラインをたどった。特殊な材料が、十の製造中心地のうちのひとつで大量生産されている。爆弾の外装と材料は、どれも第三のタイプの建物へ輸送されていた——組み立てラボだ。外装のなかで反物質を安定させ、不適当なときに爆発しないようにできるのは、技術部が優秀な腕を発揮しているおかげだろう。

組み立てラボから、完成した武器が軍需品貯蔵庫へ輸送されている。アイザクスンにわかるかぎりでは、輸送先の軍需品貯蔵庫はふたつしかない。ひとつはサスカチュワン州（カナダ中西部）にある。もうひとつは数十光年離れたブリタニア星系内、惑星ブリタニアの近くの巨大ガス惑星カレーを周回する宇宙ステーションにある。

ブリタニア。カレー。ボロディンが言ったとおりだ。

アイザクスンは艦隊活動のファイルを開き、武器の動きをたどろうとしたが、うまくいきそうになかった。ブリタニア付近に、なんらかのひそかな軍備増強を示す要素はひとつもない。〈任務と作戦〉というファイルを開いてみたが、これも失望に終わった。大群《スウオーム》に対する艦隊の標準的な作戦しか出ていない。いままでの個々の交戦に関するファイルで、戦闘につながる情報や使われた戦術、死傷者数、将来に向けて推奨される戦略が記述されている。管理部の事務員たちの手で、こんな恐ろしい重大事件も、もったいぶった専門用語だらけの退屈な官僚文書に変わってしまった。

「副大統領閣下。寄ってくださるとはご親切に。何かお捜しですかな？」

アイザクスンはパッと振り向き、顔から血の気《け》が引く思いがした。ちくしょう。

「ノートン大将、来てくれてよかった。たしかに、きみの手を借りれば、わたしの捜しものも見つかりそうだ」アイザクスンはノートンを手招きした。おれの態度は、不自然でなく見えるだろうか？

ノートンは動かなかった。

「あなたがなぜ、ここにいらっしゃるか、わかっております、副大統領閣下」

アイザクスンは片眉を上げた。

「そうか？」

「わたしはバカではありません。わたしは政治家ではないかもしれませんが、人々がどう動くかを知っています。あなたはエイブリー大統領の不祥事を捜しておいでだ。わかっている。否定しないでください」

「もちろん、否定するとも！　なぜ、そんなことを言う？」

ノートンは薄ら笑いを浮かべた。

「当然です。では、おたずねしますが、ここで何をなさっておいでですか？　呼ばれもしないのに、わたしの執務室でファイルをあさるとは？」

「わたしは……」今度ばかりは、アイザクスンも言葉が出なくなった。

「正確にお願いしますよ。副大統領閣下、お手伝いしましょう。捜す場所を間違っておいでです」

　おもしろい。大将もエイブリーを排除したがっているのか？

「ほう？」

「スパークス議員の死については、もうお聞きでしょう？」

　スパークス下院議員。大統領の護衛艦を含む事故。

「聞いた。不運なことだった。スパークスは友人だった。スウォームの破壊工作だったことは、たしかか？　連中は本当に、そんな奥まで手を伸ばしてきたのか？」

「もっと奥まで伸ばしています。しかし、この場合は違います。スパークス下院議員は、スウォームの破壊工作で死んだのではありません。たしかに、護衛艦〈レクト〉は爆発し、五十人の善良な兵士が命を落としましたが、下院議員の死は違います」ノートンは何歩かアイザクスンのほうへ進み、近くの椅子に腰をおろした。「エイブリー大統領が、スパークス議員の頭に銃を向けて引き金を引いたのです。冷酷に、議員を撃ち殺しました」

　信じられない。信じたくない。エイブリーが冷酷で情け容赦がないことは知っている。地球を救うために必要だと思えば、なんでもするだろう。しかし、殺人まで？

だが、それは最近、ボロディンが口にしたエイブリー像とも符合する。

「なぜだ？」

「なぜ――ですと？　スパークスが大統領暗殺をくわだてていると、エイブリーが思ったからです。くそ、あなたなら、この件に関してすべてをご存じでしょう」ノートンはアイザクスンに笑いかけた。〝あなたのことは、あなたが思っている以上によく知っていますよ〟と言いたげな口調だ。用心深いやつだ、ちくしょう。統合参謀本部議長なのに、いまや〝味方するから大統領に反逆しろ〟と言わんばかりだ。何をねらっている？

直接たずねても、拒絶する気はなさそうだ。

「何がほしい？」と、アイザクスン。

ノートンは両手を上げた。

「もちろん、地球連合を救うことです。地球を救うことがエイブリー大統領にとって利点ではないことも、調査の過程でお気づきでしょう。まったく、イーグルトン委員会がわれわれ軍に対してしたことをごらんなさい。抵抗しようもない恥さらしな状態に置いたんですよ。そして今度は、〈バトルアックス作戦〉だ。エイブリーは、われわれを罠《わな》へおいこむ気かもしれません。地球連合の惑星群を無防備にしたまま、エイブリーは、巧妙な名前をつけた、現実にはわれわれに何ももたらさない任務で留守にする」

「〈バトルアックス作戦〉?」そういえば、ボロディンがこの言葉を口にした。

ノートン大将はアイザクスンに目を向け、すわっている椅子をスイと動かして、アイザクスンが使っているコンピューター端末に近づけた。何度かスワイプして画面上のフォルダーをいくつか動かすと、立ちあがってドアへ向かった。

「副大統領閣下、この情報を活用できるでしょう。さもないと、最悪の事態になりかねません」

ノートンはドアを開《あ》け、ふたたび足を止めた。

「それと、何十光年か離れたところに、目立たない場所があります。何もない恒星間宇宙のどまんなかです。そこで、ミズ・エイブリーはトップ・クラスの軍事顧問たちと相談します。わたしと、ジンガノと、グレンジャー――」

「グレンジャー艦長か? あいつがトップ・クラスの軍事顧問だと?」と、アイザクスン。

「ニュースを見ていないなどと言わないでください。エイブリーがバカでないかぎり、グレンジャーをメンバーに含めます。結局、あの男は地球を救った英雄ですから」ノートンはあざけるように鼻を鳴らして答えた。「この面々が、週に一回、その場所で会合します。必要なら、わたしが乗るフリゲート艦に、よぶんの乗客を同伴して乗せることができます。わたしが与えられている特別室から出ないようにしてください。あなたを、会合の場に接続します。接続されたら、最近の出来事に関する情報を仕入れるのが賢明でしょう。大統領に何が……起ころうとも」

　そう言うと、ノートンは部屋を出ていった。ドアが閉まる前に、コナーのすまなそうな顔がチラリと見えた。

　アイザクスンはフォルダーを調べた。なるほど、これでは見つからなかったわけだ——〝食事と飲み物の提供〟という項に分類され、さらにそのなかの〝サプリメント、栄養、添加物〟の項に入れられている。すばらしい。機密情報は、目立たないよう、想像できるいちばんつまらない場所に隠すものだ。

　ファイルは〈バトルアックス作戦〉と名がついていた。

　作戦には、大量の〝特殊兵器〟をブリタニア星系の統合防衛軍艦隊へ運ぶことが含まれている。艦隊は二十の攻撃部隊に分かれていた。ひとことで言えば、巨大な艦隊だ。

　アイザクスンの慣れない目には、ロシアのいくつかの惑星を奪うだけでなく、ロシア連邦全体を占領できそうな規模に見える。一方で、エイブリーが主導した大規模作戦を評価する気持ちがあった——ゼロから始めて二カ月で千隻以上の艦隊を創りあげたのは、すばらしい。そして、それを二カ月も隠しておくなど、ほとんど奇跡だ。

そのとき、思い出した。エイブリーは二カ月で艦隊を創ったのではない。何年も創りつづけていた。見たところ、ひそかな建造計画に含まれるのは、秘密の反物質製造施設だけではない。たぶん、秘密の造船所もある。

まもなく、たった数百万人をはるかに超える死傷者が出る。これは全面戦争だ。エイブリーが理解しているとおり、大統領個人が敵とみなすものをすべて抹殺する行為だ。敵は一人も残さない――スウォームも、ロシア人も。

54

ペナンブラ星系付近
ＩＳＳ〈ウォリアー〉　科学ラボ

「こいつが、文字どおり誰かに感染するというのか？　こいつに通信能力があるのか？」と、グレンジャー。

　プロクターは肩をすくめた。

「わかりません。まだ、これから全領域のテストをする必要があります――わたしはこれを、艦長がここに入ってこられる直前に発見したばかりです。このような作業は普通、ひとつひとつ手順を踏んで、わずらわしいあれこれを統制しなければならないのですが、わたしは勘を頼りに作業を進め、独力でここにたどり着きました。まさしく光速なみのスピードです」

信じられない。大群《スウォーム》が人間に影響を及ぼせるだけでなく、その影響をウィルスの感染のように広めるとしたら、艦内の全員が危険にさらされる。くそ、地球上の人間が一人残らず……居住宙域にいる人類が一人残らず。

だが、違う。スウォームのウィルスが本当に通信しあえる存在なら、地球はとっくの昔に征服されていたはずだ。

これでは意味をなさない。

「それと、もうひとつ」と、プロクター。「自信はありませんが、スウォームの通信についてわれわれが知っていることをもとに考えると、説得力ある証拠が見つかりました。タンパク質に含まれる金属群は……重力子《グラビトン》ベースの操作を可能にする配列になっています。本当に……非常に目を引く特性です」

信じられない。

「超空間信号が有機的なパターンを持つだけでなく、有機体に由来するものだというのか？」

プロクターはうなずいた。

「信じがたいことです。自分でも、まだ完全に理解したとは言えませんが、もしそのとおりなら、ヴィシュゲインが通信装置をまったく使わずにスウォームと通信しあえることも説明がつきます」

　おもしろい。こんな通信能力があれば、スウォームがこれほどの距離をへだてて、さまざまな種族の巨大な軍勢をまとめられるのも当然だ。

「続けてくれ、中佐。わたしはもう行くよ。あとはきみにまかせた。何か大きな前進があったら、知らせてくれ」

　プロクターは片眉を上げ、また画像装置をのぞいた。

「ご心配なく。前進したら、必ずお知らせします」

　グレンジャーは微笑した――自分の仕事に熱中しているシェルビー・プロクターを見るのは、楽しい。最近は気が散っていたようだ。艦の指揮が好きなことも、自分の艦を持ちたいと熱望していることも、おれは知っている。だが、シェルビーは何かに……駆り立てられているように見える。最近の出来事のおかげで、誰もが喜びなど感じられなくなっていた。だからその姿は、幸せというより、ひたむきに決然と没頭しているというほうがふさわしいだろう。

　ブリッジに戻ったグレンジャーは、会議通信で主要攻撃部隊の艦長たちを呼び出した。壁のスクリーンで画面がタイルのように分割され、艦長たちの顔が並んだ。これから地球へ戻るという知らせに、どの艦長も大きな安堵の色を浮かべた。

「まず、これを立証しなければなりません、グレンジャー艦長。非常に慎重に」と、コネリー艦長。

グレンジャーは眉を寄せた。

「コネリー、われわれは立証するために地球へ帰るのではない。艦隊の残りを召喚するためだ。この攻撃は艦隊全体で行なう」

バーンズ艦長が首を振った。

「大統領を説得できるなら、賛成です」その言葉が、会議のメンバー全員にのしかかった。意味は明らかだ――バーンズをはじめ、何人かの艦長が重苦しい不快な表情を見せている。大統領やジンガノ元帥が納得するとは思っていないのだ。

「わたしが大統領を説得する。ヴォラリこそスウォームの母星だ。わたしは知っている」と、グレンジャー。本当のことをすべて語るという道も考えた。クルーの何人かが〝休暇〟と呼びはじめた、自分が〈コンスティテューション〉ごと姿を消していたあいだの出来事を、思い出しはじめたこと。自分の目で見るように惑星ヴォラリ3を見おろしていた、くっきりした記憶。

だが、艦長たちは理解しようとしないだろう。前よりも疑いを強めるだろう。艦長たちから見れば当て推量か夢としか思えないものを根拠として、統合防衛軍の艦隊全体をあの謎めいた惑星に向かわせようとしていることがわかれば、たぶん反乱が起こる。おれは艦隊を取りあげられ、スウォームの工作員として拘禁されて、地球に送り返されるだろう。

くそ、おれは自分がスウォームの手先かどうかも、自分じゃわからない。急いでくれ、シェルビー。

「ただちに出発する。航行計画に向けてエンジンを調整しろ——すぐに航法コンピューターをリンクさせろ」

「ロシア宙域を通ってですか？」と、コネリー艦長。

「そうだ」グレンジャーはうなずいた。

「今回は、通行許可を求めないのですか、グレンジャー艦長？」と、バーンズ艦長。ゆがんだ笑みを浮かべている。

「求めない。ロシア人は気にしないだろう。たとえ気にしても、くそくらえ——」

警報が鳴り響き、グレンジャーの言葉はとぎれた。スクリーン上の五人の艦長も、自分の艦で警報を聞いたらしく、同時にすばやくあたりを見まわした。

「艦長！」ダイアモンド少尉が手を振って、グレンジャーを押しとどめた。「お客が現われました！」

55

ペナンブラ星系付近
ISS〈ウォリアー〉ブリッジ

「お客？　誰だ？」と、グレンジャー。自分の戦術画面を指で叩き、センサーがとらえた新しい映像を出した。

　くそ。あたり一面にいる。あらゆる方向からやってくる。完全に囲まれた。

　こいつは、おもしろい戦いになりそうだ。

「大群《スウォーム》です、艦長。ここから、三十隻の航宙母艦が見えます。見えない場所にも、います。向こうには、ドルマシ艦隊もいます」

　グレンジャーはスクリーンに視線を戻した。一瞬、その顔を恐怖の色がよぎった。スウォームには、われわれの居場所を知る方法はない。ロシア人にも。ドルマシにも。深宇宙での邂逅が意味するのは、それだ。深宇宙では、景色を見たいなどの理由で適当に選んだ場所をぶらついたりはしない。ぶらつくとすれば、宇宙が広く、とほうもなく大きいからだ。誰かと出会う可能性などゼロに近い。

　コネリー艦長がうなるような声を出した。

「みな、自分の艦の仕事に戻らなければなりません、グレンジャー艦長」

「同感だ」グレンジャーはうなずいた。

「行き先の座標を送ってください」と、バーンズ艦長。

　グレンジャーは首を振った。

「いや。艦隊は分かれる。それぞれの判断でベクトルを設定し、地球へ戻れ。任意に方向を選び、明日、地球で集合する」

「なんですって？」コネリー艦長が、信じられないという顔をした。ほかの艦長たちも同じ表情だ。だが、合理的な打つべき手はこれしかない――グレンジャーの艦隊の現在位置をスウォームが知っているとすれば、〈ウォリアー〉の誰かがスウォームに通信して、ここの座標を知らせたからだ。ちくしょう――ずっと、そうしてきたに違いない。スウォームがエプシロン・ガリバルディ星系に現われたり、そこでドルマシが待ちかまえていたりしたことを考えると、ほかに説明のしようがない。

「われわれがまとまって動けば、地球に着く前に妨害される可能性が何倍も大きくなる」グレンジャーはため息をついた。真実は結局、明らかになる。ここで隠してもしょうがない。「〈ウォリアー〉に、スウォームの工作員グループがひそんでいる恐れがある」

艦長たちは沈黙した。みな、同じことを考えているのだろう――グレンジャーこそ、その隠れた工作員ではないのか、と。それどころか、活動中の工作員だ。コネリー艦長が首を振った。

「いや、グレンジャー艦長。われわれの艦のどれかにいる可能性も、ある」

グレンジャーはうなずいた。

「問題は、そこではない。そうだろう？　どこにいるにせよ、工作員がわれわれの座標を通信している。だめだ。どんな方法を使ってもいいから、きみたちは地球へ戻れ。そこで合流して、次の動きを話し合おう。行け」

スクリーンの艦長たちがちらついて消え、散らばってゆく統合防衛軍艦隊の映像に変わった。

「スウォーム艦が集まってきています。現在、五万キロ離れていて、距離を縮めています」

「それから、艦長」プルーハ少尉が口をはさんだ。「ドルマシ艦隊の旗艦から通信が入ってきました。映像通信です」

「Qジャンプの座標をセットしろ」グレンジャーはプリンス少尉に命じてから、通信士のプルーハにうなずいた。

スクリーンに、見覚えのあるドルマシの顔が出た。

「グレンジャー艦長、ここでまた会えてうれしいとは言えないが、意外だとも言えない。きみはわれわれの要求を大統領に伝えるために、まっすぐ地球へ向かうことになっていた。それなのに、まだここにいる」

グレンジャーは肩をすくめた。

「ロシア人に、ロシア宙域を通っていいかとたずねたが、許可されなかった。だから、長い遠まわりをしなければならない」

「それでも、まだここにいる」と、ヴィシュゲイン・カーサ。

「われわれは、この宙域を航行したことがない。続けざまにQジャンプで進むのは、賢明ではない。ときには止まって、あたりをスキャンし、針路を調整しなければならない」

「遅すぎる、グレンジャー艦長。艦内に客を迎える準備をしたまえ。ヴァラリシは、もうくだらない言いわけは聞かない――きみたちは全員が盟友となる」

「そう、うまくいくかな」グレンジャーはゆがんだ笑みをうかべた。Qジャンプの命令を出す準備をした。戦術画面を見ると、グレンジャーの艦隊の半分以上がすでに立ち去っている。

ヴィシュゲイン・カーサは咳のような笑い声を上げた。

「どこかへ逃げる気か？　考えなおしたほうがいい、グレンジャー艦長。きみも盟友になるのだ。もういちど」

56

ペナンブラ星系付近
ISS〈ウォリアー〉　科学ラボ

ウィルス性。このいまいましい物質はウィルス性だ。プロクターは少なくとも十二回スキャンし、毎回それを確認した。任意の形態を選んでいるにもかかわらず——突起や、核酸を包むタンパク膜の構成単位や、五単位連鎖体の数がいくつだろうと、しっぽがあろうと、識別できる構造を持っていないものだろうと——それははっきりしていた。

この物質は、ひとつの意図を持って構成されている。捕獲されたり破壊されたりすることを避けるという意図だ。おそらく、宿主になったものすべてをコントロールできるのだろう。形態と官能基があまりにもさまざまだから、このウィルスは、いままでに、ほかの何十もの……ひょっとしたら何百もの種に接触してきたに違いない。

プロクターはさらに一時間、いくつかテストを行ない、突発的なインスピレーションにしたがって、いくつか実験した。ほとんどの官能基は、ある種の重金属を含むようだ。正しく導入されれば、ある種のアルカリ元素と結びつく金属だ。

問題は、その重金属が青酸塩をもとにした化合物をも含む点だ。青酸塩は命にかかわる激烈な効果を及ぼす。これも防衛機構のひとつなのだろう――体内のウィルスをたくさん殺しすぎると、宿主は、青酸塩が引き起こす苦しい死にかたをする。

大群《スウォーム》に感染した血液がどんな反応を見せるか、突きとめなければならない。三人の戦闘艇パイロットは死んだ。ただ一人、感染が疑われる人間として、ハンラハン大佐が残っている。ハンラハンは、戦闘艇ベイに飛びこんだスウォーム艇の爆発をなんとかかわした――ドクター・ワイアットは、ハンラハンにスウォーム物質の痕跡を見つけていない。だが、手がかりはハンラハン大佐しかいない。

選択の余地がほとんどないまま、プロクターは通路を進んでエレベーターに乗り、上方の戦闘艇デッキへ向かった。ハンラハンは、戦闘艇の活動時に何度か保安と危険物関係の作戦を担当して以来、戦闘艇ベイ付近で職務につくのを好んでいる。プロクターは通りすがりのパイロットや甲板員のおざなりの敬礼に、会釈を返した。艦内では規律をきっちり守らせたいが、同時に士官やクルーと良好な関係でいたい――細かく儀礼を注意して、クルーの反感を買いたくなかったのだ。

ハンラハン大佐がいた。行く手の通路で、こちらに背を向けて数人の宙兵隊員と話している。ハンラハンがスウォームに感染していれば、血液サンプルを提供しない口実などいくらでも思いつくだろう。採血を拒絶する権利はある——士官も兵卒も、自分が望まない医務手続きにしたがう義務はないのだ。だから本人に頼む以外の方法で採血しなければならない。

　プロクターは背後からハンラハンに近づき、接近すると、わざと足がもつれたふりをした。短い叫びを上げて倒れながら、プロクターはポケットから小さなハイパワー注射器を引っぱり出し、ハンラハンのふくらはぎに押しつけた。

「副長！」宙兵隊員の一人が叫び、プロクターを助け起こそうとかがみかけた。

　ハンラハンがその兵士を引き戻した。次の瞬間、プロクターの額《ひたい》に何かが当たり、目がくらんだ。プロクターは反射的に転がってハンラハンから離れ、跳び起きた。逃げながら、危険をおかしてチラリと振り返ると、ハンラハンがまたしてもライフルの台尻を振りまわしていた。

「あいつを拘束しろ！」ハンラハンは、うなるような声で部下たちに命じた。宙兵隊員たちは一瞬ためらったが、跳びあがってプロクターを追いはじめた。プロクターは逃げつづけた。頭がふらふらしたまま、通路の人ごみを縫い、追手の道をふさごうと人々を文字どおり押しのけた。アドレナリンが大量に放出され、人間を簡単に投げ飛ばせることに、心の一部でかすかな驚きを覚えた。残りの部分は、ただひとつのことだけを意識していた。

生き延びろ。

57

地球　ワシントンＤＣ
統合防衛軍管理ビル　軍需品本部

　止めなければならない。これは純然たる単純な大量虐殺だ。アイザクスンは統合防衛軍管理ビルの入口を出て、外の階段を駆けおりようとした。コナーがすぐ後ろに続いている。予想どおり、警護官《シークレット・サービス》の一隊が外で待っていた。

「閣下、こんなふうにいなくなられたら、われわれはどうやって閣下をお守りすればいいのですか？」

　アイザクスンは顔をしかめた。

「きみたちをまくのがこんなにたやすくなかったら、わたしも、警護するきみたちの能力をもっと信頼したかもしれないな。わたしがいなくなったのに気づくまで、どのくらい時間がかかった？」

シークレット・サービスの班長はいらだたしげに口をつぐみ、待っている車のほうへ腕を振った。アイザクスンは車へ向かったが、途中で足を止めた。

だめだ。管理ビル内に、もっとやらなければならないことがある。アイザクスンは向きを変え、入口の階段を登りはじめた。シークレット・サービスの面々があとに続き、コナーが最後尾からついてくる。検問所と受付のある場所に来ると、アイザクスンは手を振ってほかの者を追い払った。

「ここにいろ。わたしは大丈夫だ——頼むよ、ここは統合防衛軍の管理ビルだぞ」班長の渋面を見て、アイザクスンは言った。

エレベーターに乗ると、仰向いて「軍需品部門」と言った。ノートン大将が軍需品本部へ——地下深くにある、爆弾の外装製造施設へ案内してくれたとき、そう言っていた。

数分後、アイザクスンは製造施設の通路を大股に進んでいた。ときおり、作業場の責任者や技術者に見られたが、みな予告なしの視察だろうと思って自分の仕事を続けた。アイザクスンは各階を見てまわった。捜しているのは……。

ああ、いた。エール大学出身の科学者ゴール軍曹だ。アイザクスンは軍曹に近づいた。

「ミズ・ゴール？」

ゴール軍曹の顔が赤くなった。

「ミスタ・アイザクスン！　わたしは……あなたが……わたし――」

アイザクスンは片手を上げ、微笑した。

「心配しなくていい、軍曹。この前の会話の続きをしに来ただけだ。きみの言葉に興味を持った。きみの仕事は、封じこめ方法を考えることだと言ったね」

「はい」と、ゴール。地球連合の副大統領が、戦争のさなかに、同伴者もなく、この作業場でいったい何をしているのかと、まだ不思議に思っているらしい。

「きみの特別の方法は、おそらく実用的ではないのだと言ったな？」

ゴールはうなずいた。

「おっしゃるとおりです。電気的な封じこめは不確実です。少なくとも、わたしが試した方法では」

「説明してくれ」アイザクスンは椅子を引き寄せ、ゴールの隣にすわった。ゴールは落ち着かない様子で、自分の椅子に沈みこんだ。

「その、わたしたちは、おもに反タングステンを扱っています。基本的には、反中性子全体といくつかの反陽子、それに、もちろん陽電子も」

「陽電子？　すまない、わたしは科学に弱いんだ」

ゴールは〝明らかです〟と言いたげな顔をしたが、うなずいて付け加えた。

「反電子のことです。そして、電気的封じこめの問題は、そこなのです」

アイザクスンはあごをなでた。

「陽電子は、電気的封じこめと相性が悪いのか？」

「陽電子は、反中性子や反陽子に比べて、ずっと自由に動きまわります。ですから、電気フィールドで陽電子を片側へ押したとき、何かがほんの少しでもバランスを崩すと、たった一個の陽電子が予想外に遠くへ押しやられただけで、全体がなだれ落ちるような連鎖反応を起こします」

「それは……まずいことなのか？」

「ドカーン」と、ゴール。

アイザクスンは脚を組み、近くのホワイトボードに目を走らせた。理解不能な方程式が一面に並んでいる。記号さえ、意味のわからないものがほとんどだ。逆さの三角？　なんだ、あれは？　ゴールの書いた〝h〟の文字は、どれも縦棒を横切るように右上から斜めに線が引かれている。

「もっと抑制された反応がほしいところだな」

「ええと、必ずしも〝抑制されて〟いなくてもいいのです。つまり、反応が起こってほしいときには、すぐに起こってほしい。さっき言ったドカーンです。爆発しなければ、爆弾ではないわけですから――まあ、そういうことです」

「それで？」アイザクスンは、いらだちを見せまいと努力した。本当は、科学者と話すのが嫌いだ。話が、なかなか核心に入らない。

「それで、反応が起こるときを正確にコントロールする必要があります。さらに、偶然に反応が起こる可能性をゼロにしなければなりません。初期設定状態をオフにしておく必要があります。反物質を使った装置を、ただ遊ばせておくわけにはいきません。古くなると爆発しますから。長期間、安全に保存でき、勝手に爆発することがないようにしなければなりません。何百年も前から使っている核兵器も、同じ対処が必要でした。われわれは、そういうものを長期間、本当にうまく安定させられるようになりました。しかし、核兵器と違って反物質関係の研究は新しく、数年前に、ここのチームの仕事が大きな進展を見せたばかりです」

　ゴールは立ちあがってホワイトボードのそばへ行った。ゴールがいくつかの方程式を指すと、アイザクスンは目をどんよりさせないよう努力した。くそ、わからないのか――――方程式なんか、おれには外国語みたいにちんぷんかんぷんだ。

「ほら――これは、単一の原子についてのシュレーディンガーの方程式です。ちょっと飾ってあります――わたしたちが話しているのは反物質のことで、かなり大きい原子を扱っていますから。厳密に言えば、タングステンの波動関数は美しいとは言えません。しかし、コンピューターがザクザクと踏み砕いて進むのに問題となることはありません。電子の波動関数でまわりを囲んで、この形状に持ちこめば、わかります」手を振って、近くの別の方程式を指した。「反タングステンは、この状態にとどまります。この波動関数を変えるには、非常に正確な信号が必要です。爆弾を何かに投げつけて、爆発を期待するというわけにはいきません。ちょうど衝突する瞬間に、起爆装置を作動させる必要があります」

「遠隔操作で行なうのか？　安全な場所から？」アイザクスンはうなずいた。

「ええと、そうではなく、内部機構の働きでスイッチが入るのです。爆弾外装の内部には複雑な電子装置があって、爆弾が発射されたのか、叩かれただけなのかを区別して探知します。そうすれば、叩くだけでは爆発しませんし、たとえば爆弾を運んでいる艦が何かの拍子に爆発したりする心配もありません。外装は基本的に、外から加えられた力では破壊できません。補強されたタングステンとイリジウムからなる合金の固まりは強固で、簡単には壊れませんから」

アイザクスンは話を先へ進めようと片手を何度も振った。要点を言うんだ。急いで。

「では、教えてくれ、軍曹。たとえば外国が、この作業に妨害工作をしかけようとしているとする。完成させたくないとき、どうすればいい？　いちばん簡単な方法は、なんだ？」ゴールの顔を見つめ、疑いの色を探した。大丈夫だとわかって、付け加えた。「大統領が、この点を心配している。爆弾を配備するときに、この装置がちゃんと働くことを確認しておきたい。だから、何者かが安全装置を無効にしようと思ったらどうするかを、知っておく必要がある」

ゴールはうなずいた。少しも疑っていない。

「ああ、それは実際、簡単なことです。囲む物質の波動関数を調整して、起爆信号に反応しないようにします」

「調整する？　どうやって？」

「本当に、どんな調整でもいいのです。波動関数は製造過程で外部のフィールドによって刻みこまれますが、簡単に変えられます」方程式のひとつを指さした。「たとえば、囲む物質の波動関数の係数を取ってみましょう。最適の正確な数は二π《パイ》です。六・二八うんぬん。これを六・二九に変えると……おおっと！　爆発は起こりません」

アイザクスンはおもむろにうなずいた。

「爆発しなければ、爆弾ではないな」

58

ペナンブラ星系付近
ISS〈ウォリアー〉 ブリッジ

もういちどだと?

ヴィシュゲイン・カーサのはったりに違いない。だが、もっと大事なのは、〝もういちど〟という言葉をカーサがどんな意味で使ったかだ。〝もういちど〟盟友になる――とは?

グレンジャーはプリンス少尉に向かってうなずいた。Qジャンプ開始の指示だ。

何も起こらない。

ドルマシの司令官はゆがんだ笑いを浮かべたまま、スクリーンから見つめている。

「トラブルかな、グレンジャー?」

「少尉、エンジンに点火したか？」

「はい、艦長。表示は、どれも正常です。しかし、その……何も起こりませんでした」

プリンス少尉はグレンジャーに、チラリとすまなそうな視線を向けた。

　グレンジャーは顔を仰向かせた。

「スコット中佐。説明しろ、レイナ。何が起こっている？」

　応答はない。

「スコット中佐、応答しろ」グレンジャーは〈ウォリアー〉の状況表示に目を走らせた。すべて正常だ。「機関部、応答しろ」

　聞き覚えのある声が通信機から届いた。

「全員、ここにおります、艦長。何かご用ですか？」

　ハンラハン大佐か？

「どうした、大佐？　スコット中佐はどうしたんだ？　なぜ、きみが動いている？」

　返事が来る前から、答えはわかっていた。グレンジャーは科学ステーションの空《から》の椅子を見た。ちくしょう、シェルビー、生きていたほうがいいぞ。さもないと、おれが殺してやるからな。

　ハンラハン大佐の声が、ゆっくりした、勝ち誇ったと言えそうな口調で響いた。

「艦長、われわれはどこへも行きません。わたしが友人たちのために介入しました。クルーは元気です」

くそ。もっと早くわかってもよかったのに。ヴィシュゲイン・カーサが来たとき、ハンラハンも一緒に会議室に入っていた。プロクターは、近くから出た大群《スウォーム》の超空間信号をふたつ探知したと言ったではないか。

「プロクター中佐は？」

短い間《ま》。

「プロクター中佐は、元気とは言えません。強くなぐりましたので」

スクリーンでドルマシが顔をゆがめた——たぶん、微笑のつもりだろう。

「しばらく、ここにいなければならないようだな、艦長。来客の乗艦に備えろ」

「なんてこった」グレンジャーはつぶやいた。手で首を切る真似をし、プルーハ少尉が通信回線を閉じた。戦術画面を見ると、艦隊の七十五パーセント以上がすでに去っている。だが、まだ動かない艦もいた——意図的かどうかは、ともかく。

通信が入った。

「グレンジャー、こちらはバーンズ艦長。話は聞いた」

グレンジャーはうなるような声で言った。

「ここを離れろ。死ぬぞ」センサー画面が、近づくスウォーム艦隊とドルマシ艦隊を表示した。もう二万キロも離れていない。

「すまない、グレンジャー。艦隊は分裂した。あんたは、もう艦隊司令官ではない。われわれは、あんたを守るために残っているんだ、この老いぼれのろくでなしめ」と、バーンズ艦長。気取った笑いが聞き取れそうな口調だ。

「ここにいたら命がないぞ、バーンズ。とっとと出ていけ」

「グレンジャー」と、バーンズ。「二カ月前の地球上空で、あんたはわれわれ全員に、あることを教えてくれた。あんたが艦と運命をともにしたときだ。まあ、あれは艦長の義務だし、艦長なら誰だってそうしただろう。だが、あんたは気難しい老いぼれのろくでなしらしく命にしがみつき、戦うのをやめなかった。どう見ても勝ち目はなかったのに、あんたは死と虚空から生還し、戦いつづけた。グレンジャー、われわれはどこへも行く気はない」

グレンジャーはため息をついた。英雄崇拝というやつは始末が悪い。もういちど戦術画面を見ると、三十五隻ちかい統合防衛軍の艦が〈ウォリアー〉とともに残っていた。本気の防衛活動ができる数ではない。まして、ほぼ同じ数のスウォームとドルマシの航宙母艦を負かせるはずはない。だが、〈ウォリアー〉のエンジンを復活させる時間を稼いでくれる可能性はある。

「バーンズ艦長、司令官として先頭に立ってくれ。わたしが留守にするあいだ、こちらの副長代理ミスタ・ディアスが〈ウォリアー〉の指揮をとる」

バーンズは悪態をついた。

「いったい、どこへ行く気だ、グレンジャー?」

グレンジャーはドアのそばの宙兵隊員に拳銃を渡すよう合図し、受け取った拳銃を背中のベルトに押しこんだ。

「わたしの艦を取り戻す」

59

ペナンブラ星系付近
—ISS〈ウォリアー〉　科学ラボ

　プロクターは頭から血を流しながら、よろよろと通路を進んだ。ハンラハンの打撃は強烈だった——アサルトライフルの台尻で、もう少しで頭を割られるところだった。頭にひびが入ってるかもしれない。

　でも、血液サンプルは手に入った。頭のなかで、筋書きが何度も繰り返され、とぎれずに輪を描いた——ハンラハンの背後に近づき、わざと転んで、血液を採取する。それから、世界が揺れはじめた。逃げられたのが不思議だ。

　通路の交差点で立ち止まり、どこへ行くつもりだったかを思い出そうとした。クルーが何人か、走ってそばを通り過ぎた。二、三人、足を止めてプロクターに手を貸そうとしたが、プロクターは手を振って退けた――緊急事態が進行している。警報が響き、赤いランプがきらめいた。大群《スウォーム》？　ドルマシ？　ロシア？　それとも新しい敵？　〈七種族協定〉の別の種族？

　プロクターはエレベーターから出て――乗ったことを、ほとんど覚えていない――あたりを見まわした。どこへ行くんだった？

　医務室へ続く通路が見えた。わたしのラボ。そこへ行こうとしていたんだった。この通路を進んだところにある。走ろうとしたプロクターはよろめき、一瞬、意識が遠のいた。ちくしょう――出血が多かったから。誰かの手がプロクターの肩をつかみ、グルリと身体の向きを変えた。

「中佐！　何があったんです？　医務室へ行かなきゃだめですよ」

　ドクター・ワイアットがプロクターの腕をつかみ、通路の先へ進ませようとした。ハンラハン大佐はさきほどの行動で、スウォームの工作員であることをみずから暴露した。ワイアットの姿を見て、プロクターは安堵した。ふたつの超空間信号を探知したとき、ワイアットもヴィシュゲイン・カーサと同じ部屋にいた。ワイアットではない。ハンラハンも――でも、発信源はハンラハンだ。プロクターは確信していた。

「だめ」と、プロクター。自分のラボのドアの前で止まった。「確かめる必要があるの」

「ちょっと、中佐、あなたは任務につける状態ではありませんよ」

「だめ、大事なことなの。特別任務で……わたし……特別任務を遂行中なの。科学の。グレンジャー艦長から命令を受けて……」言葉が口から出たときには、舌がもつれて、聞き取るのも難しくなっていた。ありがたいことに、まだ考えることはできる。そうでしょ？　通路がまた、ぐるぐるまわりはじめた。

「一緒に来なさい、中佐。出血を止めなければなりません。さあ——医務室はすぐ先です」

　プロクターは身をくねらせてワイアットの手から逃れ、ラボに跳びこんだ。捕まえられる前に注射器の針を試料検査機に押しこみ、すぐに閉めて、スコープのスイッチを入れた。ただちにサンプルはスキャンされ、ハンラハンの血液中にいるウィルスを見られるようになるはずだ。

「中佐！　もうたくさんです！」ワイアットがプロクターの背後からラボに跳びこんだ。だがプロクターをスコープから引きはがすより先に、プロクターはスコープをのぞいた。

　赤血球。T細胞。血漿《けっしょう》。ああ、あった。ウィルス。よし、わかった。ハンラハンは感染している。

よし、間違いない――これでスウォームにコントロールされている人間を探知できるようになった。少しは呼吸が楽になる――少なくとも、いま、スウォームのもっとも重要な武器のひとつを無力にすることができる。

「わかりました、ドクター。ここに来た目的は果たしました。行きましょう」プロクターはワイアットに導かれるままラボを出たが、急に足を止めた。「待って！」

「今度はなんです、中佐？　これ以上、血を失うと、輸血が必要になりますよ。警報が鳴っていますから、いまに中佐よりも輸血が必要な負傷者が、たくさん医務室に来るはずです」

プロクターはワイアットの手をはずし、ラボのテーブルのひとつに戻って、あるものを捜した。視界がぼやけ、部屋が荒々しく回転した。頭が痛い。ああ、あった。超小型注射器。プロクターは乱雑に積み重なったラボの道具類のなかから注射器を取りあげ、ポケットにすべりこませた。

「いいわ。医務室へ行きましょう」プロクターは言い、ワイアットの腕のなかに崩れ落ちそうになった。

60

ペナンブラ星系付近
ＩＳＳ〈ウォリアー〉 機関部

「一緒に来い」グレンジャーは、ブリッジのドアのそばに立つ二人の宙兵隊員に言った。二人はうなずき、アサルトライフルを構えた。「うまくいけば、銃は必要ないだろう。おろしておけ。すぐには発砲するなよ。まず、わたしが話す。わたしの合図を待て。何が起こっても対処できるよう、身がまえていろ」

　グレンジャーは二人をしたがえ、エレベーターへ向かって通路を進んだ。エレベーターに乗ると、艦がガクンと揺れ、震動しはじめた。最初の大群《スウォーム》航宙母艦が到着し、艦隊に対する攻撃が始まったのだろう。ちくしょう、おれの居場所は、戦いの指揮をとるブリッジなのに、ここでダムに開《あ》いた別の穴をふさぎに行こうとしている。

だが、この特別な穴をふさげるのは、おれだけだ。一分もたたないうちにエレベーターのドアが開《ひら》き、グレンジャーは宙兵隊員を連れて通路を出ると、機関室へ向かった。周囲は〈コンスティテューション〉の機関室の外と、ほとんど変わらない。ふいに、あることを思い出した。二カ月前、別の二人の宙兵隊員と一緒にこのドアの前に立ち、二人に救命ポッドに乗るよう命じてから、自分は死すべき——と思っていた——運命に向かって進みつづけたのだ。

　機関室のドアは開かなかった。グレンジャーは大きな声で言った。

「ハンラハン大佐、こちらは艦長だ。機関室の外にいる。いますぐなかに入れてくれ」

　スピーカーから出たハンラハンの声が、狭い通路に響きわたった。

「一人ですか？」

　グレンジャーは宙兵隊員たちに目をやり、アサルトライフルを構えていることを確かめた。

「標準の護衛として宙兵隊員が同行している。こちらは三人だけだ。なかに入れてくれれば解決できる」

　ドアが左右へすべるように開いた。機関室は人けがないように見えた。グレンジャーは足を踏み出し、ついてくるよう宙兵隊員に合図した。背中のベルトにはさんだ拳銃を意識したが、抜きたいという衝動を抑えた。

中央司令コンソールには人影がない。グレンジャーたちは広い機関室内を進んだ。パワー・プラントも標準エンジンと同様、異常はないようだ。Qジャンプ・エンジンも、見たところは正常らしいが、機関部の者に調べさせなければ状態について確言はできない。いったい機関部のクルーは、どこにいるんだ？

冷却ベイの方向へ角を曲がったとき、グレンジャーの足が止まった。機関部のクルーが全員、床の上にいる。

死んでいるのか？

一人が動いた――うつぶせになった若い技術者が、頭をまわしてグレンジャーを見、目を見開いた――おびえている。

ハンラハンは奥の壁ぎわに、自分の横に宙兵隊の一個分隊を並ばせて立っていた。宙兵隊員がいっせいにライフルでグレンジャーにねらいをつけた。

「自分で来る度胸があるとは思わなかったな、グレンジャー」と、ハンラハン。「あのあだ名を考えれば――なんと呼ばれてたっけ？　〝レンガ職人〟か？　いつも自分の代わりにほかの者を送り出して、汚れ仕事をさせる。だが、臆病者ではないことがわかって、ありがたい。外にいるわれわれの友人たちは、わたしがおまえを追いつめたと知れば、大喜びするだろう――おまえは長いあいだ、われわれをだましてきた」ライフルで、部下たちに前へ出るよう合図した。あの宙兵隊員たちもスウォームにコントロールされているのだろうか？　グレンジャーは気づいた――ハンラハンはあいまいな言いかたをしている。ひょっとしたら、部下に、自分がほかの艦長の命令でおれを捕まえようとしていると思わせたいのではないか？

「待て」グレンジャーはハンラハンに向かって一歩、足を踏み出した。ヴィシュゲイン・カーサの言葉を思い出した――〝きみも盟友になるのだ、もういちど〟。

〝もういちど〟――これではっきりした。おれは一時期、スウォームの支配下にいたのだ。いまも、そうかもしれないが、少なくとも、まだ自分で自分をコントロールできると感じている。そう感じられるあいだに、この状態から脱却する方法を考え出さなければならない。

　それと、少なくとも一時期、おれは有機的超空間通信を使えたらしい。しくみは、自分ではわからない。どうすれば体内で超空間信号を作り出せるのか、まったく理解不能だ。プロクターでさえ、わからないようだった。

　だが、試してみよう。グレンジャーはハンラハンの顔に注意を集中した。ハンラハンの目を見つめたまま、通信しようと……感応しようとした。心のなかで、ただ一語をハンラハンに向かって叫んだ。〝やめろ〟、〝やめろ〟、〝やめろ〟。グレンジャーはその言葉に、ハンラハンの顔に、そして〝やめる〟という概念に、意識を集中した。

ハンラハンは首をかしげた。混乱しているらしい。部下たちに身ぶりで休めと命じ、進んできて、グレンジャーの何歩か手前で止まった。まだアサルトライフルをおろさない。

本当に役に立ったのか？　だがそんなことはどうでもいい。このチャンスをつかむのだ。ハンラハンを混乱させれば、おれが行動をとる時間ができる。

「わたしは盟友だ。きみと同じように」と、グレンジャー。

宙兵隊員たちは、みな混乱しているようだ。ハンラハンは目を細めて警戒の表情を浮かべた。

「盟友だと？　おまえはかつては盟友だったのに、いなくなった。引き返した。おまえはもう盟友ではないと報告されている」

「その報告は間違っている」

ハンラハンは当惑の表情をみせた。ライフルは、まだグレンジャーの胸をねらっている。

「われわれの盟友は、けっして間違わない」

「バカ者、わたしのことは盟友も承知している。わたしは前から正体を隠して潜伏していたのだ。盟友は、おまえをテストしている。おまえを友として信用できるかどうか、観察しているのだ」

ハンラハンの顔に希望の色が現われた。

「それで?」

グレンジャーはニヤリと笑った。

「おまえは……見事にやりとげた。盟友は満足している」ハンラハンの顔を注視し、心の声を集中させた――〝**よろしい。よくやった。見事だ**〟。

ハンラハンのアサルトライフルが、わずかにさがった。グレンジャーは大きな笑みを浮かべて片手を差し出した。ハンラハンはライフルから手を放してストラップからぶらさげ、グレンジャーの手を取った。

二人の手が触れ合い、握り合った。ハンラハンは目を見開いた。表情がショックから怒りに変わった。だが、ハンラハンがライフルを上げるより早く、グレンジャーは背後に手をまわしてベルトから拳銃を抜き取り、ハンラハンの胸に向けて撃った。

ハンラハンの背から血が噴き出した。

ハンラハンはよろめいて後ずさりした。咳をし、血を吐き出した。ライフルが落ち、ハンラハンは床に膝をついた。

だが、顔は笑っていた。

「問題ない」声をきしらせて言った。「盟友たちはおまえを逃がしはしないぞ、グレンジャー。おまえは、また盟友になる。われわれの最高に偉大な盟友に。おまえを通して、われわれは地球を要求する」

グレンジャーは、もういちど発砲した。血が飛び散った。外の戦闘の衝撃で、艦が揺れた。ハンラハンは床にくずおれながら、まだ耳ざわりな声で言っていた。

「副長はどんな具合だ？　さっき会ったときはあまり気分がよさそうじゃなかったぞ」

「医務室にいる。元気でやっている」と、グレンジャー。

血まみれの顔が、最後の笑いを浮かべた。

「けっこう。ワイアットが面倒を見てくれるだろう。あの医者は、いつだって盟友だ」

盟友だと？　くそ！

ハンラハンの頭がゴツンと床に当たった。目はうつろだ。グレンジャーは混乱している宙兵隊員たちを見あげた。

「武器をおろせ。いますぐ！」と、グレンジャー。一人がためらい、ライフルを床に置いた。「全員だ。武器をおろせ。きみたちの安全は約束する。気づいていないようなら言っておくが、艦外では戦闘が起こっている。スウォームが何か猛烈な武器で、われわれを攻撃している。わたしがここで、きみたちバカどもとくだらん暇つぶしをするより、上のブリッジでわれわれの命を救う努力をしていたほうがいいんじゃないのか？　**さあ、銃を置け！**」どなりながら床を指さした。

　宙兵隊員たちは言われたとおりにした。グレンジャーは自分が連れてきた二人に合図して、床の上の銃を拾わせた。グレンジャー自身は床の上の機関クルーのなかからスコット機関長を見つけ出し、横に膝をついてかがんだ。

「大丈夫か、レイナ？」

　スコットは全身を震わせ、ぼうっとしているようだ。

「大丈夫です、艦長、ケガはありません。あいつは誰も傷つけていません。われわれに、自分は友人だと言いつづけていました。まったく、あたしの顔にライフルを突きつけて、そう言いつづけるんですよ……いまどきの子供ときたら……」

　スコットはしゃべりつづけた。グレンジャーはスコットの両肩をつかんで、顔をのぞきこんだ。

「レイナ、いますぐQジャンプ・エンジンが必要だ。あいつはQジャンプ・エンジンに何をした？」

「何もしていません、艦長。あたしに、エンジンが作動しないようにさせただけです。急いで修理します」

「どのくらいかかる？」

「十分」

グレンジャーはスコットに手を貸して、立ちあがらせた。

「とりかかれ」

スコット中佐は数人の技術者を集め、司令ステーションへ向かった。

「こいつらを拘禁室に入れろ」グレンジャーは、同行した二人の宙兵隊員に、ハンラハンにひきいられていた宙兵隊員たちを指して命じた。「あとで選別する」

艦が横に傾き、何度か跳ねあがった。ブリッジに戻らなければならない。だが、あとひとつ問題が残っている。もう一人、救わなければならない。エレベーターのドアが背後でしまり、グレンジャーは仰向いて目的地を告げた。

「医務室」

61

地球　ワシントンDC
統合防衛軍管理ビル　超空間通信センター

少し時間がかかったが、アイザクスンは結局、実際の製造ラインへのアクセス権を持つ一人の陸軍大佐を見つけ出した。一連の製造作業は、外装製造施設に始まり、貯蔵庫への配送や航宙艦への配備で終わる。

得られた情報は、気力が湧くようなものではなかった。

「はい、副大統領閣下。わたしは、全装置の八十二パーセントがすでに配備されたことを確認できます」

「総数は？」

大佐はのろのろと自分のコンピューターの表示を見た。

「九十万ちかくになります。何か問題でも？」

アイザクスンはうなずいた。だが、どこまで明かすべきか、自信がない。副大統領がつつきまわっていれば、噂は必ず上層部に届く。

「保安の脆弱の可能性だ。教えてくれ。爆弾の封じこめに使われた波動関数を、配備中に変更する方法はあるか？」

大佐はギュッと眉を寄せた。

「あると思います。どの装置も艦の中央コンピューターとリンクし、アドレス可能です。どの装置のどのパラメーターを調整するにも、問題はありません。遠隔操作も可能だと思います」

けっこう。それなら可能かもしれない。アイザクスンはエレベーターで上へ向かったが、地上に出る前に止め、「超空間通信」と命じた。管理ビルには、そのような通信センターがあるに違いない。エレベーターはすぐに動きはじめ、前にいた階の二、三階上でドアが開いた。技術者が一人だけのステーションがある。エレベーターから出てきたアイザクスンを見た女性技術者が、目を丸くした。

「落ち着いて。立たなくていい」と、アイザクスン。若い女性技術者の横の椅子に腰をおろした。技術者は、いまにも激しく息を弾《はず》ませそうだ。通信技術者は政治家と親しく付き合うことなど、ないのだろう。「きみの名前は？」

「ピカレル上等兵です、閣下。何かご用でしょうか？」

「そうだ。いいかね、かわいいお嬢さん、こんなことは通常の手続きにないのは知っているが、緊急のメッセージをブリタニア星系に送ってほしいのだ」

「ですが閣下、わたしは普段、上官から与えられるメッセージを送信するだけで――」

「えらいぞ、上等兵。その返事は、すぐれた予防保安措置だ。だが、いま軍の最上層には保安上の穴がある。このメッセージは、きみとわたしだけの秘密にしておく必要がある。ほかの者には、ひとことも漏らしてはならない。きみは、これが送信されたという事実を消去する。大統領とわたし以外の者には言わない」

若い技術者の顔に疑念の色が浮かんだ。普通のやりかたと違うだけでなく、異常だと感じている。

「いいかい、お嬢さん、これからきみに言うことは、きみとわたしだけの秘密にしておかなければならない。いいかな？」アイザクスンは技術者に身を寄せ、切迫した口調でささやいた。「統合防衛軍は大群《スウォーム》に支配された。いたるところにスウォームのスパイがいる。このメッセージがブリタニア星区にいる艦隊に届かなければ、われわれは一週間以内に戦争に負ける。きみだって、何十億人もの死に悩まされたくはないだろう、お嬢さん？　わたしは、それがどんなものか知っている。信じてくれ――おもしろいものではない」

上等兵は目をますます大きく見開いたが、感心にも、うなずいた。

「どんなメッセージですか、閣下？」

62

ペナンブラ星系付近
―ISS〈ウォリアー〉　医務室

プロクターは目の焦点を定めようとした。意識を失ってはならない。でも、ずいぶん血を失った。ドクター・ワイアットはそう言っている。

プロクターは医務室のベッドの上に手をついて、身体を支えた。ドクターに、個人用凹所《アルコーヴ》にあるベッドを与えられたことに気づいた。だが、医務室内のほかのベッドは、すべて空《から》だ。おかしい。今朝は、六人の負傷者がいたのに。周囲で艦がゴロゴロと音を立てている。外では戦闘が起こっているはずだ。もっと大勢、負傷者がいてもいいはずなのに。

それなのに、ほかのスタッフもいない。プロクターは室内を見まわした。ほかの看護師や医師はいないのか？

「スタッフを周辺部のデッキへ送り出して、一時的な負傷者分類《トリアージ》センターを設置させている——ここよりもずっと、負傷者が運びこまれる位置に近い」

　ワイアットが笑みを浮かべて執務室から出てきた。小さな注射器を持っているが、中身はプロクターにはよく見えない。プロクターは額《ひたい》をさすった——傷を抗菌クリームと密閉剤がおおっている。ひどくむずがゆい。

「触らないで、中佐。わが盟友たちはわれわれ全員に、完全な健康体でいてほしいと思っている」ワイアットは注射器を照明にかざして少し押し、先端から泡を出した。

　中身は、緑色がかったもの——大群《スウォーム》物質だ。

　誰かがどなりながら、ドンドンとドアを叩きはじめた。

「シェルビー！　**シェルビー！**」グレンジャーの声らしい。

　では——艦長も同じことを考えついたのだ。よかった。わたしが失敗しても、一応、どんな事態かを知っている者がいる。ドクター・ワイアットの正体を知っている者が、わたし以外にもいる。

　ワイアットはベッドのそばに立ち、プロクターをのぞきこんだ。

「すぐ、そのときが来ますよ、中佐。人類の新しい時代の夜明けが。われわれの新しい盟友は、情け深く、寛大で、親切です」

プロクターの視線がワイアットから注射器へチラリと動き、ワイアットの顔に戻った。

「痛い？」

ワイアットはクスクス笑った。

「もちろん、痛みはありませんよ！　目覚めと同じような感じです。生まれてはじめて味わう感じでした。いまのわたしは、もっとずっと長く生きられるようになった。それが、盟友たちの本質です――つねに学んでいる。つねに成長している盟友は遠い昔に、生命体の死を食い止める方法を発見しました。もちろん、永遠に食い止めることはできませんが、非常に長いあいだ活動できるようになります」

プロクターは警戒し、目を細めた。ドアを叩く音が続いている。ワイアットはチラリとドアを見た。あいまいな懸念の色が顔をよぎった。

「不運なことに、わたしは新世界での活動を楽しむことはできませんがね」と、ワイアット。空《あ》いている手でポケットを探り、拳銃を取り出した。

ワイアットの計画がわかった――わたしにスウォーム物質を注射してから、自殺するつもりなのだ。わたしはスウォームの支配下に置かれる。ワイアットが死ねば、艦長はスウォームを撃退できたと思うだろう。艦長とわたしがこの戦いに深く関与すればするほど、スウォームはこの方法で統合防衛軍司令部の最上層部まで浸透していくことになる。

入口でガチャンと大きな金属音が響いた。左右にすべる二枚のドアの合わせ目が少し開き、そこから何か金属が突き出て、ドアをこじあけようとしている。

「さようなら、中佐。そして、ようこそ」ワイアットは注射器をプロクターの腕に近づけ、銃口を自分の頭に当てた。

ワイアットに注射されるより早く、プロクターはポケットのなかで手さぐりしていた自分の注射器を取り出し、ワイアットの腹部に押しつけた。うなり声とともに中身を全部、ワイアットの体内に注入した。ワイアットはぎょっとして跳びすさった。

「なに……いまのは、なんだ？」ワイアットはよろめいてプロクターに近づき、プロクターはベッドの反対側へ転がって床におり、ベッドの陰にかがんだ。

「あら、ただの……あなたなら知っているでしょう？　言うつもりはないわ。長いおしゃべりは悪役の親玉がすることですもの」

ワイアットは腹部を押さえ、注射器を落として悲鳴を上げた。口角から泡を吹き出し、もういちど悲鳴を上げた。銃を上げてプロクターをねらった。

プロクターは目を閉じ、さらに身をかがめた。銃声。金属に当たる弾丸の音が何度も響いた。プロクターは肩に焼けつくような痛みを感じ、反射的に転がって射線からはずれた。

　近くでドサッと音がし、プロクターは危険をおかしてベッドの端からのぞいた。

　ワイアットが倒れていた。まだ、うめいている。ドアに目を走らせると、隙間《すきま》から、こじあけたスパイク状の金属のほかに、拳銃を握った片手が突き出ていた。銃は、うつぶせに倒れて身を震わせるワイアットに、まだねらいをつけている。ワイアットがまたしても悲鳴を上げた。

「シェルビー？　大丈夫か？」ドアの隙間からグレンジャーがどなった。

　プロクターは肩の痛みを無視して跳び起き、ワイアットに駆け寄ると、ワイアットが落とした銃をひっつかんだ。ワイアットは腕と肩、脚から血を流している。グレンジャーの弾丸が当たった個所だ。だが、ワイアットは傷よりも、はるかにたちの悪い苦痛に襲われているらしい。

「大丈夫です」プロクターは出血した肩を押さえ、後ろ向きにドアに近づいてロックを解除した。金属のスパイクがガシャンと落ち、グレンジャーが跳びこんできた。ワイアットに近づき、拳銃をワイアットの頭に向けた。

「だめです！　艦長、やめてください」と、プロクター。

「こいつはスウォームだぞ」グレンジャーは拳銃の撃鉄を起こした。

「はい、そうです。ただ……待ってください」大きな声では言いたくない。ワイアットが聞いて、その内容を超空間通信でスウォームに知らせるかもしれない。ワイアットは呼吸が重く、苦しそうだ――プロクターが作った原始的な病原体……スウォーム・ウィルスに効《き》く試作品を注射されたからだ。

　プロクターは引き出しを開《あ》け、鎮静剤を捜した。めざすガラスの小瓶《こびん》が見つかると、ハイパワー注射器で中身を吸い上げ、かがみこんでワイアットの首に注射した。まもなく、うめき声がやみ、ワイアットは目を閉じた。

　艦がガクンと傾いた。

「ワイアットに何を注射した？」グレンジャーは驚いて、たずねた。「こいつは、きみに銃を向けたんだぞ。発砲したが、はずれた」プロクターの背後の壁を指さした。弾痕が広く散らばっている。どうやらワイアットは、苦痛が激しくて狙撃できる状態ではなかったらしい。

「科学で、スウォームを負かしました」プロクターはチラリとグレンジャーを見あげた。「科学がやることの邪魔をしないでください」艦が、またゴロゴロと音を立てた。「ほら、艦長、説明はあとでします。あなたは、ブリッジにいなければなりません」

グレンジャーはプロクターの頭に目を走らせた。

「きみはケガをしているぞ」

「はい。でも、大丈夫です。ワイアットは、わたし一人で扱えます。ブリッジへ戻る途中で、医務スタッフに、医務室へ戻るよう命じてください。トリアージ・センターを設置させるためにスタッフを艦じゅうに送り出したと、ワイアットが言いました。たぶん、わたしをスウォームに感染させるのに邪魔が入らないよう、スタッフを追い出したのでしょう」

グレンジャーはうなずいた。ドアへ向かう途中、血を流して意識を失っているワイアットに目をやった。

「プロクター、もういちど言う」

「何をですか？」

グレンジャーは気取った笑みを浮かべた。

「きみが味方で、よかった」

63

ペナンブラ星系付近
—ISS〈ウォリアー〉ブリッジ

　ブリッジは混乱状態だった。グレンジャーは二十分しかブリッジを離れていなかったが、大群《スウォーム》を相手に五分も戦えば、ほとんどの艦が破壊される。

　だが、〈コンスティテューション〉と同様、〈ウォリアー〉は普通の戦闘艦ではなかった。

「状況は？」グレンジャーは大股にブリッジ中央へ進みながら、どなった。ディアス大尉が顔を上げ、安堵の色を見せた。

「バーンズ艦長のおかげで、われわれもまだ生きています。いまのところは」

「われわれの艦は何隻、残っている？」

ディアスは一瞬、顔を引きつらせた。

「新たに十隻を失いました」

十隻。このためだけに、十隻。おれは二カ月間、あちこちで手当たりしだいに艦を突進させ、捨ててきた。ほかの艦に戦うチャンスを与えるために犠牲になって、スウォーム航宙母艦の戦闘艇ベイに突撃し、破壊するよう命じた。

だが、今回は感じが違う。艦長たちはみな、おれのために自分の命を捨てる覚悟で残ってくれた。おれのためだ。ばかげた、無責任な行為だ。一隻の艦とそのクルーは――おれの艦とおれのクルーであろうとも――ほかの十隻を犠牲にするほどの価値はない。だが、この行為は結局、おれ自身が育てたものではないか？　おれは無敵の伝説だ。スウォームをきっぱりと押し返した人間だ。とにかく、人々にそう思わせておいた。噂を抑える努力は何もしなかった。英雄崇拝を打ち消そうとしなかった。おれは人々にとって、なくてはならないものだ。

そしていま、それが禍《わざわい》となって返ってきた。おかげでまだ生きていることを、ありがたいとは思うが、ほかの艦長たちは自分の艦とクルーを、おれのためだけに捨てたりするべきではなかった。

少なくとも、いまは。

「スコット中佐、教えてくれ。エンジンは復活したか？」

大混乱の機関室から、スコットの声が届いた。

「はい、艦長。ちょうど、いまオンラインになったところです」

スクリーンに、バーンズ艦長のＩＳＳ〈ノッティンガム〉がスウォームの反物質ビームの直撃を受ける様子が映し出された。背景では、ドルマシ艦が〈エディントン〉を連打している。

「艦隊に信号を送れ。エンジンがオンラインに戻った。ここから脱出する」

「了解」と、プルーハ少尉。

通信機から大音量でバーンズ艦長の声が出た。

「元気で戻ってきたようだな、グレンジャー艦長。よかった。さあ、ここを出よう」

「地球で会おう」と、グレンジャー。「ここで待っていてくれて、ありがとう、バーンズ艦長。世話になった」

「何をぬかす。きみだって、われわれのために同じことをしただろう」

そうだろうか？　おれなら、別の日の戦いに備えて、損失を切りつめる方向で動く可能性が高そうだ。戦闘ではなく、戦争に勝つために。

だが、いまは前より気が楽だ。自分が、もうスウォームにコントロールされてはいないと確信して——ほぼ確信している。スウォームの影響下にあるか？　あるかもしれない。スウォームに追尾されているか？　たぶん。だが、コントロールされてはいない。

「プリンス少尉、地球へ向かえ」

一瞬後にスクリーンの映像が変わり、戦闘に代わって星原が現われた。

グレンジャーは深呼吸をして腰をおろした。手に、ハンラハン大佐が飛び散らせた血が少しついている。手をこすると、乾いた血が細かい薄片になって落ちた。

「さあ、ほかの艦が無事に到着することを期待しよう」

64

地球　高軌道
ＩＳＳ〈ウォリアー〉ブリッジ

地球を目《ま》の当たりにするのはうれしいものだが、ここまで来るのに払った犠牲は大きい。艦隊は再集結したが、はぐれた艦がまだ、ちらほらと戻ってくる。任務は、少なくとも形の上では、明らかに悲惨な結果に終わった。航宙軍本部には、そういわれるはずだ。三十三隻。三十三隻の艦とクルーが失われた。敵陣の奥を航行し、大群《スウォーム》の惑星を攻撃しては、すばやく深宇宙へ逃げるのだから、何週間もかかる——グレンジャーがそう主張した任務が、三日もかからずに終わった。

ただ、グレンジャーにはわかっていた——任務は、実際にはすばらしい成功だった。スウォームの母星を突きとめたのだ。自信がある。

グレンジャーはディアス大尉に目を向けて言った。

「修理と回復作業を開始しろ」航法ステーションへ向きを変えた。「プリンス少尉、ウェリントン宇宙ステーションへ向かえ。食料や武器を補充する必要がある」天井に顔を向けた。「プロクター中佐」プロクターは目覚めているだろうか？

「はい、艦長？」

「われわれはジンガノ元帥のもとへ出頭しなければならない。成果を話せるくらいに回復したか？」

「回復しました。それと、あいつらは、あいかわらずです。艦長、もっと提供できる成果があればよかったのですが」

グレンジャーは首を振った。

「きみは充分以上にやってくれた、シェルビー。どえらい科学者だな。気をつけろ。ジンガノ元帥は、きみが〈インディペンデンス〉に足を踏み入れるより先にその艦を取りあげて、きみを科学調査船に突っこむかもしれないぞ」

プロクターの含み笑いが聞こえた。

「科学調査船はもうないんですよ、艦長。お忘れですか？　いまは戦争中ですから」

「なくなって、まもないからな。わたしはシャトルベイでジンガノ元帥を迎えてから、きみのところへ行く。起きなくていい――そのまま、医務室にいろ」

グレンジャーは立ちあがり、ブリッジを去ろうとして、ディアス大尉を振り返った。

「武装した宙兵隊員が、つねに医務室の入口に配備されるようにしろ。わたしが命令するまで、ドクター・ワイアットのベッドの拘束を解いてはならない。ワイアットの口から出る言葉を、ひとことも信じるな――ワイアットの階級と権威を、無期限に剝奪《はくだつ》する。ワイアットに手を触れたり、三メートル以内に近づいたりしてはならない。わかったか？」

ディアスはうなずいた。

「はい、艦長」

けっこう。いちばん避けたいのは、スウォームに感染した人間たちを艦内に野放しにすることだ。プロクターはスウォーム・ウィルスそのものを攻撃する一種の薬剤を使って、偶然ではあるが結果的に、ワイアットの体内に有毒な病原体を放《はな》った。ワイアットは恐ろしい苦痛に襲われたが、二度と本来のドクターに戻れないと決まったわけではない。

ドアまで数歩のところで、グレンジャーは通信士のプルーハ少尉に呼び止められた。

「艦長？」

「なんだ、少尉？」

「ジンガノ元帥の専用回線で、暗号通信が入っています」

「解読しろ」

プルーハ少尉はうなずき、まもなく言った。

「読後消去せよ、とのことです」

艦長席に戻ったグレンジャーはスワイプして画面を起動し、掌紋認証のために手のひらをかざした。画面にメッセージが現われた。


エイブリー大統領が行方不明。他言無用。補給後、中間点でわたしと合流せよ。

65

地球　高軌道
―ISS〈ウォリアー〉　通信センター

肝っ玉《ボールジー》ことタイラー・フォルツ大尉は、画面のスイッチを入れた。おれたちは地球にいる。おれたちが帰ってきたなんて、誰も知らない——任務は何週間も続くはずだったのに、三日で戻ってきたからだ。

あの坊やと今度いつ話せるか、わからなかった。あの子は英雄を必要としている。

坊やの祖母ミセス・ミラーの疲れてしわの寄った顔が、画面いっぱいに現われた。

「まあ、フォルツ大尉、通信してくださって本当にうれしいわ。待ってね、あの子を呼んできます」

ボールジーは微笑した。ミセス・ミラーの顔が画面の外へ消え、背景で坊やを捜す声がした。フォルツ大尉と言う名前が出ると、かなきり声が聞こえ、いくらもたたないうちに男の子の小さな顔が画面に現われた。

「**ボールジー！**」

ボールジーはニヤッと笑った。三歳児にとっては、単語ひとつでも口にすれば会話だ。

「やあ、ザック。どんな具合だ、坊や？」

「**いいよ**」

ザックはペチャクチャしゃべりはじめ、自分が描いた絵を見せて、幼い子供らしい片言であちこちを説明した。まもなくポケットから何かを取り出し、画面に向かって高く上げた。

「うわ、きみ、まだそれを持ってたのか！」

「**うん！**」

いろいろな場所で遊んだらしく、小さな戦闘艇の模型は端が欠けているが、ザックの手のなかでまだ印象的な輝きを保っていた。

「これ、**速いんだよ！**」

ボールジーはクスクス笑った。

「そうだとも、当然だ。稲妻みたいに速い」

「今日は飛んだ、ボールジー？」

幼いザックにいささか下品なコールサインで呼ばれると、ぎょっとするが、同時にニヤニヤしたくなる。

「今日は飛ばなかったよ、坊や。でも、たぶん、明日は飛ぶ。速く飛ぶよ。ＯＫ？」

「ＯＫ」ザックは模型の戦闘艇を上げ、高く移動させながら、戦闘艇が発すると思っている爆音の口真似をした。まもなく画面に注意を戻し、わだかまりの残る目でボールジーを見つめた。「まだ、ママを見つけてないの？」

ボールジーは喉が詰《つ》まりそうになった。

「その……おれは……いや、坊や。まだ見つけてない。見つけられるかどうか、わからない。でも、ママは速く飛んで、猛烈に戦ってるよ」

「ママは明日、見つかる？」

ボールジーは内心、もがいて言葉を探した。ちくしょう、いったいなぜ、こんなはめになってるんだ？　これは、おれの仕事じゃない。

「いや、坊や。明日も無理だ」

ザックは画面を見てから、また戦闘艇の模型を空中高く走らせて、爆音を出した。

「ママはきっと速すぎるんだ。もっと速く飛んでよ、ボールジー」

ボールジーのクスクス笑いに嗚咽《おえつ》が混《ま》じりそうになった。

「ああ、わかった。そうするよ。ザック、もう行かなきゃならない。大丈夫かい？　おばあちゃんと一緒で、うれしいか？」

「**うん**」

ボールジーはうなずいた。

「よし。じゃ、また今度な、坊や」

ザックは走り去り、ふたたびミセス・ミラーの顔が画面を埋《う》めた。

「ありがとうございます、フォルツ大尉。ご連絡は、あの子にとって大きな意味があります。わたしたちにとっても。あの子は一日おきに、あなたに話してくれと頼むのです」

ボールジーはうなずいた。

「ザックは大丈夫ですか？」

ミセス・ミラーはため息をついた。

「なんとか元気でやっています。なんとか、やってゆくでしょう。やらなければなりません。こんなふうにあの子を励ましてくださるなんて、あなたは本当に立派なかたです。あの子の……ザックの……伯父も亡くなりました。カディス第一居住惑星で。あの子の父親の兄です……」ミセス・ミラーは言葉を切って目を閉じたが、無理やり笑みを浮かべた。「つらかったです。でも、ザックは元気でやっています。ありがとうございました」

通信が終わった。一時間後の夕食は、歯ごたえも味も感じられなかった。宇宙の覇者《スペースチャンプ》と消耗品《フォダー》とともに行なったウェイトトレーニングは、ぼやけた絵のように過ぎた。晩のトレーニングは無意味な繰り返しのような気がする。ボールジーの頭にはジェシカのことしかなかった。

耳のなかで、幼いザックの声が反響した――〝もっと速く飛んでよ、ボールジー〟。

坊や、ほんとに、そんなふうに簡単だったらいいのにな。

66

シリウス付近　中間点
ISS〈ウォリアー〉　ブリッジ

ウェリントン宇宙ステーションで小規模な補給をすませると、〈ウォリアー〉はシリウスから数光年の位置に向かってQジャンプした。目的地は〝中間点〟だ。グレンジャーは、すぐに気づいた――数百キロしか離れていないところで、ジンガノ元帥の艦〈ヴィクトリー〉が待っている。少したつと、ビーッと通信機の呼び出し音が鳴った。グレンジャーはプルーハ少尉に向かってうなずき、通信を自分のステーションに転送させた。

「会えてよかった、グレンジャー」と、ジンガノ元帥。

「何が起こったんですか、元帥？　大統領はどこです？」

元帥は頭を振った。

「昨夜遅く、大統領首席補佐官から暗号のメッセージを受け取った。大統領がどこにもいないという内容だ。姿を消した。大統領担当の警護官《シークレット・サービス》数人も、いなくなった。首席補佐官は最悪の事態を恐れている」

「地球連合の大統領が姿を消すなんて、いったい、どうすればできるんですか？」

ジンガノは肩をすくめた。

「大群《スウォーム》の来襲以来、エイブリーは自分の安全にも自由な行動にも細心の注意を払ってきた。替え玉やら秘密のスケジュールやら——くそ、ノートン大将でさえ、しばしば大統領がどこへ行ったのかわからなくなるんだ。ノートンは、大統領が地球を離れるときの護衛艦隊の責任者だというのにな。ことによると大統領は、ブリタニア星系にいる母親を訪問しているのかもしれん」

グレンジャーは閉口して頭を振り、言った。

「それとも、死んでいるのか」

「そう、死んでいる可能性もある」

ちくしょう。勝利は目前なのに。スウォームとの、最後の決定的な対決が始まるというのに。今度はこれだ。

「こんなわけのわからないことにかまっている暇はありません。黒幕は誰ですか？」

ジンガノは肩をすくめた。

「わたしの見るところでは、ふたつの可能性がある。ひとつは、大統領が自分の意志で姿を消した――つまり、攻撃者をかわそうとして隠れた場合だ。もうひとつは、誰かほかの者が失踪の原因だという場合。もし、そうなら、可能性はふたつ……三つかもしれない。エイブリー大統領を消したがっているのが政府内の者か、ロシア関係者か、あるいはスウォームにあやつられた者か。すぐに死体で見つかるようなら、犯人は政府内の者だ。大統領に死なれるより、大統領に失踪されるほうが、はるかに不安定な状態になる。国内の敵にとっては、指導者が迅速に入れ替わるほうがありがたい。だが、犯人がロシア人かスウォームだった場合は、大統領不在の状態を長引かせて、混乱と不安定を大きくしたがるだろう」

グレンジャーはまだ信じきれず、頭を振りつづけた。

「ばかげている」スクリーンのジンガノの顔を見あげた。「元帥、とにかく、艦隊は進む必要があります。待ってはいられません」

ジンガノはスクリーンのほうへ頭を傾けた。

「では、確信があるのだな？　思い出したのだな――きみの……失踪を？　母星がどこにあるか、知っているのだな？」

「知っています。確信があります。元帥、わたしにとっては火を見るよりも明らかです。自分が手術台に横たわっていたことを覚えています。病院の手術室のようなところで。ケガの手当てをされていました。窓から外を見ると――軌道上にいました。宇宙ステーションか航宙艦のようなもののなかにいるようで、眼下に惑星がひとつ見えました。そして、その惑星の正体を思い出そうとすればするほど、さまざまな説明を受けたことを思い出しました……その惑星こそが、われわれの面倒の根源なんです。われわれが行く必要のある場所なんですよ」

グレンジャーは思考の流れを断ち切ろうとはせず、連想に身をまかせた。ヴィシュゲイン・カーサにかつては盟友だったと言われてからずっと、さらに少しずつ思い出していた。スウォームにとって盟友ということは、スウォームに支配されていたことになる。そう思うと、記憶がよみがえった――あの惑星を見おろしたとき……。

……誇りを感じた。自分と盟友たちが――スウォームの盟友たちが――打ち勝つことがわかっている。すべての種族を支配下に置き、銀河系全体を仲間にするだろう。ああ――友情の必要、孤独になりたくないという衝動、全種族と交流したいという焦り――それは強かった。おれは理解するようになった――スウォームは孤独なのだ。たしかに大量虐殺の張本人ではあるが、奇妙なことに、孤独に駆り立てられての虐殺だったのだ。

だが、ジンガノはそれを知らない。おれがかつてそんな感情を抱いたことを、誰も知らない。グレンジャーは自分の内面の奥を探った――いまはスウォームの存在を感じない。絶対の自信がある。スウォームを全滅させたい。銀河系の隅々から拭《ぬぐ》い去りたい。だが、ある時点で、おれはスウォームだった。そして、誇りとともに自分の母星を見おろしていた。

「元帥、自信があります。説明できないが確信している。わたしを信用してください」

ジンガノは、おもむろにうなずいた。

「わかった。〈バトルアックス作戦〉を続行する。ブリタニア星系に連絡しよう――ミサイル・フリゲート艦隊を惑星カレーに集結させる。残りの攻撃部隊と、まわせるだけの惑星防衛軍を呼ぶ。これを実行するなら、成功させるか死ぬかだ。圧倒的な軍を出すか、何も出さないか。いいな？」

「はい、了解しました。持てる力をすべて、ここに投入しましょう」

それが正しいと感じられた。大統領の失踪の謎があり、正副大統領二人を暗殺するたくらみがあり、スウォーム宙域の近くでロシアの活動を発見した――これらすべての疑念があるにもかかわらず、この行動が正しいと、グレンジャーにはわかっていた。結局は、これが正しいのだ。

「艦長！　〈インターステラー1〉と護衛艦がQジャンプで現われました！」センサー・ステーションからダイアモンド少尉が大きな声で報告した。

「スクリーンに出せ」と、グレンジャー。すぐにスクリーンがふたつに分かれ、片方にジンガノ元帥の顔が、もう片方に新しく到着した艦が映った。壮麗な大統領専用艇〈インターステラー1〉が、両側に〈ヴァーソ〉と、よく似たもう一隻の護衛艦をしたがえている。前と同じく〈レクト〉と名づけられた、新しい艦だろう。ほかに巡航戦艦がもう一隻、護衛のフリゲート艦にはさまれて同行していた。

「艦長、エイブリー大統領が呼びかけてきています」

グレンジャーはスクリーンに出すよう、身ぶりで指示した。艦の映像が消え、しわのあるエイブリーの顔に変わった。

だが、グレンジャーが何も言えないうちに信号がとぎれ、大統領の顔が消えて、スクリーンが輝き、炎と残骸の映像に変わった。

グレンジャーは顔から血が引くのを感じた。

真空に炎が吸い出され、スクリーンが晴れたときには、〈インターステラー1〉と〈ヴァーソ〉、〈レクト〉は消えていた。

67

シリウス付近　中間点
ＩＳＳ〈ウォリアー〉ブリッジ

どこかで見たような——ただし、それよりずっとひどい光景だ。信じられない。つかのま、グレンジャーは何がなんだかわからなくなった。大統領は失踪していなかった——つまり、伝達不備だ。おれは大統領を見た。生きていた。だが、くすぶる〈インターステラー1〉の残骸を見ると、その希望も吹き飛んだ。

ジンガノ元帥は、まだスクリーンを見つめている。いまになってショックに襲われたらしい。グレンジャーとジンガノが何も言えないうちに、スクリーンに新たな人物の顔が現われた。巡航戦艦に乗っているノートン陸軍大将だ。

「みなさん……わたしは……大統領の安全について最大限の努力をしたのですが、大統領は亡くなったようです」ノートン大将もショックを受けているらしい。「申しわけない。みなさんを失望させてしまった。わたしは——わたしは、大統領が地下に潜伏して、しばらく姿を隠せば、大統領の命をねらう者たちを明るみに出せると思ったのです。その連中が動揺して思わず正体を明かす……われわれが用心するようなことをさせる目的でした。大統領は賛成しました。それは……それは、大統領に危険を及ぼさないためだった。そして、いま……」ノートンは頭を振った。「申しわけない。すべて、わたしの責任です」

三人とも押し黙ったまま、三分ちかくたった。

とうとうジンガノが咳払いした。

「とにかく、計画は続行する。大将、わたしは決意した——いまこそ実行のときだ。標的が確定した。〈バトルアックス作戦〉の発動を承認する」

ノートンは首を振った。

「これに関してわたしがどう思っているかは、ご存じでしょう、元帥」

「知っている。だが、わたしは賛成できない。攻撃の必要がある。それも猛攻だ」

ノートンは警戒して目を細め、チラリとグレンジャーを見た。

「しかし、汚染された人物が提供する情報にもとづいて動くのですか？　ジンガノ元帥、正直のところ、もっとましなやりかたがあるはずです」

　ジンガノはうなずいた。

「たしかに、理想的ではない。だが、われわれの手にある情報はそれだけだ。いま動く必要がある。政府が再編制されてひと息つく前に。新しい大統領が事情を充分に把握するには、時間がかかる。アイザクスンはどこだ？」

　ノートンが口を開《ひら》きかけて、閉じた。

「大将？」と、ジンガノ。

「そのう、実を言うと、わたしがエイブリー大統領の件で通信した理由——潜伏するよう大統領にすすめた理由の一部は、アイザクスンでした。ミスタ・アイザクスンも失踪しました。完全に行方不明です」

68

ISS〈リンカーン〉
幹部控室

アイザクスンは控室のドアを激しく叩いた。ノートン大将の巡航戦艦〈リンカーン〉に乗艦してから、ずっと叩いている。ノートンのたっての頼みで、エイブリーとトップ・クラスの軍事顧問たちとの立案集会を盗み聞きするために乗ったが、この部屋を出られなかった。通信にも、誰も答えない。ドアを乱打しても役に立たないようだ。胃が、しだいに強く痛みだした。何か非常に恐ろしい間違いが起こっている。

なぜ、もっと警護《シークレット・サービス》官の言うことを聞かなかったのだろう？　〝ノートン大将と一緒に、大将の巡航戦艦でちょっとした旅行に出るのだから、いちばん安全な場所で、いちばん安全なことをするのと同じだ〟と請け合い、助言を退けた。シークレット・サービスの班長はメンバー二人を同行させることを条件に、承認した。二人は隣の部屋にいるはずだ。

おれはいまごろ、ブリッジにいるはずだった。シリウス付近の秘密の場所〝中間点〟へは一時間くらいしか、かからないはずだ。

アイザクスンは椅子にへたりこみ、コンピューター端末のスイッチを入れようとした。入らない。ちくしょう。エイブリーのしわざだ。そうに違いない。ボロディンが警告してくれたとおりだ。

ドアが開《ひら》き、ノートン大将が二人の憲兵を連れて入ってきた。憲兵は重装備で、一人は手錠を持っている。

「ミスタ・アイザクスン、あなたをバーバラ・エイブリー大統領殺害容疑で逮捕します」ノートンが憲兵に向かってうなずくと、憲兵は進み出てアイザクスンを壁に向けて押しつけ、後ろ手に手錠をかけた。

「これはなんの真似だ？　どういう意味だ？　大統領は死んだのか？　どうやって？」

ノートンはアイザクスンの向きを変えさせ、真正面から向き合った。

「〈インターステラー1〉が爆発した。二隻の護衛艦〈ヴァーソ〉と〈レクト〉も。どういうわけか何者かが、大統領はこの三隻のどれかに乗っていると知って、三隻すべてに破壊工作をしたのですな。見下げ果てた行為だ」

アイザクスンは顔から血の気《け》が引くのを感じた。

「しかし……しかし、何者かがわたしを殺そうとしていた。明らかに、われわれを二人とも片づける気だった！」

ノートンは首を振った。

「悪賢い策略ですな、閣下。自分が誰かにねらわれているように見せかける。ロシアの情報部は親切にも、あなたの意向に応じた。モスクワで、あなたの車を爆発させる。われわれの戦闘艇部隊の二艇の戦闘艇を使って、あなたのシャトルを襲わせる。非常に説得力があります。あなたは、われわれ全員をだましていた。今日までは」

「わたしは嘘などついていない！　わたしはエイブリーの死には無関係だ！」

ノートンの身ぶりにしたがい、二人の憲兵はアイザクスンを押して部屋の外へ出た。

「それと、昨日あなたが送信した超空間通信は、どんな用件だったのですかな、ミスタ・アイザクスン？　あなたはピカレル上等兵を、ずいぶん興奮させたようだ」

よし。少なくとも通信の内容は解読されていないし、受取人が誰かも知られていない。

「きみの知ったことじゃない」と、アイザクスン。憲兵たちに固くつかまれたまま、弱々しくもがいた。「きみには、こんなことをする権限はないぞ。わたしには政府免責特権がある。ここで逮捕行為が実行可能なのは、民間の連邦警察――政府の司法部であって、軍ではない。これは反乱だぞ！」

ノートンは肩をすくめた。

「反乱という言葉が使えるのは、あなたが大統領の場合です。この前、確認したところでは、あなたは大統領ではなかった。ご心配なく、ミスタ・アイザクスン。ラピエール議長がいれば政府は安泰ですよ」ノートンは憲兵たちに向かってうなずいた。「拘禁室に入れろ」

ラピエール議長だと？　突然、すべてが明らかになった。黒幕はエイブリーではなかった。ボロディンでもなかった。正副大統領両方の死で利益を受ける人間は、一人しかいない。どんな手を使ったか、そいつは軍のトップを何人か味方につけた。少なくともノートン大将を引き入れた。

憲兵たちはアイザクスンを小突きながら通路を進み、いくつか階段をおりた。重い金属のドアに近づくと、ドアが両側にすべって開いた。なかには鉄棒のならんだ独房がいくつかあり、アイザクスンはそのうちのひとつに閉じこめられた。小さな硬いベッドがあるだけの、檻《おり》のような狭い部屋だ。

くそったれめ。

69

ヴォラリ星系　ヴォラリ第三惑星
ISS〈ウォリアー〉ブリッジ

　グレンジャーは、こんなにたくさんの艦と協調してQジャンプするのは、はじめてだった。数日前にごく短期間、大群《スウオーム》宙域に遠征したときも、それなりの数だった——百五十隻の艦は、鼻であしらえるようなものではない。だが、いまや状況は一新された。かつて集結したことのない規模で、最大の艦隊になっている。

　艦の位置がずれた場合に備え、ジャンプ一回ごとに再計算して、すべての艦の間隔を微調整しなければならない。全部で六十の機動艦隊が、三つの特務戦隊に分かれている。統合防衛軍の三分の二に近い数だ。グレンジャーの司令コンソールには、すべての艦が、種類や位置、目的、名前とともに一覧表になって出ていた。〈ウォリアー〉と〈ヴィクトリー〉を含む、二百隻を超える重巡航艦。四百隻の軽巡航艦。そして、もちろん、貴重な恐ろしい荷を積んだ八百隻のミサイル・フリゲート艦。

「二百三回目のジャンプが完了しました。すべての艦のジャンプ姿勢が調整されました」と、プリンス少尉。

「よろしい。二百四回目を開始しろ」

グレンジャーはスクリーンを振り返った。各ミサイル・フリゲート艦が、千個ちかい反物質魚雷を積んでいる――〈火星計画〉の成果だ。各魚雷が、伝統的な熱核弾頭一万個以上の核出力で機能する。火力が複合すれば大きな効果を上げる。この旅の果てに見つかるものは、前と同じ光景ではなくなるだろう。何千年にもわたって居住不能になる可能性が高い。

それが敵の絶滅を意味するのなら、安い代償だ。

さらに二十回のジャンプを行なった。さらに四十回。まもなく最後の十回に入る。

グレンジャーは自分の通信機で、医務室のプロクターを呼び出した。

「用意はできたか？」

プロクターはグレンジャーの指示で研究を中断し、ひと息ついていた。脳震盪《のうしんとう》のあとで肩に銃弾を受け、休息が必要だった。だが、プロクターはブリッジにいなくても大丈夫なように、医務室内に小さなワーク・ステーションを設置した。これで、作戦の実行中に、ブリッジでスウォームに関するプロクターの専門知識が手に入る。

「準備万端です。三カ月かけて準備してきました。百万人が休みなく働いて」

「武器を充分に持ってきているといいんだがな。何週間もシミュレーションを繰り返した。どちらかといえばやりすぎだと、みな思っている」

「戦闘能力が足りないよりは、やりすぎのほうが安全です。少なくとも、いまの場合は」と、プロクター。

　プリンス少尉が振り返って言った。

「Qジャンプの最後の一回です、艦長。もうヴォラリ星系の縁《へり》まで来ています」

「センサー表示は、どうなっている？」グレンジャーは戦術ステーションにかがみこんだ。スウォームの母星の記憶は、惑星を囲む大気のタイプまで思い出せるくらいはっきりしている。惑星に関する専門的な表示を、おれは見ただろうか？　まだ〈コンスティテューション〉に乗っていたころに、スキャンしただろうか？

「第三惑星は、艦長の記述どおりの天体です。高濃度の酸素、メタン、窒素の表示、それと、異常なほど高いアルゴンの表示。艦長がおっしゃったとおりです。周回軌道上に宇宙ステーションがいくつかあります。どれも地球のウェリントン・ステーションより大きい、巨大なステーションです」

「電磁波の信号は？」

「弱いです。少なくとも、ここから読み取れるかぎりは。もっとも、光速の関係で、ここで読み取れるものは約六カ月前のものですが」

グレンジャーはうなずいた。そろそろ時間だ。最初で最後のチャンス。

「二百五十四回目のQジャンプを開始しろ」

「開始します」と、プリンス。

次の瞬間、惑星ヴォラリ3の高軌道に着いた。スウォームの母星だ。表面はグレンジャーの記憶どおり、かすかに緑がかっていて、大きな湖といくつかの雲が点在している。

「向こうの歓迎委員会から、何か言ってきたか？」と、グレンジャー。

ダイアモンド少尉が首を振った。

「宇宙ステーション以外は何も探知できません。それぞれ違う軌道をまわるステーションが、五つあります。防衛装置などは、まだ発見できません。プロクター中佐の新しい探知技術を使って、断片的な超空間通信をとらえましたが、解読不能です」

では、間違いなくスウォームだ。グレンジャーはあごをなでた——今朝はひげを剃《そ》らなかった。プロクターへの通信ボタンを叩いた。

「たしかにスウォームか？　あの惑星はスウォームの母星か？」

「はい。表面にある高濃度の有機物は、スウォーム物質と符合します。それに、この超空間通信は、間違いなくスウォームのものです」

「ジンガノ元帥から通信が入っています、艦長」と、プルーハ少尉。

　グレンジャーがうなずくと、スピーカーからジンガノの声が出た。

「パーティーの主人役をやってくれるかな、グレンジャー艦長？　全員、準備ができている。きみからのひとことは大きな意味を持つだろう」

　いまいましい英雄崇拝だ。

「わかりました。通信士、艦隊全艦につなげ」

「つなぎました、艦長」と、プルーハ。

「こちらはグレンジャー艦長だ」グレンジャーはいったん言葉を切った。これは重大な場面だ。結果がどうあれ、この日の出来事は歴史書に記されるだろう。おそらくは、地球の転回点として。地球が、もっとも唾棄《だき》すべき敵を最終的に征服した日として。「艦隊全艦、交戦に備えろ。各フリゲート艦、割り当てられた位置につけ。各特務戦隊、フリゲート艦を護衛しろ。いいか、チャンスはいちどだけだ。われわれの家族や友人たち……われわれの文明が、誇れる成果を上げよう」

「艦長！　宇宙ステーションからの巨大なエネルギー表示を探知しました！　ハッチがいくつか開《ひら》きます……艦長、そのう――」

「なんだ、少尉？」と、グレンジャー。噛《か》みつくような口調だ。

ダイアモンド少尉は青くなった。

「ステーションから何かが出てきます。艦……航宙母艦です……約十五隻のスウォーム航宙母艦がパワーを上げているようです」

では、やつらは待ちかまえていたのか。ますますけっこう――殺せるスウォームの数が増える。十五隻の航宙母艦に対するのは、統合防衛軍艦隊の三分の二の戦力だ。戦闘はすばやく終わらせよう。

「〈特務戦隊グレンジャー1〉、スウォーム航宙母艦と交戦しろ。〈特務戦隊グレンジャー2〉、ミサイル・フリゲート艦を護衛しろ」言葉を切り、状況画面を見た。巨大な五つの宇宙ステーション、十五隻の航宙母艦。計算が合わない。

「〈特務戦隊グレンジャー3〉、〈ウォリアー〉とともに、ここにとどまれ。新たな不意打ちが現われた場合に備えろ」

70

ISS〈リンカーン〉

拘禁室

アイザクスンは独房内の硬いベッドに何度も頭を打ちつけた。なんだって、おめおめとこんな状況にはまりこんだんだろう？　ラピエール議長は大群《スウォーム》の来襲以来、この計画を立てていたんだな——自分が大統領になる大きなチャンスをつかんで、実行した。

おれ自身が引き起こした状況だ、ちくしょう——誰も見ていないとわかっていても、顔がほてった。マイアミやフェニックスの爆撃は、おれのせいだ。何もかも、おれの責任……一千万人の命が失われ、おれはいま、自分のせいで破滅しようとしている。

だが、少なくともロシアの都市は、すべて無事だろう。あれも陰謀でなければだ。ちくしょう、頭が痛い——何が本当なのか、わからない。何が想像で、どんな嘘を言われ、どの嘘が実は本当で、誰が敵なのか、おれは誰のために戦っているのか、わからない。何もかも、欺瞞の影がある。

　おれは自分のために戦っている——少なくとも、それはわかっている。だが、味方は誰だ？　ボロディンか？　エイブリーか？　ラピエールか？　おれの属する政党か？　なんとかして連絡しなければならない。人々がこの事態を知れば、スウォームが来襲しようとしまいと、革命が起こる。

　隣の独房から、うめき声が聞こえた。金属の壁にさえぎられて直接は見えないが、隣に誰かがいることは間違いない。たぶん、召集された若い兵士だろう。ホームシックになって、両親かガールフレンドに電話をかけすぎたのだ。

　もういちど、うめき声。女の声だ。

「隣の人、大丈夫か？」と、アイザクスン。

　うめき声は止まった。ふいに、人がすばやくすわりなおしたような物音が聞こえた。誰かわからない隣の人物が立ちあがったらしく、静かな足音が聞こえた。

「エイモン？　エイモン、本当にあなたなの？」

なんてこった。アイザクスンは跳びあがった。

「大統領閣下？」

クスクス笑う声。

「バーブと呼んでと言ったはずよ、エイモン」

アイザクスンは二歩で独房の幅を横切り、正面の鉄棒にしがみついて、あたりを見ようと身体を緊張させた。左側に、エイブリー大統領が入っている独房がある。

「生きているんですか？　しかし……ノートン大将は、あなたの艇が爆発したと言いました。わたしを犯人だと非難したんですよ！」

エイブリーはまた笑い声を漏らし、それからため息をついた。

「まあ、ノートンのために言えば、わたしもあなたを疑ったのよ。ノートンに、あなたから目を離さないようにと言ったわ。あなたが、わたしを殺すくらいはするかもしれないと言った」

「本当に？」

「わたしたちは二人とも、利用されたようね。連邦議会議員の一年生みたいに利用された。ここまで来て、絶好調の年季の入った政治家二人が、誰からも恐れられ、あるいは愛されていたのに、二人ともやられた……一兵卒の手で」

アイザクスンは頭を振った。

「ノートンが一人で実行したとは思えません。陰でラピエール議長が糸を引いているに違いありません。われわれ二人を同時にねらう者が、ほかにいますか？」

　エイブリーはしばらく何も言わなかった。床に沈みこんで膝をついたか、床にすわりこんだような音が聞こえた。まもなく片手が伸びてきて、アイザクスンの独房の端の鉄棒を過ぎたあたりで止まった。薄暗い照明に、トルコ石のはまった金の指輪がきらめいた。たしかにエイブリーだ。アイザクスンは床に膝をつき、自分の手を伸ばしてエイブリーの手を握った。エイブリーは固く握り返した。

「エイモン、本当にごめんなさい。あなたを信用するべきだった。これはすべて、わたしのせいだわ。わたしの望みは地球を救うことだけだったのに、いま、地球を破滅に向かわせてしまったかもしれない」エイブリーの声は小さかった。アイザクスンには、打ちひしがれているように聞こえた。敗北した者の……完敗した者の口調だ。ボロディンはエイブリーを誤解していたのだろうか？　エイブリーをスウォームの工作員だと信じこんでいた。スウォームの工作員とは、どうふるまうものかを知っているのだろう。だが、こんなに完璧な説得力を持つ行動をとるか？

「いいえ、バーブ。あなたは、よくやりました。わたしは、あなたの言葉をもっとまじめに考えるべきだった。反対派を探って、あなたの命をねらう者を突きとめるようにと、わたしに言いましたね。しかし、わたしはぐずぐずしていた。……全員を突きとめて、その存在を暴くべきでした」

　エイブリーはまたしても力をこめてアイザクスンの手を握り、離して、手を引っこめた。膝をついた姿勢から、床に倒れこんだような音がした。

「まあ、わたしたちは最善を尽くした。ほかに何ができたというの？　わたしは、命をねらう者たちを一網打尽にして、頭に弾丸を撃ちこめると思っていたわ。あのイヤなスパークスにやったみたいにね。ハハッ」

「では、スパークスを殺したのですね？」

「もちろん。何カ月も前に、スパークスが首謀者の一人だと知ったの。だからスウォーム来襲後に、あの女を側近に加えた。正直のところ、スパークスを通せばすばやく議会に働きかけるのが、楽になりますからね。でも、本当は全員に目を光らせていたかった。スパークスの通信機に盗聴器を取りつけ、スパークスがわたしと一緒にいないときは、あとをつけさせた。どこまでも。ついでだけど、スパークスからたどって、あなたに行き着いたのよ。スウォーム来襲の直後は、よっぽどあなたの頭を吹っ飛ばそうかと思ったわ。でも……あなたは違った。あのあと、あなたは変わったわ。積極的に行動し、仲間とのおしゃべりをやめて自分の義務を果たし、いちども不平を言わなかった。あなたを……あなたを信用するべきだった」

艦内の遠くでゴロゴロと低い音がした。

「なんだ、あれは？」アイザクスンは立ちあがった。

エイブリーのため息が聞こえた。

「まず、スウォームでしょう。戦闘に参加したことはある、エイモン？」

艦がふたたび震えた。アイザクスンも震えた。

「ありません」

小さな含み笑いが聞こえた。

「それじゃ、しっかりつかまりなさい」

71

ヴォラリ星系　ヴォラリ第三惑星
ISS〈ウォリアー〉　ブリッジ

「〈特務戦隊グレンジャー1〉が大群《スウォーム》と交戦しました、艦長。〈テルアビブ〉、〈ポセイドン〉、〈カナダ〉が大きな損傷を負いましたが、すでに三隻のスウォーム航宙母艦が破壊されました」

　グレンジャーはうなずいた。いまのところ、うまくいっている。

「ミサイル・フリゲート艦の状態は？」

「低軌道に入り、東西南北すべての方向に散らばっています。〈特務戦隊グレンジャー2〉は最小限の応答しかしません。数百艇のスウォーム戦闘艇が、主力軍から分かれてフリゲート艦を妨害しようとしていますが、重巡航艦群が手早く片づけました」

グレンジャーは戦術表示を調べ、画面に繰り広げられる戦闘を見つめた。残った十二隻のスウォーム航宙母艦と、そのまわりに雲のように群がる統合防衛軍艦隊のあいだの空間は、閃光や爆発、光の筋、炎に満ち、まるで〈地球連合の日〉の大型花火のようだ。新たに一隻の重巡航艦が爆発する光景に、グレンジャーはひるんだ。だが、軽巡航艦部隊が敵意に満ちた十字砲火で一隻のスウォーム航宙母艦をとらえ、電磁投射砲で何万個もの砲弾を浴びせた。敵航宙母艦もすぐに爆発し、制御不能になって回転しながら、近くの航宙母艦に衝突した。

近くのスピーカーから、ジンガノ元帥の声がとどろいた――〈ウォリアー〉と〈ヴィクトリー〉は戦闘中、通信回線を開いたままにしていた。

「グレンジャー艦長、敵の航宙母艦はもう終わりだ。援軍の必要はない。きみは〈特務戦隊グレンジャー3〉を連れて、宇宙ステーションの対処に向かえ。用心しろ――連中は武装しているはずだ。距離を置いて、電磁投射砲の援護のもとで核ミサイルを使え」

「了解」グレンジャーはディアス大尉を見て、うなずいた――いま戦術ステーションについているのはディアスだ。副長のプロクターは、研究に関してはある程度の成果を得たが、顔を横切る傷跡と軽い脳震盪《のうしんとう》が残り、戦術ステーションで戦闘の指図ができるほどには回復していなかったからだ。グレンジャーは立ちあがって、いちばん近い宇宙ステーションのそばを指さし、プリンス少尉の肩に手を置いた。

「あそこまで行ってくれ」と、グレンジャー。通信機を艦隊全艦に接続するボタンを叩いた。

「〈特務戦隊グレンジャー3〉、宇宙ステーションに集中攻撃だ。電磁投射砲と核ミサイルを使う。各ステーションに四十隻ずつだ。さあ、終わらせよう」

〈ウォリアー〉は四十隻ちかい巡航艦を引き連れて、いちばん近くのステーションまでの宇宙空間を移動した。このステーションは、おれが覚えている場所に違いない。あこがれを抱いて、窓から眼下の惑星を見おろしていた。ここでスウォームの工作員に変えられ、スウォームの命令を果たすよう強制された。スウォームの感じることを感じ、スウォームの考えることを考えるよう、強制された。スウォームの〝友人〟になることを求められた。五つのステーションのうち、どれがその場所か、はっきりとはわからないが、いま向かっているステーションがそれだとすれば、近づくのがずっと楽しくなる。

「砲撃開始」と、グレンジャー。電磁投射砲の千個の砲弾が巨大なステーションに叩きつけられ、表面の装甲を引き裂いて無数の小さな爆発を起こすのを見て、誇らしさと予想外の感情の高まりを覚えた。ステーションの損傷を受けていない部分から、何十もの緑の反物質ビームが飛び出したが、表面からますます爆発と残骸が噴き出すと、ビームはしだいに弱まり、少なくなった。

「核攻撃。弾頭五十個」

「核攻撃」核ミサイルの照準を担当する女性士官が復唱し、クルーに向かってうなずいた。「発射準備中。照準完了。発射します」

グレンジャーはまた立ちあがった。この瞬間に全身で浸《ひた》りたい。浴びたい。何カ月もの死傷者と流血、恐怖と犠牲の果てに……友人たちを失い、都市を破壊され、惑星を荒廃させられた末に、ようやく勝利を目前にした。完全に信じられる、最終的な勝利を。

穴だらけになったステーションの表面から反物質ビームが飛び出し、向かってくるミサイルを迎撃した。だが、ビームはあまりにも少なく、核弾頭は多すぎる。数秒で最初の核ミサイルが標的に当たり、続いて一発……さらに二十発以上が命中した。スクリーンにまばゆい光が満ち、強烈な爆発で過飽和状態になった。輝きがおさまると、グレンジャーはニヤリと笑った。ステーションは、少なくとも五つに割れていた——もっとも残っている部分だけだが。

グレンジャーは自分の戦術コンソールを調べ、ほかの四つの攻撃部隊の進捗状況を見た。ほかのステーションも破壊されるか、そろそろ爆散するという状態だ。グレンジャーは満足して腰をおろした。

「ディアス、ミサイル・フリゲート艦の状態は？」

「すべて位置についています」

グレンジャーは艦隊との通信回線を開いた。

「フリゲート艦、何を待っている？　荷物を降ろして、早くここから出よう」

八百隻のミサイル・フリゲート艦が荷物を発射する様子を、グレンジャーはスクリーンで見つめた。何千もの小さなタングステン球が惑星の大気中を落下し、流星群のように燃えあがった。地表からのながめは壮観だろう。少なくとも、あと一分くらいは。まもなく、大陸の地殻全体が溶けて、放射能に汚染された荒地になる。

「地表の爆発まで二十秒」と、ディアス。

グレンジャーは艦隊に通信した。

「諸君、これは終わりの始まりだ。ここで、われわれはスウォームを押しつぶす。残ったスウォームは数カ月で拭《ぬぐ》い去る。だが、すべてが終われば、きみたちがここに来て、この瞬間を目撃したと言えるようになる」

「あと十秒」と、ディアス。

やっと。

「五秒」

「四」

「三」

「二」

「一」

グレンジャーは足を組んで椅子の背にもたれた。いまにも……。

いまにも……。

「戦術ステーション？　地表に何かとらえたか？　爆発は、ここからでも見えると思っていたが」

センサー士官が首を振った。

「何もとらえていません」

グレンジャーは身を乗り出し、ためらいがちに艦隊全体に通信した。

「何が起こった？」

先頭のミサイル・フリゲート艦から応答があった。

「どうやら……そのう……どうやら不発だったようです」

「全部がか？」

「はい。そのようです」

グレンジャーはジンガノ元帥との通信ボタンを叩いた。

「元帥？」

「何も入ってきていない、グレンジャー。爆弾は広範なテストをしてあったはずだ。これは……信じられない事態だ」

「艦長！」

ダイアモンド少尉の声だ。パニックの色がある。ちくしょう。

次に何が来るか、グレンジャーにはわかった。

「センサーが新来者をとらえました！　何十隻もの艦です。Qジャンプで直接、軌道上に入ってきます。表示では、三十……いえ……四十——」ダイアモンドは顔を上げた。血の気《け》を失っている。「百隻のスウォーム航宙母艦です。一秒ごとに新手が現われています」

グレンジャーは艦長席に沈みこんだ。言葉は、ひとつしか見つからなかった。

「くそ」

72

ISS〈リンカーン〉
拘禁室

次の横揺れで床が傾くと、アイザクスンは跳びあがりそうになった。ノートン大将がこの艦を戦闘に参加させた理由が、どうしても想像できない。大統領と副大統領が乗っているというのに。反射的に浮かんだ考えだが、すぐにバカげた心配だと気づいた。下院議長がすでに官邸の椅子のほこりを払っている以上、正副大統領が命を落としそうなことなど、気にしてもしょうがない。二人が無事に戻っても、まず、ひそかに殺されるだろう。

「落ち着いて、エイモン。お願いだから。ここからでも、あなたの異常な呼吸音が聞こえるわ」

「落ち着け？　落ち着けだと？」アイザクスンは噛《か》みつくように言った。「われわれは統合参謀本部議長の手で艦内に拘禁されていて、その艦はどうやら地球人を破滅させたがっている敵との戦闘に巻きこまれているんですよ。陰で下院議員たちと結託してわれわれを殺そうとしているロシア連邦も、万が一われわれがここで死ななくともラピエール議長が殺してくれるから、まるで気にしてないでしょうよ。それなのに、落ち着けというんですか？」

　隣の独房から奇妙な音が聞こえた。忍び笑いだ。それが大きな笑い声になった。アイザクスンは思わず、一緒になってクスクス笑いはじめた。なんと言っても、どこかユーモラスではある。死刑台のユーモア――死を目前にした者たちだけが楽しむユーモアだ。

「ああ、エイモン、わたしたちのことを考えてごらんなさい」エイブリーは言いかけて、次の笑いの発作に捕らえられた。「考えて……ごらんなさい。わたしたちが生きてここから出たら、二人ともキャンプ・デービッド（大統領の別荘）で長い長い週末を過ごせるようにする必要があるわ」

　アイザクスンの笑い声はやんだ。まだ笑いの残る声で言った。

「なんですって？　あなたとわたしが？　キャンプ・デービッドで？」

　エイブリーはフンと鼻を鳴らした。

「わたしを見るあなたの顔を、わたしが見たことがないと思う？　いま、二人ともここにいる——もうすぐ死ぬんだから、言ってしまうわ。認めます。あなたに副大統領になってほしいと頼んだのは、それで反対派を満足させられるだけでなく、あなたのことを信じられないほどセクシーだと思ったからよ。まあ、笑わないで——」

　アイザクスンはふたたび笑いの発作に襲われた。エイブリーも一緒に笑いながら、最後まで言おうとした。

「だめ……だめよ、まじめに聞いて。あなたは、ワシントンDCでは最年長の望ましい独身者なの。わたしはオールド・ミス——まだ五十五歳だけどね。でも、みんなわたしを〝もう歳だ〟と言うわ。あなたのくっきりしたあご。鋭い青い目。ああ、もう、エイモン、わたしたちの任期の最初の一年は、あなたのベッドに近づかないようにするのが精いっぱいだったわ」

　アイザクスンは目を拭《ぬぐ》い、しゃっくりをした。

「最初の一年って、去年ですよ！」

「そのとおりよ」エイブリーはため息をついた。「ああ、エイモン、大群《スウォーム》がいなければ事態はまったく違っていたのに。この、くだらない戦争がなければ」短い間《ま》を置いた。

「OK、もうひとつ告白するわ。あなたの言うとおりだった。そして、ノートンの言うとおり。あなたの一派は正しかった――わたしはロシア人に対する軍事行動を計画していたの。最終的に、ロシア人のことを暴露し、ロシアの軍事産業の中心を爆撃して地獄を見せてやり、身のほどを思い知らせてやるつもりだった。この前のスウォーム戦争の仕返しよ。〈ホルスキー事件〉で、われわれは、ロシア人が信用できないことを思い出させられた。連中は、わたしたちに死んでほしがっている。ロシア人が先に死ぬのを見られないなら、地獄に落ちたほうがましだわ」

　アイザクスンは壁から身を起こした。

「本当に、ロシアの惑星を爆撃する気だったのですか？　戦争を始めるつもりで？」

　エイブリーはそっけなく鼻を鳴らした。

「いいえ。戦争じゃないわ。戦争が始まる前に終わらせるつもりだったの。ロシアは、ひそかに軍備を増強していた。航宙艦や武器を、われわれがひどく小さく見えるような規模で大量生産していた。地球連合評議会に属するわれわれのコロニーが進出するのをすべて阻止しながら、自分たちのコロニーは新しい領域へ進出しつづけた。ロシアは何年も、公然と敵意を表明してきたわ。われわれを脅《おど》し、自分たちは力をつけながら、われわれが何もしないことを侮辱した。戦争？　いいえ。わたしはロシアの軍事基地を破壊するつもりだった。ロシアの大量生産施設を。武器のたくわえを。ノートン大将は、あなたが反物質施設を嗅ぎまわる様子をどうやって見たか、教えてくれたわ。ええ、反物質こそ、わたしが実行しようとした方法。衝撃と畏怖——古い言葉よ。ふいをついて実行し、荒廃させる。完璧に行なう。もちろん、民間人の死傷者は最小限に抑えるけど、ロシアの軍備を半世紀は遅らせるつもりだった」

沈黙。では——ボロディンの言ったことは本当だった。ほかに、ボロディンの言葉で本当のことは、どれだ？　何が嘘だ？

「さあ、あなたの番よ！」エイブリーはまた笑った。

「わたしの番？」

「ええ、そう。告白の時間よ。わたしは自分のぶんをあなたに告白した。あなたも、あなたのぶんを言って。死ぬ前に二人だけの時間がもらえるなら、あなたが味わったことのないような最高のオーラルセックスをしてあげるわ」

アイザクスンはしのび笑いをした。

「まさか。わたしはトラックを何周かしましたよ。わたしのテスト走行は終わりです」いったん言葉を切った。「いいでしょう」立ちあがって、独房内を行ったり来たりしはじめた。もっとも、四歩で向きを変えなければならなかったが。

艦がゴロゴロと音を立て、アイザクスンはふらついた。

「全部よ、エイモン。全部、聞きたい」エイブリーはため息をついた。「死ぬ前に、いい話を聞かせて」

「全部。わかりました」アイザクスンは息を吸った。「わたしは、あなたを殺す計画を立てていた。実行しようとしていた。しかし……考えが変わりました。わたしは、まずあなたの信用を落として、辞任させるつもりだった。ボロディン大使の力を借りて、ちょっとした不意打ちの手はずを整えた――公衆をおびえさせ、大統領が軍事費を削減して、われわれ全員を裏切ったと考えるようなことを」

ある意味で、セラピーのような感じだった。アイザクスンは独房にいる。隣の独房にはエイブリー。遠い昔の告解室のようだ。だが、正面に棒が並んでいる。そばにいるのは聖職者ではなく、免職された大統領だ。

「……不意打ち?」と、エイブリー。

おれは何をしているんだ? まあ、いい。いまさら後戻りはできない。神がいるなら……おれが最後の息をひきとったあとも残るものがあるなら、少なくとも〝告解はすませた〟と言える。保険だ。

「ロシア人は十年にわたってスウォームと接触していました。ボロディンが言うには、ロシア人はスウォームとの通信方法だけでなく、スウォームをコントロールする方法も見つけたそうです。ロシア人はスウォームに指示して小惑星《アステロイド》の中身をくり抜かせたり、ほかにも何かくだらないことをやらせました。で、ボロディンはわたしのために、スウォームによるちょっとした急襲を手配しました。木星の衛星にある、いくつかの老朽化した基地を標的にする。有権者たちにショックを与え、あなたに投票して軍を骨抜きにしたのは大きな間違いだったと、わからせるためでした。リコール投票が始まれば、わたしが中心になってあなたを非難し、辞職に追いこむことになっていました」

エイブリーは、またしてもため息をついた。

「でも、スウォームは木星で止まらなかったわね」

アイザクスンは頭を振った。

「スウォームをコントロールできるとボロディンは断言しましたが、どうやら……間違っていたようです」

「だから、早かったのね。なぜ周期が乱れたのか……」エイブリーは言葉を濁した。「スウォームは、阻止される前に、どうやってこんなに奥まで入ってきたの？　われわれの艦はスウォームに対して、ほとんど無力だったわ。〈コンスティテューション〉がなければ――グレンジャーがいなければ……」

「わたしがボロディンに、スマート＝スチールの調整周波数を教えました」

「ああ」

アイザクスンは、ふたたび間を置いた。

「すみません。わたしは自分のことしか考えませんでした、バーブ。わかっています」

「そうね」エイブリーは平然と答えた。立ちあがる音が聞こえた。ずっと床にすわっていたらしい。「わたしは許すわ、エイモン」

「本当に？」

「もちろん！　わたしたちは、みんな間違いをおかすわ。そうでしょ？　わたしだって、あなたの立場にいたら似たようなことをしたかもしれない。些細なことよ。続けて。ほかには？」

アイザクスンは吐息を漏らした。

「それがすべて失敗したとき、わたしは恐ろしくなりました。躊躇《ちゅうちょ》しました。あなたを排除しようとする一派と話すのをやめました。クインビー上院議員。ラピエール議長。スパークス下院議員。全員と」

「まったくもう、その一派は何人いたの？」

アイザクスンは肩をすくめた。

「ああ、十人かそこらです。スミス上院議員は、われわれに同情的だった。デーリー上院議員は大統領を罵倒し、自分であなたを撃ち殺したがっていた。パテル上院議員は大統領に死んでほしかったものの、わたしが大統領になるなら死ななくてもいいと思っていた――ときどき、ひどく紛糾しました。あの一派から身を引いてよかったと思っています。胸の悪くなるような連中です」

震動はややおさまっていたが、ふいに激しい横揺れがきて、アイザクスンは硬いベッドから投げ出されそうになった。統合防衛軍の兵士たちがどうして宇宙戦を我慢できるのか、理解できない。胃が喉までせりあがり、アイザクスンの呼吸はまた激しくなった。

ノートンの艦は、外で行なわれている戦闘に、いつまで耐えられるだろう？

「もっと話して、エイモン。そうすれば、戦闘を気にしないでいられるわ。いまのは、かなり大きかったわね――たぶん、スウォームはわれわれを予想より早く片づけるわ。どうせ死ぬなら、意識をはっきりさせたまま死にましょう」

アイザクスンの両手は震えていたが、頭は高まった血圧でふらふらした。アイザクスンは言葉を見つけようと努力した。ちくしょう、こうなると、おれはシャトルに乗ったときのコナーと変わらない。

「わた……わたし……わたしはいちど、あなたの秘書と寝ました」

エイブリーは、またしてもフンと鼻を鳴らした。

「ああ、それは前から知っているわ。わたしはもう少しで、入っていって、あなたがた二人に加わるところだった。次は？　ボロディンのことを話して。あなた、マラーホフと話したことはある？」

艦の震動が激しくなり、アイザクスンは言葉を探した。

「話したことはありません。わたしがロシア人とやりとりするときは、全部ボロディンを通していました。わたしたちは、かなり親しくなりました」言葉を切って考えた。「バーブ、わたしは話が逆だと思います。ロシア人がスウォームをコントロールしているのではなく、スウォームがロシア人をコントロールしている。ボロディンが、おもしろいことを話してくれました。最初に、じかにスウォームと会ったとき、スウォームは何人かの士官をスウォーム艦に送るよう要求したそうです。ひとにぎりの兵士が……消費された。そういう言葉だったと思います。しかし、残りは――まあ、ボロディンによれば、戻ってきたとき……変わっていたとのことです」

「どういう意味――〝変わっていた〟って？」

「前より頭がよくなったと言っていました。賢くなったと。前より……反応が速かったそうです。その兵士たちは、離れていても意志を通じ合えるようだった。その後、その兵士たちは急速に昇進したとも言っていました。わたしの知るかぎり、いまでは陸軍大佐や指揮官――連中が使っている階級で、なんと言うかは知りませんが、そういう立場になっています。あなたはどうかわかりませんが、わたしには、これはスウォームが人間に影響を及ぼせることを表わしているように聞こえます。つまり、スウォームは液体ですから――ボロディンはその点を断言しました。スウォームは液体ベースの生命体だと。人間の体内に入れるようです……入ってどうするかは、誰も知りません。それについて考えたのですが、七十五年前からスウォームの艦はすべて、内部がまるで……われわれのような二足歩行生物が使えそうな造りになっています。手足を持つ有機体が使えるように。ドアには取っ手がある。椅子。いろいろな付属品。スウォーム艦にそのような特徴が必要なのは、ときおりヒューマノイドのクルーが乗るからでしょう？」

沈黙。しばらくして、エイブリーは言った。

「筋が通るわ。ボロディンが言ったことは、それで全部？」

大きな爆発が外の通路を引き裂いて走り、アイザクスンは悲鳴を上げた。ベッドからすべりおり、ベッドをひっくり返して、独房の正面に並んだ棒に押しつけた。もういちど爆発が起これば、ひょっとすると火球が独房のドアを吹き飛ばし、二人とも焼き尽くされてしまうのではないか？

「エイモン、集中して。わたしの声を聞いて。わたしたちは、まだ死んでいない。集中して。わたしたちはここから抜け出すわ。あなたは強い。わたしも強い。落ち着いて」

艦の揺れや震動はますます激しくなったが、エイブリーの落ち着いた自信ありげな声のおかげで、アイザクスンの神経は少し落ち着いた。なんてこった。艦が引き裂かれるまでに、あとどれだけの打撃を受けるのだろう？

「続けて、エイモン。ボロディンが言ったのは、それだけ？　ほかに、スウォームについて何か言わなかった？」

「ボロディンは……わたしは……ボロディン……わたし——思い出せない。すみません、バーブ。集中できない——」

次の爆発が通路を引き裂いた。ドアの下の小さな隙間《すきま》に、まばゆい白光が輝いた。

「待って」と、アイザクスン。「もうひとつ、思い出しました」

73

ヴォラリ星系　ヴォラリ第三惑星
ISS〈ウォリアー〉　ブリッジ

「大群《スウォーム》航宙母艦の総数は百十二隻です、艦長」と、ダイアモンド少尉。

　グレンジャーはジンガノ元帥への通信ボタンを叩いた。

「元帥、どう思われますか？」

「敵はわれわれが来ることを知っていたな。それに、どうやったか知らないが反物質供給チェーンに工作員が入りこんでいた——侵入されていたんだよ、グレンジャー。たぶん連中はきみをあやつって、この時間にこの惑星に来るようにさせたのだろう」

　ちくしょう。ジンガノの言うとおりだ。おれは感染していた——おれはスウォームだったのだ。いったいなぜ、おれはこの行為を慎重だなどと思ったのだろう？

グレンジャーはスクリーンを見た。カメラが、向かってくる艦隊を映し出した。あらゆる方向からやってくる——十ほどの違ったベクトルで、十二隻の航宙母艦が近づいてくる。たしかに、おれが来ることを知っていたに違いない。

「すみません、元帥。ノートンの言うとおりだったようです」

「グレンジャー」と、ジンガノ。「われわれは、全艦隊の三分の二以上を連れてきたのだ。ここを脱出しなければならない。ここで負けたら、この戦争に負ける」

艦隊の三分の二。そのとおりだ。だが、スウォーム軍も膨大な艦隊だ。こんなチャンスは二度とない。とくに、攻撃のチャンスは。

「元帥、逃げるわけにはいきません。反物質の失敗は別として、ここでの対戦こそ、われわれの望んだものです。われわれのおかげで、敵はわれわれの宙域から離れ、ここに集まってきました。ここで戦っているあいだは、われわれがどこかの惑星や民間人たちを防衛する必要はありません。いまこそスウォームを叩く——強烈に叩く、またとないチャンスです」

「まさか、グレンジャー……」

グレンジャーはコンソールを叩いた。

「ちくしょう、元帥、あなたに統合防衛軍に戻るよう頼まれて、わたしは戻ったんです。

あなたに艦隊をひきいるよう頼まれて、ひきいた。来襲に次ぐ来襲を撥《は》ねのけるよう頼まれて、そうした。全部、実行しました。喜んで。あなたは、わたしがスウォームとの接触体験をしたあとで、わたしを艦長職に呼び戻した。わたしがスウォームの行動について何か輝かしい発見をしたか、革新的な戦術を思いついたと思ったから……人々を激励するために、わたしを英雄として掲げることができると思ったからでしょう。なんでもいい。くだらないことばかりです。わたしが生き残ったのは、生き残るために戦ったからだ。三カ月前、わたしは大変な苦労をして勝利を手にしました。わたしと〝老嬢〟の勝利です。そしていま、われわれはここにいます。状況は、われわれに不利です。しかし、勝てば、われわれは永遠の勝利に一歩近づきます。苦労して勝利への道を進みましょう。もういちど」

通信機は沈黙した。

「艦長、いちばん近いスウォーム艦の到着まで、あと二分です」と、ダイアモンド。

ジンガノは悪態をついた。

「いいだろう、グレンジャー。連中に地獄を見せてやろう。わたしは〈特務戦隊グレンジャー１〉を指揮する。タボル大将が〈特務戦隊グレンジャー２〉を引き受ける。きみは〈３〉だ。わたしはミサイル・フリゲート艦に、低軌道から脱出するよう命じる――

このままでは、フリゲート艦はいいカモだ」

グレンジャーは戦術表示を見た。八百隻のミサイル・フリゲート艦は、まだ眼下の惑星をまわっているが、急速に引きあげて艦隊に加わりはじめた。どの艦も、約四十人の士官とクルーを乗せている——中規模の艦を動かし、爆弾やミサイルを発射するのに充分な人数だ。

「いや。そのままにしてください」

「グレンジャー？　フリゲート艦は役に立たない。敵の標的になって、防衛する対象が増えるだけだ」

「おっしゃるとおりです。われわれがスウォームを攻撃するあいだ、スウォームが注意を集中する標的です。それに」グレンジャーはスクリーンを見た。近づいた数隻のスウォーム航宙母艦が、何百もの戦闘艇を吐き出しはじめている。「元帥、航宙母艦の戦闘艇ベイをふさぐ必要があります。それには、フリゲート艦が最適です」

〝レンガ職人〟の言葉だ。グレンジャーの口調でジンガノはそれを読み取り、この提案を憎んだ。だが、ジンガノは一瞬ためらっただけで、立派な対応を示した。

「いいだろう。わたしがフリゲート艦に命令を出そう。きみは自分の特務戦隊を動かすことだけに集中しろ。ジンガノより、以上」

通信機は、ふたたび沈黙した。グレンジャーは席から跳びあがるように立ち、ディアスに向かってうなずいた。

「総員、交戦に備えろ。電磁投射砲とレーザー砲のクルーは待機。核ミサイルを準備しろ。補助パワーをすべてレーザーのコンデンサー・バンクにまわせ」ディアスはブリッジ・クルーに興奮した命令を浴びせ、グレンジャーは戦闘艇ベイに通信した。

「ピアース中佐、全戦闘艇を発進させろ。特異点が発生していないかパトロールし、スウォーム戦闘艇と敵艦の砲塔を、自由に標的にしろ」

「了解」スピーカーから応答が聞こえた。

グレンジャーはスクリーンを振り返った。〈特務戦隊グレンジャー3〉は新たに集まっており、向かってくるスウォーム航宙母艦のいちばん近い集団の射程に、ほぼ入っている。

だが、ほかのものもある。目に見えるより先に、感じた。床板がかすかに震えはじめた。人工特異点の重力にゆがめられて、エンジンの回転が不安定になったための震動だ。

ピアースの声が、グレンジャーの仕事をはぶいてくれた。

「この敵艦の集団に、二十一個の特異点を探知しました、艦長」

くそったれめ。

74

ヴォラリ星系　ヴォラリ第三惑星
高軌道

宇宙の覇者《スペースチャンプ》の戦闘艇はコントロールを失って、くるくるまわっていた。肝っ玉《ボールジー》には、わかっていた——あとほんの少し時間があれば、スペースチャンプ艇を追う四艇の敵を全部、スペースチャンプがやられる前にねらい撃ちできる。

「右舷のスラスター噴射を最大にしろ！」スペースチャンプ艇は反時計まわりに回転している。ボールジーは、その回転を速め、もっと混乱させるよう命じた。スペースチャンプが意識を失いかねない処置だ。だが、四艇の敵を片づける前にスペースチャンプ艇が撃たれるのを防ぐには、それが唯一の希望だった。ボールジーは武器の発射ボタンを押し、敵は三艇になった。

「わかった」と、スペースチャンプ。艇の回転が加速するにつれて言葉が少し不明瞭になり、艇はでたらめなパターンで荒々しく宙返りを始めた。Gの力でスペースチャンプは、いつ意識を失ってもおかしくない。だが、ボールジーが待っていたのは、この瞬間だった。ボールジーは遠隔操作で、スペースチャンプ艇に姿勢の立てなおしを命じた。すばやい三度の爆発で、ボールジーはスペースチャンプ艇に群がって囲もうとしていた敵艇を片づけた。

　終わったとき、スペースチャンプ艇の回転がゆるみ、姿勢を立てなおした。

「ありがとう、ボールジー。ひとつ借りができたわ」

「借りは四つだ。だが、先週はおれが借りを作ったから――これでちょうど貸し借りなしだ」

　通信機が光り、二人の会話をさえぎった。

「全分隊、特異点の成長をはばみ、破壊しろ。表示によれば、二十一個だ。今日は、われわれの仕事はたいしてないぞ。〈ウォリアー〉の戦隊は、二十一マーク四、十八マーク六、十五マーク二十の特異点を処理する」

　ボールジーはうなずいた。

「さあ行こうぜ、〝触れるな危険《アンタッチャブル》〟。われわれの名前がついた特異点をひとつ手にいれたぞ。消耗品《フォダー》、荷物の放出役はきみだ。ピューピュー、フォダーが失敗したら、きみが放出役になる。行くぞ」

　ボールジーは向きを変えて近くのスウォーム航宙母艦から離れ、ほかのふたつの分隊とともに近くの特異点へ向かった。どの分隊も、同時にオスミウムの固まりを放出する予定だ――一艇の射出したオスミウムが特異点と結合する確率は五十パーセントより低いから、余分に放出する。もっとも、いままでのところ、〈ウォリアー〉の戦闘艇が過去二カ月以上にわたって無事に特異点を破壊できたのは二回だけだ。

「スペースチャンプ、大丈夫か？」と、ボールジー。スペースチャンプ艇が、直進する針路を維持しようと苦労している。

「ええ。スラスターの新しい角度を調整しようとしてるだけ――後ろは、ひどく撃たれたから」

　ボールジーの艇室を赤い光が照らした。下側から敵艇が近づいている。きわどいところで気づいて、上方へ宙返りし、周囲や下方に輪を描きながら、二艇の敵に激しい砲撃を加えた。ピューピュー艇が、さらに三艇の敵のあいだを連射して通り抜けるのを見て、

　ボールジーはニヤリと笑った。

　ボールジーの分隊は向きを変え、本来の針路に戻った。フォダーが先頭で、スペース

チャンプが最後尾だ。あと一キロもない——ほんの数秒だ。

「荷物を放出する」と、フォダー。フォダー艇のオスミウムが射出され、フォダー艇は上昇して右へ曲がった。

どこからか現われたスウォーム戦闘艇が一艇、オスミウムに体当たりした。スウォーム艇は爆発して無数の破片になったが、オスミウムには傷ひとつつかない。だが、モーメントが微妙に変化し、オスミウムは特異点からそれた。ボールジーはうめき声を漏らし、特異点のそばを通り過ぎてゆくオスミウムを見つめた。

ボールジーはため息をついて頭を振った。

「よし、ピューピュー、きみがやれ」

75

ISS〈リンカーン〉
拘禁室

独房の揺れが激しくなった。アイザクスンの歯がガチガチ鳴りはじめたが、揺れのためか迫りくる死の恐怖によるものか、自分でもよくわからない。

「ボロディンは言った……特異点は大群《スウォーム》のテクノロジーではないと教えてくれました」

「スウォームのテクノロジーではない？」

「そうです」アイザクスンはささやいた。「それがスウォームの強みのひとつです。スウォームは新しい盟友に、技術交換を迫るんだそうです。スウォームはロシア人によりよい重力場発生装置を与え、ロシア人はスウォームに量子場テクノロジーを与えた。ロシア人は重力場発生装置を核融合コアに使用して効果を上げましたが、スウォームの援助を得て、これを武器化したようです。特異点は……これはスウォームの技術ではありません。ロシア人の技術です」

隣の独房から、エイブリーが小声でばちあたりな言葉を吐くのが聞こえた。それから、エイブリーが話しかけた。その声は変わっていた。もはや傷つきやすそうではない。怒った声に聞こえた。

「もう充分よ、大将」

そして、ボタンを押したかのように揺れが止まった。近くでカシャンと金属音が聞こえた。隣の独房が開《あ》いたらしい。

足音がした。

アイザクスンの独房に並んだ棒の前に、エイブリーが現われた。嫌悪感に歯を食いしばり、緊張した目が突き刺すようににらんでいる。

エイブリーは銃を手にして、まっすぐアイザクスンの頭部にねらいをつけた。

76

ヴォラリ星系　ヴォラリ第三惑星
ISS〈ウォリアー〉ブリッジ

〈ウォリアー〉の外殻に恐ろしい緑のビームが食いこみ、艦体が震動した。大群《スウォーム》戦闘艇が雲霞《うんか》のごとく〈ウォリアー〉を包囲し、外のあらゆる方向に遠く広がる戦闘の光景をさえぎっている。巨大な主力艦が砲撃しあい、すばしこい戦闘艇が艇体をひるがえして攻撃をかわす。さまざまな種類の武器の発射が、気の狂った百万匹の蛍のように輝く。爆発する艦から残骸が噴出し、周囲の艦や艇に瓦礫《がれき》を降らせる——艦の破片や死体を。

「掩護《えんご》射撃だ。十二マーク二の航宙母艦をねらえ」グレンジャーは大声で戦術クルーに命じた。「〈ウィロー〉が決死の突撃《オメガ・ラン》を実行したら、すぐに、二十八マーク五の標的へ向かう〈アスペン〉の掩護射撃をしろ」

グレンジャーはスウォームの地球侵攻以来、約三カ月のあいだに十二回以上の戦闘を目《ま》の当たりにした。

だが、いまのような戦闘はなかった。こんなに大規模な戦闘は、はじめてだ。もし、これが娯楽映画で、フィクションだと知りながら、フロリダ半島の終《つい》のすみかの大スクリーンで見ているのなら、楽しめただろう。艦の残骸がいくつも赤熱しながら惑星の上層大気を通過し、驚くほどまばゆい尾を彗星のように引く。

だが、美しくはない。これは死だ。あたり一面に死がある。

グレンジャーは戦術表示に目をやった。ありがたいことに、これはスウォームの死でもある。スウォーム艦も連打を受け、待ち伏せの代償をたっぷり払わされている。おそらく、これほどたくさんの統合防衛軍艦隊が現われるとは想定していなかったのだろう。いずれにせよ、活動しているスウォーム航宙母艦が刻々と減ってゆく光景には、励まされる。十五隻が破壊され、さらに五隻が活動不能になった。だが、いままでのところスウォームは、艦隊全体の十分の一しか失っていない。

「〈アスペン〉が敵航宙母艦の戦闘艇ベイを破壊しました、艦長。現在べつの敵艦への砲撃を再開しました」

グレンジャーはうなずいた。一艇の戦闘艇が射出したオスミウムの固まりが特異点と結合し、特異点がちらついて消えた。あのオスミウムは、いったいどこへ行くのだろう？——グレンジャーは首をかしげた。もしおれが、この惑星の上空であれに突入して、反対側に出たら、そこには特異点に突入したものすべてがあるのか？

　続きを考える暇もなく、大きめの特異点のひとつが消滅し、一瞬後に近くの重巡航艦〈パリセーズ〉が内側へ向かって吸いこまれたかのように縮んだかと思うと、目もくらむ白光を放《はな》って爆発した。衝撃波が〈ウォリアー〉を打ち、ブリッジ全体が右舷側に大きく傾いた。

　グレンジャーはこぶしで通信ボタンを叩いた。

「ピアース！　特異点攻撃に、戦闘艇の支援が必要だ！　〈パリセーズ〉が特異点のせいで消滅した！」

「すみません、艦長。敵艇が多すぎます。二個分隊でひとつの特異点を破壊するように命じましたが、敵艇は十字砲火でわれわれの艇を捕らえました。それに、オスミウムが少なくなってきています。無傷のオスミウムを積んでいる艇は、二十艇まで減りました」

「あきらめるな、ミスタ・ピアース。もし、そうなったら——オスミウムがなくなったら、戦闘艇に特攻させろ。グレンジャーより、以上」

ちくしょう。決死の突撃で戦闘艇と人命を使い果たさないよう、オスミウムの固まりを使うことを考えついたのに、それを使い果たしたら……まあ、犠牲が出るに違いない。命令で特異点に飛びこんだ最初の戦闘艇を思い出した。パイロットの名はなんといったっけ？　ミラーだ。ジェシカ・ミラー。終わるまでに、あと何人のミラーが必要なのだろう？

　グレンジャーは、ふたたび戦術表示を見た。〈パリセーズ〉をはじめ二十隻以上の巡航艦を失ったにもかかわらず、大敗はしていない。実際、事態がこのまま続けば、われわれは勝つだけでなく、全艦隊の半分以上が生き残るだろう。

　スクリーン上にちらつくものが、グレンジャーの目をとらえた。新手の艦隊だ。

「艦長――」

　センサー士官の報告を聞く前から、グレンジャーにはわかった。あの設計には見覚えがある。十年間、あの型の艦を何隻か粉砕するチャンスを夢見ていた。いま、やつらが来る。七十五年前と同じように、戦いの終わりに姿を現わした。完全な勝利の前に。わずかな艦を投入して、自分たちが支援したと主張できる時期に。

「――ロシアの艦です」

　グレンジャーは閉口して頭を振った。あつかましい連中だ。

「何隻だ？」

「三百に近い数です。大部分が重巡航艦で、スーパー航宙母艦も数隻います」

「けっこう。あのろくでなしどもがどんなパンチを持っているか、見てみようじゃないか。連中の旗艦にメッセージを送って、指示しろ。隊形を組んで――」

　言葉が途中で切れた。スクリーン上に予想外のものが映り、グレンジャーの希望はこなごなに砕けた。

　前衛部隊にいる数隻のロシア艦が、グレンジャーと同じ特務戦隊にいる重巡航艦〈ノッティンガム〉に向けて発砲した。バーンズ艦長の艦だ。進んでくるほかのロシア艦も、攻撃に加わった。十秒もたたないうちに〈ノッティンガム〉はふたつに割れ、残骸を宇宙空間にまき散らした。そのそばを新手の艦隊が勢いよく飛び去り、〈特務戦隊グレンジャー3〉の残りの艦に迫ってきた。

77

ヴォラリ星系　ヴォラリ第三惑星

高軌道

肝っ玉《ボールジー》ことフォルツ大尉は、特異点が消滅し、数秒後に、近くの重巡航艦〈パリセーズ〉の中心部にまた現われた――ように見えた――様子を、落胆して見つめた。〈パリセーズ〉は、まばゆい光とともに爆発する前に一瞬、縮んだ。ボールジーは最後の瞬間に戦闘艇の向きを変え、その場を離れた。だが、爆発後の瓦礫《がれき》が艇に降り注ぎ、艇体外殻に小さな穴がいくつか開《あ》いて、警報が鳴りだした。

「すみません、ボールジー。こいつらを……敵を振りきれなくて……」

ピューピューの声は重苦しかった。オスミウムを射出しようとしたが、敵艇の群れに囲まれていた――敵が多すぎて、ボールジーと宇宙の覇者《スペースチャンプ》にも追い払えなかった。ピューピューの声は、〈パリセーズ〉の何千人もの死が自分のせいだと思っているかのようだ。

「きみのせいじゃないさ、相棒。さあ、もうひとつ、片づけなきゃならん特異点があるぞ」

　ボールジーの分隊仲間の三艇がダイアモンド隊形を組み、艇の上方の、残っている極小ブラックホールへ向かった。ブラックホールを囲んで希薄な分子や塵《ちり》、残骸などが固い渦巻を作り、中心から強烈なX線や紫外線が放射されている。もちろん、目のくらむ白光も。ボールジーは目をしばたたいた。記憶にある光のなかの影が、網膜に焼きついたような気がする。グレンジャー艦長を信じたい——これこそ決戦だと……この怪物に勇敢に立ち向かわなければならないのは、これが最後だと。

　特異点は、自然を侮辱するものと言っていい。現実が崩壊する場所で、宇宙空間が凝縮されて小さな点になり、時間がどうしようもなくなすがままにされ、その向こう側には……。

　何かがある。向こう側には、戻ってくるものがある。ただの死じゃない。

「ボールジー、速すぎる！」耳のなかで消耗品《フォダー》の声ががなりたてた。気がつくと、最高速度で特異点に向かって疾走していた。

〝もっと速く飛んでよ、ボールジー〟

ボールジーは頭を振って、操縦桿をゆるめた。

「すまん。熱中しすぎた。フォダーとスペースチャンプとおれは、向かってくるあの敵艇に対処する。ピューピュー、敵の切れ目が見えたら、荷物を射出しろ。ミチバシリ《ロードランナー》の分隊も、同じことをする気らしいな――共同で、ろくでなしどもに十字砲火を浴びせられないかどうか、やってみよう。行け！」

何度も訓練した作戦行動だ。隊形の先頭を飛ぶボールジーと、あとに続くフォダーとスペースチャンプは、急角度で三方向に分かれ、ピューピューはもとの針路を維持した。三艇はグルリと方向を変えて、はぐれた敵艇を破壊し、ピューピュー艇とオスミウムをねらう敵艇を片づけた。

近づいている。あと一キロもない。特異点へ向かうピューピューを見ながら、ボールジーは時間が縮むような気がした。ピューピューは妨害しようとする敵艇を縫って飛び、スペースチャンプとフォダーがとらえた敵艇の爆発をかわしながら、猛スピードで特異点へ突っぱしってゆく。

そして、オスミウム・レンガが射出された。

「やった！　そうだとも、おれは――」ヘッドセットを通して、ピューピューが喜びの声を上げはじめた。

だが、喜ぶのは早すぎた。一艇のスウォーム艇が激突したため、胸の悪くなるような傾きを見せて、オスミウムは特異点への道をはずれた。二艇目のスウォーム艇がピューピュー艇に衝突し、ピューピュー艇はコントロールを失ってクルクルまわりながら見えなくなった。ボールジーのスコープからピューピュー艇の姿が消えた。ピューピュー艇の電子機器が焼け切れたらしい。

通信器からフォダーの悲鳴が聞こえた。スペースチャンプが悪態をついた。

騒乱のなかで、ボールジーはピアース戦闘艇部隊長の声を聞いたような気がした。何か、決死の突撃《オメガ・ラン》のことだった。特異点に突入しろ。部隊長がフォダーに命じる声がした。

〝もっと速く飛んでよ、ボールジー〟

「ええと、みんな」フォダーが咳払いして言いはじめた。「死が、おれの兄弟にとってよかったんなら、おれにとってもいいはずだ。身体に気をつけて。それと、忘れるな——」姿勢制御スラスターを操作し、向きを変えて離れた。「——おれの兄弟みたいな飛びかたをしちゃ——」

もういちど、吐き気のするような衝突が起こった。フォダー艇はスウォーム艇に体当たりされて傾き、縦に回転しながら針路をはずれた。すぐに、眼下の惑星大気のぼんやり青く輝く明暗境界線に消えた。

兄弟は二人とも死んだ。たがいに、あまり間《ま》を置かずに。

特異点が大きくなった。

78

ＩＳＳ〈リンカーン〉
拘禁室

「最後の質問よ、エイモン」エイブリー大統領は重いため息をついて言いはじめた。拳銃はアイザクスンの額《ひたい》に向けられたままで、三十センチしか離れていない。アイザクスンは理由の見当もつかないまま、のろのろと両手を上げた――反撃のすべはなく、相手の発砲を止めようもない。アイザクスンはエイブリーの目に浮かぶ表情を見た。憎悪。激しい嫌悪。それだけは明らかだ。

「わたしを殺したりしないでしょう」

「殺しますとも。もう、生かしておく理由はないわ。あなたを殺すか……」銃の撃鉄を起こした。「それとも、あと二、三年は生かしておいて、奴隷として使おうかしら」エイブリーはクスクス笑った。「あなたは、逆らってはまずい大統領を選んだのよ、エイモン。わたしは政界に、あなたのようなろくでなしをばらまいておいたの。自分の関心、自分の利益、自分のホルモンを、社会福祉よりも優先する者たちよ」

アイザクスンは舌打ちした。

「ああ、頼みますよ。あなただって同じことをしているでしょう。政治家なら、誰でもすることです、バーブ。頼むから——」

エイブリーは引き金を引いた。独房内に轟音と衝撃波が満ち、アイザクスンは反射的に両手で顔をかばった。目を開《ひら》いたとき、まだ銃をかまえて立っているエイブリーの姿が見えた。振り返ると背後の壁に、銃弾が撥《は》ね返るときにえぐった穴があった。

「バーブと呼ばないで、副大統領閣下。さあ、注意して聞きなさい。あなたは選択しなければなりません。この先三年間、わたしのしもべになる——わたしに言われたことを、言われたとおりの時期に、言われたとおりの形で、言われたとおりの期限内に、言われたとおりの態度で実行する。わたしの気まぐれに奉仕し、合図にしたがい、毎日、いかなるときでも応じる。それがイヤなら、この銃弾を頭に受ける。わたしは発砲することで、あなたのみじめな生を終わらせ、人間性のささやかな勝利を勝ちとる」

アイザクスンのあごが動いたが、言葉はかすかにしか出てこなかった。エイブリーの言葉は、ほとんど耳に入らなかった――銃声の余韻で、まだ耳がガンガンしている。

「もういちどはっきり言いなさい、エイモン」

「し……したがいます」

「よろしい」エイブリーは銃をおろした。「それから、覚えておきなさい。この銃はハンドバッグにしまいますが、バッグのなかでもあなたの頭をねらっています。あなたが一歩でも間違えたら、ひとつでもまずいことをしたら、撃ち殺しますよ。わたしが引き出したあなたの告白の内容が知れたら、全人類が、死刑ばかりか数々の残忍な刑の復活を求めて叫ぶでしょうよ。いけにえ、水責め、去勢、四肢を引っぱる拷問、割腹、そのほか、われわれの社会が何年も禁止してきた残虐行為すべての復活が求められます。あなたが一線を越えたら、またたくまに、そのすべてが復活しますよ」

エイブリーの背後のドアが開き、白衣姿の一団が進んできた。

「両腕を棒のあいだから出しなさい、副大統領閣下」と、エイブリー。

アイザクスンは麻痺したように無言で、言われたとおりにした。白衣の男の一人が、アイザクスンの両腕に拘束具らしいものをかけ、棒に固定した。どんなにもがいても腕は動かない。

「抵抗はやめなさい。腕がもっと痛むだけよ」

女性技術者がウルトラ＝ハイテク銃のようなものを手にして進み出ると、アイザクスンは目を見開いた。技術者は銃口を上げ、アイザクスンの前腕に押し当てて引き金を引いた。

アイザクスンは悲鳴を上げた。溶けた金属に触れたような激しい痛みが腕を走った。

「いったい、何をしてるんだ！」

エイブリーは独房の外側を歩きながら、答えた。

「保険よ、副大統領閣下。あなたの動きをすべて追尾し、あなたの言葉をすべて聞き、あなたの感情をすべて読みとる。あなたがくしゃみをしても、わたしにはわかる。嘘をついても、わかる。セックスしても、わかる。わたしの命令なくそういうことをすれば、あなたの腕に埋《う》めこんだ装置が、わたしのひとことで毒を放出し、あなたは即死します」エイブリーは言葉を切り、横目で白衣の技術者を見た。「それとも、刺激の強い、ひどい痛みだった？　思い出せないわ。あなた、知っている？」

技術者は含み笑いをし、銃のような装置をアイザクスンの両腕の、さらに六カ所に押しつけた――そのたびに、アイザクスンは苦痛で悲鳴を上げた。そのあと、装置は棒のあいだからアイザクスンの胴体に押しつけられた。さらに二十回以上も撃たれ――十回を越えると、覚えていられなくなった――そのたびに、世界一大きくて凶暴なスズメバチが皮膚の下にもぐりこんで、体内を食いはじめたかのような痛みに襲われた。

　ようやく、技術者が後ずさった。

「よしと」エイブリーが満足げに言った。「これで……いくつ？　三十？　どれも働きは同じだけど、あなたが急にひとつ取り出そうとした場合を考えると、三十は安全装置として妥当な数だと思うわ。この装置は銀でできているのよ。知ってる、エイモン？　あなたの反逆の証《あかし》として体内に突っこまれた、三十個の銀の破片。人類は、あなたのおかげで絶滅するところだった。そしていま、あなたを通して、わたしが人類を救うの」

　エイブリーは、技術者たちに付き添って入ってきた守衛に合図した。守衛がボタンを押すと、アイザクスンの独房のドアがカチリと音を立てて開き、両腕を棒に固定していた拘束具がガシャンと床に落ちた。

「ついてきなさい、エイモン。仕事があります」

79

ヴォラリ星系　ヴォラリ第三惑星
ーＳＳ〈ウォリアー〉ブリッジ

「全艦隊、後退！　防御線を構成しろ！　〈特務戦隊グレンジャー3〉、〈グレンジャー1〉の艦を掩護《えんご》しろ——壊滅させられそうだ」グレンジャーは戦術表示に目をやり、新たに到着した艦隊がジンガノ元帥にひきいられた〈特務戦隊グレンジャー1〉を引き裂いて進む様子を、恐怖の目で見つめた。一隻の艦が爆発し、続いてもう一隻が消えた。進んでくるロシア艦隊とひとにぎりの大群《スウォーム》航宙母艦のあいだに捕らえられた三隻の軽巡航艦は、十五秒もたたないうちに粉砕された。

　またも反物質ビームが〈ウォリアー〉の外殻を撃った。艦体が震え、グレンジャーのコンソールでは艦の概略図のいたるところに赤い光がひらめき、無数の破損個所を示した。副長代行のディアス大尉がブリッジ内の騒音を圧して続けざまに命令を叫び、緊急対処クルーを破損区域へ送りこんだ。

グレンジャーのコンソールがブザー音を鳴らし、ジンガノ元帥からの通信が入ったことを知らせた。グレンジャーは握りこぶしで通信ボタンを叩いた。

「こっちはかなり厳しい、グレンジャー」と、元帥。

「われわれは持ちこたえるでしょう。ろくでなしの裏切り者どもが現われる前に、優位に立っていましたから。まだ、こちらが優勢です、元帥。これから、ロシア人どもの鼻をへし折ってやります」

「グレンジャー」ジンガノの声に、ためらいの色がある。「われわれは数で負けている。これは自殺行為だ」

〝自殺〟――なんとふさわしい言葉か。スウォーム艦への決死の突撃を何度も命じてきたあげく、いま自分が最後の艦隊をひきいて、最後の決死の任務を遂行しようとしている。だが、それが間違っているとは思えない。心の奥底で、正しい行為だと感じている。耳のなかで何かが、ここが……この惑星が、やはりその場所だとささやいている。

「はい、元帥。自殺行為かもしれません。しかし、必要なことです。考えてみてください――いまを逃したら、今度はいつ、こんなチャンスが手に入るでしょうか？　スウォームの反応から、これこそやつらの母星であることは明らかです。こんなふうにスウォームが同盟者を強いて表《おもて》に出す理由が、ほかにありますか？　ロシア人との同盟関係を隠してあいまいにしておくほうが、連中にとってははるかに都合がよかったでしょう。われわれの不意をつけますから。しかし、いま、われわれは連中に手の内をさらけ出させました。われわれが主導権を取って、不意打ちをかけた。不意をつかれたのはスウォームです。やつらは自分の惑星を防衛するために、同盟種族を呼び集めた。この惑星を失ったら、すべてを失うからだとしか考えられません。この場所には何かがあります、元帥。何か、連中がすべてをかけようとするものが。われわれはこの戦いに勝ち、惑星上を破壊する必要があります。われわれの道は、それしかありません」

　説得力はあるはずだと、わかっていた。だが、暗に、全員の命を犠牲にし、土壇場の力を振りしぼってスウォーム一掃にのぞめというのは、元帥には荷が重いかもしれない。

　だが、あっぱれなことに、ジンガノ元帥は悪態をついて笑った。

「グレンジャー、この老いぼれのろくでなしめ。けっこう。形勢を逆転させよう。総員、全艦隊」ジンガノは通信を艦隊向けに切り替え、声を張りあげた。「諸君、現状は負けているように見えるかもしれないが、追いつめられた敵が前より激しく戦っているだけだ。われわれにはグレンジャーがいる。〝地球を救った英雄〟が。われわれには、地球連合加盟惑星すべての艦隊の半分がいる。そして、われわれの大義は正しい。われわれは勝つ。ジンガノより、以上」

「艦長」と、ディアス大尉。「ロシア艦が、こちらのスマート＝スチールの装甲を驚くほどやすやすと切り裂いています。ただ、三カ月前のスウォームのやりかたとは、まったく違います。つまり、ロシア人がわれわれの量子場調整周波数を解読したのではなく――」

グレンジャーは戦術ステーションに近づいた。

「どうした？」

ふいに戦術クルーの一人が口をはさんだ。

「ロシア艦が使っているのは、ある種の……そのう、陽電子ベースの粒子ビームのようです」

「反物質か？」グレンジャーは閉口して頭を振った。この数年間、反物質の研究にかかわっていたのは、エイブリー大統領だけではなさそうだ。

「陽電子は、形の上ではたしかに反物質です、艦長。しかし、反陽子や反中性子というものはありません。スウォームの反ホウ素ビームとは違います。高エネルギーの光子を一面に浴びた、非常にたくさんの自由陽電子です」戦術ステーションの技術士官は顔を上げた。「基本的には非常に大きなレーザーですが、電子の反物質――陽電子を一緒に発射するので、スマート＝スチールの量子調整に対しても充分な効果があります」

グレンジャーはうなった。

「われわれに、対抗手段はないか？」

技術者は首を振った。

「ありません。どんなに再調整を重ねても、これは防げません。自由陽電子はスマート＝スチールの量子場を、どんな調整のしかたをされたものでも、根本から破壊するようです」

ちくしょう。ロシア人どもは何年も、われわれをもてあそんできたのか。スマート＝スチールの研究に貢献するふりをしながら、裏では、地球連合と対立した場合に備えてスマート＝スチールを破壊する武器を開発していた。

「けっこう。〈コンスティテューション〉が助けに行くぞ。もういちど」数人のブリッジ・クルーが混乱した表情で、チラリとグレンジャーを見た。「おっと、〈ウォリアー〉だ」

ちくしょう。〝老鳥〟〈コンスティテューション〉が恋しい。

「この艦は一時的な借り物だから、ニックネームをつけなかったな」

ディアス大尉が顔を上げて言った。

「〝老ウルフラム〟」

グレンジャーは一瞬、間《ま》を置いた。

「惑星ニュー・ダブリンの長官にちなんでか？」

「違います。最初の〈コンスティテューション〉は〝老アイアンサイド〟というニックネームでした。鉄の砲弾も撥《は》ね返す外殻だったからです。〈ウォリアー〉の外殻は、厚さ十メートルのタングステンです。タングステンの古い呼び名はウルフラムですから——」

「わかった。それにしよう」グレンジャーはプリンス少尉のほうへ向きを変えた。「〝老ウルフラム〟を回頭させろ、少尉。われわれが、また破城槌《はじょうづち》になる場面が来たらしいぞ」通信ステーションに向けて頭を傾け、言葉を続けた。「〈攻撃部隊グレンジャー1〉と〈グレンジャー2〉、スウォームから離れるな。〈攻撃部隊グレンジャー3〉、〈ウォリアー〉を掩護しろ。われわれはロシア艦隊のケツをぶっとばしてやる。〈ウォリアー〉についてこい——われわれがロシア艦の陽電子ビームをできるだけたくさん引きつけるから、きみたちはロシア艦を片づけろ」

ついに来た。二カ月間、ほかの艦やクルーに死を命じた末に、同じことを自分に命じようとしている――〈ウォリアー〉をレンガに変えろ。グレンジャーはスクリーンで何十隻ものロシア巡航艦を見つめた。〈ウォリアー〉が近づくにつれて、ロシア艦も大きくなる。まもなく交戦だ。グレンジャーは艦内通話装置のボタンを叩いた。

「つかまれ、諸君。そろそろ荒れるぞ」

80

ヴォラリ星系　ヴォラリ第三惑星

高軌道

「宇宙の覇者《スペースチャンプ》、きみの番だ」戦闘艇部隊長の声はいかめしく、気の進まない口調で、まるでいまわしい任務をこなしているかのようだ。たしかに、いまわしい任務だろう――肝っ玉《ボールジー》は思った。誰かに命を犠牲にしろと、どうすれば命令できるのか、ボールジーには理解できない。おれは絶対、戦闘艇部隊長にはならない。艦長にも、副長にも、部下に重荷を押しつける可能性のある者には何にもならない。絶対に。

自信ありげに応答するかんだかい声が聞こえた。

「了解、部隊長！　スペースチャンプが次のレンガを担当します！」

その声は生命力に満ちあふれ、生き生きしている。死など、なんでもないかのようだ。

遠い昔に自分の運命を受け入れているのか、あきらめて死ぬのではなく、旧友に会いに飛んでゆくかのような口調だ。あるいは、目当ての相手とのデートに出かけることを知らせるかのような。

〝もっと速く飛んでよ、ボールジー〟

スペースチャンプを行かせることはできない。ほかの誰でも、だめだ。おれの監督下では。おれは熱気箱《ホットボックス》を、田舎町《ドッグタウン》を、消耗品《フォダー》を、ピューピューを失った。そして、もちろんジェシカ——尻振《フィッシュテイル》りを。これ以上、失うつもりはない。

「辞退しろ、フィッシュテイル。おれが行く」ボールジーは言い、加速装置を強く押した。

「分隊長……？」スペースチャンプの混乱した声が聞こえた。ボールジーはすぐに、自分が何を言ったかを思い出した。

「辞退しろと言ったんだ、スペースチャンプ。こいつは、おれの仕事だ」加速装置を最大限まで押した。〝もっと速く飛んでよ、ボールジー〟。「きみは近くをぶらついて邪魔なものを片づけろ。じゃ、またな、スペースチャンプ」

ボールジー艇は猛スピードで特異点へ向かった。特異点から一キロ以内に近づくものに特攻するつもりらしいスウォーム戦闘艇の分隊を縫って、疾走した。

ボールジー艇は、スウォーム戦闘艇には速すぎた。生きたいという欲望から解放されると、ボールジーは生きている自分を実感した。おれに触れられるものは何もない。何ひとつ。光のほうへ向きを変えた。無意識のほうへ……自分の運命のほうへ。向こう側に出るのか？

死だ。

〝もっと速く飛んでよ、ボールジー〟

ボールジーは突き進み、すべてが真っ白になった。

81

ヴォラリ星系　ヴォラリ第三惑星
ISS〈ウォリアー〉ブリッジ

　ロシア艦の陽電子ビームが何十本も〈ウォリアー〉の外殻に襲いかかったが、〈ウォリアー〉は持ちこたえた。

「陽電子ビーム発射装置をねらえ。全戦闘艇、こちらは〈ウォリアー〉の艦長。ロシア艦の陽電子ビーム砲をねらえ。敵戦闘艇は無視してよい」

　戦闘艇はロシア艦に向かって突進し、百本近いビームを受けた〈ウォリアー〉は衝撃で揺れた。さいわい、厚さ十メートルのタングステン外殻は、陽電子のエネルギーに耐えている。だが、ペタワット級レーザーのエネルギーは、まったく別物だ。まもなく、外殻はロシア艦のビームが食いこんだ深い穴で、あばただらけになった。

だが、〈ウォリアー〉は針路を保っていた。

「右舷の砲を五マーク一のロシア艦に向けなおせ」先に攻撃した敵巡航艦の防御装置が破壊されたのを見て、グレンジャーは言った。〈エディントン〉と〈フィラデルフィア〉が襲いかかり、前に傾いたロシア艦を電磁投射砲で連打するのを見て、グレンジャーはニヤリと笑った。十秒もたたないうちにロシア艦は残骸と火を噴き出し、燃えだした艦内の大気が、窒息した何十人ものクルーの死体と一緒に宇宙空間へ流れ出した。哀れな連中だ。間違った選択をした指導者たちのおかげで、苦しむはめになった。

数分が過ぎた。はらわたがちぎれるような、心臓が早鐘を打つ数分だったが、十隻以上の敵艦を切り刻んで特務戦隊に渡せた。グレンジャーは戦闘のほかの部分を見わたした。〈特務戦隊グレンジャー1〉と〈2〉は大群《スウオーム》を相手に、かろうじて持ちこたえている。厳しい戦いになりそうだ。

だが、われわれはやりとげる。たぶん――運が味方してくれれば。

「ロシア艦隊の戦力は六十パーセントに落ちました」と、ディアス大尉。

「けっこう。二十マーク五へ回頭し、そこの艦をねらえ――」

スクリーンに何かがちらつき、グレンジャーをいらだたせそうなものが現われた。さらに多くの艦だ。

「艦長！　センサーが百隻以上の艦をとらえました！」

グレンジャーは両手で頭を抱えた。

「頼むから、統合防衛軍の援軍だと言ってくれ」

「すみません」センサー士官は苦しげな表情でグレンジャーを振り返った。「ドルマシです」

82

ヴォラリ星系　ヴォラリ第三惑星
ＩＳＳ〈ウォリアー〉ブリッジ

このろくでなしどもは、いつ姿を現わすつもりかと、グレンジャーは不思議に思っていた。実際、ドルマシ艦隊の出現は彼が思っていたよりも遅かった。すばやく戦術表示を調べて、驚いた――前は大群《スウォーム》の援軍として十二隻ほどの艦で現われただけだったのに、今回は大艦隊だ。百隻以上で、どの艦もスウォーム航宙母艦と同じように強力だ。

もう終わりだ。

通信装置がカチリと音を立て、ジンガノ元帥のどなり声が飛び出した。背景に爆発音や叫び声が聞こえる。〈ヴィクトリー〉は混乱状態らしい。

「グレンジャー！　ここを脱出するぞ！　全艦隊、完全撤退。緊急Ｑジャンプ。ブリタニア星系の準備宙域に戻れ」

グレンジャーは戦術画面を見つめた。ドルマシ艦隊が猛スピードで迫ってきて、スウォーム航宙母艦の側面を守った。すでに強力な敵に、強力な背景が提供された。

ドルマシは、まだ発砲していない。

「待機してください、元帥」グレンジャーは通信ステーションへ向けて手を振った。

「待機だと？　グレンジャー、もう終わりだ。やられた。おだぶつだ」

「わかりました、元帥。一分だけください」グレンジャーは通信ステーションに向かって言った。「ドルマシの旗艦につなげ」

ドルマシ艦隊は、まだ発砲しない。ただスウォーム航宙母艦の背景に浮かんでいるだけだ。

「つなぎました。スクリーンに出します」

グレンジャーはスクリーンに向かった。〈ウォリアー〉の攻撃を受けているロシア艦隊を掩護《えんご》しに、数隻のスウォーム航宙母艦が近づいてきた。〈ウォリアー〉はスウォーム艦の発砲を受けて、艦体が大きく右に傾いた。スクリーンに見慣れた顔が現われ、グレンジャーに挨拶した。

「ヴィシュゲイン・カーサ、また会ったな。忠告する――距離を置け。さもないと、スウォームやロシアと同じ目に――」

喉の詰《つ》まったような大きな笑い声が答えた。

「グレンジャー艦長！　きみはいい友人だった。強力な盟友だった。きみは報われるだろう」

グレンジャーの心は沈み、胃がこわばって冷たくなった。本当か？　おれは無意識にスウォームにあやつられて、ここまで来たのだろうか？　ずっとスウォームの道具だったのか。統合防衛軍のほぼすべてを、ここに……スウォームの母星に、スウォームの王座に呼び寄せる手段だったのか。

スウォームと〈七種族協定〉の種族が力を合わせれば、もっと簡単にわれわれを倒せる。ほかの五種族の〝盟友〟がいれば。いったい、ほかの種族はどこにいるんだ？

背景でジンガノ元帥の声がわめいた。

「グレンジャー、そいつは、いったいなんの話をしているんだ？」

おれがどんなにバカだったかを、いまこそ元帥に知らせなければならない。自分がかつてスウォームの支配下にあったことを……そして――どうやら――いまも支配されていることを。それを一週間以上も前に、どうやって知ったかを。

だが、先に最後の抵抗だ。ドルマシを脅《おど》して追いはらおう。

「カーサ、きみに警告しているのだ。ここから出ていけ。さもないと――」

「その必要はない、友よ。すでに充分にやってくれた。距離を置いて、きみのこれまでの労働の成果を目撃してくれ」

スクリーンの映像が消え、戦闘の光景に変わった。また形勢が悪くなりはじめている――新手の敵艦隊の出現で、統合防衛軍艦隊全体が気落ちしてしまったらしい。あちこちで巡航艦がまたたいて消えてゆく。Qジャンプで安全な場所へ逃れたのだ。

ドルマシ艦隊が発砲しはじめた。

グレンジャーは目をしばたたいた。自分の見ているものが理解できない。

「ディアス、わたしの目がおかしくなったのかな？」

ディアス大尉はのろのろと首を振った。

「いいえ、たしかです。センサーによれば、ドルマシ艦隊は間違いなく、スウォーム航宙母艦に向けて発砲しています」ディアスが顔を上げてスクリーンを見たとき、一隻の巨大なスウォーム航宙母艦が爆発した。「驚くほどの効果を上げています」

これは夢だ。こんなことは、ありえない。だが、スクリーンが嘘をつくわけもないし、センサー表示とも一致している。スウォーム航宙母艦の側面を守っていたドルマシ艦隊は、後ろからスウォーム艦隊を切り裂き、粉砕しながら進んだ。航宙母艦が次々と砕け、爆発し、傾いて惑星大気のなかを落下してゆく。

戦況は変わりつつあった。決定的に。

通信装置を通して、残っている統合防衛軍の艦にどなり声で命令を出すジンガノ元帥の声が聞こえ、グレンジャーも攻撃部隊に向けて自分の命令を叫んだ。

「諸君、鉄床《かなとこ》戦術だ。新しい友人たちと組め。〈エディントン〉、〈フィラデルフィア〉、〈アリゾナ〉、自分たちの軽巡航艦を連れて三十マーク十のドルマシ艦を支援しろ。〈オレゴン〉、〈ウェールズ〉、〈パリ〉はドルマシ艦が現在砲撃中のロシア艦を集中攻撃しろ！」

スクリーンに見える戦場はまだ花火大会さながらだが、敵の砲火を受けて後退し、粉砕されるのは、もう統合防衛軍の艦ではない。スウォーム艦とロシア艦が猛烈に叩かれている。ドルマシ艦隊は、これほどの規模で現われたときから、あなどれない軍勢だった。ロシア艦隊はドルマシ艦隊を前にして、勢いを失った。スウォーム航宙母艦は傾いて針路をはずれ、ドルマシと、ドルマシのおかげで火力の倍加した統合防衛軍の集中砲火に捕らえられた。

まもなく勝利が訪れた。ロシア艦隊は――とにかく、残っている艦は――Ｑジャンプで退去しはじめた。スウォーム航宙母艦は十二隻まで減り、統合防衛軍とドルマシの巡航艦に囲まれている。続く五分間で、スウォーム航宙母艦はすべて蒸発した。

終わった。

圧倒的に不利な戦いで、次々と悪いことが重なったにもかかわらず、望みのない最終的な敗北から、見たこともない勝利が現われた。

だが、どうやって？　なぜだ？　グレンジャーはもらった贈り物のあらさがしをするたちではないが、次に備えて知っておく必要がある。突然、主人を襲ったドルマシが、今度は新しい友人を襲わないともかぎらない。

「ヴィシュゲイン・カーサの艦につなげ」

プルーハ少尉がうなずいて答えた。

「スクリーンに出します」

壁面にパッと、異星人の勝ち誇った顔が現われた。

「ティモシー・グレンジャー艦長。きみの勝利にお祝いを申しあげたい。ご自身の力で得た勝利だ」

グレンジャーは軽く頭を下げた。

「きみも、おめでとう、ヴィシュゲイン。きみは盟主を放り出したようだが。よくやった」

カーサは、またしても喉の詰まったような笑い声を立てた。

「たしかに、放り出した。きみが知っている以上のことをやっている」

スクリーンの半分に映し出された戦場では、帰る艦を失って激しく動きまわるスウォーム戦闘艇を、統合防衛軍の艦隊が掃討していた。眼下の惑星は、あいかわらず静かに回転している。本当の標的は、この惑星だ。ここに来た目的を果たさなければならない。

「さて、ヴィシュゲイン、よければ、われわれはこの惑星の表面を徹底破壊しなければならない。この惑星を破壊したら、スウォームは間違いなく滅びる。母星がなくなれば壊滅するだろう」

カーサは首を振った。

「そんなことはさせられない、艦長」

「なんと言った？」と、グレンジャー。何か罠《わな》がある。「ヴィシュゲイン、ここはスウォームの母星だ。ここを破壊すれば、連中を負かせる。われわれはスウォームの生理学的特徴も文化もテクノロジーも知らないが、母星を破壊すれば必ず――」

「そんなことはさせられない、グレンジャー艦長。なぜなら、ここはヴァラリシの母星ではないからだ」

グレンジャーの胃がむかついた。

「母星ではない？　どうしてわかる？」

　ヴィシュゲイン・カーサは微笑した。

「ヴァラリシの母星ではない。なぜなら、われわれの惑星だからだ。ここはドルマシの母星だ。きみの親切な支援を得て、いま、われわれの母星は解放された」

83

ヴォラリ星系　ヴォラリ第三惑星
ーSS〈ウォリアー〉第一会議室

会議室の沈黙は、控えめに言ってもぎごちなかった。ジンガノ元帥とヴィシュゲイン・カーサ、グレンジャーは、〈ウォリアー〉のブリッジを離れ、三人だけで小さな部屋にすわっていた。

「ヴィシュゲイン、あなたの惑星を解放するために、グレンジャー艦長をここへ来る気にさせたとは、どういう意味ですかな？」ジンガノは怒りで目をきらめかせながら、グレンジャーに顔を向けた。「グレンジャー？」

グレンジャーは首を振った。

「単純なことです、元帥」ヴィシュゲイン・カーサは説明しはじめた。「グレンジャー艦長はかつて、われわれと同じようにヴァラリシの影響下にありました。しかし、われわれもそうでしたが、艦長はヴァラリシの影響力を振り捨てる方法を見つけたのです。とにかく、艦長は自由を取り戻しました。どうやったのかは、われわれにはわかりません。しかし、いちどヴァラリシの支配下にあった個人は、その影響から完全に脱することはありません。艦長の血液には、いまもヴァラリシの痕跡が混《ま》じっています。われわれも同じです。われわれは、これでヴァラリシをだまし、まだヴァラリシに支配されていると思わせました」

ジンガノが悪態をついた。グレンジャーは両手で頭を抱え、これもばちあたりな言葉を口にした。

「グレンジャー、いつから知っていた？」

グレンジャーはジンガノを見あげた。

「わたしは夢を見ました、たしかに。ご存じでしょう。しかし、この前ヴィシュゲインと会ったときに、ほのめかされました」グレンジャーは異星人をにらみつけた。「この前会ったとき、きみはわたしの艦を数隻、破壊したな。数千人のクルーが犠牲になった。それに関してはどう思っているんだ？」

ヴィシュゲインは頭を下げたまま、動かなかった。卑下の姿勢だ。それとも、恥か？

グレンジャーは、まだドルマシの癖と言葉を解読しようと努力していた。なんといっても、相手は異星人だ。

「心から残念に思います、おふたかた。あれは必要な行為でした。ヴァラリシがわたしの行動をすべて見ているときでしたから。あなたがたの言葉で言う……ひと芝居うたなければ、偽装が見破られたでしょう。ヴァラリシはわれわれの母星を人質に取っていました。われわれに裏切りの気配を探知すれば、われわれの世界は間違いなく破壊されます。何十億もの同胞が死ぬことになります。あなたがたの同胞の犠牲は、わたしの種族で長く歌い継がれるでしょう」

ジンガノはテーブルを叩いた。

「ふざけるな。われわれは、きみたちの手下ではないぞ」グレンジャーをにらんだ。「どうやって実行したんだ、ヴィシュゲイン？　ここにいるわたしの友人に、どうやって汚い仕事をさせた？」

「簡単です。われわれには共通の絆《きずな》があります。われわれは、まだ同じ大家族の一部で、親がわれわれを支配できなくなっただけです。艦長、あなたの艦が特異点に落ちこんだとき、あなたはどこかへ行きました。ここではありません。あなたは、われわれの惑星へは来ませんでした。別の場所へ行きました」

「どこだ?」と、グレンジャー。だまされつづけるバカ者になった気分だが、少なくとも謎は解けた——本当は自分に何が起こったかという謎が。

「そこは、はっきりしています。艦長はロシア人の特異点製造施設へ行きました」

ジンガノが、またしても悪態をついた。

「ロシア人だと?! 特異点は大群《スウォーム》の武器だぞ!」

「そうです。ロシア艦は、特異点を武器化するのに必要なだけのエネルギーを発生させることができませんでした。しかし、人工特異点自体はロシア人の技術です。ロシア人が製造し、ヴァラリシが活用しています」カーサはテーブルの上で、うろこだらけの短い指を組んだ。「艦長が特異点から向こう側へ出たときに行ったのは、もちろん、ロシア人の製造施設です。特異点はすべて、ペアで製造されます。ペアのどちらも、もう一方の特異点へのゲートとして機能します。あなたがたがワームホールと呼ぶものと同じように。正しい条件下では、片方の特異点から入れば、もう一方の特異点から出ます。艦長は、もう一方の特異点から現われました。死にかけた状態で。ロシア人たちが見つけて、あなたを宇宙ステーションに運びました。そして、われわれのもとの主人たちの命令で、ロシア人はあなたにヴァラリウムを注射しました……」カーサは言葉を捜した。

「あなたがたは……〝スウォーム物質〟と呼んでいるはずです」

ジンガノはグレンジャーをねめつけ、カーサは話を続けた。

「ヴァラリウムは、あなたを治療しました、艦長。ヴァラリウムは、生きている組織をよみがえらせます。ウィルスや体外から入ってきた汚染物質を退治します。ヴァラリウム自体がウィルスだからです。われわれが出会ったなかでは、もっとも進んだウィルスです。ヴァラリウムが、あなたを変えました。あなたを、有機的に重力子《グラビトン》場に接続できるようにした——超空間通信の核心です。ヴァラリシの会話方法は、超空間通信なのです、艦長。コントロールするためにも使います。わたしたちが触れ合ったとき……わたしが、あなたと握手したとき——」カーサは、またうつむいた。「許してください、艦長。あのときわたしは、あなたに偽の記憶を植えつけました。ロシアの宇宙ステーションで特異点製造施設にいたときの、あなたの記憶を見ました。あなたがいるステーションが周回している惑星を見ました。わたしはその惑星の記憶を、わたしの母星のイメージと入れ替えました。それで、あなたが夢でその惑星を見ると、わたしの切望を自分のものとして感じたのです。わたしの母星に対するあこがれを」

グレンジャーは納得し、うなずいた。

「わたしは、あれをここだと感じた。ここがいるべき場所だと。艦隊をひきいて向かわなければならない場所だと」

「わたしが自分の母星に対して感じたことすべてを、あなたはこの惑星に対して感じた。だから、はじめてこの惑星を見たとき、見つけたと思ったのです。あなたはヴァラリシの盟友だった時期の自分の記憶を取り出し、わたしの感情と、母星を取り返す決意に接続した。あなたが思い出したのは偽の記憶……わたしが植えつけた、この惑星に関する記憶です。結果は、われわれが望んでいたとおりのものでした。大きな賭けだとわかっていました。危険でした。しかし、効果はありました。あなたは来た。大挙して。その結果、われわれは自由を手にしました」

心をかき乱すニュースが頭にしみこむと、さらなる沈黙が降りた。

「ワイアット。ハンラハン。殺されたパイロットたち——田舎町《ドッグタウン》とマーティンとパーマー」と、グレンジャー。「みな、スウォームに感染していたんだな？」

カーサはうなずいた。

「そうです。ドクターは二カ月前に。ハンラハンとパイロットたちは最近です。わたしは、あなたと握手する前にハンラハン大佐と握手したとき、相手の心をのぞいて、五人がヴァラリシのコントロールを受けていることを知りました。そこで大佐に、パイロットたちを殺すよう指示しました。手を握っている短いあいだに、大佐と通信したのです。あなたが対処する保安上の穴は、少ないほうがいいと思いましたのでね」

「では、スウォームは打ち負かされたのか？」と、グレンジャー。

カーサはグレンジャーを見て、首を振った。

「残念ながら、違います。ここで負かした艦隊は、ヴァラリシの戦力の半分にも当たりません。それと、思い出してください――われわれは七つの種族からなる大家族です。ヴァラリシにはまだあと五種族の強力な盟友がいます。われわれドルマシが裏切ったので、残る五つの盟友すべての全艦隊が召集されるかもしれません。ヴァラリシは、裏切りを大目に見る気はありませんから」

またしても沈黙。

「さいわい、七番目の盟友の正体は、いまでははっきりしています。われわれは、ほかの種族の位置と正体を、四つまで突きとめました。ヴァラリシは盟友をそれぞれ離して、通信しあわないようにしておくことを好みます。しかし、今日の戦闘で七番目の種族を確認できました」

ありえない。だが、もちろん、筋は通る。すべての証拠が指し示している。考えをまとめたカーサに、グレンジャーはうなずくしかなかった。

「七番目の盟友は、人類です」

ジンガノがフンと鼻を鳴らして言った。

「ロシア人のことだろう。ろくでなしどもめ」

　カーサはうなずいた。

「ヴァラリシはあなたがたを、党派や民族で分けて見たりはしません。ヴァラリシにとって、あなたがたはひとつの社会です。ひとつの種族です。あなたがたの政治的区分は、ヴァラリシにはどうでもいいのです」

「では、なぜスウォームはわれわれを滅ぼそうとしているのだ？」と、グレンジャー。

「なぜ侵略する？　ロシア人を通じて、すでに人類を盟友と考えているのなら、なぜ殺《さつ》戮《りく》するんだ？」

「なぜなら、グレンジャー艦長、ヴァラリシは分割された状態や混乱を我慢できないからです。ヴァラリシから見れば、あなたがたは根絶しなければならない悪性の腫瘍《しゅよう》です。七十五年前、ヴァラリシはあなたがたと遭遇し、それ以前に見つけたほかの種族に対する処置と同じように、征服して転換させようとしました。しかし、それを始めたのは、ヴァラリシの活動周期の終わりに近い時期でした。あなたがたの防衛が非常に堅固だったので、転換させるには意外に長い時間がかかると悟り、立ち去って、しばらくあなたがたをほうっておきました。ヴァラリシは次の活動周期に入る必要があったのです」

　グレンジャーはうなずいた。

「プロクター副長が、そのことを話してくれた。つまり、スウォームがあそこで攻撃をやめたのは、進化の周期が終わったからだというのか？　そんなようなことか？」

「そのようなことです」と、カーサ。「ヴァラリシの遺伝情報に含まれているのです、艦長。周期が終わるときに故郷へ帰って、次の周期を開始するというパターンが組みこまれています。しかし今回は邪魔が入りました。人類の一派——あなたがたの言うロシア人が、ヴァラリシを見つけて通信し、技術を交換した。ヴァラリシに大きな破壊力を持つ武器を与えたため、ヴァラリシの周期の計算法全体が変わりました。ヴァラリシは加速を決め——活動を拡大する周期の段階を、通常よりはるかに早く開始しました」

　グレンジャーは頭を振った。

「それで、地球への二度目の来襲は早かったんだな。スウォームが立ち去った位置から始まった」いったん言葉を切った。「だが、わたしはどこで入ってくる？　きみはなぜ、わたしをよく知っているのだ？　きみたちの艦隊にはじめてであったとき、きみはわたしとわたしの艦をよく知っているようだった。それに、きみはわれわれの言語を駆使し、われわれの習慣を——」

　カーサは片手を上げた。

「それは、われわれが前に会っているからです、艦長。あなたにとっては、三カ月ほど前です。わたしから見れば……五カ月前でした」

　グレンジャーにもわかりかけてきた。

「何が言いたい？」

「五カ月前、わたしはロシアの特異点製造施設にいました。新しい技術をヴァラリシの艦に組みこむのが、われわれの仕事でした。これは、ヴァラリシが進化したことによる弊害のひとつでもあります――ヴァラリシには手足がありませんし、周囲の環境を物理的に操作する方法もありません。ですが、自分たちの代わりにやってくれる種族がいれば、なくてもすみます。それで、ヴァラリシ艦の性能向上の仕事が、われわれにまわってきました。どこからともなく〈コンスティテューション〉が現われたとき、われわれも驚きましたが、仕事はなかばまで進んでいました。〈コンスティテューション〉の外殻に開《あ》いたたくさんの深い穴から、空気と煙と残骸が流れ出ていました。アダナシは――あなたがたの種族のロシア人は――あなたを収容せよと指示されました。あなたを転換させるためです。あなたの艦を改変して、あなたをもとの惑星に戻すためです。その――」カーサは言葉が見つからなくて苦労しているようだ。

「〈トロイの木馬〉か？」ジンガノ元帥が口をはさんだ。

　ヴィシュゲイン・カーサは微笑した。

「まさしく、それです。艦長は〈コンスティテューション〉に戻され、ある時点の地球へ帰ることになっていました。侵攻予定日の二カ月前へ帰るはずでした。人類が造った数十個の特異点が、あなたがたの指導者層の中心部を破壊することになっていました。あなたがたの軍事拠点です。それから、艦長のなかに隠れたヴァラリシが動いて千隻の航宙母艦を着陸させ、ヴァラリウムを配る乗物の大群を都市や町に送り出して、人類の残りを転換させる。過去何万年も実行してきた手法です」

信じられない。おれは地球を破壊するためのスウォームの乗物にさせられるところだった。過去に。どんな方法かは知らないが、特異点のひとつがおれを過去に送ったのか。だが、うまくいかなかった。おれがスウォームを負かす方法を見つけていたからだ。ただ、どんな方法か、自分では覚えていない。

「だが、わたしはそうしなかった。地球へは行かなかった。少なくとも、スウォームが計画した形では。地球は救われた」

カーサはうなずいた。

「そのとおりです。地球は最初の侵攻から救われました。地表をねらった特異点とともに帰還した〈コンスティテューション〉から、救われました。しかし、救ったのは、あなたではありません」

84

ヴォラリ星系　ヴォラリ第三惑星
ＩＳＳ〈ウォリアー〉　第一会議室

ヴィシュゲイン・カーサの言葉の意味を、グレンジャーはすぐには理解できなかった。

地球は、大群《スウォーム》にあやつられた〈トロイの木馬〉から救われた。過去に。誰か別の者の手で。誰に救われたのかとグレンジャーがたずねる前に、通信器が呼出音を立てた。

「艦長、これを見逃したくないだろうと思います」ブリッジのプルーハ少尉だ。

グレンジャーはビクッとして肘かけをつかみ、跳びあがってドアへ走った。カーサに一緒に来るよう合図し、まもなくジンガノ元帥も加えた三人は大股でブリッジに入った。

「艦長、出てきたところです」

「何が出てきた？　どこから？」

ディアスがスクリーンを指さした。一艇の戦闘艇だ。見たところ、最近、激しい戦闘をくぐり抜けたようだ。グレンジャーは標識をスキャンした——〈ウォリアー〉の戦闘艇に間違いない。

「ピアース中佐、戦闘艇は一時間前に、すべて帰投したな？」

通信コンピューターが質問を機動戦闘艇部隊長に中継し、すぐにスピーカーから応答が聞こえた。

「はい、艦長。生き残りの全艇が帰投しています」

通信に、別の声が割りこんだ。

「タイラー・フォルツ大尉です、艦長。おれ……おれは特異点に飛びこみました。艦長と同じように。そして、帰ってきました。旧友を連れてます。旧友にはドクターが必要です。よくない状態です」

膝から力が抜け、グレンジャーはよろめいて、ぐったりと椅子に沈みこんだ。旧友が誰かは、たずねなくてもわかる。

フォルツ——肝っ玉《ボールジー》は言葉を続けた。

「尻振《フィッツシュテイル》りは生きてます、艦長。かろうじて。脈が、いまにも消えそうです」

おれが死に追いやったパイロット。おれが使い果たした、ほかの者たち——武器として使い、パチンコにセットした石として使い、窓の向こうへ投げるレンガとして使って、死に追いやったパイロットやクルー――それが生きている。

　グレンジャーの声が割れた。

「なんとしても生かしておくんだ、フォルツ。戦闘艇ベイに、医務員たちを迎えにいかせる」

85

地球　ワシントンＤＣ
副大統領宅

　エイブリー大統領は、アイザクスン副大統領の警護《シークレット・サービス》官の顔ぶれを一新した。アイザクスンが行政官用宙港から自宅まで帰るときは、エイブリーのスパイが同行した。新しいシークレット・サービスがアイザクスンを玄関まで送り、なかに入れてドアを閉めると、アイザクスンはようやく一人きりになって近くのソファに崩れるようにすわり、両腕をさすった。

　鬼婆め。

　両腕が痛んだ。エイブリーに機械を注入されるときは、痛かった。もっとも、考えられるかぎり最小の装置で、丸薬ほどの大きさしかない。おれの尊厳も、同じくらいしか残っていない――そう考えたとき、肘の近くに鋭い痛みを感じて、ひるんだ。アイザクスンは痛む腕を高く上げ、残った傷を調べた。肌があばただらけになり、上腕二頭筋までエイブリーの非難の跡が続いている。胸からも赤いミミズばれがいくつか伸びていた。

あの鬼婆を殺してやる。今度こそ、本当に。ためらったりしない。後悔もしない。

とたんに、頭が割れるように痛み、アイザクスンは叫び声を上げた。

しばらくして苦痛がおさまりはじめると、通信カードが呼出音を立てていることに気づいた。いつから鳴っていたんだろう？　カードをポケットから引っぱり出し、目を開《あ》けようとした――室内は薄暗い照明しかないが、予想外の激しい頭痛のあとでは、その光でさえ目が焼けそうな気がする。

カードの記録は音声メモだった。アイザクスンはカードを叩いてメモを再生した。

エイブリーの声が響いてきた。

「あなたは、わたしを殺さないでしょうよ、エイモン。できないもの。あなたはなんの力もない、ちっぽけなナメクジ。そう――そうなのよ。あなたの考えていることも、あなたの感情も、わたしは知っている。言ったでしょ――いまでは、わたしが完全にあなたを所有しているの。すべての思考、すべての感情も。自分を守るすべを学んだほうがいいわ。でないと、この苦痛ボタンを最大で押さなきゃならなくなるから。あなたの人生は終わったのよ、エイモン。〈リンカーン〉で、わたしに殺されたの。もう死んでいる。生き返る方法はひとつだけ——わたしに命じられたことを正確に、完璧に、喜んで実行すること。この戦争が終わって、わたしたちの文明が危険にさらされなくなるまでね。そのとき、あなたが自分の実力を示せば、生き返る。新しい人生を授けるわ、エイモン。純粋にあなた自身の人生をね。頭のなかを鬼婆がうろついて、ああしろ、こうしろと言われない人生を。

さあ、もう寝なさい。ほかには何もしないで。睡眠をとりなさい。いまのうちに眠っておいたほうがいいわ。朝になったら、官邸に出頭しなさい。最初の任務を与えます」

アイザクスンはため息をついた。エイブリーの言うとおりだ。おれの思考は、おれのものじゃない。おれの感情もだ。おれは、この身体に閉じこめられた囚人だ。いや、もっとひどい——この体内に閉じこめられた奴隷だ。外見は、銀河系でもっとも力のある人間の一人だが、実際は自動人形にすぎない。

あいつを殺してやる。

ちくしょう！　またしても、短いが激しい苦痛に襲われ、エイブリーがつねにモニターしていることを思い出した。

物音がし、アイザクスンはぎょっとしてソファから跳びあがった。別の部屋で誰かが動いている。

足音をしのばせて角を曲がり、台所をのぞいた。誰もいない。また、音がした——廊下の端の寝室から聞こえてくる。

廊下のカーペットの上をそっと進み、寝室のドアを押し開けた。物音の原因を目にして、力が抜けた。

コナーの野郎め、すばらしいじゃないか。

目の前の光景にアイザクスンは顔を紅潮させ、胸をおどらせた。希望どおりの女だ。美しい。若い。エキゾチックだ。誘うようにベッドに横たわって、目が〝さあ、早く〟と言っている。

アイザクスンはベルトをはずし、ズボンの留め金と格闘した。なんとも、すばらしい女じゃないか。股間からあっという間に広がった熱が胸を興奮させ、ふらふらしそうになった。長らくごぶさただった。一週間ちかく。

ふたたび、頭が爆発しそうな苦痛に襲われた。

「やめろ！」と、アイザクスン。「やめろ、やめろ、やめてくれ……」

きっとただの偶然だ。アイザクスンはズボンを床に落とした。

だが、頭痛がさらに激しくなった。規則的だが不自然なリズムで脈打っている。

ため息とともに、アイザクスンはベッドの角に腰をおろし、ドアを指さした。

「出ていけ」アイザクスンはつぶやいた。

女はためらった。

「用はない」

女は悪態をつき、すべるようにベッドから降りると、衣類を引き寄せて身につけ、するりとドアから出ていった。

アイザクスンの通信カードが、またしても音を立てた。ため息をついてしぶしぶ床の上のズボンのポケットからカードを引っぱり出し、叩いた。

エイブリー大統領の耳ざわりな声が届いた。

「心配しないで、エイモン。ベッドインはできるわよ。ただし、わたしが命じたときだけね。そして、あなたがとってもいい子にしていたときだけ」

86

ヴォラリ星系　ヴォラリ第三惑星
ＩＳＳ〈ウォリアー〉　医務室

医務員たちは尻振《フィッシュテイル》りことジェシカ・ミラー大尉を、医務室へ運んだ。もっともだ——顔は砕け、肺はつぶれて、血圧は、看護師が〝いつ心臓が止まってもおかしくない〟と言ったほど低い。

グレンジャー艦長は、ジンガノ元帥とヴィシュゲイン・カーサのほかに、ひとにぎりの宙兵隊員を引き連れて医務室へ走った。医務室の前で、見たところ戦闘艇パイロットらしい男が、グレンジャーに警戒の目を向けた。

「どけ」と、グレンジャー。

「艦長は、あそこにいたんですね」と、肝っ玉《ボールジー》ことフォルツ大尉。「あそこにいたんだ。

大群《スウォーム》と一緒に。ロシア人と一緒に。少し前まで。そして……そして、いまはここにいる」必死で言葉を捜した。「おれは……おれ――」

「きみの混乱はわかる、大尉。自分では理解できないんだ。だが、わたしはいま、ここにいる。きみもだ。そして、あのミラー大尉も」

ボールジーの顔は悲嘆にゆがんだ。

「もう、いません。心臓が止まりました」

グレンジャーは悪態をついて若い大尉を押しのけ、医務室に踏みこんだ。看護師のチームが、グレンジャーが死に追いやったパイロットの身体の上にかがみこんで、狂ったように作業している。だが、看護師たちの表情から、すでに終わったことがわかった。

グレンジャーは麻痺したように動かなかった。女性パイロットの血が、横たわっている手術台を汚し、床に滴《したた》り、医務スタッフの手袋にしみを残している。自分の苦しい決定のなりゆきを、こんな……こんな反射的に身の毛がよだつほど、まざまざと目前に見たことはなかった。おれは、いつも遠くから命令を出してきた。各艦は命令を受け、標的に向かって飛び、終わる。こんな間近で個人的に、その余波を見たことはなかった。

こんな光景は、はじめてだ。

手術台の背景にプロクター副長が立っていた。ベッドを離れてもいい程度に回復したらしい。プロクターは片手で口をおおった。ドクター・ワイアットに撃たれた肩に包帯を巻いているが、それ以外は元気そうで――

なんてこった――グレンジャーは思った。プロクター。ドクター・ワイアット。ワイアットはスウォームに感染していたが、プロクターが治療してくれた。おれはスウォーム物質を注入され、それで癌《がん》が治った。カーサは、スウォーム物質がウィルスのような働きをして、競合するほかのウィルスや外部から入った汚染物質を退治すると言った。ロシア人がスウォーム物質を注射しておれを救い、同時に、おれを無理やりスウォームの支配下に置いた。

だが、おれはスウォームの支配から逃れた。それなら……。

「プロクター、機能するスウォーム・ウィルスをまだ持っているか？」

プロクターはうなずき、ポケットから小さなガラス瓶《びん》を取り出した。

「それなら、いったい何を待っているんだ？」

プロクターは首を振った。

「わたし……わたしにはできません、艦長」

グレンジャーは進み出て、プロクターの腕をつかんだ。

「できないとは、どういう意味だ？　わたしは、これで病気が治った。ドクター・ワイアットも治った。このパイロットだって救えるんだぞ」

　プロクターはふたたび首を振った。

　グレンジャーは、プロクターの腕をつかんだ手に力をこめた。

「やるんだ。この女に注射しろ。まだ時間があるうちに」

　プロクターはグレンジャーを見た。

「艦長、ドクター・ワイアットは死亡しました。解毒剤は効きませんでした。ドクターは解毒剤で死んだのです」

　ありえない。グレンジャーは女性パイロットの身体を見おろした。医務スタッフは努力をやめ、看護師は悪態をついてため息を漏らした。

「死亡時刻、二二〇五時」

　だめだ。おれがこのパイロットを生きたままここに連れてこさせたのは、死なせるためでは……自分の命令の結果として訪れる運命から連れ戻し、またここで失うためではない。グレンジャーはヴィシュゲイン・カーサを振り返った。

「きみ。きみは種族に対するスウォームの支配力をくつがえす方法を、見つけたんだったな。われわれがこのパイロットにスウォーム物質を注射したら、きみはスウォームに汚染させない方法を実行できるんだな！」

カーサは首を振った。

「申しわけない、グレンジャー艦長。われわれの生理機能はあなたがたとは大きく違います。われわれの方法も、まず間違いなく、この患者を殺すことになるでしょう」

グレンジャーは女性パイロットに視線を戻した。手術台に横たわった傷だらけの身体からは、まだ血が滴っている。あざはまだ青紫で、骨はまだ折れている。

「やれ」と、グレンジャー。

プロクターはグレンジャーを見た。

「艦長？」

「やれと言ったんだ。注射しろ」

「でも、解毒剤は結局——」

「解毒剤がどんな作用をするかは、わかっている！　とにかく、スウォーム物質を注射しろ。解毒方法はあとで考えよう」

プロクターは頭を振りながら、ひきだしのなかを手さぐりしてハイパワー注射器を取り出し、瓶の中身を入れて、ジェシカ・ミラーの血だらけの首に押しつけた。

グレンジャーは看護師に合図した。

「救命努力を続けろ。酸素を肺に送れ。たえず送りこめ」

看護師はまごついた顔で、グレンジャーに警戒の目を向けた。

「やれ！」

医務スタッフは、ただちに作業を再開した。一人が酸素チューブを患者の喉に押しこみ、ほかの者たちは患者の胸を上下させて、血液を脳へまわそうとした。充分な酸素を送りこみ、スウォーム物質が身体の損傷を修復する前にミラー大尉が死ぬのを防がなければならない。

　時間はかからなかった。患者は突然あえいで呼吸しはじめ、全員がぎょっとした。ミラー大尉の目が開《ひら》いた。胸が上下した。左右の手を伸ばし、近くにいた二人の医務スタッフの腕をつかんだ。

　プロクターはグレンジャーににじり寄った。

「われわれがスウォーム・ウィルスに対抗する方法を見つけられないと、どうなりますか、艦長？　この女性によって、ウィルスが拡散する危険はおかせません。いったん人間の体内に入ったウィルスが、どのくらい感染力が強いのか、まだわかっていません。ドクター・ワイアットとハンラハン大佐を止めなかったら、二人はクルー全員に感染させていたかもしれません。この女性が同じことをしたら、どうします？」

　グレンジャーはミラー大尉の手当をする医務スタッフを見つめた。傷をふさぎ、骨を接《つ》ぎ、苦痛を静めたり組織の修復をうながしたりするらしいものを注射している。

「シェルビー、そのときは、わたしがあらためてこの女性を殺す。だが、少なくともそのときは、はっきりこの女性の目を見ながら殺す」

ドクター・ワイアットの代わりに責任者になった看護師長が、医務室内を片づけた。ヴィシュゲイン・カーサは宙兵隊員に付き添われてシャトルベイに戻り、シャトルで自分の艦に帰った。ジンガノ元帥も、一時間以内に会談しようとグレンジャーに指示して去った。まもなく、グレンジャーとプロクターと、死にかけたミラー大尉を連れ帰った若いパイロット——ボールジーだけになった。

「よくやった」と、グレンジャー。

ボールジーは無言でうなずいた。

「いいかね、大尉、きみが最後にわたしを見たとき、その場所では、わたしはスウォームの影響下にあったかもしれない。だが、もうやつらに支配されてなどいない。そして、われわれはスウォームとの最大の戦闘に勝ったばかりだ。それに、連中はもっとも強力な同盟者の一種族を失った。われわれはスウォームを大敗させたんだ」グレンジャーは振り向いてボールジーを見た——二十五歳より上には見えない若者だ。グレンジャーは、ほっそりとたくましかった昔の自分の姿を思い出した。「われわれはこの戦争に勝つ」

若いパイロットはグレンジャーの目を見た。

「そうでしょうか？　戦争に勝つのは英雄だけです。つまり、おれたちが手にするのは、何百万人もの死者だけってことです。なぜなら英雄になれるのは、死者だけですからね。あいつらはみんな、英雄になるような行動をとったから死んだんです」

「くだらんことを。われわれのような者たちが戦争に勝つのだ。英雄ではなく、伝説でもない。われわれだ。わたしやきみのような人間だ」

二人はたがいにしげしげと相手をながめ、つかのまの沈黙が流れた。背景で医療スキャナーがビーッと音を立てた。

「この女性は死んでいない、大尉」グレンジャーは手術台の上の若い女性パイロットを指さした。「まさしく英雄だ。そして、生きている」ボールジーを指さした。「きみも、死んではいない」

ボールジーはうなずいた。

「はい、艦長。おれは死んでません。艦長も。地球全体が、死なない艦長を見てます」

〝地球を救った英雄〟か。グレンジャーは、自分を英雄視する姿勢に軽蔑をこめて答えようとしたが、やめた。この若いのが言うことにも一理あるとしたら？　たしかに、戦争に勝つのは一般人だ。つまり、一般人が英雄だ。おれは平凡な人間だ。おれでも英雄になれる――そう思えば、気が楽か？　自分が何個のレンガを投げたか、何隻の艦を突撃させて燃えあがらせたか、わかっていても？

いまにも言い返しそうになって、やめた。ミラー大尉の目が開いている。その目が、まっすぐグレンジャーを見た。グレンジャーは進み出て、医務スタッフが患者の腕や脚を手術台に縛りつけた拘束具に目を走らせてから、ミラー大尉にうなずいて見せた。

「気分はどうだ、大尉？」

女性は微笑した。グレンジャーはこれまでミラー大尉と会ったことはないが、この微笑は、どこか……違和感があった。傲慢だ。おもしろがっている。

「われわれの友よ。また会えて、非常にうれしい」ミラー大尉が言った。

グレンジャーは顔をしかめた。もういちど拘束具を見て、手術台に近づいた。

「何がほしい？」

「それは前に話した、グレンジャー艦長。われわれの盟友になれ。それだけだ。われわれは、そのほうが安全だ。おまえも、より安全だ。われわれはみな安全で、繁栄し、安心していられる」

「より安全？」グレンジャーはあざけった。「奴隷は、いちばん安全でないと言えるだろう。奴隷も主人も、安全ではない。ドルマシに関しては、うまく働かなかったな」

女性は、あざけりの口調を真似て答えた。

「小さな失点にすぎない。ドルマシは〈七種族協定〉のなかで、アダナシに取って代わられた。われわれのもっとも純粋で忠実な、もっとも役に立つ盟友だ。おまえも、その一部だ。艦長、おまえの種族全体のための友和はすでに結ばれている。盟約にしたがい、アダナシ全体に加われ。われわれと敵対するのをやめろ。銀河系全体の友情が待っている。われわれは無数の惑星と同盟を結ぶ。みな、喜ぶだろう」

グレンジャーはおおげさにプッと息を吐き出し、答えた。

「合意できない」

ミラー大尉はため息をついた。

「言ってみる価値はあった」グレンジャーに目を据《す》えた。「グレンジャー艦長、おまえと一緒にいたときと同じように、われわれはいま、この宿主が知っていることすべてを知っている。すべての事実、すべての知識、すべての言いまわしを。話し言葉もすべて。おまえには、この言いまわしもわかるはずだ」

「なんだ？」

ジェシカ・ミラーの目が冷たくなった。

「お楽しみはこれからだ」

訳者略歴　北海道大学文学部卒，英米文学翻訳家　訳書『伝説の艦隊1　〈コンスティテューション〉』ウェブ，『鉄の竜騎兵　新兵選抜試験、開始』フォックス（以上早川書房刊）

HM=Hayakawa Mystery
SF=Science Fiction
JA=Japanese Author
NV=Novel
NF=Nonfiction
FT=Fantasy

伝説《でんせつ》の艦隊《かんたい》2
〈ウォリアー〉

〈SF2317〉

二〇二一年二月二十日　印刷
二〇二一年二月二十五日　発行
（定価はカバーに表示してあります）

著者　ニック・ウェブ
訳者　置《おき》田《た》房《ふさ》子《こ》
発行者　早川　浩
発行所　株式会社　早川書房
郵便番号　一〇一 - 〇〇四六
東京都千代田区神田多町二ノ二
電話　〇三 - 三二五二 - 三一一一
振替　〇〇一六〇 - 三 - 四七七九九
https://www.hayakawa-online.co.jp

乱丁・落丁本は小社制作部宛お送り下さい。
送料小社負担にてお取りかえいたします。

印刷・三松堂株式会社　製本・株式会社川島製本所
Printed and bound in Japan
ISBN978-4-15-012317-8 C0197

本書は活字が大きく読みやすい〈トールサイズ〉です。